ESCURIDÃO TOTAL
SEM ESTRELAS

STEPHEN KING
ESCURIDÃO TOTAL SEM ESTRELAS

Tradução
Viviane Diniz

Copyright © 2010 by Stephen King. Todos os direitos reservados.
Publicado mediante acordo com o autor por intermédio de The Lotts Agency

*Grafia atualizada segundo o Acordo Ortográfico da Língua Portuguesa de 1990,
que entrou em vigor no Brasil em 2009.*

Título original
Full Dark, No Stars

Capa
Adaptação de Filigrana Design

Copidesque
Carolina Vaz

Revisão
Isabela Fraga
Juliana Souza
Fatima Fadel

*Esta é uma obra de ficção. Nomes, personagens, lugares e incidentes são produto da imaginação do
autor ou são usados de forma fictícia. Qualquer semelhança com fatos, locais e pessoas, vivas ou mortas,
é mera coincidência.*

CIP-Brasil. Catalogação na fonte
Sindicato Nacional dos Editores de Livros, RJ

K64e
    King, Stephen
        Escuridão total sem estrelas / Stephen King; tradu-
    ção Viviane Diniz. – 1ª ed. – Rio de Janeiro: Objetiva,
    2015.

        Tradução de: *Full Dark, No Stars.*
        ISBN 978-85-8105-275-5

        1. Ficção americana. I. Diniz, Viviane. II. Título.

                              CDD: 813
15-20115   CDU: 821.111(73)-3

18ª reimpressão

Todos os direitos desta edição reservados à
EDITORA SCHWARCZ S.A.
Praça Floriano, 19, sala 3001 – Cinelândia
20031-050 – Rio de Janeiro – RJ
Telefone: (21) 3993-7510
www.companhiadasletras.com.br
www.blogdacompanhia.com.br
facebook.com/editorasuma
instagram.com/editorasuma
twitter.com/Suma_BR

Ainda
para Tabby

SUMÁRIO

1922   *9*

GIGANTE DO VOLANTE   *149*

EXTENSÃO JUSTA   *265*

UM BOM CASAMENTO   *301*

POSFÁCIO   *387*

1922

11 de abril de 1930

Hotel Magnólia
Omaha, Nebrasca

A QUEM INTERESSAR POSSA:

Meu nome é Wilfred Leland James e esta é minha confissão. Em junho de 1922 eu matei minha esposa, Arlette Christina Winters James, e escondi o corpo em um velho poço. Meu filho, Henry Freeman James, me ajudou, embora ele não possa ser responsabilizado pelo crime porque na época tinha 14 anos. Eu o persuadi, jogando com seus medos e contendo suas objeções mais do que naturais durante dois meses. Me arrependo disso mais amargamente do que do crime, por motivos que este documento vai revelar.

A questão que levou ao crime e à minha danação foram 100 acres de terras boas em Hemingford Home, no Nebrasca, deixados em testamento para minha esposa pelo pai dela, John Henry Winters. Eu queria anexar essas terras à nossa fazenda que, em 1922, totalizava 80 acres. Minha esposa, que nunca gostou da vida na fazenda (ou de ser esposa de fazendeiro), queria vendê-las à Companhia Farrington por dinheiro vivo. Quando lhe perguntei se ela queria mesmo morar ao lado do matadouro de porcos da Farrington, ela me disse que, além das terras do pai dela, poderíamos vender a fazenda — a fazenda do meu pai, que antes pertencia ao pai dele! E quando perguntei o que faríamos com o dinheiro e sem nenhuma terra, ela falou que poderíamos nos mudar para Omaha, ou até mesmo para St. Louis, e abrir uma loja.

— Nunca vou morar em Omaha — falei. — Cidades são para os idiotas.

O que é irônico considerando onde moro agora, mas não vou ficar aqui por muito tempo. Sei disso tão bem quanto sei o que produz esses sons que ouço vindo das paredes. E sei para onde vou quando essa minha existência terrena chegar ao fim. Às vezes me pergunto se o inferno pode ser pior que a cidade de Omaha. Talvez ele *seja* a cidade de Omaha, mas sem nenhum campo decente em volta, somente uma vastidão vazia e enfumaçada, fedendo a enxofre e cheia de almas perdidas como a minha.

Discutimos à exaustão sobre aqueles 100 acres durante o inverno e a primavera de 1922. Henry sempre ficava em cima do muro, ainda que tendesse mais para o meu lado. Ele era fisicamente parecido com a mãe, mas tinha o meu gosto pela terra. Era um rapaz obediente, sem nem um pingo da arrogância da mãe. Várias vezes ele disse que não tinha nenhuma vontade de morar em Omaha ou em qualquer outra cidade, e que só iria se ela e eu chegássemos a um acordo — o que nunca aconteceu.

Pensei em procurar a Justiça, certo de que, como marido, qualquer tribunal asseguraria meu direito de decidir o que fazer com aquelas terras. Ainda assim, algo me deteve. Não era medo do que os vizinhos iriam falar, eu não ligava para as fofocas do interior. Era outra coisa. Eu começara a odiá-la, entende? Começara a desejar que ela morresse, e foi isso o que me deteve.

Acredito que exista outro homem dentro de cada homem, um estranho, um Homem Conivente. E acredito que, em março de 1922, quando os céus do condado de Hemingford estavam brancos, e cada campo estava coberto de neve lamacenta, o Homem Conivente dentro do fazendeiro Wilfred James já tinha julgado minha esposa e decidido seu destino. Era uma justiça de sentença de morte. A Bíblia diz que um filho ingrato é como o dente de uma serpente, mas uma esposa irritante e ingrata é ainda pior.

Não sou um monstro. Eu bem que tentei salvá-la do Homem Conivente. Disse a minha esposa que, como não chegávamos a um acordo, ela deveria se mudar para a casa da mãe em Lincoln, a uns 10 quilômetros dali — uma boa distância para uma separação que não é exatamente um divórcio, mas mesmo assim representa uma dissolução da sociedade conjugal.

— E deixar as terras do meu pai para você, imagino? — perguntou ela, balançando a cabeça.

Ah, como eu passara a odiar aquele gesto arrogante, que parecia o de um pônei maltreinado, e a bufada de desprezo que sempre o acompanhava.

— Isso nunca vai acontecer, Wilf.

Eu lhe disse que compraria as terras, se ela insistisse. É claro que levaria algum tempo — oito anos, talvez dez —, mas eu pagaria cada centavo.

— Pouco dinheiro é ainda pior do que nenhum — replicou ela (com outra bufada e outro menear de cabeça). — Isso é algo que toda mulher sabe. A Companhia Farrington vai pagar tudo de uma vez, sem falar que a oferta deles deve ser bem mais generosa do que a sua. E eu nunca vou morar em Lincoln. Aquilo lá não é uma cidade, é só uma vila com mais igrejas do que casas.

Você entende o meu problema? Não percebe a sinuca em que ela me deixou? Posso contar pelo menos com um pouco da sua compreensão? Não? Então ouça isto.

No começo de abril daquele ano — há exatamente oito anos, pelo que sei —, ela veio falar comigo toda feliz. Tinha passado o dia quase todo no "salão de beleza" em McCook, e seus cabelos caíam em volta do rosto em grandes ondas que me faziam lembrar os rolos de papel higiênico que a gente vê em hotéis e pousadas. Ela disse que tivera uma ideia. Sugeriu que vendêssemos os 100 acres *e* a fazenda para a Companhia Farrington. Ela achava que eles comprariam tudo só para conseguir a parte do pai dela, que ficava perto da linha do trem (e provavelmente estava certa).

— Então vamos poder dividir o dinheiro, nos divorciar e começar vida nova e separada — disse a megera descarada. — Nós dois sabemos que é isso que você quer.

Como se ela não quisesse.

— Ah — falei (como se estivesse pensando mesmo sobre o assunto). — E quem vai ficar com o garoto?

— Eu, é claro — respondeu ela, com os olhos arregalados. — Um menino de 14 anos precisa da mãe.

Comecei a "fazer a cabeça" do Henry naquele mesmo dia, contando-lhe o plano de sua mãe. Estávamos sentados no feno. Fiz a minha cara mais triste e falei com a minha voz mais triste, pintando uma imagem de como seria a vida dele caso minha esposa seguisse em frente com aquele plano: disse que ele não teria mais a fazenda nem o pai, que iria para uma escola muito maior, que todos os seus amigos ficariam para trás (eles haviam crescido juntos), e expliquei como, já na nova escola, ele precisaria lutar para conquistar um lugar entre estranhos que ririam dele e o chamariam de caipira. Por outro lado, continuei, se pudéssemos manter todas as terras, eu estava convencido de que poderíamos quitar nossa promissória no banco até 1925 e viveríamos felizes e livres de qualquer dívida, respirando ar puro em vez de ver tripas de porco flutuando pelo nosso rio que era limpo, do nascer ao pôr do sol.

— Agora, o que é que você prefere? — perguntei, depois de pintar essa imagem com todos os detalhes possíveis.

— Ficar aqui com você, pai — respondeu ele. Lágrimas escorriam pelo seu rosto. — Por que ela tem que ser tão... tão...

— Vá em frente — falei. — Não é palavrão quando a gente diz a verdade, filho.

— Tão *escrota*!

— Porque a maioria das mulheres é assim. Faz parte da natureza delas. A questão é o que a gente vai fazer a respeito disso.

Mas o Homem Conivente dentro de mim já havia pensado no velho poço atrás do celeiro, aquele que só era usado para matar a sede dos animais, porque a água era muito rasa e turva — tinha apenas uns 6 metros de profundidade, não muito mais do que uma cisterna. Era só uma questão de convencê-lo. E eu *tinha* que conseguir, sem dúvida você pode entender o motivo disso. Eu poderia matar minha esposa, mas precisava salvar meu amado filho. De que adiantaria possuir 180 acres de terra — ou mil — sem ter alguém com quem dividi-los ou para quem deixá-los?

Eu fingia considerar o plano maluco de Arlette de ver aquelas terras boas para plantar milho transformadas em matadouro de porcos. Pedi a ela que me desse tempo para me acostumar com a ideia. Ela concordou. E durante os dois meses seguintes tentei fazer a cabeça de Henry para que *ele* se acostumasse a uma ideia bem diferente. Não foi tão difícil quanto eu esperava. Ele se parecia fisicamente com a mãe (a aparência de uma mulher é o mel, você deve saber, que atrai os homens para os perigos da colmeia), mas não tinha nada de sua terrível teimosia. Só foi preciso pintar uma imagem de como seria a vida em Omaha ou

St. Louis. Levantei ainda a possibilidade de que nem mesmo esses dois formigueiros superlotados poderiam satisfazê-la, e que ela talvez decidisse ir para Chicago.

— Então você vai acabar indo para a escola com um bando de crioulos.

Ele ficou mais frio com a mãe e, após algumas poucas tentativas — todas meio desajeitadas, todas rejeitadas — de reconquistar a afeição do filho, ela passou a tratá-lo com a mesma frieza. Eu (ou melhor, o Homem Conivente) adorei isso. No começo de junho, eu disse a ela que, depois de pensar muito, tinha decidido que jamais a deixaria vender aqueles 100 acres sem lutar, que eu preferia condenar todos nós à pobreza e à ruína, se fosse necessário.

Minha esposa estava calma. Decidiu procurar aconselhamento jurídico (porque a justiça, como todos sabemos, sempre vai favorecer quem pagar mais). Mas eu já tinha previsto isso. E sorri! Porque ela não poderia pagar por esse tipo de aconselhamento. Naquela época, eu estava controlando ao máximo o pouco dinheiro que tínhamos. Henry até me entregou seu cofrinho quando lhe pedi, para ela não ter como roubar dele, por mais insignificante que a quantia fosse. Mas Arlette foi, é claro, ao escritório da Companhia Farrington, em Deland, segura (como eu também estava) de que eles, que tinham tanto a lucrar, iriam bancar as despesas legais dela.

— E vão mesmo, e ela vai ganhar — disse eu a Henry.

Estávamos onde sempre aconteciam nossas conversas, sentados no feno. Eu ainda não tinha absoluta certeza, mas já tinha tomado minha decisão, que eu não chego a chamar de "plano".

— Mas, pai, isso não é justo! — exclamou ele. Ali, sentado no feno, Henry parecia mais jovem, como se tivesse 10 em vez de 14 anos.

— A vida nunca é justa. Às vezes, a única coisa a se fazer é tomar o que é nosso. Mesmo que alguém se machuque. — Fiz uma pausa, avaliando a reação dele. — Mesmo que alguém morra.

Ele ficou lívido.

— Pai!

— Se ela desaparecesse, tudo voltaria a ser como antes. Todas as discussões acabariam. Poderíamos morar aqui tranquilamente. Ofereci a Arlette tudo o que estava ao meu alcance para que fosse embora, mas não deu certo. Agora só tem uma coisa que eu posso fazer. Que *nós* podemos fazer.

— Mas eu amo a minha mãe!

— Eu também — falei.

O que, por mais que seja difícil de acreditar, era verdade. O ódio que eu sentia por ela naquele ano de 1922 era maior do que o que um homem pode sentir por uma mulher a menos que haja amor envolvido. E, embora fosse voluntariosa e amarga, Arlette era uma mulher calorosa. Nunca deixamos de consumar nossas "relações conjugais", embora, desde que as discussões sobre os 100 acres tinham começado, nossos atos no escuro houvessem se tornado cada vez mais como os de animais no cio.

— Não tem que doer — falei. — E quando acabar... bem...

Saímos pelos fundos do celeiro, e eu lhe mostrei o poço. Henry irrompeu em lágrimas sofridas.

— Não, pai. Isso não. De jeito nenhum.

Mas quando ela voltou de Deland (Harlan Cotterie, nosso vizinho mais próximo, a trouxe a maior parte do caminho em seu Ford, deixando-a a apenas 3 quilômetros de casa) e Henry lhe implorou para "desistir daquela ideia, para sermos uma família de novo", Arlette perdeu a calma, deu um tapa no filho e mandou que ele parasse de implorar como um cão.

— Seu pai contaminou você com a timidez dele. Pior, contaminou você com avareza.

Como se ela não cometesse *esse* pecado!

— O advogado me garantiu que as terras são minhas para eu fazer o que bem entender com elas, e vou vendê-las. Vocês dois podem ficar aqui juntos, sentindo o cheiro de porco assado, cozinhando as próprias refeições e arrumando suas camas. Você, meu filho, pode arar a terra o dia todo e ler os livros intermináveis *dele* a noite inteira. Livros que não ajudaram seu pai em nada, mas quem sabe você não se sai melhor do que ele?

— Mãe, isso não é justo!

Ela olhou para o filho como uma mulher olha para um estranho que se atreveu a tocar seu braço. E como meu coração se alegrou quando o vi retribuir aquele olhar frio.

1922

— Vocês dois podem ir para o inferno. Quanto a mim, vou para Omaha abrir uma loja de roupas. Essa é a *minha* ideia de justiça.

Essa conversa aconteceu no quintal entre a casa e o celeiro, e a ideia dela de justiça encerrou a discussão. Arlette passou pelo quintal, os delicados sapatos de cidade levantando poeira atrás dela, entrou na casa e bateu a porta. Henry se virou e olhou para mim. Havia sangue no canto da sua boca, e o lábio inferior estava ficando inchado. A raiva nos olhos dele era daquele tipo nua e crua que só os adolescentes são capazes de sentir. É uma raiva que não pesa as consequências. Ele assentiu. Eu assenti de volta, com o mesmo ar sério, mas por dentro o Homem Conivente sorria.

Com aquele tapa, ela havia assinado sua sentença de morte.

Dois dias depois, quando Henry me procurou no milharal, vi que ele tivera uma recaída. Não fiquei desanimado ou surpreso. Os anos entre a infância e a idade adulta são tempestuosos, e a cabeça de quem passa por eles parece girar como os cata-ventos em forma de galo que alguns fazendeiros do Meio-Oeste colocavam no alto de seus silos de grãos.

— Não podemos — disse ele. — Pai, ela está vivendo em pecado. E Shannon diz que aqueles que morrem em pecado vão para o inferno.

Maldita seja a igreja Metodista e a Juventude Metodista, pensei... mas o Homem Conivente apenas sorriu. Durante os dez minutos seguintes, conversamos sobre teologia no milharal verde enquanto as nuvens do começo do verão — as melhores nuvens, aquelas que flutuam como escunas — singravam lentamente acima de nós, deixando rastros de sombras na terra. Expliquei a ele que não mandaríamos Arlette para o inferno, muito pelo contrário: nós a mandaríamos para o paraíso.

— Uma pessoa assassinada não morre no tempo de Deus, mas no tempo dos homens. Ele... ou ela... terá sua vida interrompida antes que ele... ou ela... possa expiar seus pecados, e então todos os seus erros devem ser perdoados. Se pensar assim, todo assassino é um Portão do Paraíso.

— Mas e a gente, pai? Não vai para o inferno?

Mostrei a ele, então, os campos à nossa frente, esplendorosos com todos aqueles milhos florescendo.

— Como você pode dizer isso, quando temos todo esse paraíso à nossa volta? E, ainda assim, ela quer nos tirar daqui como o anjo que expulsou Adão e Eva do Éden com a espada flamejante.

Ele olhou para mim, aflito. Abatido. Detestei deixar meu filho naquele estado, ainda que parte de mim acreditasse então, e ainda acredite, que não fui eu que fiz isso com ele, mas ela.

— E pense — continuei —, se Arlette for para Omaha, vai cavar um buraco ainda mais fundo para ela no Sheol. Se você for junto, vai se tornar um garoto da cidade...

— Nunca!

Ele gritou tão alto que os corvos saíram voando da cerca e rodopiaram para longe no céu azul, como pedaços de papel queimado.

— Você é jovem e vai, sim — continuei. — Vai se esquecer de tudo isso... vai aprender os costumes da cidade... e começar a cavar o próprio buraco.

Se ele tivesse rebatido dizendo que os assassinos não tinham esperança de se juntar às suas vítimas no paraíso, eu poderia ter me atrapalhado. Mas a teologia dele não ia tão longe, ou ele não queria pensar nessas coisas. E será que o inferno existe mesmo? Ou fazemos o nosso próprio inferno aqui na Terra? Quando penso nos últimos oito anos da minha vida, acredito que seja o segundo caso.

— Como? — perguntou ele. — E quando?

Eu lhe contei.

— E podemos continuar morando aqui depois?

Falei que sim.

— E ela não vai sofrer?

— Não — respondi. — Vai ser rápido.

Ele pareceu satisfeito. E ainda assim poderia não ter acontecido, se não fosse pela própria Arlette.

Decidimos que aconteceria em uma noite de sábado, em meados de um junho tão bom quanto qualquer outro de que me lembre. Arlette tomava uma taça de vinho nas noites de verão, embora raramente bebesse mais de uma. E tinha uma boa razão para isso. Ela era uma dessas pessoas que nunca podem tomar duas taças sem tomar quatro, então seis, e depois a garrafa inteira. E outra garrafa, se houver mais.

1922

— Preciso ter cuidado, Wilf. Gosto muito de vinho. Sorte minha que tenho uma grande força de vontade.

Naquela noite, nós nos sentamos na varanda, observando a madrugada se estender pelos campos, enquanto ouvíamos o sonolento *cri-cri-cri* dos grilos. Henry estava no quarto dele. Mal tinha tocado no jantar, e, enquanto Arlette e eu estávamos ali, sentados em nossas cadeiras de balanço idênticas, os estofados bordados com as palavras *mãe* e *pai*, pensei ter ouvido um som baixo que poderia ser alguém vomitando. Eu me lembro de ter pensado que, quando o momento chegasse, ele não conseguiria fazer o que tínhamos combinado. No dia seguinte, a mãe dele acordaria mal-humorada e de "ressaca", sem ter a mínima ideia de quão perto havia chegado de não ver outro amanhecer no Nebrasca. Ainda assim, segui com o plano. Talvez porque eu fosse como uma daquelas bonecas russas. Quem sabe. Pode ser que todo homem seja assim. Dentro de mim havia o Homem Conivente, mas dentro do Homem Conivente habitava o Homem Esperançoso. Este morreu em algum momento entre 1922 e 1930. O Homem Conivente, após fazer seu estrago, desapareceu. Sem seus esquemas e ambições, a vida tem sido vazia.

Levei a garrafa para a varanda comigo, mas, quando tentei encher a taça vazia de Arlette, ela a cobriu com a mão.

— Você não precisa me deixar bêbada para conseguir o que quer. Eu também quero. Estou ardendo.

Ela abriu as pernas e colocou a mão na virilha para mostrar onde estava ardendo. Havia uma Mulher Vulgar dentro dela — talvez até uma Prostituta —, e o vinho sempre a libertava.

— Tome outra taça assim mesmo — falei para ela. — Estamos comemorando.

Ela olhou para mim, desconfiada. Uma única taça de vinho já a fazia lacrimejar (como se parte dela estivesse chorando por todo o vinho que queria tomar e não podia), e, sob a luz do pôr do sol, seus olhos pareciam laranja como os olhos de uma lanterna de Halloween feita de abóbora com uma vela dentro.

— Não haverá nenhum processo, nem divórcio — anunciei. — Se a Companhia Farrington puder pagar pelos meus 80 acres, além dos 100 do seu pai, nossa discussão acabou.

Pela primeira vez em todo o nosso casamento conturbado, ela realmente ficou *boquiaberta*.

— O que você está dizendo? É mesmo o que estou pensando? Não tente me enrolar, Wilf!

— Não estou tentando — disse o Homem Conivente. Ele falava com entusiasmada sinceridade. — Henry e eu conversamos muito sobre isso...

— Vocês têm andado mesmo como unha e carne, é verdade... — Ela havia tirado a mão da taça, e eu aproveitei a oportunidade para enchê-la. — Sempre junto ao feno no celeiro, ou sentados na pilha de lenha, ou aos sussurros no campo de trás. Pensei que estivessem falando sobre Shannon Cotterie.

Ela então bufou e meneou a cabeça, embora eu tenha achado que também parecia um pouco melancólica. Tomou um gole da segunda taça. Dois goles e ela ainda podia parar por ali e ir para cama. Após o quarto, seria mais fácil lhe entregar a garrafa de uma vez. Sem falar nas outras duas que eu tinha de reserva.

— Não — rebati. — Não temos falado sobre Shannon. — Embora eu *tivesse mesmo* visto Henry segurando a mão dela certa vez enquanto os dois caminhavam os 3 quilômetros até a escola de Hemingford Home. — Temos conversado sobre Omaha. Acho que ele quer ir para lá. — Não seria prudente arriscar demais, não após uma única taça de vinho e dois goles de outra. Ela era uma mulher desconfiada por natureza, minha Arlette, sempre à procura de segundas intenções. E, é claro, nesse caso eu tinha mesmo uma. — Pelo menos para ver no que dá. E Omaha não fica tão longe assim de Hemingford...

— Não. Não fica. Como falei milhares de vezes.

Ela bebeu o vinho, mas, em vez de abaixar a taça como tinha feito antes, continuou a segurá-la. A luz laranja no horizonte se intensificava, dando lugar a um verde-arroxeado sobrenatural que parecia se inflamar na taça.

— Se fosse St. Louis, seria diferente.

— Desisti dessa ideia — disse ela.

O que, é claro, queria dizer que ela havia investigado essa possibilidade e a descartado por achá-la problemática. Pelas minhas costas, naturalmente. Tudo pelas minhas costas, exceto o advogado da empresa. E ela teria feito *isso* pelas minhas costas também, se não quisesse usar essa jogada como um porrete para me castigar.

— Você acha que eles vão comprar todo o terreno? — perguntei. — Todos os 180 acres?

— Como eu posso saber?

Mais alguns goles. A segunda taça já estava pela metade. Se eu lhe dissesse naquela hora que ela já havia tomado o bastante e tentasse tirar sua bebida, ela se recusaria a largar.

— Você sabe, tenho certeza — falei. — Os 180 acres são como St. Louis. Você já *investigou*.

Ela me olhou de soslaio com um ar astuto... então soltou uma gargalhada áspera.

— Talvez tenha investigado mesmo.

— Acho que poderíamos procurar uma casa no subúrbio — falei. — Onde haja pelo menos um pouco de mato para se olhar.

— Então você ficaria com essa sua bunda sentada em uma cadeira de balanço o dia todo, deixando sua esposa trabalhar, para variar? Aqui, encha isso. Se estamos comemorando, vamos comemorar.

Completei as duas taças. Não tinha muito o que encher na minha, já que eu só havia tomado um gole.

— Pensei que eu poderia procurar emprego como mecânico. De carros e caminhões, mas principalmente de máquinas agrícolas. Se eu consigo manter aquela velha Farmall funcionando... — indiquei com a taça o imenso trator parado ao lado do celeiro — então acho que posso consertar qualquer coisa.

— E foi Henry quem o convenceu disso.

— Ele me falou que seria melhor eu tentar ser feliz na cidade do que ficar aqui sozinho e triste.

— O garoto mostra que tem juízo e o homem ouve, finalmente! Aleluia! — Ela esvaziou a taça e a estendeu, pedindo mais vinho. Agarrou meu braço e se aproximou o bastante para eu conseguir sentir o cheiro de uvas azedas em seu hálito. — Acho que você pode se dar bem hoje, Wilf. — E tocou o lábio superior com a língua manchada de roxo. — Posso fazer aquela coisa *indecente* de que você gosta tanto.

— Não vejo a hora — falei.

Se tudo saísse do jeito que eu queria, uma coisa ainda mais indecente aconteceria naquela noite na cama que dividíamos havia 15 anos.

— Chame o Henry — disse ela, começando a engrolar as palavras. — Quero lhe dar os parabéns por finalmente ter visto a luz.

(Por acaso eu mencionei que o verbo *agradecer* não existia no vocabulário da minha esposa? Talvez não. Talvez a esta altura eu não precise mais.) Os olhos dela se iluminaram quando um pensamento lhe ocorreu.

— Vamos dar a ele uma taça de vinho! Ele já tem idade para isso! — Ela me cutucou como se fosse um daqueles velhos que a gente vê sentados nos bancos que ladeiam as escadarias do tribunal, contando piadas sujas um para o outro. — Se soltarmos um pouco a língua dele, quem sabe a gente não descobre se ele já teve algum progresso com a Shannon Cotterie... falam dela, mas a garota tem um cabelo bonito, não posso negar.

— Tome outra taça de vinho primeiro — sugeriu o Homem Conivente.

Ela bebeu mais duas e, com isso, esvaziou a garrafa (a primeira). Àquela altura, ela já estava cantando "Avalon" com sua melhor voz de menestrel e até revirava os olhos como um. Era difícil de ver e mais ainda de ouvir.

Fui até a cozinha pegar outra garrafa de vinho e achei que já era hora de chamar Henry. Embora, como eu já disse, não alimentasse muitas esperanças. Eu só podia seguir com o plano se meu filho fosse mesmo meu cúmplice, e no meu coração eu achava que ele acabaria dando para trás quando chegasse o momento de agir. Se fosse o caso, iríamos simplesmente deitá-la na cama. E pela manhã eu lhe diria que tinha mudado de ideia sobre vender as terras do meu pai.

Henry chegou com um rosto pálido e aflito que não era nada encorajador.

— Pai, acho que eu não consigo — sussurrou. — É a *mamãe*.

— Se não consegue, não consegue — falei, sem nenhuma participação do Homem Conivente nisso. Eu estava resignado, seria o que tivesse que ser. — De qualquer forma, ela está feliz pela primeira vez em meses. Bêbada, mas feliz.

— Ela não está só inebriada? Está *bêbada* mesmo?

— Não fique tão surpreso. Fazer com que tudo saia do jeito que ela quer é a única coisa que a deixa feliz. Com certeza 14 anos com ela é tempo suficiente para você já ter aprendido isso.

Ele franziu a testa e inclinou a cabeça em direção à varanda, onde a mulher que lhe dera à luz se lançara à sua versão estridente, mas completa, de "Dirty McGee". Henry fechou a cara para aquela música de botequim, talvez por causa do refrão ("Ela estava querendo ajudá-lo a enfiar / Porque era Dirty McGee de novo"), ou mais provavelmente pela maneira como ela estava embolando as palavras. Ele havia prometido se abster de bebidas alcoólicas no ano anterior, quando frequentara o acampamento da Juventude Metodista no fim de semana do dia do trabalho. Eu bem que gostei de ver como ele ficou chocado. Quando a cabeça dos adolescentes não está girando como um cata-vento em um vendaval, eles são inflexíveis como puritanos.

— Ela quer que você se junte a nós e tome uma taça de vinho.

— Pai, você sabe que prometi ao Senhor que nunca beberia.

— Você vai ter que se entender com sua mãe. Ela quer comemorar. Vamos vender as terras e nos mudar para Omaha.

— *Não!*

— Bem... veremos. Só depende de você, filho. Vamos para a varanda.

Arlette se levantou tropegamente quando o viu, passou os braços em volta da cintura do filho e pressionou o corpo contra o dele com força, cobrindo seu rosto com beijos extravagantes. Beijos que tinham um cheiro bastante desagradável, pela careta que ele fez. Enquanto isso, o Homem Conivente enchia a taça dela, que tinha ficado vazia mais uma vez.

— Finalmente estamos todos juntos! E os homens da minha vida enxergam a luz da razão! — Ela ergueu a taça em um brinde, derramando um bocado de vinho nos seios. Então soltou uma gargalhada e piscou para mim. — Se você for bonzinho, Wilf, vai poder chupar o vinho da minha roupa depois.

Henry observou a mãe com um ar confuso e desgostoso enquanto ela desabava na cadeira de balanço, levantava as saias e as prendia entre as pernas. Arlette notou o olhar do filho e riu.

— Não precisa ser tão puritano. Já vi você com Shannon Cotterie. Falam dela, mas a garota tem um cabelo bonito e uma boa aparência.

ESCURIDÃO TOTAL SEM ESTRELAS

— Ela engoliu o resto do vinho e arrotou. — Se você não estiver tirando uma casquinha, é um idiota. Mas precisa tomar cuidado. Com 14 anos não se é novo demais para casar. Por aqui, com 14 não se é novo demais nem para se casar com sua *prima*.

Ela riu um pouco mais e estendeu a taça, que eu enchi com a segunda garrafa.

— Pai, ela já bebeu demais — disse Henry, no tom de reprovação de um pároco.

No céu, as primeiras estrelas começavam a despontar acima da imensidão vazia que amei minha vida inteira.

— Ah, eu não sei. *In vino veritas*, foi o que Plínio, o Velho, disse... em um daqueles *livros* de que sua mãe sempre debocha.

— As mãos lavrando a terra o dia todo, e o nariz enfiado nos livros a noite inteira — disse Arlette. — A não ser quando ele está enfiando outra coisa em *mim*.

— *Mãe!*

— *Mãe!* — zombou ela, então ergueu a taça na direção da fazenda de Harlan Cotterie, embora esta ficasse muito longe para vermos as luzes. Não daria para vermos nem se estivéssemos 2 quilômetros mais perto, pois o milho estava alto naquela época. Quando o verão chegava no Nebrasca, cada casa de fazenda era um navio em um vasto oceano verde. — Um brinde a Shannon Cotterie e seus peitos empinados, e, se meu filho não sabe a cor dos mamilos dela, ele é um banana.

Henry não respondeu nada, mas o que pude ver do rosto dele em meio às sombras fez o Homem Conivente sorrir.

Ela se virou para o filho, segurou-o pelo braço e derramou vinho no pulso dele. Ignorou seu gemido de nojo, então o encarou com repentina amargura e disse:

— Só não seja burro de ir até os finalmentes com ela quando estiverem deitados no milharal ou atrás do celeiro. — Ela fechou a mão livre em um punho, levantou o dedo médio e então o usou para indicar vários pontos, formando um círculo ao redor de sua virilha: coxa esquerda, coxa direita, lado direito da barriga, umbigo, lado esquerdo da barriga e de volta para a coxa esquerda. — Explore quanto quiser, e esfregue o Henry Jr. até ele ficar satisfeito e cuspir, mas fique fora da xo-

xota, ou vocês dois vão acabar presos um ao outro para o resto da vida, que nem sua mamãe e seu papai.

Henry se levantou e saiu, ainda sem dizer uma palavra, e não o culpo por isso. Até mesmo para os padrões de Arlette aquilo fora extremamente vulgar. Ele deve tê-la visto se transformar diante de seus olhos, passando de mãe — uma mulher difícil, mas muitas vezes amorosa — a uma dona de bordel fedorenta transmitindo seus ensinamentos a um jovem cliente. Só isso já seria ruim o bastante, mas ele estava apaixonado pela garota dos Cotterie, o que só piorava as coisas. Os rapazes nunca conseguem evitar colocar seus primeiros amores em pedestais, e quando alguém fala mal de seus objetos de adoração... mesmo que seja sua mãe...

Ouvi a porta do quarto dele bater a distância. E também pude ouvi-lo chorar, ainda que bem baixinho.

— Você feriu os sentimentos dele — falei.

Ela então disse que *sentimentos*, assim como *justiça*, eram o último recurso dos fracos. Depois estendeu a taça, e eu a enchi, sabendo que ela não se lembraria de nada daquilo pela manhã (sempre supondo que ela ainda estaria viva para saudar o dia) e negaria tudo veementemente se eu lhe contasse. Já a vira naquele estado de embriaguez antes, mas fazia anos que isso não acontecia.

Terminamos a segunda garrafa (*ela* terminou) e metade da terceira antes de o queixo dela tombar sobre o peito sujo de vinho e Arlette começar a roncar. O som que vinha de sua garganta comprimida parecia o rosnado de um cachorro bravo.

Passei meu braço pelos ombros dela, segurei-a por baixo do braço e a coloquei de pé. Ela resmungou e me deu um tapa fraco com a mão fedida.

— 'Xa em paz. Quero *durmi*.

— E você vai. Mas na sua cama, não aqui na varanda.

Eu a levei, aos roncos e tropeços, um olho fechado e o outro aberto e desfocado, pela sala de estar. A porta de Henry se abriu. Ele ficou ali parado, o rosto impassível e parecendo muito mais velho do que realmente era. Henry assentiu para mim. Apenas uma única vez, mas com isso me disse tudo o que eu precisava saber.

Coloquei Arlette na cama, tirei os sapatos dela e deixei-a lá, roncando, com as pernas esparramadas e uma das mãos pendendo para fora do colchão. Voltei à sala de estar e encontrei Henry de pé ao lado do rádio que sua mãe praticamente me obrigara a comprar no ano anterior.

— Ela não pode dizer essas coisas da Shannon — sussurrou ele.

— Mas diz. É assim que ela é, é como o Senhor a fez.

— E ela não pode me *afastar* da Shannon.

— Ela vai fazer isso também. Se deixarmos.

— Você não pode... Pai, você não pode arranjar seu próprio advogado?

— Você acha que qualquer advogado que eu possa contratar com o pouco dinheiro que tenho no banco poderia fazer frente aos advogados que a Farrington usaria contra nós? Eles vivem mandando e desmandando no condado de Hemingford; eu só mando na foice para cortar feno. Querem aqueles 100 acres, e ela pretende vendê-los. Essa é a única maneira, mas você precisa me ajudar. Posso contar com você?

Durante muito tempo ele não disse nada. Abaixou a cabeça, e vi as lágrimas escorrerem de seus olhos para o tapete bordado. Então ele sussurrou:

— Está bem. Mas se eu tiver que ver... não sei se vou conseguir...

— Tem um jeito de você ajudar sem precisar ver. Vá até o galpão e traga um saco de estopa.

Ele fez o que pedi. Fui até a cozinha e peguei a faca de carne mais afiada que tínhamos. Quando ele voltou com o saco e viu o que eu estava segurando, ficou pálido.

— Tem que ser *assim*? Você não pode... com um travesseiro...?

— Seria muito lento e doloroso. Ela tentaria resistir.

Ele aceitou isso como se eu tivesse matado uma dezena de mulheres antes da minha esposa e soubesse do que estava falando. Mas não era nada disso. Eu só sabia que, em todos os esboços de planos que fizera — ou seja, em minhas fantasias de me livrar de Arlette —, sempre via a faca que estava agora na minha mão. Então tinha que ser com a faca. A faca ou nada.

Ficamos ali, parados sob o brilho dos lampiões de querosene — não haveria eletricidade em Hemingford Home, com exceção da produzida por geradores, até 1928 —, olhando um para o outro, o grande silêncio noturno que reinava lá fora quebrado apenas pelo som nada agradável dos roncos dela. Mas havia uma terceira presença naquele cômodo: a determinação inelutável da minha esposa, que tinha uma existência independente da mulher em si (pensei tê-la sentido na época, e agora, oito anos depois, tenho certeza disso). Esta é uma história de fantasmas, mas o fantasma já estava lá antes mesmo que a mulher a quem ele pertencia morresse.

— Está certo, pai. Vamos... vamos mandá-la para o céu. — O rosto de Henry se iluminou com a ideia. Isso me parece horrível demais agora, principalmente quando penso em seu destino.

— Vai ser rápido — afirmei.

Eu já cortara quase duzentas gargantas de porco desde que era um menino, e achei mesmo que seria. Mas eu estava enganado.

Vou tentar ser rápido nesta história. Nas noites em que não consigo dormir — e elas são muitas hoje em dia —, tudo o que aconteceu naquela noite se repete na minha cabeça, de novo e de novo: cada vez que ela se debateu ou se engasgou, e cada gota de sangue, em uma lentidão terrível, então vou contar tudo bem depressa.

Entramos no quarto, eu na frente, com a faca de carne na mão, e meu filho com o saco de estopa. Caminhamos na ponta dos pés, mas poderíamos ter entrado tocando címbalos sem que ela acordasse. Fiz um sinal para Henry ficar à minha direita, perto da cabeceira da cama. Ouvíamos o tique-taque do despertador em forma de Big Ben na mesa de cabeceira dela, assim como seus roncos, e um pensamento curioso me ocorreu: nós éramos como médicos atendendo um paciente importante em seu leito de morte. Mas acho que geralmente os médicos não tremem de culpa e medo.

Por favor, que não haja muito sangue, pensei. *Que o saco possa conter tudo. Melhor ainda, que ele desista agora, no último minuto.*

Mas Henry não desistiu. Talvez tenha pensado que eu o odiaria se desistisse, talvez tenha se resignado em mandá-la para o céu, ou talvez estivesse se lembrando daquele dedo médio obsceno, desenhando um círculo ao redor da virilha dela. Não sei. Só sei que ele sussurrou: "Adeus, mãe", e baixou o saco sobre a cabeça dela.

Ela ofegou e tentou se libertar. Eu precisava alcançar o pescoço dela embaixo do saco para fazer o serviço, mas Henry teve que segurá-lo bem apertado para contê-la, e eu não conseguia. Vi o nariz dela marcando o saco de estopa como a barbatana de um tubarão. Vi o rosto de Henry sendo tomado pelo pânico, e sabia que ele não aguentaria aquilo por muito tempo.

Apoiei um joelho na cama e uma das mãos no ombro dela. Então cortei o saco e a garganta embaixo dele. Ela gritou e começou a se debater enlouquecidamente. O sangue jorrava através do corte feito no saco. Arlette ergueu as mãos, agitando-as no ar. Henry cambaleou para longe da cama com um grito. Eu tentei segurá-la. Ela puxou o saco ensopado de sangue, e então eu cortei três de seus dedos até o osso. Ela gritou de novo — um som tão frágil e agudo quanto uma lasca de gelo —, e a mão tombou em espasmos na colcha. Fiz outro corte no saco, e mais outro, e mais outro, por onde esguichava cada vez mais sangue. Fiz cinco cortes antes de ela me empurrar com a mão boa e arrancar o saco de estopa do rosto. Não conseguiu tirá-lo por completo da cabeça, e ele ficou preso, parecendo uma rede de cabelo.

Eu tinha acertado a garganta dela com os dois primeiros cortes, o inicial profundo o bastante para mostrar a cartilagem da traqueia. Com os dois últimos, eu havia entalhado sua bochecha e sua boca, que ficou tão profundamente rasgada que parecia um sorriso de palhaço que se estendia até as orelhas, mostrando os dentes. Ela emitiu um urro sufocado e gutural, o som que um leão deve fazer na hora de comer. O sangue corria da garganta até a ponta da cama. Lembro-me de pensar que parecia o vinho quando ela ergueu a taça em frente aos últimos raios de sol.

Ela tentou sair da cama. Primeiro, fiquei espantado, depois, furioso. Ela havia sido um problema para mim em todos os dias do nosso casamento, e continuava um estorvo mesmo agora, em nosso divórcio sangrento. Mas o que mais eu poderia ter esperado?

— *Ah, pai, faz a mãe parar!* — guinchou Henry. — *Faz a mãe parar, pai, pelo amor de Deus, faz a mãe parar!*

Pulei em Arlette como um amante apaixonado e a afundei de volta em seu travesseiro coberto de sangue. Mais urros selvagens vieram do fundo da garganta dilacerada. Os olhos dela reviraram nas órbitas, fazendo brotar lágrimas. Agarrei seu cabelo, puxei a cabeça dela para trás e cortei a garganta mais uma vez. Então peguei um pedaço da colcha do meu lado da cama e envolvi a cabeça dela, contendo tudo menos o primeiro jato de sua jugular. Esse esguicho foi parar direto no meu rosto, e então sangue quente começou a escorrer do meu queixo, do meu nariz e das minhas sobrancelhas.

Atrás de mim, os gritos de Henry tinham cessado. Eu me virei e vi que Deus se apiedara dele (assumindo que Ele não tinha nos dado as costas quando viu o que íamos fazer): Henry desmaiara. Arlette começava a se debater menos. Por fim, parou de se mexer... mas continuei em cima dela, pressionando-a com a colcha encharcada de sangue. Eu sabia que ela nunca desistiria tão facilmente. E estava certo. Depois de trinta segundos (o relógio metálico que chegara pelo correio me indicou o tempo), ela tentou se levantar novamente, dessa vez arqueando as costas com tanta força que quase me atirou longe. *Aguenta firme, caubói*, pensei. Ou talvez tenha dito isso em voz alta. Juro por Deus que não me lembro. Consigo me lembrar de todo o resto, menos disso.

Ela ficou quieta. Contei outros trinta tique-taques metálicos, depois mais trinta, por via das dúvidas. No chão, Henry se mexia e gemia. Ele começou a se sentar, depois pensou melhor. Engatinhou até o canto mais distante do quarto e se encolheu como uma bola.

— Henry — chamei.

Nenhuma reação da figura encolhida no canto.

— Henry, ela morreu. Ela morreu, e eu preciso de ajuda.

Nada ainda.

— Henry, agora é tarde demais para voltar atrás. O que está feito está feito. Se você não quer ir para a prisão... e mandar seu pai para a cadeira elétrica... é melhor se levantar logo e vir me ajudar.

Henry cambaleou até a cama. O cabelo estava caído sobre os olhos, que brilhavam através dos cachos grudados pelo suor como os olhos de um animal escondido nos arbustos. Ele lambia os lábios sem parar.

— Não pise no sangue. Temos que limpar uma bagunça muito maior do que eu pretendia, mas podemos dar conta. Se não espalharmos sangue pela casa toda, é claro.

— Eu preciso olhar para ela? Pai, eu preciso *olhar*?

— Não. Nenhum de nós precisa.

Então a enrolamos na colcha, fazendo dela sua mortalha. Quando terminamos, percebi que não poderíamos carregá-la pela casa daquele jeito. Em meus planos e devaneios, eu não via mais do que uma discreta mancha de sangue marcando a colcha onde a garganta cortada dela (a garganta *habilmente* cortada) ficava. Eu não tinha previsto nem sequer considerado aquela realidade: a colcha branca ficara em um tom bem escuro de roxo sob a luz fraca do quarto, e o sangue escorria como água de uma esponja encharcada.

Havia um edredom no armário. Por um instante, não pude deixar de pensar no que minha mãe acharia se pudesse ver o uso que eu fazia daquele presente de casamento costurado com todo carinho. Coloquei--o no chão. Jogamos Arlette em cima dele. Depois a enrolamos.

— Rápido — falei. — Antes que comece a pingar também. Não... espere... vá pegar um lampião.

Ele demorou tanto que fiquei com medo que tivesse fugido. Então vi uma luz se aproximar balançando pelo pequeno corredor, passar pelo quarto dele e chegar ao que Arlette e eu dividíamos. *Dividíamos.* E vi as lágrimas rolando por seu rosto pálido como cera.

— Deixe em cima da cômoda.

Ele pousou o lampião ao lado do livro que eu estava lendo: *Rua Principal*, de Sinclair Lewis. Nunca cheguei a terminá-lo. Nunca *suportaria* terminá-lo. À luz do lampião, apontei o sangue respingado no chão e a poça que se formava ao lado da cama.

— Está escorrendo mais do edredom — disse ele. — Se eu soubesse quanto sangue minha mãe tinha...

Tirei a fronha do meu travesseiro e enfiei-a na ponta do edredom como uma meia sobre uma canela ensanguentada.

— Pegue os pés dela — pedi. — Precisamos resolver isso agora mesmo. E não desmaie de novo, Henry, porque não posso fazer isso sozinho.

— Queria que tudo isso fosse um sonho — disse ele, mas se curvou e passou os braços em volta do edredom. — Você acha que pode ser um sonho, pai?

— Vamos achar que foi daqui a um ano, quando isso tudo ficar para trás. — Parte de mim realmente acreditava nisso. — Depressa agora. Antes que a fronha comece a pingar. Ou o resto do edredom.

Carregamos Arlette pelo corredor, passamos pela sala de estar e saímos pela porta da frente como se estivéssemos carregando um móvel envolto em um daqueles cobertores grossos usados para proteger os objetos em uma mudança. Quando descemos os degraus da varanda, respirei um pouco mais tranquilo; no pátio, o sangue poderia ser facilmente disfarçado.

Henry estava bem até passarmos pelo celeiro e avistarmos o velho poço, cercado por estacas para que ninguém pisasse por acidente na tampa de madeira que o cobria. Aqueles pedaços de pau pareciam horríveis e sombrios sob a luz das estrelas, e, quando os viu, Henry deixou escapar um grito abafado.

— Isso não é túmulo para uma mãe... má...

Ele só conseguiu dizer isso antes de desmaiar no arbusto de ervas daninhas que crescia atrás do celeiro. De repente, eu estava carregando sozinho todo o peso morto da minha esposa assassinada. Pensei em colocar aquele fardo grotesco no chão — os panos que a envolviam já completamente desarrumados, e a mão retalhada à mostra — e acordá-lo. Mas achei que seria mais misericordioso deixá-lo ali deitado. Arrastei-a até a lateral do poço, coloquei-a no chão e levantei a tampa de madeira. Enquanto eu apoiava a tampa contra duas das estacas, senti o cheiro que vinha lá de dentro: um fedor de água parada e plantas em decomposição. Lutei contra o enjoo e perdi. Tive que me segurar em duas estacas para manter o equilíbrio e me curvei para vomitar o jantar e o pouco vinho que tinha bebido. Ouvi um eco quando o vômito atingiu a água barrenta lá no fundo. Aquele som, assim como a frase *Aguenta firme, caubói*, tem estado sempre presente na minha memória nos últimos oito anos. Acordo no meio da noite com o eco em minha mente e sinto as lascas das estacas espetarem as palmas das minhas mãos, enquanto me seguro, tentando me manter firme.

Afastei-me do poço, tropecei na trouxa que continha Arlette e caí. Sua mão cortada ficou a centímetros dos meus olhos. Enfiei-a de volta no edredom e então dei uns tapinhas leves nela, como se a reconfortasse. Henry ainda estava caído sobre as ervas daninhas, a cabeça apoiada em um braço. Ele parecia uma criança dormindo depois de um dia difícil em época de colheita. Lá no alto, as estrelas brilhavam aos milhares e dezenas de milhares. Dava para ver as constelações sobre as quais meu pai tinha me ensinado: Órion, Cassiopeia, a Ursa Maior e a Menor. A distância, o cachorro dos Cotteries, Rex, latiu uma vez e depois se calou.

Eu me lembro de ter pensado: *Esta noite nunca vai acabar.* E estava certo. De todas as maneiras que importam, ela nunca terminou.

Peguei o fardo nos braços, e ele se moveu.

Congelei; fiquei sem respirar apesar do meu coração estar disparado. *Com certeza não senti nada*, pensei. Esperei para ver se aconteceria de novo. Ou que a mão dela deslizasse para fora do edredom e tentasse agarrar meu pulso com os dedos cortados.

Nada aconteceu. Eu tinha imaginado aquilo. Com certeza era isso. Então a joguei no poço. Vi o edredom se desenrolar na ponta que não estava presa pela fronha e então ouvi o barulho. Um som muito mais alto do que o do meu vômito, acompanhado de um baque surdo. Eu sabia que a água não era muito profunda, mas esperava que fosse o suficiente para cobri-la. Aquele baque me disse que não era.

Uma risada aguda e alta soou atrás de mim, um som tão próximo do insano que fez a minha pele se arrepiar toda. Henry tinha voltado a si e se levantara. Não, bem mais do que isso. Ele estava saltando atrás do celeiro, balançando os braços em direção ao céu coberto de estrelas, e gargalhava.

— Mamãe está no fundo do poço e eu não ligo! — cantava ele. — Mamãe está no fundo do poço e eu não ligo, porque meu senhor foi *emboo-ora*!

Alcancei-o em três passadas largas e lhe dei um tapa com toda força, deixando marcas ensanguentadas de dedos em um rosto macio que ainda não tivera contato com uma lâmina de barbear.

— Cale a boca! Alguém vai acabar ouvindo você! Seu... Viu só, seu idiota, você acordou aquele maldito cachorro de novo.

Rex latiu uma, duas, três vezes. Então ficou quieto. Ficamos os dois ali parados, eu segurando Henry pelos ombros, a cabeça inclinada para ouvir melhor. Suor escorria pela minha nuca. Rex latiu mais uma vez, depois parou. Se algum dos Cotteries acordasse, acharia que o cachorro estava latindo para um guaxinim. Ou assim eu esperava.

— Vá para casa — falei. — O pior já passou.

— É verdade, pai? — Ele olhou para mim com seriedade. — Já mesmo?

— Já. Você está bem? Vai desmaiar de novo?

— Eu desmaiei?

— Desmaiou.

— Estou bem. Eu só... Bem, não sei por que ri daquela maneira. Estava confuso. Porque estou aliviado, eu acho. Acabou! — Ele deixou escapar uma risada e levou as mãos à boca como um garotinho que disse um palavrão sem querer na frente da avó.

— Sim — concordei. — Acabou. Vamos ficar aqui. Sua mãe fugiu para St. Louis... ou talvez para Chicago... mas nós vamos ficar aqui.

— Ela...?

Os olhos dele encontraram o poço e a tampa apoiada em três estacas que pareciam muito sombrias à luz das estrelas.

— Sim, Hank, ela foi embora. — A mãe dele detestava que eu o chamasse de Hank, dizia que era um nome muito comum, mas não havia mais nada que ela pudesse fazer. — Foi embora e nos deixou sozinhos e tristes. E é claro que sentimos muito, mas, enquanto isso, o trabalho não espera. Nem a escola.

— E eu ainda posso ser... amigo da Shannon?

— É claro — falei, e na minha mente vi o dedo do meio de Arlette desenhando aquele círculo lascivo na virilha. — É claro que pode. Mas se algum dia sentir vontade de *confessar* para Shannon...

Uma expressão de horror tomou seu rosto.

— Nunca!

— Isso é o que você pensa agora, o que me deixa feliz. Mas, se a vontade surgir algum dia, lembre-se: ela fugiria de você.

— É claro — murmurou ele.

— Agora vá para casa e pegue dois baldes de limpeza na despensa. Melhor pegar também dois baldes de ordenha no estábulo. Encha todos eles usando a bomba da cozinha e misture a água com aquela coisa que ela guarda embaixo da pia.

— Preciso esquentar a água?

Ouvi a voz da minha mãe: *Água fria para limpar sangue, Wilf. Lembre-se disso.*

— Não precisa — respondi. — Vou entrar assim que tampar o poço.

Ele começou a se virar, então agarrou meu braço. Suas mãos estavam terrivelmente frias.

— Ninguém nunca pode saber! — sussurrou ele com a voz rouca.
— Ninguém nunca pode descobrir o que a gente fez!

— Ninguém vai saber — falei, soando muito mais confiante do que me sentia.

Tudo estava dando errado, e eu começava a perceber que nada nunca saía exatamente como sonhamos.

— Ela não vai voltar, vai?

— *O quê?*

— Ela não vai voltar para espiar e assombrar a gente, vai? — Mas ele disse "sombrar", com seu sotaque do campo que sempre fazia Arlette balançar a cabeça e revirar os olhos. Apenas oito anos depois foi que percebi que ele podia estar querendo dizer que ela voltaria para nos fazer "expiar" por aquilo.

— Não — respondi.

Mas eu estava enganado.

Olhei para o fundo do poço e, embora só tivesse uns 6 metros de profundidade, não havia lua e tudo o que eu conseguia ver era o vulto claro e indistinto do edredom. Ou talvez fosse a fronha. Coloquei a tampa no lugar com firmeza e voltei para casa. Tentei seguir pelo mesmo caminho que fizemos com nosso terrível fardo, arrastando os pés de propósito, tentando apagar qualquer traço de sangue. Cuidaria melhor disso pela manhã.

Naquela noite, descobri uma coisa que a maioria das pessoas nunca precisa aprender: assassinato é pecado, assassinato é danação (com certeza danação da mente e do espírito, mesmo se os ateus estiverem certos e não houver vida após a morte), mas assassinato também é trabalho. Esfregamos e limpamos o quarto até nossas costas doerem, depois seguimos para o corredor, a sala de estar e, finalmente, a varanda. Toda vez que achávamos que tínhamos acabado, encontrávamos outra mancha. Quando o amanhecer começou a iluminar o céu ao leste, Henry estava de joelhos esfregando os vãos entre as tábuas do piso do quarto, e eu, na mesma posição, na sala de estar, examinando o tapete bordado de Arlette centímetro por centímetro, à procura daquela gota de sangue que poderia nos entregar. Não havia nada ali — tivéramos sorte —, apenas uma única gota do tamanho de uma moeda ao lado do tapete. Parecia sangue que tinha caído ali enquanto eu me barbeava. Limpei-a, então voltei para o quarto para ver como Henry estava se saindo. Ele parecia melhor agora, e eu também me sentia melhor. Acho que era porque estava amanhecendo, já que a luz do dia sempre parece dissipar nossos piores medos. Mas quando George, nosso galo, cacarejou vigorosamente pela primeira vez naquele dia, Henry deu um pulo. Depois riu. Era uma risada discreta, e ainda havia algo de errado com ela, mas não me assustou como a gargalhada que ele dera quando recuperara a consciência entre o celeiro e o velho poço de água.

— Não posso ir à aula hoje, pai. Estou muito cansado. E... acho que as pessoas vão desconfiar de alguma coisa quando virem a minha cara. Principalmente a Shannon.

Eu não tinha nem pensado na escola, o que era outro sinal do meu péssimo planejamento. Um planejamento de *merda*. Eu deveria ter adiado aquela proeza até as férias de verão. E para isso precisaria esperar apenas uma semana.

— Você pode ficar em casa até segunda, e então diga à professora que estava gripado e não queria que o resto da turma pegasse.

— Não é gripe, mas estou *mesmo* passando mal.

Eu também estava.

Tínhamos aberto um lençol limpo que pegamos no armário dela de roupas de cama (tantas coisas naquela casa eram *dela*... mas não mais) e empilhamos os cobertores ensanguentados por cima dele. O colchão também estava manchado de sangue, é claro, e eu teria que tirá-lo dali. Havia outro, não tão bom, no galpão dos fundos. Fiz uma trouxa com as roupas de cama, e Henry carregou o colchão. Voltamos ao poço um pouco antes de o sol iluminar o horizonte. O céu estava perfeitamente claro. Seria um ótimo dia para a colheita de milho.

— Não posso olhar aí dentro, pai.

— Você não precisa olhar — falei, e mais uma vez levantei a tampa de madeira. Deveria ter deixado a tampa levantada, para começo de conversa. *Pense adiante e poupe-se de algumas tarefas*, dizia meu pai. Mas eu sabia que nunca conseguiria ter feito isso. Não depois de sentir (ou julgar ter sentido) aquele último espasmo.

Agora dava para enxergar o fundo, e o que eu via era terrível. Arlette havia pousado sentada, as pernas esmagadas sob seu peso. A fronha se soltara e estava em seu colo. O edredom e a colcha tinham afrouxado e estavam em volta de seus ombros como uma estola rebuscada. O saco de estopa, preso em volta da cabeça, como uma rede de cabelo, completava a cena: ela quase parecia arrumada para uma noite na cidade.

Sim! Uma noite na cidade! É por isso que estou tão feliz! É por isso que estou sorrindo de orelha a orelha! E você notou como meu batom é vermelho, Wilf? Eu nunca usaria essa cor para ir à igreja, não é? Esse é o tipo de batom que uma mulher passa quando quer fazer aquela coisa indecente com seu homem. Por que você não vem aqui embaixo, Wilf? Não precisa nem usar a escada, pule logo! Me mostre quanto você me deseja! Você fez uma coisa indecente comigo, agora me deixe retribuir o favor!

— Pai? — Henry estava parado de frente para o celeiro, os ombros curvados, como um garoto à espera de uns tapas. — Está tudo bem?

— Tudo.

Joguei a trouxa com as roupas de cama, esperando que caísse nela e cobrisse aquele sorriso medonho, mas um capricho do destino fez com que, em vez disso, tudo caísse no colo do cadáver. Ela parecia estar sentada em uma nuvem estranha e manchada de sangue.

— Ela está coberta? Hein, pai, está coberta?

Peguei o colchão e joguei-o no poço. Vi que caiu de pé na água suja e então tombou contra a parede circular de pedra, formando uma espécie de abrigo sobre Arlette, finalmente escondendo sua cabeça inclinada para trás e o sorriso sangrento.

— Agora está. — Coloquei a velha tampa de madeira de volta no lugar, sabendo que tínhamos mais trabalho pela frente: o poço teria que ser vedado. Ah, mas isso já precisava ser feito havia muito tempo, de qualquer forma. Era um perigo, e por isso eu fincara as estacas ao redor dele. — Vamos entrar para tomar café.

— Eu não consigo comer nada!

Mas comeu. Nós dois comemos. Fritei ovos, bacon e batatas, e comemos tudo. O trabalho duro deixa as pessoas com fome. Todo mundo sabe disso.

Henry dormiu até o fim da tarde. Eu fiquei acordado. Passei algumas dessas horas na mesa da cozinha, tomando xícara após xícara de café preto. E outras caminhando pelo milharal, subindo por uma fileira e descendo por outra, ouvindo as folhas em formato de lâmina se agitarem com a brisa. No mês de junho, quando a plantação já está alta, o milharal parece falar. Isso inquieta algumas pessoas (e há os tolos que dizem que é o som do milho crescendo), mas sempre achei esse farfalhar suave um som reconfortante. Clareia minha mente. Agora, sentado neste quarto de hotel da cidade, sinto falta dele. A vida na cidade grande não serve para um homem do campo. É um tipo de danação por si só.

E percebo que confessar também é difícil.

Caminhei, fiquei ouvindo o som do milharal, tentei pensar no que fazer e, por fim, planejei *de verdade*. Eu precisava fazer isso, e não só por mim.

Houve um tempo, não faz nem vinte anos, em que um homem da minha posição não precisaria se preocupar. Naqueles dias, os problemas de um homem eram só da própria conta, principalmente se ele fosse um fazendeiro respeitado: um cara que pagasse seus impostos, frequentasse a igreja aos domingos, financiasse o time de beisebol Hemingford Stars e votasse no Partido Republicano. Naquela época, acho que todo tipo de coisa acontecia nas fazendas do Meio-Oeste. Coisas que passavam despercebidas, e muito menos se falava delas. Um tempo em que a esposa de um fazendeiro era considerada problema dele, então se ela desaparecesse, não se tocava mais no assunto.

Mas aqueles dias eram passado, e mesmo que fosse diferente... havia a terra. Os 100 acres. A Companhia Farrington queria aqueles acres para seu maldito matadouro de porcos, e Arlette os convencera de que conseguiriam. Isso significava uma ameaça, e ameaça queria dizer que fantasias e planos malpensados não seriam mais suficientes.

Quando voltei para casa, no meio da tarde, estava cansado, mas sereno e com a mente clara. Nossas poucas vacas estavam mugindo, a ordenha já muito atrasada. Cuidei dessa tarefa, depois as levei para o pasto, onde as deixei até o sol se pôr, em vez de recolhê-las para a segunda ordenha, logo após o jantar. Elas não ligavam; vacas aceitam as coisas como elas *são*. Refleti então que, se Arlette tivesse sido mais como uma das nossas vacas, ela ainda estaria viva e me perturbando para comprar uma máquina de lavar nova do catálogo da Monkey Ward. E eu provavelmente compraria para ela. Ela sempre me convencia. Menos quando o assunto era terra. Ela deveria saber disso. Terra é assunto de homem.

Henry ainda estava dormindo. Nas semanas que se seguiram, ele dormiu muito, e eu permiti, embora em um verão comum tivesse preenchido os dias dele com tarefas assim que começassem as férias da escola. E ele teria ocupado suas noites visitando os Cotteries ou caminhando por nossa estrada de terra com Shannon, os dois de mãos dadas, vendo a lua nascer. Quando não estivessem se beijando, quer dizer. Eu esperava que o que havíamos feito não tivesse arruinado esses momentos doces para ele, mas achava que sim. Que *eu* tinha estragado tudo. E é claro que eu estava certo.

Tentei tirar esses pensamentos da cabeça, dizendo a mim mesmo que por ora bastava que ele estivesse dormindo. Eu precisava fazer outra visita ao poço, e era melhor ir sozinho. O estrado vazio da cama parecia gritar assassinato. Fui até o armário e observei as roupas de Arlette. As mulheres têm tantas, não é mesmo? Saias, vestidos, blusas, suéteres e roupas de baixo — algumas tão estranhas e complicadas que um homem não sabe nem dizer qual parte é a da frente. Tirar todas dali seria um erro, pois o caminhão ainda estava estacionado no celeiro, e o Ford T sob o olmo. Ela havia ido embora a pé e levado apenas o que podia carregar. Por que não tinha levado o T? Porque eu teria ouvido o barulho do motor e a impedido de partir. Essa era uma história crível. Então... apenas uma valise.

Fiz a mala com o que achei que uma mulher fosse precisar e não conseguiria deixar para trás. Coloquei ali suas poucas joias de valor e uma foto de seus pais em uma moldura dourada. Pensei bastante sobre os artigos de higiene que achei no banheiro, e decidi deixar tudo, menos o vidro de perfume Florient e a escova com cabo de chifre. Havia uma Bíblia em sua mesa de cabeceira, que o pastor Hawkins lhe dera e que eu nunca a vira ler, então a deixei ali. Mas peguei o vidrinho com o suplemento de ferro que ela tomava durante suas regras.

Henry ainda estava dormindo, mas se virava de um lado para outro, como se pesadelos o atormentassem. Corri para resolver tudo o mais rápido que pude, pois queria estar em casa quando ele acordasse. Dei a volta no celeiro, coloquei a mala no chão e levantei a velha tampa lascada pela terceira vez. Graças a Deus Henry não estava comigo. Graças a Deus ele não viu o que eu vi. Acho que teria enlouquecido. Quase me enlouqueceu.

1922

O colchão tinha sido jogado para o lado. Meu primeiro pensamento foi que ela o empurrara antes de tentar escalar para sair dali. Porque ela ainda estava viva. Ainda respirava. Ou pelo menos foi o que me pareceu a princípio. Então, quando voltei a ter minha capacidade de raciocínio, após o choque inicial — e quando comecei a me perguntar que tipo de respiração é capaz de fazer o vestido de uma mulher subir e descer não só no peito, mas por toda a sua extensão, desde o decote até a bainha —, o maxilar dela começou a se mexer, como se estivesse tentando falar. Só que não foram palavras que saíram de sua boca rasgada, mas o rato que andara mastigando sua língua macia. O rabo apareceu primeiro. Então o maxilar inferior dela se escancarou mais quando o animal recuou, as garras de suas patas traseiras arranhando o queixo dela para se firmarem.

O rato caiu no colo de Arlette, e, ao fazer isso, uma enxurrada de seus irmãos e irmãs saiu de baixo do vestido dela. Um deles tinha alguma coisa branca presa nos bigodes — um pedaço de sua calcinha, ou talvez de outra roupa de baixo. Atirei a mala neles. Não pensei direito nisso — minha mente estava zunindo de horror e repulsa —, apenas joguei. A mala caiu nas pernas dela. A maioria dos roedores — talvez todos — desviou dela agilmente. Então eles afluíram para um buraco redondo e escuro que o colchão (que eles devem ter afastado pela força conjunta) havia escondido e desapareceram em um instante. Eu sabia bem que buraco era aquele: a abertura do cano que suprira água para os cochos no estábulo antes de o nível da água baixar demais e inutilizar o poço.

O vestido de Arlette caiu de volta em torno do corpo. A falsa respiração parou. Mas ela estava me *encarando*, e o que parecia um sorriso de palhaço agora estava mais para um olhar fuzilante. Dava para ver mordidas de rato nas bochechas dela, e o lóbulo de uma das orelhas tinha sumido.

— Deus do céu — sussurrei. — Arlette, sinto muito.

Não aceito suas desculpas, seu olhar furioso parecia me dizer. *E quando me acharem assim, com mordidas de rato no meu rosto morto e as minhas roupas de baixo roídas, você com certeza vai torrar em Lincoln. E a minha cara será a última que você vai ver. Pode acreditar, você vai me ver quando a eletricidade fritar seu fígado e queimar seu coração, e eu estarei sorrindo.*

39

ESCURIDÃO TOTAL SEM ESTRELAS

Abaixei a tampa do poço e cambaleei até o celeiro. Lá as minhas pernas me traíram e, se eu estivesse sob o sol, certamente teria desmaiado como Henry na noite anterior. Mas eu estava à sombra, e depois de ficar cinco minutos sentado com a cabeça entre os joelhos, me recuperei. Os ratos a encontraram... e daí? Eles não encontram todos nós no fim? Ratos e vermes? Mais cedo ou mais tarde, até mesmo o mais sólido dos caixões acaba se rompendo e deixando a vida entrar para se alimentar da morte. É assim que o mundo funciona, e o que importa? Quando o coração para e o cérebro deixa de funcionar, nosso espírito vai para outro lugar ou simplesmente desaparece. De um jeito ou de outro, não estamos lá para sentir as mordidas quando roem as carnes dos nossos ossos.

Comecei a andar de volta para casa e já tinha alcançado os degraus da varanda quando um pensamento me deteve: e o espasmo? E se ela estivesse viva quando a atirei no poço? E se *ainda* estivesse viva, paralisada, incapaz de mover ao menos um de seus dedos retalhados, quando os ratos saíram do cano para fazer seu estrago? E se ela tivesse sentido aquele que se espremera para dentro de sua boca convenientemente alargada e começado a...?!

— Não — sussurrei. — Ela não sentiu nada porque não teve nenhum espasmo. Nunca aconteceu. Ela estava morta quando a atirei lá dentro.

— Pai? — chamou Henry com a voz sonolenta. — Pai, é você?

— Sim.

— Com quem você está falando?

— Com ninguém. Estou falando sozinho.

Entrei. Ele estava sentado à mesa da cozinha, de camiseta e cueca, parecendo confuso e triste. Seu cabelo bagunçado me fazia lembrar o garoto que fora um dia, correndo atrás de galinhas pelo pátio com o Boo (um cão de caça já morto havia bastante tempo naquele verão) em seus calcanhares.

— Queria que não tivéssemos feito isso — disse ele quando eu me sentei à sua frente.

— O que está feito está feito e não pode ser desfeito — falei. — Quantas vezes já lhe disse isso, garoto?

— Acho que um milhão de vezes. — Ele abaixou a cabeça por alguns instantes, depois olhou para mim. Os olhos estavam vermelhos e injetados. — Vamos ser pegos? Nós vamos para a prisão? Ou...

— Não. Eu tenho um plano.

— Pelo seu plano, ela não sofreria! Mas olha só o que aconteceu!

Minha mão coçou para lhe dar um tapa, então tive que segurá-la com a outra. Aquela não era hora para recriminações. Além disso, ele estava certo. Tudo o que tinha dado errado era culpa minha. *Menos os ratos*, pensei. *Eles não são minha culpa.* Mas eram. É claro que eram. Se não fosse por mim, ela estaria ao fogão, preparando o jantar. Provavelmente falando sem parar sobre aqueles 100 acres, mas viva e bem, em vez de, literalmente, no fundo do poço.

Os ratos provavelmente já voltaram, sussurrou uma voz no fundo da minha mente. *Para devorá-la. Eles vão atacar primeiro as partes boas, saborosas, as* iguarias, *e então...*

Henry estendeu o braço sobre a mesa para tocar minhas mãos calejadas. Eu dei um pulo na cadeira.

— Desculpa — disse ele. — Estamos nisso juntos.

Eu o amei por ter dito aquilo.

— Vamos ficar bem, Hank. Só precisamos manter a cabeça no lugar. Agora, me ouça.

Ele ouviu. Em algum momento, começou a assentir. Quando terminei, ele me fez uma pergunta: quando vamos vedar o poço?

— Ainda não — falei.

— Mas não é arriscado?

— É, sim.

Dois dias depois, quando eu estava consertando um pedaço de cerca a meio quilômetro da fazenda, vi uma grande nuvem de poeira se aproximar em nossa estrada, vinda da rodovia Omaha-Lincoln. Estávamos para receber uma visita do mundo de que Arlette tanto desejara fazer parte. Voltei para casa com meu martelo enfiado no passador da calça e meu avental de carpinteiro em volta da cintura, o bolso fundo cheio de pregos retinindo. Henry não estava por ali. Talvez tivesse ido até a fonte tomar banho, talvez estivesse no quarto, dormindo.

Quando cheguei ao pátio e me sentei no tronco de cortar lenha, eu já havia reconhecido o carro que levantava poeira: o caminhão vermelho de entregas de Lars Olsen. Lars era o ferreiro de Hemingford Home e o leiteiro da vila. Além disso, por um preço, ele também servia de chofer, e era essa a função que estava desempenhando naquela tarde de junho. O caminhão parou no pátio, fazendo George, nosso galo mal-humorado, fugir revoando com seu pequeno harém de galinhas. Antes que o motor terminasse de engasgar até morrer, um homem corpulento com um casacão cinza esvoaçante saiu do banco do passageiro. Ele tirou os óculos de proteção, revelando grandes (e cômicos) círculos brancos ao redor dos olhos.

— Wilfred James?

— O próprio — respondi, me levantando. Eu estava bastante calmo. Não estaria tanto se ele tivesse pegado carona no Ford do condado com a estrela na porta. — Você é...?

— Andrew Lester. Advogado.

Ele estendeu a mão. Pensei um pouco no assunto.

— Antes de eu apertar sua mão, seria melhor você me dizer para quem trabalha, sr. Lester.

— Atualmente represento a Companhia Farrington de Criação de Animais de Chicago, Omaha e Des Moines.

Sim, pensei, *sem dúvida. Mas aposto que seu nome nem sequer está na porta. Os figurões em Omaha não têm que comer poeira do interior para pagar pelo pão de cada dia, não é mesmo? Os figurões ficam só com os pés em cima das mesas, tomando café e admirando os belos tornozelos de suas secretárias.*

— Neste caso, senhor, é melhor guardar logo essa mão. Sem ofensa — falei.

Ele fez isso, com um sorriso de advogado no rosto. O suor traçava linhas limpas por suas bochechas, e o cabelo estava todo emaranhado da viagem. Passei por ele e fui até Lars, que havia levantado o capô do caminhão e mexia em alguma coisa lá dentro. Ele assobiava e parecia tão feliz quanto um pássaro pousado em um poste. Eu o invejei por isso. Imaginei se Henry e eu poderíamos ter outro dia feliz. Em um mundo tão cheio de surpresas como este, qualquer coisa é possível, mas não seria no verão de 1922. Nem no outono.

Apertei a mão de Lars e perguntei como ele estava.

— Razoavelmente bem — respondeu ele. — Mas com sede. Um pouco d'água cairia bem.

Apontei com a cabeça em direção à lateral da casa.

1922

— Você sabe onde fica.

— Sei — disse ele, fechando o capô com um barulho metálico que fez as galinhas, que se reaproximavam, fugirem mais uma vez. — Doce e gelada como sempre, imagino?

— Eu diria que sim — concordei, pensando: *Mas se ainda fosse possível bombear daquele outro poço, Lars, acho que não ficaria nem um pouco satisfeito com o gosto.* — Prove e me diga.

Ele começou a andar na direção do lado sombreado da casa onde havia uma pequena estrutura para proteger a bomba externa. O sr. Lester observou-o se afastar, depois se voltou para mim. Ele havia desabotoado o casacão. O terno que usava por baixo precisaria de uma lavagem a seco quando ele voltasse para Lincoln, Omaha, Deland ou seja lá onde ele pendurava o chapéu quando não estava cuidando dos negócios de Cole Farrington.

— Um pouco d'água realmente cairia bem, sr. James.

— Também acho. Pregar cercas é um trabalho escaldante. — Eu o olhei de cima a baixo. — Mas não tão escaldante quanto percorrer 30 quilômetros no caminhão do Lars, aposto.

Ele esfregou o traseiro e abriu seu sorriso de advogado, dessa vez com uma ponta de pesar. Eu já via os olhos dele correndo de um lado para outro, observando tudo. Não subestimaria aquele homem só porque ele fora obrigado a sacolejar por 30 quilômetros até o interior em um dia quente de verão.

— Acho que meu traseiro nunca mais será o mesmo.

Havia uma caneca presa à lateral da proteção da bomba. Lars bombeou até enchê-la, bebeu tudo, seu pomo de adão subindo e descendo pelo pescoço magro e queimado pelo sol, então encheu de novo e ofereceu a Lester, que olhou tão desconfiado para a caneca quanto eu para sua mão estendida.

— Talvez pudéssemos beber lá dentro, sr. James. Deve estar um pouco mais fresco.

— Deve, sim — concordei. — Mas eu não o convidaria para entrar, da mesma forma que não apertei sua mão.

Lars Olsen notou como o vento estava soprando e voltou logo para seu caminhão. Mas entregou a caneca para Lester primeiro. O visitante não bebeu a água em goles, como Lars havia feito, mas sim a sorveu fastidiosamente. Em outras palavras, como um advogado faria — mas não parou até beber a última gota, o que também era bem típico de um advogado. A porta de tela bateu, e Henry saiu da casa de macacão e descalço. Ele nos lançou um olhar que pareceu totalmente desinteressado — bom garoto! — e então foi para onde qualquer rapaz do interior teria ido: observar Lars trabalhar em seu caminhão e, se tivesse sorte, aprender alguma coisa.

Sentei-me na pilha de madeira que guardávamos sob uma lona naquele lado da casa.

— Imagino que esteja aqui para tratar de negócios. Da minha esposa.

— Estou.

— Bem, você já se refrescou, então é melhor resolvermos logo isso. Ainda tenho um dia cheio de trabalho pela frente, e são três da tarde.

— Do nascer ao pôr do sol. A vida de fazendeiro é dura. — Então suspirou, como se soubesse.

— Sim, e uma esposa difícil pode torná-la ainda pior. Ela mandou você aqui, eu imagino, mas não sei bem por quê... Se fosse apenas assinar alguma papelada, acredito que um assistente do xerife teria bastado.

Ele me olhou, surpreso.

— Sua esposa não me mandou, sr. James. Na verdade, vim até aqui procurar por *ela*.

Era como uma peça de teatro, e aquela era a minha deixa para parecer intrigado. E depois rir, porque a risada vinha logo a seguir naquele roteiro.

— Isso é só mais uma prova.

— Prova de quê?

— Quando eu era menino, em Fordyce, tínhamos um vizinho... um velho depravado chamado Bradlee. Todo mundo o chamava de Velho Bradlee.

— Sr. James...

— Meu pai tinha que fazer negócios com ele de tempos em tempos, e às vezes me levava junto. Isso ainda nos tempos da carroça. Suas atividades quase sempre se resumiam a comercializar grãos de milho, ao menos na primavera, mas às vezes também trocavam ferramentas. Não havia serviços de compra por correspondência naquela época, e uma boa ferramenta podia circular o condado inteiro antes de voltar para o dono.

— Sr. James, não consigo ver a relevân...

— E sempre que íamos encontrar aquele sujeito, minha mãe me dizia para tapar os ouvidos, porque quase toda palavra que saía da boca do Velho Bradlee era um palavrão ou algo sujo. — De uma forma um tanto amarga, eu estava começando a gostar daquela situação. — Então, naturalmente, eu prestava atenção em tudo o que ele dizia. Lembro que um dos ditados favoritos do Velho era "Nunca monte uma égua sem rédeas, pois nunca se sabe para onde a vadia vai correr".

— Eu deveria entender isso?

— Para onde você supõe que a *minha* vadia correu, sr. Lester?

— Está me dizendo que sua esposa...?

— Evadiu-se, sr. Lester. Desertou. Saiu à francesa. Foi embora na calada da noite. Por ser um leitor ávido e alguém que entende de gírias, esses termos me ocorrem naturalmente. Lars, no entanto, como a maioria do povo da cidade, vai dizer apenas: "Ela fugiu e o abandonou", quando a notícia se espalhar. Ou abandonou os dois, o menino e a mim, neste caso. Naturalmente, pensei que Arlette tinha ido ao encontro de seus amigos do ramo suíno na Companhia Farrington, e que a próxima notícia que eu teria era de que ela estaria vendendo as terras do pai.

— Como ela pretende fazer.

— Ela já assinou os papéis? Porque acho que eu teria que ir à Justiça, se for o caso.

— Para falar a verdade, ela ainda não assinou. Mas, quando isso acontecer, eu não o aconselharia a gastar dinheiro com uma ação legal, pois o senhor certamente perderia.

Eu me levantei. Uma das alças do meu macacão tinha caído do ombro, então recoloquei-a no lugar com o polegar.

— Bem, já que ela não está aqui, trata-se do que vocês advogados chamam de "um impasse", não é mesmo? Eu procuraria por ela em Omaha, se fosse você — falei, sorrindo. — Ou em St. Louis. Ela sempre falava sobre aquele lugar. Parece que Arlette se cansou de vocês tanto quanto de mim e do filho que ela pariu. Mandou tudo para o inferno e foi embora. Uma desgraça sobre as duas famílias. Isso é Shakespeare, a propósito. *Romeu e Julieta.* Uma peça sobre o amor.

— Perdoe-me por dizer, mas tudo isso me parece muito estranho, sr. James. — Ele havia tirado um lenço de seda do bolso do terno (aposto que advogados viajantes como ele têm muitos bolsos) e começou a secar o rosto. Suas bochechas agora não estavam apenas coradas, mas brilhando em um tom vermelho-vivo. E não era o calor do dia que tinha feito a cara dele ficar daquela cor. — Muito estranho mesmo, considerando o dinheiro que meu cliente está disposto a pagar pela propriedade contígua ao riacho Hemingford e próxima à Grande Linha Férrea do Oeste.

— Vou demorar um pouco para me acostumar a essa ideia também, mas tenho uma vantagem.

— É mesmo?

— Eu já a conheço. Tenho certeza de que você e seus *clientes* achavam que tinham um acordo, mas Arlette James... vamos apenas dizer que prendê-la a algo é como tentar pregar gelatina no chão. É preciso lembrar o que o Velho Bradlee disse, sr. Lester. O homem era um caipira brilhante.

— Eu poderia olhar dentro da casa?

Eu ri novamente, e desta vez foi uma risada sincera. O homem tinha coragem, tenho que admitir, e era compreensível que não quisesse voltar de mãos vazias. Ele havia percorrido 30 quilômetros em um caminhão empoeirado e sem portas, e tinha mais 30 pela frente antes de chegar a Hemingford City (e pegar um trem depois disso, sem dúvida), estava com o traseiro dolorido, e as pessoas que o haviam mandado até ali não ficariam nada felizes com aquelas notícias quando ele finalmente chegasse ao fim daquela dura viagem. Pobre homem!

— E eu vou lhe fazer outra pergunta: você poderia abaixar as calças para eu ver suas bolas?

— Isso foi ofensivo.

— Não o culpo. Pense nisso como uma... não como um símile, não é bem isso, mas como uma espécie de *parábola*.

— Não estou entendendo o que o senhor quer dizer.

— Bem, você tem uma hora para pensar nisso no caminho até a cidade... Duas, se um pneu do caminhão do Lars furar. E posso lhe garantir, sr. Lester, que se eu deixasse o senhor vasculhar minha casa, meu recanto particular, meu castelo, minhas bolas, você não encontraria o corpo da minha esposa no armário ou... — Houve um momento terrível em que eu quase disse *ou no fundo do poço*. Senti o suor brotar na minha testa. — Ou embaixo da cama.

— Eu nunca disse...

— Henry! — chamei. — Venha até aqui um minuto!

Henry se aproximou com a cabeça abaixada, arrastando os pés na terra. Ele parecia preocupado, talvez até culpado, mas não havia problema.

— Sim, senhor?

— Diga a este homem onde está a sua mãe.

— Eu não sei. Quando você me chamou para tomar café na sexta de manhã, ela já havia sumido. Arrumado a mala e ido embora.

Lester o observava com atenção.

— Garoto, isso é verdade?

— Sim, senhor.

— Somente a verdade, nada *mais* que a verdade, em nome de Deus?

— Pai, posso ir lá para dentro? Tenho que fazer os trabalhos da escola atrasados de quando eu estava doente.

— Vá, então — falei. — Mas não enrole. Lembre que é sua vez de ordenhar.

— Sim, senhor.

Ele subiu penosamente os degraus e entrou. Lester observou Henry se afastar, depois se voltou para mim.

— Sinto que você está escondendo alguma coisa.

— Eu vejo que você não tem uma aliança de casamento, sr. Lester. Se chegar o dia em que precisar usar uma por tanto tempo quanto eu, você saberá que, nas famílias, sempre há segredos. E saberá outra coisa também: você nunca será capaz de dizer para onde uma vadia vai correr.

Ele se levantou.

— Isto ainda não acabou.

— Acabou, sim — falei, mesmo sabendo que não era verdade.

Ainda assim, se as coisas dessem certo, estávamos mais próximos do fim do que nunca. *Se.*

Ele começou a cruzar o pátio, mas de repente se virou. Usou o lenço de seda para enxugar o rosto de novo, e então disse:

— Se você acha que esses 100 acres são seus só porque você botou sua esposa pra correr... mandou-a para a casa da tia em Des Moines, ou de uma irmã em Minnesota...

— Procure em Omaha — falei, sorrindo. — Ou St. Louis. Ela não ligava para os parentes, mas estava louca para morar em St. Louis. Deus sabe por quê.

— Se você acha que vai poder plantar e colher por lá, é bom pensar duas vezes. Aquela terra não é sua. Se jogar uma semente que seja ali, me verá no tribunal.

— Tenho certeza de que você terá notícias de Arlette assim que ela estiver falida.

O que eu queria dizer era: *Não, não é minha... mas também não é sua. A terra vai ficar lá, esperando. E está tudo bem, porque ela será minha em sete anos, quando eu for ao tribunal declarar oficialmente a morte de Arlette. Eu posso esperar. Sete anos sem sentir o cheiro de merda de porco quando o vento soprar do oeste? Sete anos sem ouvir os gritos de suínos agonizantes (que se parecem muito com os gritos de uma mulher morrendo) ou ver os intestinos deles flutuarem por um córrego vermelho de sangue? Sinto que esses sete anos serão excelentes para mim.*

— Tenha um bom dia, sr. Lester, e proteja-se do sol quando voltar. Costuma ficar bem forte no fim da tarde, e vai estar bem na sua cara.

Ele entrou no caminhão sem dizer mais nada. Lars acenou para mim, e Lester brigou com ele. Lars lhe lançou um olhar que parecia dizer: *Reclame quanto quiser, ainda temos 30 quilômetros pela frente até Hemingford City.*

Quando já tinham sumido de vista, exceto pelo rastro de poeira, Henry voltou para a varanda.

— Fiz tudo certo, pai?

Segurei seu pulso e apertei, fingindo não sentir seus músculos se retesando momentaneamente sob minha mão, como se ele lutasse contra o ímpeto de puxar o braço.

— Tudo certo. Perfeito.

— Vamos vedar o poço amanhã?

Pensei sobre isso com cuidado, porque nossas vidas poderiam depender do que eu decidisse. O xerife Jones estava envelhecendo e engordando. Ele não era preguiçoso, mas era difícil fazê-lo se mover sem um bom motivo. Lester acabaria convencendo Jones a ir até a fazenda, mas provavelmente não até que Lester fizesse um dos dois filhos mimados de Cole Farrington ligar e lembrar ao xerife que a empresa deles pagava a maior soma de impostos no condado de Hemingford (sem falar nos condados vizinhos de Clay, Fillmore, York e Seward). Ainda assim, achava que tínhamos pelo menos dois dias.

— Amanhã não — falei. — Depois de amanhã.

— *Por quê*, pai?

— Porque o xerife nos fará uma visita em breve, e o xerife Jones pode ser velho, mas não é estúpido. Um poço cheio de terra pode fazê--lo desconfiar da razão para ele ter sido preenchido, ainda por cima tão recentemente e tudo o mais. Mas um em que ainda *estamos* colocando terra... e por um bom motivo...

— Que motivo? Diz!

— Em breve — falei. — Em breve.

Durante todo o dia seguinte esperamos ver a poeira subindo em nossa estrada, não levantada pelo caminhão de Lars Olsen, mas pelo carro do xerife do condado. Mas ele não apareceu. Quem veio foi Shannon Cotterie, muito bonita vestindo blusa de algodão e saia de tecido fino, para perguntar se Henry estava bem e, caso estivesse, se poderia jantar com ela e sua família.

Henry disse que estava ótimo, e com um profundo receio, observei os dois andarem pela estrada, de mãos dadas. Ele guardava um terrível segredo, e segredos terríveis pesam. Querer dividi-los com alguém é a coisa mais natural no mundo. E ele amava aquela menina (ou pensava que amava, o que dá no mesmo quando se está com quase 15 anos). Para piorar, ele tinha que contar uma mentira, e ela podia perceber tudo. Dizem que o amor é cego, mas este é um axioma tolo. Às vezes, quem ama vê até demais.

Capinei a horta (arrancando mais ervilhas do que ervas daninhas) e depois me sentei na varanda, fumando um cachimbo e esperando que ele voltasse. Pouco antes de a lua surgir no céu, ele chegou. A cabeça abaixada, os ombros caídos e parecendo se arrastar em vez de andar. Detestei vê-lo assim, mas estava aliviado. Se ele tivesse compartilhado nosso segredo — ou pelo menos parte dele —, não estaria andando daquele jeito. Se ele tivesse contado nosso segredo, poderia nem ter voltado.

— Contou a história que combinamos? — perguntei quando ele se sentou.

— A *sua* história. Sim.

— E ela prometeu não contar aos pais?

— Sim.

— Mas ela vai?

Ele suspirou.

— Provavelmente. Ela ama os pais, e eles a amam. Logo vão notar algo estranho nela, eu acho, e vão obrigá-la a falar. E mesmo que isso não aconteça, ela provavelmente contará ao xerife. Se ele se der o trabalho de falar com os Cotteries, é claro.

— Lester vai cuidar para que isso aconteça. Ele vai ladrar no ouvido do xerife Jones porque seus chefes em Omaha estão ladrando no dele. A roda vai girar, girar, e ninguém sabe onde vai parar.

— Nunca deveríamos ter feito isso. — Henry refletiu, e então repetiu a frase em um sussurro impetuoso.

Eu não falei nada. Nem ele, por algum tempo. Vimos a lua aparecer acima do milharal, avermelhada e cheia.

— Pai, posso tomar um copo de cerveja?

Olhei para ele, surpreso e não surpreso ao mesmo tempo. Então entrei e enchi um copo de cerveja para cada um de nós. Ofereci a ele e disse:

— Nada disso amanhã ou depois de amanhã, veja bem.

— Não. — Ele bebeu, fez uma careta e então deu outro gole. — Odiei mentir para a Shan, pai. Tudo ligado a essa história é sujo.

— A sujeira se limpa.

— Não esse tipo de sujeira — rebateu ele, tomando outro gole, dessa vez sem fazer careta.

Um pouco mais tarde, quando a lua já estava prateada, saí da varanda para usar o banheiro e ouvir o milharal e a brisa da noite contarem um ao outro os antigos segredos da Terra. Quando voltei, Henry havia sumido, deixando seu copo, ainda com um pouco de cerveja, na grade perto da escada. Então o ouvi no celeiro, dizendo:

— Shh, menina. Shh.

1922

Fui até lá para ver. Ele estava com os braços ao redor do pescoço de Elpis, fazendo carinho nela. Acho que estava chorando. Assisti à cena por um tempo, mas decidi não dizer nada. Voltei para casa, tirei a roupa e me deitei na cama onde havia cortado o pescoço da minha esposa. Levou um bom tempo até eu conseguir cair no sono. E se você não entende o motivo — *todos* os motivos disso —, então não adianta nada ler esta confissão.

Eu havia batizado todas as nossas vacas com nomes de deusas gregas menores, mas Elpis se revelou uma péssima escolha, ou talvez uma piada irônica. Caso você não se lembre da história de como o mal chegou ao nosso triste e velho mundo, deixe-me refrescar sua memória: todas as coisas más escaparam quando Pandora sucumbiu à curiosidade e abriu o jarro que fora deixado aos seus cuidados. A única coisa que permaneceu lá dentro, quando ela recuperou o juízo e conseguiu recolocar a tampa, foi Elpis, a deusa da esperança. Mas, no verão de 1922, não havia mais esperança para nossa Elpis. Ela estava velha e ranzinza, não produzia mais muito leite, e já havíamos quase desistido de tirar o pouco que ainda restava. Assim que nos sentávamos no banquinho, ela tentava nos dar um coice. Deveríamos tê-la convertido em alimento no ano anterior, mas desisti quando descobri quanto Harlan Cotterie cobraria para abatê-la, e eu não era bom em matar nada além de porcos... Uma avaliação pessoal com a qual você, leitor, agora deve concordar.

— E a carne deve ser dura como ela — dissera Arlette (que demonstrara uma afeição dissimulada por Elpis, talvez porque nunca tivesse que ordenhá-la). — Melhor deixá-la em paz.

Mas agora tínhamos uma função para Elpis — dentro do poço, como acabou acontecendo —, e a morte dela poderia servir para um fim muito mais útil do que alguns pedaços fibrosos de carne.

Dois dias após a visita de Lester, meu filho e eu colocamos um cabresto na vaca e a levamos para os fundos do celeiro. Na metade do caminho para o poço, Henry parou. Seus olhos brilharam de medo.

— Papai! *Sinto o cheiro* dela!

— Então entre na casa e pegue algumas bolas de algodão para tapar o nariz. Estão na cômoda dela.

Embora estivesse com a cabeça baixa, vi o olhar enviesado que Henry lançou para mim quando se afastou. *Isso é tudo culpa sua*, dizia aquele olhar. *Tudo culpa da sua teimosia.*

Ainda assim, eu não tinha dúvidas de que ele me ajudaria a fazer o trabalho que tínhamos pela frente. Independentemente do que Henry pensava de mim, havia uma garota na jogada, e meu filho não queria que ela soubesse o que ele fizera. Eu o tinha forçado a isso, mas ela nunca entenderia.

Levamos Elpis até a beira do poço, onde ela empacou com razão. Fomos até o lado oposto, segurando as cordas do cabresto como se estivéssemos dançando pau de fita, e a arrastamos à força para cima da tampa. A madeira podre rangeu sob o peso dela... arqueou... mas continuou firme. A vaca velha ficou ali em cima, com a cabeça abaixada, parecendo tão estúpida e teimosa como sempre, mostrando os rudimentos amarelo-esverdeados nos dentes.

— E agora? — perguntou Henry.

Eu estava prestes a dizer que não sabia o que fazer quando a tampa do poço se partiu em duas com um estalo alto. Agarramos as cordas do cabresto, embora por um instante eu tivesse tido a impressão de que seria arrastado para dentro daquele maldito poço com os braços deslocados. Então o cabresto arrebentou e disparou de volta para cima. Estava rasgado dos dois lados. Lá embaixo, Elpis começou a mugir em agonia e a bater os cascos contra as paredes de pedra do poço.

— *Papai!* — berrou Henry, levando as mãos cerradas até a boca, os nós dos dedos comprimindo o lábio superior. — *Faça Elpis parar!*

A vaca soltou um mugido longo e ecoante. Continuava a bater os cascos nas paredes do poço.

Segurei Henry pelo braço e o arrastei, aos tropeços, de volta para casa. Forcei-o a se sentar no sofá que Arlette havia comprado por encomenda e ordenei que ele ficasse ali até que eu voltasse para buscá-lo.

— E lembre-se, isso está quase no fim.

— Isso nunca vai terminar — disse ele, e deitou-se de bruços no sofá. Então tapou os ouvidos com as mãos, mesmo que não fosse possível ouvir Elpis dali. Mas Henry *continuava* a ouvi-la, e eu também.

Peguei meu rifle da prateleira mais alta da despensa. Era apenas um calibre .22, mas daria conta do serviço. E se Harlan ouvisse o barulho dos tiros zunindo pelos acres que separavam sua casa da minha? Bom, isso também contribuiria para nossa história. Se Henry pudesse manter a cabeça no lugar por tempo o bastante para contá-la, é claro.

Vou compartilhar algo que aprendi em 1922: tudo sempre pode piorar. Há horas em que você acha que já viu a coisa mais terrível que podia acontecer, aquilo que parece reunir todos os seus pesadelos em uma espécie de horror medonho e real, e o único consolo é que não pode existir nada pior. E, mesmo que haja, você vai enlouquecer se essa coisa acontecer, e não terá mais que pensar nisso. Mas *existe* algo pior, você *não* surta e de algum modo segue em frente. Você pode acreditar que toda a alegria do mundo acabou, que o que você fez deixou tudo o que esperava ganhar fora do seu alcance, pode até desejar que fosse você que estivesse morto — mas segue em frente. Percebe que está em um inferno que você mesmo criou, mas segue em frente mesmo assim. Porque não há outra opção.

Elpis havia caído sobre o corpo de minha esposa, mas o rosto sorridente de Arlette continuava perfeitamente visível, ainda virado para o mundo iluminado pelo sol acima dela, ainda parecendo me encarar. E os ratos haviam voltado. A vaca que despencara neles sem dúvida tinha feito com que fugissem para o cano — que eu passaria a chamar de Avenida dos Ratos —, mas então sentiram cheiro de carne fresca e voltaram depressa para investigar. Já estavam mordiscando a pobre Elpis, que mugia e dava coices (mais fracos agora), e um deles se sentou no alto da cabeça da minha falecida esposa, como uma coroa medonha. Ele havia feito um buraco no saco de estopa e puxado um tufo do cabelo dela com suas garras habilidosas. As bochechas de Arlette, que costumavam ser belas e saudáveis, agora pendiam em retalhos.

Nada pode ser pior do que isso, pensei. *Com certeza atingi o ápice do horror.*

Mas, sim, sempre há algo pior por acontecer. Enquanto olhava aquela cena lá embaixo, paralisado pelo choque e pela repulsa, Elpis deu outro coice, e um dos cascos acertou o que restava do rosto de Arlette. Ouvi um estalo quando a mandíbula da minha esposa quebrou e tudo abaixo de seu nariz se deslocou para a esquerda, como se estivesse preso por uma dobradiça. Ainda assim, o sorriso de orelha a orelha se manteve. E o fato de não estar mais alinhado com seus olhos só piorou tudo. Era como se ela tivesse duas caras para me assombrar, em vez de uma. O corpo tombou no colchão, fazendo-o deslizar. O rato empoleirado na cabeça correu para trás dele. Elpis mugiu de novo. Achei que se Henry voltasse naquele instante e olhasse para o poço, me mataria por tê-lo envolvido nisso. E eu provavelmente merecia. Mas isso o deixaria sozinho, e sozinho ele ficaria indefeso.

Parte da tampa havia caído no poço, e a outra ainda estava pendurada. Carreguei o rifle, apoiei-o na parte da tampa ainda presa e mirei em Elpis, que havia quebrado o pescoço na queda e estava com a cabeça inclinada para cima, contra a parede de pedra. Esperei minhas mãos se firmarem, então puxei o gatilho.

Um tiro foi suficiente.

Quando voltei para casa, encontrei Henry dormindo no sofá. Eu estava chocado demais para achar isso estranho. No momento, ele me pareceu a única coisa verdadeiramente promissora no mundo: maculado, mas não tão sujo que não pudesse se livrar de tudo aquilo. Eu me curvei e beijei sua bochecha. Ele gemeu e virou a cabeça para outro lado. Deixei-o lá e fui até o celeiro pegar minhas ferramentas. Quando ele se juntou a mim, três horas depois, eu já havia tirado o pedaço quebrado da tampa do poço e começado a enchê-lo.

— Vou ajudar — disse ele, com uma voz monótona e sombria.

— Ótimo. Pegue o caminhão e vá até o monte de terra perto da cerca oeste...

— Sozinho? — A incredulidade em sua voz foi sutil, mas fiquei animado por notar qualquer emoção vinda dele.

— Você conhece as marchas e consegue achar a ré, não é mesmo?

— Sim...

— Então ficará bem. Tenho muita coisa para resolver enquanto isso e, quando você voltar, o pior já vai ter acabado.

Esperei que Henry me dissesse novamente que o pior nunca acabaria, mas ele não falou nada. Voltei a encher o poço com a pá. Ainda dava para ver o topo da cabeça de Arlette e o saco com aquele tufo horrível de cabelo para fora. Devia até já haver uma ninhada de filhotes de rato lá embaixo, aninhados nas coxas da minha esposa morta.

1922

Ouvi o caminhão engasgar uma vez, depois outra. Esperava que a manivela não desse um coice de repente e quebrasse o braço de Henry.

Na terceira vez que ele girou a manivela, nosso velho caminhão ganhou vida. Ele retardou a centelha, pisou no acelerador uma ou duas vezes e deu partida. Ficou fora por quase uma hora, mas, quando voltou, a carroceria do caminhão estava cheia de pedras e terra. Dirigiu até perto do poço e desligou o motor. Ele havia tirado a camisa, e seu peito brilhante de suor me pareceu muito magro. Dava para contar suas costelas. Tentei me lembrar de quando ele havia comido bem pela última vez, mas não consegui de início. Então percebi que devia ter sido no café da manhã, no dia seguinte àquele em que demos um fim a ela.

Vou cuidar para que ele jante bem hoje à noite, pensei. *Para que nós dois jantemos bem. Não temos bife, mas sei que sobrou um pouco de carne de porco na geladeira...*

— Olhe, pai — disse ele, com sua nova voz monótona, e apontou.

Vi uma nuvem de poeira se aproximando pela estrada. Olhei para o fundo do poço. Não estava cheio o bastante, ainda não. Metade da Elpis ainda estava visível. Quanto a isso não havia problema, é claro, mas a ponta do colchão sujo de sangue ainda aparecia em meio à terra.

— Preciso de ajuda — falei.

— Temos tempo suficiente, pai?

Ele só pareceu levemente interessado.

— Não sei. Talvez. Não fique aí parado, me ajude.

A pá extra estava encostada na lateral do celeiro, ao lado dos restos despedaçados da tampa do poço. Henry a pegou, e então nós dois começamos a tirar terra e pedras do caminhão e jogar no poço o mais depressa que conseguíamos.

Quando o carro do xerife do condado, com a estrela dourada na porta e as luzes no teto, estacionou perto do tronco de cortar lenha (mais uma vez fazendo George e as galinhas fugirem para longe), Henry e eu estávamos sentados nos degraus da varanda, sem camisa e dividindo a última coisa que Arlette James havia feito: um jarro de limonada. O xerife Jones saiu, puxou o cinto para cima, tirou o chapéu, passou a mão pelo cabelo grisalho e recolocou o chapéu bem na linha em que a pele branca de sua testa terminava e o vermelho acobreado começava. Ele viera sozinho. E isso era um bom sinal.

— Bom dia, cavalheiros. — Ele notou nossos peitos nus, mãos sujas e rostos suados. — Trabalhando muito esta tarde, não é mesmo?

Eu cuspi.

— Foi minha maldita culpa.

— Ah, é?

— Uma das nossas vacas caiu no poço velho — contou Henry.

Jones repetiu a pergunta.

— Ah, é?

— É — respondi. — Gostaria de um copo de limonada, xerife? Foi Arlette quem fez.

— Arlette? É mesmo? Ela decidiu voltar?

— Não — falei. — Ela levou as roupas preferidas, mas deixou a limonada. Tome um pouco.

— Eu aceito. Mas primeiro preciso usar o banheiro. Desde que fiz 55 anos, parece que tenho que mijar em cada moita. É um maldito estorvo.

— Fica nos fundos da casa. É só seguir por este caminho e procurar pela lua crescente na porta.

Ele riu como se tivesse ouvido a piada mais engraçada do ano e deu a volta na casa. Será que pararia no caminho para olhar pelas janelas? Com certeza faria isso, se fosse bom de verdade em seu trabalho, e eu já tinha ouvido falar que sim. Pelo menos quando era mais jovem.

— Papai — disse Henry em voz baixa.

Olhei para ele.

— Se ele descobrir, não faremos mais nada. Eu concordo em mentir, mas não pode haver mais matança.

— Tudo bem.

Foi uma conversa curta, mas sobre a qual refleti bastante nos oito anos seguintes.

O xerife Jones voltou, abotoando a calça.

— Vá lá dentro e pegue um copo para o xerife — pedi para Henry.

Henry foi. Jones terminou de fechar a calça, tirou o chapéu, passou de novo a mão pelo cabelo e o colocou de volta. Seu distintivo brilhava no sol do começo da tarde. A arma em seu quadril era grande, e embora Jones estivesse velho demais para ter participado da Grande Guerra, o coldre parecia propriedade das Forças Expedicionárias Americanas. Talvez fosse do filho dele, que havia morrido por lá.

— Banheiro cheiroso — disse ele. — O que é sempre bom em um dia de calor.

— Arlette sempre colocava cal viva nele. Vou tentar manter o costume, se ela não voltar. Venha para a varanda, assim podemos nos sentar e aproveitar a sombra.

— Ficar na sombra até que é uma boa ideia, mas acho que prefiro ficar de pé. Preciso esticar a coluna.

Sentei-me na minha cadeira com a almofada que tinha a inscrição *pai*. Ele ficou ao meu lado, olhando para mim de cima. Eu não gostava de estar naquela posição, mas tentei ser paciente. Henry voltou com um copo. O xerife Jones se serviu, provou a limonada, depois tomou quase tudo de uma só vez e estalou os lábios.

— Está ótima. Nem tão azeda nem tão doce, bem no ponto. — Ele riu. — Estou parecendo a Cachinhos Dourados, percebe? — Ele bebeu o resto, mas negou com a cabeça quando Henry ofereceu mais limonada. — Você quer que eu mije em cada cerca do caminho para Hemingford Home? E depois por todo o trajeto até Hemingford City?

— Você mudou a delegacia de lugar? — perguntei. — Achei que ela ficasse aqui em Home.

— E fica, percebe? O dia que me fizerem mudar a delegacia para a sede do condado será o dia em que vou pedir minhas contas e deixar Hap Birdwell tomar meu lugar, como ele tanto quer. Não, não, é apenas uma audiência lá em City. Só um monte de papelada, mas tenho que ir. E você sabe como é o juiz Cripps... ou não, acho que não sabe, já que você respeita as leis. Ele é ranzinza e, se alguém chega atrasado, isso só piora. Então, mesmo que se trate apenas de fazer um juramento e depois assinar meu nome em um monte de documentos inúteis, eu tenho que me apressar, percebe? E rezar para que minha maldita Maxie não quebre no meio do caminho.

Não comentei nada. Ele não *falava* como um homem que estivesse com pressa, mas talvez fosse apenas seu jeito.

ESCURIDÃO TOTAL SEM ESTRELAS

Ele tirou o chapéu e ajeitou de novo o cabelo, mas dessa vez não colocou o chapéu de volta. Olhou para mim com o rosto sério, depois para Henry, então novamente para mim.

— Acho que você sabe que não estou aqui por conta própria. Acho que o que se passa entre um homem e sua esposa é problema deles. Tem que ser assim, não é? A Bíblia diz que o homem sempre é a cabeça da mulher, e que a mulher, se precisa aprender alguma coisa, deve aprender em casa, com seu marido. Coríntios. Se eu pudesse só seguir a Bíblia, faria o que está escrito ali, e a vida seria mais simples.

— Estou surpreso que o sr. Lester não tenha vindo com você — comentei.

— Ah, ele queria vir, mas eu não deixei. Ele também queria que eu arrumasse um mandado de busca, mas falei que eu não precisava de um. Expliquei a ele que ou você me deixaria dar uma olhada por aí, ou não deixaria.

O xerife deu de ombros. Seu rosto estava sereno, mas os olhos, atentos e sempre em constante movimento: espiando e bisbilhotando, bisbilhotando e espiando.

Quando Henry me perguntara sobre o poço, eu lhe dissera: *Vamos observá-lo e ver se ele é mesmo esperto. Se for, nós mesmos o mostramos a ele. Não pode parecer que estamos tentando esconder algo. Se você me vir levantar o polegar, isso significa que é melhor arriscarmos. Mas só se você concordar, Hank. Se você não levantar o polegar também, vou ficar de boca fechada.*

Levantei o copo e bebi o resto da limonada. Quando vi Henry olhando para mim, levantei o polegar. Só um pouco. Podia se passar até por uma contração muscular involuntária.

— O que esse tal de Lester está pensando? — perguntou Henry, parecendo indignado. — Que a amarramos e prendemos no porão? — Suas mãos continuaram imóveis ao lado do corpo.

O xerife Jones riu com vontade, a barriga grande balançando atrás do cinto.

— Eu não sei *o que* ele está pensando, percebe? Mas também não me importa muito. Advogados são pulgas em pele humana. Posso dizer isso porque já trabalhei com eles... e contra eles também... por toda a minha vida adulta. — Ele fixou os olhos penetrantes nos meus. — Mas

58

eu não me importaria de olhar, só porque você não deixou que *ele* olhasse. Ele ficou furioso com isso.

Henry coçou o braço, aproveitando para levantar o polegar duas vezes.

— Eu não o deixei entrar na minha casa porque não fui com a cara dele — falei. — Embora, para ser honesto, acho que eu não teria ido nem com a cara do Apóstolo João se ele viesse até aqui falar em nome do pessoal de Cole Farrington.

O xerife Jones gargalhou alto ao ouvir isso: *Há, há, há!* Mas seus olhos não riram nem um pouco.

Eu me levantei. Era um alívio estar de pé. Assim, eu tinha entre 8 e 10 centímetros a mais que Jones.

— Você pode olhar à vontade.

— Obrigado. Isso deixa minha vida bem mais fácil, percebe? Tenho que aguentar o juiz Cripps quando voltar, e só isso já basta. Não preciso ter que aturar um dos ilustres advogados do Farrington latindo para mim, não se eu puder evitar.

Entramos na casa, eu na frente e Henry na retaguarda. Depois de alguns elogios sobre como a sala de estar estava arrumada, e a cozinha, limpa, seguimos pelo corredor. O xerife Jones deu uma espiada rápida no quarto de Henry, e então chegamos à atração principal. Abri a porta do nosso quarto com uma estranha sensação de certeza: a de que o sangue estaria de volta, empoçado no chão, esguichado nas paredes e encharcando o colchão novo. O xerife Jones veria aquilo tudo, então se viraria para mim, tiraria as algemas penduradas na cintura volumosa no lado oposto ao revólver e diria: *Estou prendendo você pelo assassinato de Arlette James, percebe?*

Não havia sangue nem cheiro de sangue, porque o quarto estava sendo ventilado havia vários dias. A cama estava arrumada, embora não do jeito que Arlette fazia. Meu estilo era mais como o do exército, embora meus pés tivessem me mantido fora da guerra que levara o filho do xerife. Não se podia ir matar boches se você tivesse pés chatos. Homens com pés chatos só conseguiam matar suas esposas.

— Quarto bonito — observou o xerife Jones. — Recebe a luz da manhã, não é?

— Sim — respondi. — E continua fresco durante quase todas as tardes, mesmo no verão, porque o sol se põe do outro lado.

Fui até o armário e o abri. Aquela sensação de certeza voltou, mais forte do que antes. *Onde está o edredom?*, perguntaria o xerife. *Aquele que fica no meio da prateleira de cima?*

Ele não perguntou, é claro, mas deu um passo à frente, bastante interessado, quando o chamei. Seus olhos penetrantes, de um verde bem vivo, quase felinos, corriam de um lado para outro, examinando todo o lugar.

— Um monte de tralhas — comentou.

— Sim — admiti. — Arlette gostava de roupas e catálogos de encomendas. Mas como levou só uma valise... Nós temos duas, e a outra continua aqui, está vendo ali no fundo? Por conta disso, acho que ela só levou as roupas preferidas. E as mais práticas, imagino. Arlette tinha duas calças sociais e uma jeans, e essas sumiram, mesmo que ela não ligasse muito para esse tipo de peça.

— Mas calças são boas para viajar, percebe? Seja homem ou mulher, calças são boas para viajar. E uma mulher poderia escolhê-las. Se estivesse com pressa, é claro.

— Creio que sim.

— Ela levou as joias mais caras e a foto da vovó e do vovô — disse Henry atrás de nós.

Dei um pulo. Quase tinha esquecido que ele estava ali.

— Ah, é? Bem, acredito que ela faria isso mesmo.

Ele deu outra olhada nas roupas, então fechou a porta do armário.

— Belo quarto — disse ele, andando pesadamente de volta ao corredor com o chapéu nas mãos. — Bela *casa*. Uma mulher tem que ser doida para abandonar um belo quarto e uma bela casa como estes.

— Mamãe falava muito sobre a cidade — disse Henry, soltando um suspiro. — Ela pensava em abrir uma loja.

— Ah, é? — O xerife Jones observou-o atentamente com seus olhos verdes de gato. — Ora! Mas para isso é preciso ter dinheiro, não é?

— Ela tem aqueles acres do pai dela — falei.

— Sim, sim — disse o xerife, sorrindo timidamente, como se tivesse se esquecido dos acres. — E talvez seja melhor assim. "Melhor é morar em terra deserta do que com mulher briguenta e de mau gênio." Provérbios. Está feliz que ela tenha ido embora, filho?

1922

— Não — disse Henry, e lágrimas transbordaram de seus olhos. Abençoei cada uma delas.

— Calma, calma — disse o xerife Jones.

E depois de oferecer esse consolo superficial, ele se abaixou com as mãos apoiadas nos joelhos gorduchos e olhou embaixo da cama.

— Parece que estou vendo um par de sapatos femininos aqui. Um pouco velhos, até. Do tipo que seria bom para andar. Você não acha que ela fugiu descalça, não é?

— Ela levou os sapatos de lona — falei. — Foram esses que sumiram.

Os sapatos tinham sido liquidados mesmo. Aqueles verdinhos que ela usava para cuidar do jardim. Eu havia me lembrado deles pouco antes de começar a encher o poço.

— Ah! Outro mistério resolvido. — O xerife puxou um relógio de prata do bolso do colete e viu as horas. — Bem, é melhor eu me apressar. *Tempus fugit* sem parar.

Atravessamos a casa novamente, Henry atrás de nós, talvez para enxugar as lágrimas sem ninguém ver. Acompanhamos o xerife até seu sedã Maxwell com a estrela na porta. Eu estava prestes a perguntar se ele queria ver o poço — e até mesmo sabia o que iria dizer — quando ele parou, olhou para o meu filho com uma gentileza assustadora e falou:

— Eu conversei com os Cotterie.

— Ah? — disse Henry. — É mesmo?

— Como falei, atualmente tenho que parar em cada moita do caminho, mas tento usar um banheiro sempre que tem um por perto, acreditando que as pessoas mantêm tudo limpo e eu não tenho que me preocupar com vespas enquanto espero meu camaradinha acabar de regar. E os Cotterie são gente limpa. E têm uma filha bonita também. Ela é da sua idade, não é?

— Sim, senhor — disse Henry, levantando só um pouco a voz no *senhor*.

— Você tem uma queda por ela, acredito? E ela por você, pelo que a mãe dela diz.

— Ela falou isso? — perguntou Henry, soando surpreso, mas também feliz.

61

— Sim. A sra. Cotterie disse que você andava chateado com sua mãe, e que Shannon lhe contou algo que você contou a ela. Eu quis saber o que era, e ela disse que não lhe cabia falar, mas que eu podia perguntar a Shannon. Então foi o que eu fiz.

Henry olhou para os pés.

— Eu pedi para ela guardar segredo.

— Você não vai ficar aborrecido com ela por causa disso, não é? — perguntou o xerife Jones. — Quer dizer, quando um homem grande como eu, com uma estrela no peito, pergunta a uma mocinha sobre o que ela sabe, é meio difícil para essa mocinha não dizer nada, percebe? Ela acaba contando, não é mesmo?

— Eu não sei — disse Henry, ainda olhando para baixo. — Provavelmente.

Henry não apenas *fingia* estar infeliz; ele *estava*. Mesmo com tudo acontecendo do jeito que tínhamos previsto.

— Shannon disse que sua mãe e seu pai tiveram uma briga feia sobre vender aqueles 100 acres e que, quando você ficou do lado do seu pai, a sra. James lhe deu um belo tapa.

— Sim — disse Henry, lívido. — Ela havia bebido demais.

O xerife Jones se virou para mim.

— Ela estava bêbada ou só inebriada?

— Nem uma coisa nem outra — falei. — Se estivesse completamente bêbada, ela teria dormido a noite toda, em vez de se levantar, fazer as malas e fugir escondida como um ladrão.

— Você achou que ela voltaria quando ficasse sóbria, não é?

— Achei. São mais de 6 quilômetros até se chegar a algum asfalto. Pensei mesmo que ela fosse voltar. Alguém deve ter aparecido e oferecido uma carona antes que a mente dela clareasse. Um caminhoneiro na estrada Lincoln-Omaha seria meu palpite.

— Sim, sim, o meu também. Você vai ter notícias de Arlette quando ela entrar em contato com o sr. Lester, tenho certeza. Se quiser mesmo ficar sozinha, se ainda estiver com isso na cabeça, ela vai precisar de dinheiro.

Então ele sabia disso também.

Seus olhos se aguçaram.

— Arlette levou algum dinheiro, sr. James?

1922

— Bem...

— Não seja tímido. Confessar faz bem para a alma. Essa é uma grande conquista dos católicos, não é?

— Eu tinha uma caixa na minha cômoda. Havia duzentos dólares guardados lá para ajudar a pagar os ajudantes na época da colheita, mês que vem.

— E o sr. Cotterie — lembrou Henry. Então voltou-se para o xerife Jones: — O sr. Cotterie tem uma colheitadeira de milho. Uma Harris Giant. Quase nova. É incrível.

— Sim, sim, eu a vi estacionada na frente da casa dele. Mas que diabo enorme, não é mesmo? Perdoem meu jeito de falar. E a grana da caixa desapareceu, foi isso?

Sorri amargamente, só que não era exatamente eu quem sorria. O Homem Conivente assumira o comando desde que o xerife Jones estacionara o carro perto do tronco de cortar lenha.

— Ela deixou vinte dólares. Quanta generosidade da parte de Arlette. Mas vinte é tudo que Harlan Cotterie vai levar pelo uso daquela colheitadeira, então *até aí* está tudo bem. E quanto aos ajudantes, acho que Stoppenhauser, do banco, pode me adiantar um pequeno empréstimo. A não ser que ele deva algum favor à Companhia Farrington, é claro. De qualquer forma, meu melhor trabalhador está bem aqui.

Estiquei o braço para bagunçar o cabelo de Henry. Ele se abaixou, envergonhado.

— Bem, tenho um belo monte de novidades para contar ao sr. Lester, não é? Ele não vai gostar de nenhuma, mas, se for tão esperto quanto pensa que é, perceberá que logo, logo ela vai aparecer no escritório dele. As pessoas costumam dar as caras quando a grana está curta, não é mesmo?

— É o que tenho visto — falei. — E se já terminamos aqui, xerife, meu garoto e eu temos que voltar ao trabalho. Eu já deveria ter vedado aquele poço inútil há uns três anos. Uma vaca velha...

— Elpis — disse Henry, no mundo da lua. — O nome dela era Elpis.

— Elpis — concordei. — Ela saiu do estábulo e resolveu passear bem em cima da tampa, que cedeu. E nem fez o favor de morrer por conta própria. Tive que atirar nela. Me acompanhe até os fundos do

63

celeiro e lhe mostrarei a recompensa pela minha preguiça. Vamos enterrá-la bem onde ela está, e de agora em diante vou chamar aquele velho poço de "A Insensatez de Wilfred".

— Bem, eu até queria ir até lá, percebe? Seria realmente uma coisa interessante de se ver. Mas tenho que enfrentar aquele velho juiz ranzinza. Fica para outra hora. — O xerife subiu no carro, gemendo com o esforço. — Obrigado pela limonada e por terem sido tão atenciosos. Vocês poderiam ter sido bem menos gentis, considerando quem me mandou aqui.

— Tudo bem — falei. — Todos nós temos nosso trabalho.

— E nossas cruzes para carregar. — Então encarou Henry mais uma vez com os olhos atentos: — Filho, o sr. Lester me disse que você estava escondendo alguma coisa. Ele tinha certeza disso. E você estava mesmo, não é?

— Sim, senhor — disse Henry, com sua voz monótona e de algum modo horrível. Como se todas as suas emoções tivessem escapado como as coisas do jarro quando Pandora o abriu. Mas não havia nenhuma Elpis para nós dois. Nossa Elpis estava morta e enterrada no poço.

— Se ele me perguntar, direi que estava errado — continuou o xerife Jones. — Um advogado de empresa não precisa saber que sua mãe lhe deu um tapa quando estava bêbada. — Ele tateou sob o assento, pegou uma longa ferramenta em forma de S que eu conhecia muito bem e a estendeu para Henry. — Você poderia poupar as costas e os ombros de um velho, filho?

— Sim, senhor, com prazer.

Henry pegou a manivela e foi até a frente do Maxwell.

— Cuidado com o pulso! — berrou Jones. — Ela dá coice como um burro! — Então virou-se para mim. O brilho inquisitivo havia desaparecido dos olhos. Assim como o verde. Eles pareciam turvos, cinzentos e sombrios, como a água de um lago em um dia nublado. Era o rosto de um homem que poderia espancar um vagabundo de ferrovia até quase matá-lo e não perder um minuto de sono por causa disso. — Sr. James, eu preciso lhe perguntar uma coisa. De homem para homem.

— Tudo bem — respondi, e tentei me preparar para o que eu acreditava que viria em seguida: *Por acaso tem alguma outra vaca naquele poço? Uma chamada Arlette?* Mas eu estava enganado.

1922

— Eu posso passar o nome e a descrição dela por telégrafo, se você quiser. Ela não deve ter ido muito depois de Omaha, não é? Não com apenas 180 pratas no bolso. E uma mulher que passou a maior parte da vida como dona de casa provavelmente não faz ideia de como se esconder. Ela deve estar em uma pensão na parte leste da cidade, onde são mais baratas. Eu poderia trazê-la de volta. *Arrastada* pelos cabelos, se você quiser.

— É uma oferta generosa, mas...

Os olhos turvos e cinzentos me avaliaram.

— Pense bem antes de dizer sim ou não. Às vezes uma mulher precisa conversar com a mão da gente, se entende o que eu quero dizer, e depois disso elas entram na linha. Umas boas pancadas têm o poder de amansar certas mulheres. Pense bem nisso.

— Vou pensar.

O motor do Maxwell explodiu, ganhando vida. Estendi a mão — aquela com que eu havia cortado a garganta de Arlette —, mas o xerife Jones não notou. Ele estava distraído retardando a centelha do Maxwell e pisando no acelerador.

Dois minutos depois ele não era mais do que uma nuvem de poeira sumindo na estrada da fazenda.

— Ele nem quis olhar — disse Henry, espantado.

— Não.

E isso acabou sendo uma coisa muito boa.

Tínhamos trabalhado com vontade e rapidez com a pá quando o vimos se aproximar, e não tinha restado nada para fora da terra além de uma das patas traseiras de Elpis. O casco estava cerca de 1 metro abaixo da borda do poço. Moscas formavam uma nuvem ao redor dele. O xerife teria ficado admirado, com certeza, e mais ainda quando a terra em torno daquela pata saliente começou a pulsar.

Henry largou a pá e agarrou o meu braço. A tarde estava quente, mas sua mão parecia fria como gelo.

— É ela! — sussurrou. Seus olhos estavam tão arregalados que eram só o que se via em seu rosto. — *Ela está tentando sair!*

— Não seja idiota — falei, mas não conseguia tirar os olhos daquele círculo de terra pulsante. Era como se o poço estivesse vivo e aquelas fossem as batidas do coração escondido.

Então a terra e os seixos se abriram e um rato apareceu. Os olhos, negros como petróleo, piscaram com a luz do sol. Era quase tão grande quanto um gato adulto. Preso em seus bigodes havia um retalho de estopa marrom e suja de sangue.

— *Ah, seu merda!* — gritou Henry.

Alguma coisa assobiou a centímetros da minha orelha, e então a ponta da pá de Henry partiu a cabeça do rato ao meio enquanto o bicho olhava para cima, ofuscado pela luz.

— Ela o mandou para cá — disse Henry, sorrindo. — Os ratos pertencem a ela agora.

— Não é nada disso. Você está só nervoso.

Ele largou a pá e foi até a pilha de pedras com que nós pretendíamos terminar o serviço assim que o poço estivesse quase cheio. Sentou-se lá e me observou, exaltado.

— Você tem certeza? Tem certeza mesmo de que ela não vai nos assombrar? Dizem que as pessoas assassinadas voltam para assombrar aquele que...

— As pessoas dizem um monte de coisas. O raio nunca cai duas vezes no mesmo lugar, quebrar um espelho dá sete anos de azar, uma coruja piando no telhado da casa significa que algum membro da família vai morrer. — Eu estava tentando parecer racional, mas continuava olhando para o rato morto. E para o pedaço de estopa sujo de sangue. Sua *rede de cabelo*. Ela ainda a usava lá embaixo na escuridão, só que agora havia um buraco pelo qual saía um tufo de cabelo. *Aquele penteado é a última moda entre as mulheres mortas neste verão*, pensei.

— Quando eu era criança, realmente acreditava que quebraria a coluna da mamãe se pisasse em uma rachadura — disse Henry, pensativo.

— Pronto... está vendo só?

Ele limpou a poeira da parte de trás da calça e ficou de pé ao meu lado.

— Mas eu o peguei... peguei aquele merda, não foi?

— Pegou!

E porque não gostei nada do jeito como ele falou isso — não, nem um pouco —, dei um tapinha em suas costas.

Henry ainda sorria.

1922

— Se o xerife tivesse vindo aqui olhar, como você queria, e visse aquele rato surgindo da terra, ele poderia ter feito mais algumas perguntas, não acha?

Por algum motivo, essa ideia fez Henry rir histericamente. Ele continuou rindo por quatro ou cinco minutos, assustando um bando de corvos empoleirados na cerca que mantinha as vacas fora do milharal, mas no fim parou. Quando terminamos o trabalho, o sol já havia ido embora, e ouvíamos os pios das corujas enquanto elas voavam do sótão do celeiro para suas caçadas antes do nascer da lua. As pedras no topo do antigo poço estavam bem juntas, e eu achava que mais nenhum rato conseguiria subir até a superfície. Não nos preocupamos em substituir a tampa quebrada. Não havia necessidade. Henry parecia estar quase de volta ao normal, e eu pensei que nós dois precisávamos de uma noite decente de sono.

— O que acha de salsicha, feijão e broa de milho para o jantar? — perguntei.

— Posso ligar o gerador e colocar "Hayride Party" para tocar no rádio?

— Sim, senhor, você pode.

Ele sorriu seu bom e velho sorriso.

— Obrigado, papai.

Cozinhei o suficiente para alimentar quatro trabalhadores, e comemos tudo.

Duas horas depois, quando eu estava largado na minha cadeira na sala de estar, quase cochilando enquanto lia um exemplar de *O tesouro de Silas Marner*, Henry saiu de seu quarto, vestindo um pijama leve. Ele se dirigiu a mim calmamente:

— Mamãe sempre insistia para que eu rezasse, sabia?

Pisquei para ele, surpreso.

— Ainda? Não. Eu não sabia.

— Sim. Mesmo quando ela já não olhava mais para mim a não ser que eu estivesse vestido, porque dizia que eu não era mais tão novo, e não seria certo. Mas não consigo rezar agora, e nunca mais vou conseguir. Se eu ficar de joelhos, acho que Deus vai me matar.

— Se existir mesmo um Deus — falei.

— Espero que não exista. É um pensamento solitário, mas espero que não exista. Acho que todos os assassinos desejam isso. Porque se não houver céu, então também não existe inferno.

— Filho, fui eu que a matei.

— Não... nós fizemos isso juntos.

Aquilo não era verdade — ele não passava de uma criança, e eu o havia coagido —, mas era verdade para ele, e achei que sempre seria.

— Mas você não tem que se preocupar comigo, pai. Sei que você acha que vou dar com a língua nos dentes... provavelmente com a Shannon. Ou que talvez eu acabe me sentindo culpado o suficiente para ir até Hemingford confessar tudo para aquele xerife.

É claro que esses pensamentos tinham passado pela minha cabeça.

Henry balançou a cabeça, de maneira lenta e enfática.

— O xerife... você viu o jeito como ele olhava para tudo? Você reparou nos *olhos* dele?

— Sim.

— Ele tentaria condenar nós dois à cadeira elétrica, é o que eu acho, e nem se importaria de eu só fazer 15 anos em agosto. Ele estaria lá também, olhando para nós com aqueles olhos frios, quando nos amarrassem e...

— Pare, Hank. Já basta.

Mas não bastava, não para ele.

— ... e puxassem a alavanca. Nunca vou deixar que isso aconteça, se eu puder evitar. Aqueles olhos serão nunca a última coisa que eu vou ver. — Então pensou um pouco no que havia acabado de falar. — *Não serão nunca*, quer dizer. *Nunca mesmo.*

— Vá para cama, Henry.

— Hank.

— Hank. Vá para cama. Eu te amo.

Ele sorriu.

— Eu sei, mas não mereço.

Ele saiu arrastando os pés antes que eu pudesse responder.

Para cama, como diria Samuel Pepys. Dormimos enquanto as corujas caçavam e Arlette continuava lá, na mais profunda escuridão, com a

1922

parte inferior do rosto, atingida por um casco, caída para o lado. No dia seguinte, o sol se levantou bem alto. Era um bom dia para o milho, e cumprimos nossas tarefas.

Quando voltei, cansado e cheio de calor, para preparar o almoço, havia uma panela tampada na varanda em cima de um bilhete esvoaçante, que dizia: *Wilf, sentimos muito pelo que você está passando e queremos ajudar no que for possível. Harlan disse para não se preocupar em pagar pela colheitadeira neste verão. Por favor, se tiver notícias de sua esposa, nos avise. Abraços, Sallie Cotterie. P.S.: Se Henry vier visitar Shan, mandarei um bolo de mirtilos.*

Enfiei o bilhete no bolso da frente do meu macacão com um sorriso. Nossa vida pós-Arlette havia começado.

Se Deus recompensa pelas boas ações na Terra — é o que o Antigo Testamento sugere, e os Puritanos certamente acreditavam nisso —, então talvez Satã recompense pelas más. Não tenho como afirmar com certeza, mas posso dizer que aquele foi um bom verão, com muito calor e sol para o milho, e chuva o bastante para manter nossa horta fresca. Houve trovões e raios em algumas tardes, mas nunca nenhuma daquelas ventanias que destroem as plantações e são o terror dos fazendeiros do Meio-Oeste. Harlan Cotterie trouxe sua Harris Giant, e a máquina não quebrou nem uma vez. Cheguei a me preocupar que a Companhia Farrington pudesse tentar interferir nos meus negócios, mas isso não aconteceu. Peguei um empréstimo com o banco sem nenhum problema, e quitei toda a minha dívida em outubro, porque naquele ano o preço do milho subiu muito, e as taxas de frete da Great Western despencaram. Se você conhece um pouco de história, sabe que essas duas coisas — o preço do produto e o preço do frete — trocaram de posição por volta de 1923, e continuaram assim desde então. Para os fazendeiros do Meio-Oeste, a Grande Depressão começou quando a Bolsa Agrícola de Chicago quebrou, no verão seguinte. Mas o verão de 1922 foi tão perfeito quanto qualquer fazendeiro poderia desejar. Apenas um incidente estragou tudo isso, algo que teve a ver com outra de nossas deusas bovinas e que vou lhe contar daqui a pouco.

O sr. Lester nos visitou duas vezes. Tentou nos intimidar, mas não tinha o que usar contra nós, e provavelmente já sabia disso, porque parecia estar muito irritado durante aquele mês de julho. Imagino que seus chefes o estavam pressionando, e ele descontava sua raiva fazendo o mesmo conosco. Ou tentando. Na primeira vez, ele fez várias perguntas que não eram exatamente perguntas, mas insinuações. Por acaso eu achava que minha esposa tinha sofrido um acidente? Devia ter sofrido, não é mesmo, ou então teria entrado em contato com ele para negociar a venda daqueles 100 acres, ou apenas voltado para a fazenda com seu (metafórico) rabo entre as pernas. Ou eu achava que ela havia se metido em problemas com algum desordeiro na estrada? Coisas assim aconteciam de vez em quando, não é mesmo? E isso certamente seria conveniente para mim, não é verdade?

Na segunda vez em que ele deu as caras na fazenda, parecia desesperado e frustrado, e foi direto ao ponto: por acaso minha esposa sofrera um acidente ali mesmo na fazenda? Era isso que havia acontecido? Tinha sido por isso que ela não havia aparecido, viva ou morta?

— Sr. Lester, se está me perguntando se eu matei minha esposa, a resposta é não.

— Bem, é claro que você diria isso, não é?

— Essa foi sua última pergunta para mim, senhor. Entre no caminhão, vá embora e não volte mais aqui. Se voltar, vai ter uma conversinha com meu machado.

— Você seria preso por agressão!

Lester usava um colarinho de celuloide naquele dia, que havia ficado todo torto. Dava quase para sentir pena dele, com aquele colarinho espetando embaixo do queixo, o suor cortando linhas pela poeira em seu rosto gorducho, os lábios secos, os olhos esbugalhados.

— Nada disso. Eu lhe avisei para ficar longe da minha propriedade, como é meu direito, e pretendo mandar uma carta registrada para sua empresa informando isso. Se voltar aqui, será uma invasão, e eu *vou* expulsá-lo. Considere-se avisado, senhor.

Lars Olsen, que havia levado Lester outra vez em seu caminhão vermelho, tinha praticamente colocado as mãos ao redor das orelhas para ouvir melhor.

Quando Lester alcançou o lado sem porta do passageiro, virou-se para mim com um braço esticado, apontando o dedo como um advogado com tendências teatrais em um tribunal.

— Eu acho que você a matou! E, mais cedo ou mais tarde, a verdade virá à tona!

Henry — ou Hank, como ele preferia ser chamado — saiu do celeiro. Ele estava empilhando feno e segurava o forcado contra o peito como um rifle.

— E *eu* acho que é melhor você dar o fora daqui antes que comece a sangrar — disse meu filho.

O menino doce e tímido que eu conhecia até o verão de 1922 nunca teria dito tal coisa, mas aquele disse, e Lester viu que ele falava sério. O advogado entrou no carro. Sem nenhuma porta para bater, ele teve que se contentar em cruzar os braços sobre o peito.

— Volte a qualquer hora, Lars — falei, com gentileza —, mas não o traga mais aqui, não importa quanto ofereça para transportar esse traseiro inútil.

— Não, senhor, sr. James — concordou Lars, e então foram embora.

Eu me virei para Henry.

— Você teria cravado esse forcado nele?

— Sim, senhor. Teria feito o cara guinchar.

Então, com o rosto sério, ele voltou ao celeiro.

Mas ele não ficou *sempre* sério naquele verão, e Shannon Cotterie era sua razão de sorrir. Henry a viu bastante (mais do que seria bom para os dois, como descobri no outono). Shannon começou a vir à nossa casa nas tardes das terças e quintas, com uma saia longa e um chapéu elegante, carregando uma sacola cheia de comida boa. Ela disse que "sabia o que os homens cozinhavam" — como se tivesse 30 anos, em vez de apenas 15 — e que pretendia garantir que tivéssemos pelo menos dois jantares decentes por semana. E embora eu tivesse provado apenas uma caçarola de sua mãe, eu diria que, mesmo com 15 anos, ela cozinhava melhor que nós. Henry e eu apenas jogávamos bifes em uma frigideira no fogão. Shannon levava jeito para temperar e fazia uma simples carne velha ficar deliciosa. Ela trazia legumes frescos na sacola — não apenas cenouras e ervilhas, mas coisas exóticas (para nós), como aspargos e vagens, que cozinhava com cebolas-pérola e bacon. Havia até sobremesa. Posso fechar os meus olhos neste quarto de hotel barato e sentir o cheiro daquelas

ESCURIDÃO TOTAL SEM ESTRELAS

tortas. Consigo até vê-la perto da bancada da cozinha, com o quadril balançando, enquanto batia os ovos ou o chantili.

Generosa era a palavra que definia Shannon: de quadril, de busto, de coração. Ela era gentil com Henry e gostava dele. Isso me fez gostar dela... não, isso é muito pouco, leitor. Eu a amava, e nós amávamos Henry. Depois dos jantares das terças e quintas, eu insistia em lavar os pratos e dizia para os dois irem para a varanda. Às vezes eu os ouvia murmurando, dava uma espiada e os encontrava sentados lado a lado nas cadeiras de vime, olhando para os campos, de mãos dadas como um casal de velhos. Outras vezes, eu os via se beijando, e nada ali lembrava um casal de velhos. Havia uma doce urgência naqueles beijos, característica dos muito jovens, e eu me afastava furtivamente, com o coração doendo.

Em uma tarde quente de terça-feira, ela veio mais cedo. Seu pai estava operando a colheitadeira com Henry nos campos ao norte da fazenda, acompanhados por um pequeno grupo de índios da reserva Shoshone de Lyme Biska... e, atrás deles, o Velho Pie em um caminhão de coleta. Shannon pediu um pouco de água gelada, que eu fiquei feliz em lhe dar. Ela ficou parada lá no lado sombreado da casa, parecendo inacreditavelmente fresca em um vestido volumoso que a cobria do pescoço até a canela, e dos ombros aos pulsos, quase o vestido de uma carola. Estava séria, talvez até assustada, e por um momento eu tive medo. *Ele contou a ela*, pensei. Mas, no fim, não era isso. Quer dizer, talvez fosse.

— Sr. James, Henry está doente?

— Doente? Ora, não. Ele está saudável como um cavalo, eu diria. E come como um também. Você pôde ver isso. Embora eu ache que mesmo um homem doente teria dificuldade para recusar a sua comida, Shannon.

Isso me valeu um sorriso, mas ela parecia distraída.

— Ele está diferente neste verão. Eu sempre sabia o que se passava na cabeça dele, mas agora não. Ele parece *perdido* em pensamentos.

— Parece? — perguntei (sinceramente demais).

— Você não reparou?

— Não, senhora. — (Eu tinha notado.) — Parece o mesmo Henry de sempre para mim. Mas ele gosta muito de você, Shan. Talvez o que você considere *ficar perdido em pensamentos* seja paixão para ele.

1922

Achei que isso me valeria um sorriso de verdade, mas não. Ela segurou meu pulso. Sua mão estava fria por causa da caneca de água.

— Pensei nisso, mas... — Então ela despejou o resto de uma vez: — Sr. James, se ele se interessasse por outra pessoa, uma das meninas da escola, você me contaria, não é? Você não tentaria... poupar meus sentimentos?

Eu ri, e pude ver seu rosto bonito se iluminar, aliviado.

— Shan, me escute. Porque *sou* seu amigo. O verão é sempre uma época de trabalho duro, e, com Arlette desaparecida, Hank e eu estamos mais ocupados do que um instalador de papel de parede com um braço só. Quando voltamos para casa à noite, nós jantamos... uma boa comida, se você tiver vindo... e então lemos por uma hora. Às vezes ele me fala de como sente saudades da mãe. Depois disso vamos para cama, e no dia seguinte nos levantamos e fazemos tudo de novo. Ele mal tem tempo de cortejar *você*, que dirá outra menina.

— É, ele me cortejou mesmo — disse ela, olhando para onde a colheitadeira de seu pai trabalhava ruidosamente no horizonte.

— Bem... isso é bom, não é?

— Eu só pensei... ele está tão quieto agora... tão triste... às vezes fica com o olhar perdido, e eu tenho que chamá-lo duas ou três vezes para ele me responder. — Ela ficou muito vermelha. — Até os beijos dele parecem diferentes. Não sei como explicar, mas parecem. E se você algum dia lhe contar isso, eu morro. Eu simplesmente *morro*.

— Eu nunca contaria. Amigos não contam segredos de amigos.

— Acho que estou sendo uma boba. E ele sente falta da mãe, é claro, eu sei disso. Mas há tantas garotas na escola mais bonitas que eu...

Levantei o queixo de Shannon para ela olhar para mim.

— Shannon Cotterie, quando meu filho olha para você, ele vê a garota mais bonita do mundo. E ele está certo. Se eu tivesse a idade dele, também a cortejaria.

— Obrigada — disse ela. Lágrimas que pareciam pequenos diamantes se acumulavam no canto de seus olhos.

— Você só precisa se preocupar em colocá-lo de volta no lugar se ele fizer algo errado. Os garotos podem se inflamar um pouco além da conta, você sabe. E se eu sair da linha, você pode me falar. Quando se está entre amigos, é assim que deve ser.

Ela me abraçou, e eu a abracei de volta. Um abraço bom e forte, mas talvez melhor para Shannon do que para mim. Porque Arlette estava entre nós. Ela estava entre mim e qualquer outra pessoa no verão de 1922, e o mesmo acontecia com Henry. Shannon acabara de revelar isso.

Em uma noite de agosto, com a colheita farta e o grupo do Velho Pie pago e de volta à reserva, acordei com o som de uma vaca mugindo. *Dormi demais e perdi a hora da ordenha*, pensei, mas quando tateei à procura do relógio de bolso do meu pai na mesa de cabeceira e dei uma olhada, vi que eram 3h15 da manhã. Aproximei o relógio do ouvido para ver se ele ainda funcionava, mas também poderia ter confirmado a hora olhando pela janela para a escuridão sem lua lá fora. Além disso, aqueles não eram os mugidos ligeiramente desconfortáveis de uma vaca precisando se livrar do leite. Era o som de um animal em sofrimento. As vacas às vezes soavam do mesmo modo quando estavam parindo, mas nossas deusas já haviam deixado esse estágio de sua vida para trás havia muito tempo.

Eu me levantei, comecei a andar até a porta, então dei meia-volta e fui ao armário pegar o rifle. Ouvi os roncos de Henry quando passei depressa pela porta fechada de seu quarto, com o rifle em uma das mãos e as botas na outra. Esperava que ele não acordasse e quisesse se juntar a mim no que poderia ser uma missão perigosa. Nessa época, não haviam restado muitos lobos nas planícies, mas o Velho Pie me contara sobre o mal de verão que atacara algumas raposas ao longo de Platte e Medicine Creek. Era assim que os Shoshone chamavam a raiva, e um animal raivoso no celeiro era provavelmente a causa daquele lamento.

Fora de casa, o mugido agonizante estava muito alto e abafado, de alguma forma. Ecoando. *Como uma vaca dentro de um poço*, pensei. Aquele pensamento me fez gelar e segurar o rifle com mais força.

Quando cheguei às portas do estábulo e abri a da direita com o ombro, ouvi as outras vacas começarem a mugir em solidariedade, mas aqueles berros eram lamentos suaves comparados aos mugidos agonizantes que tinham me acordado... e acordariam Henry também, se eu não pusesse um fim à causa de tudo aquilo. Havia uma lâmpada de arco voltaico pendurada em um gancho à direita da porta — não usávamos fogo no celeiro a não ser que fosse absolutamente necessário, principalmente durante o verão, quando o sótão ficava cheio de feno e as tulhas de milho, cheias até o topo.

Procurei o botão de ligar e o apertei. Um círculo brilhante de luz azul e branca surgiu. A princípio, meus olhos estavam ofuscados demais para conseguir ver qualquer coisa. Eu só ouvia aqueles mugidos de dor e os baques surdos dos cascos enquanto uma de nossas deusas tentava escapar do que quer que a estivesse machucando. Era Aquelois. Quando meus olhos se adaptaram um pouco à luz, eu a vi sacudindo a cabeça de um lado para outro, recuando até a anca bater na porta da baia — a terceira da esquerda para a direita, seguindo pelo corredor — e então jogando-se para a frente de novo. As outras vacas estavam entrando no mais absoluto estado de pânico.

Calcei as botas e fui depressa até a baia, com o rifle enfiado sob o braço esquerdo. Abri a porta e recuei. Aquelois significa "aquela que afasta a dor", mas nossa Aquelois estava sofrendo. Quando saiu trôpega para o corredor, notei que suas patas traseiras estavam manchadas de sangue. Ela empinou como um cavalo (algo que eu nunca havia visto uma vaca fazer antes), e então vi uma enorme ratazana agarrada a uma de suas tetas. O peso tinha transformado a ponta rosada em um pedaço esticado de cartilagem. Paralisado de surpresa (e horror), me lembrei de como Henry, quando criança, às vezes puxava um fio de chiclete da boca. *Para com isso*, Arlette chamava sua atenção. *Ninguém quer ver o que você andou mascando.*

Levantei a arma, mas depois a abaixei. Como eu poderia atirar com o rato se balançando para a frente e para trás como um peso vivo na ponta de um pêndulo?

No corredor, Aquelois mugia e balançava a cabeça de um lado para outro, como se isso pudesse ajudá-la de alguma forma. Assim que ficou com as quatro patas no chão, a ratazana conseguiu ficar de pé no piso de madeira sujo de feno. Era como um filhote bizarro com gotas de leite misturadas com sangue nos bigodes. Olhei em volta para encontrar algo com que bater nele, mas antes que eu pudesse pegar a vassoura que Henry havia deixado apoiada na baia de Femonoe, Aquelois empinou de novo, e o rato caiu no chão. Na hora pensei que ela havia simplesmente conseguido fazê-lo se soltar, mas então vi algo rosa e enrugado saindo da boca do rato, como um charuto de carne. Aquela coisa maldita tinha arrancado uma das tetas da pobre Aquelois. Ela pousou a cabeça em uma das vigas do celeiro e mugiu para mim, cansada, como se dissesse: *Eu lhe dei leite por todos esses anos e nunca lhe causei problema, diferente de algumas que eu poderia mencionar, então como você deixou isso acontecer comigo?* O sangue empoçava no chão abaixo de suas tetas. Mesmo em meu estado de choque e repulsa, eu não achava que ela morreria em razão do ferimento, mas vê-la daquele jeito — e o rato, com a inocente teta em sua boca — me encheu de fúria.

Ainda assim não atirei nele, em parte porque estava com medo de provocar um incêndio, mas principalmente porque, com a lâmpada de arco em uma das mãos, tive medo de errar. Em vez disso, virei a arma, esperando matar aquele intruso como Henry matara o sobrevivente do poço, com a pá. Mas Henry era um garoto com reflexos rápidos, e não um homem de meia-idade recém-despertado de um sono profundo. O rato se esquivou de mim com facilidade e fugiu depressa para o corredor. A teta mutilada balançava para cima e para baixo em sua boca, e percebi que o animal a comia — quente e, sem dúvida, ainda cheia de leite — enquanto corria. Eu o persegui, tentei atingi-lo com a arma mais duas vezes, e errei ambas. Então vi para onde ele corria: o cano que levava ao extinto poço. É claro! A Avenida dos Ratos! Com o poço vedado, aquela era a única saída. Sem o cano, eles teriam sido enterrados vivos. Enterrados com *ela*.

Mas com certeza, pensei, *aquela coisa é grande demais para o cano. A ratazana deve ter vindo de fora — um ninho na pilha de estrume, talvez.*

O rato pulou para a abertura, alongando o corpo de uma maneira inacreditável. Ataquei-o com a coronha do rifle uma última vez, arrebentando a arma na boca do cano. Mas passei longe do rato. Quando abaixei a lâmpada de arco até a abertura, vi de relance o borrão de sua cauda pelada deslizando rapidamente para a escuridão e ouvi suas pequenas garras arranhando o metal galvanizado. Então ele sumiu. Meu coração batia com tanta força que comecei a ver pontos brancos. Respirei fundo, mas com isso senti um cheiro tão forte de putrefação que caí para trás, cobrindo o nariz com a mão. A necessidade de gritar foi sufocada pela de vomitar. Com aquele cheiro em minhas narinas, eu quase conseguia ver Arlette do outro lado do cano, sua carne fervilhando de

1922

insetos e vermes, em liquefação; o rosto começando a se desfazer e a soltar do crânio, o sorriso nos lábios dando lugar ao sorriso mais permanente dos ossos que estavam por baixo.

Engatinhei para trás, me afastando daquele cano horrível, vomitando primeiro para a esquerda, depois para a direita, e, quando já não havia restado mais nada do jantar em meu estômago, coloquei para fora longos filetes de bile. Com os olhos lacrimejando, vi que Aquelois voltara à sua baia. Isso era bom. Pelo menos eu não teria que persegui-la pelo milharal e colocar um cabresto nela para trazê-la de volta.

A primeira coisa que eu queria fazer era tampar o cano — eu queria fazer isso antes de qualquer outra coisa —, mas, quando a ânsia de vômito melhorou, voltei a pensar com mais clareza. Aquelois era prioridade. Ela era uma boa vaca leiteira. Mais importante que isso, ela era minha responsabilidade. Eu tinha um armário de remédios no pequeno escritório do celeiro, onde guardava meus livros. Lá encontrei uma grande lata de pomada antisséptica. Havia uma pilha de trapos limpos no canto. Peguei metade deles e voltei à baia de Aquelois. Fechei a porta da baia para minimizar o risco de levar um coice e me sentei no banquinho de ordenha. Parte de mim achava que eu *merecia* levar um coice. Mas a boa e velha Aquelois se acalmou quando acariciei seu flanco e sussurrei:

— Shh, menina, shh, calminha.

E, embora Aquelois tremesse enquanto eu passava a pomada em sua ferida, ela ficou quieta.

Quando terminei de fazer o que podia para prevenir uma infecção, usei os trapos para limpar o vômito. Era importante fazer um bom trabalho, pois qualquer fazendeiro poderá lhe dizer que vômito humano atrai predadores tanto quanto um saco de lixo que não foi devidamente fechado. Guaxinins e marmotas, é claro, mas principalmente ratos. Ratos adoram restos humanos.

Eu ainda tinha alguns trapos sobrando, mas eram panos de prato velhos de Arlette, finos demais para meu próximo trabalho. Peguei a foice de mão do gancho na parede, iluminei meu caminho até a pilha de lenha e cortei de qualquer jeito um quadrado da lona que a cobria. De volta ao celeiro, me agachei e segurei a lâmpada perto da boca do cano, querendo me certificar de que aquela ratazana (ou outra; onde havia uma, com certeza havia mais) não estava à espreita, pronta para defender seu território, mas o cano estava vazio até onde eu conseguia ver, o que era cerca de 1 metro de distância. Não havia fezes, e isso não me surpreendeu. Era uma via ativa — agora a única passagem —, e eles não a sujariam quando podiam fazer suas necessidades do lado de fora.

Enfiei a lona no cano. Era dura e grossa, e no fim eu tive que usar o cabo da vassoura para terminar de empurrá-la lá para dentro, mas consegui.

— Aí está. Vamos ver se você gosta disso. Tomara que morra sufocada.

Então dei meia-volta e fui checar Aquelois. Ela estava quieta, e me lançou um olhar sereno por cima do ombro enquanto eu a afagava. Eu tinha plena consciência de que ela era apenas uma vaca — os fazendeiros não têm uma visão muito romântica sobre a natureza —, mas aquele olhar fez os meus olhos se encherem de lágrimas, e eu precisei conter o choro. *Sei que você fez o melhor que podia,* dizia aquele olhar. *Sei que não é culpa sua.*

Mas era.

Achei que ficaria acordado por muito tempo e, quando conseguisse dormir, sonharia com o rato correndo pelas tábuas cobertas de feno até sua saída de emergência com aquela teta na boca, mas adormeci na mesma hora, e meu sono foi sem sonhos e restaurador. Acordei com a luz do sol banhando o quarto e o cheiro pungente do corpo em decomposição da minha esposa nas mãos, nos lençóis e na fronha. Eu me sentei depressa, arfando, já sabendo que aquele cheiro era uma ilusão. Aquele cheiro era meu pesadelo. Eu não o tive durante a noite, mas logo com a primeira luz da manhã, e de olhos bem abertos.

Imaginei que Aquelois fosse pegar uma infecção por causa da mordida do rato, apesar da pomada, mas isso não aconteceu. Aquelois morreu algum tempo depois, ainda naquele ano, mas não disso. Só que ela nunca mais deu leite, nem uma única gota. Eu deveria tê-la abatido para aproveitar a carne, mas não tive coragem. Ela já havia sofrido muito por minha causa.

No dia seguinte, dei a Henry uma lista de suprimentos e lhe disse para ir de caminhão até Hemingford Home e comprá-los. Ele abriu um largo sorriso de espanto.

1922

— O caminhão? *Eu?* Sozinho?

— Você ainda se lembra de todas as marchas? E ainda consegue encontrar a ré?

— Caramba, com certeza!

— Então acho que você está pronto. Talvez ainda não para ir até Omaha, ou mesmo Lincoln, mas, se for devagar, é um caminho tranquilo até Hemingford Home.

— Obrigado! — Ele me abraçou e beijou minha bochecha.

Por um momento pareceu que éramos amigos novamente. Eu até me permiti acreditar um pouco nisso, embora meu coração soubesse que não era bem assim. A prova podia estar enterrada, mas a verdade estava entre nós, e sempre estaria.

Eu lhe dei uma carteira de couro com dinheiro.

— Era do seu avô. E agora é sua. Eu ia mesmo lhe dar de presente no seu próximo aniversário. Tem dinheiro aí dentro. Você pode ficar com o que sobrar, se sobrar.

Quase acrescentei: *E não traga para casa nenhum cachorro de rua*, mas parei bem a tempo. Esse era o gracejo constante de sua mãe.

Henry tentou me agradecer novamente, mas não conseguiu. Era demais para ele.

— Pare na oficina de Lars Olsen no caminho de volta e abasteça. Não vá se esquecer disso, ou vai acabar chegando em casa a pé em vez de sobre quatro rodas.

— Não vou esquecer. E pai?

— Fale.

Ele arrastou os pés no chão e me olhou timidamente.

— Posso parar na casa dos Cotterie e pedir à Shan para ir comigo?

— Não — falei, e seu rosto se entristeceu antes que eu pudesse acrescentar: — Pergunte à Sallie ou a Harlan se Shan pode ir. E não deixe de dizer a eles que você nunca dirigiu na cidade antes. Estou confiando que você vá honrar sua palavra, filho.

Como se nós dois ainda tivéssemos alguma honra.

Fiquei observando do portão nosso velho caminhão desaparecer em uma nuvem de poeira. Eu sentia um nó na garganta que não conseguia engolir. Tive uma premonição estúpida, porém muito forte, de que nunca mais o veria. Imagino que a maioria dos pais sinta isso quando vê um filho sair sozinho pela primeira vez e se dá conta de que, se a criança tem idade o bastante para cumprir uma tarefa sem supervisão, já não é mais uma criança. Mas eu não podia passar muito tempo remoendo esse sentimento. Precisava fazer uma coisa importante, e tinha mandado Henry para longe para poder cuidar de tudo sozinho. Ele veria o que havia acontecido à vaca, é claro, e provavelmente adivinharia o que tinha causado aquilo, mas achei que podia suavizar um pouco a situação.

Primeiro, dei uma olhada em Aquelois, que parecia apática, mas bem. Então cheguei o cano. Ainda estava fechado, mas eu não tinha nenhuma ilusão; poderia levar algum tempo, mas os ratos acabariam roendo a lona. Eu tinha que tapar aquilo melhor. Levei um saco de cimento até o poço da casa e misturei com um pouco de água em um balde velho. De volta ao estábulo, enquanto eu esperava o cimento engrossar, enfiei o pedaço de lona ainda mais fundo no cano. Consegui empurrá-lo pelo menos uns 60 centímetros, e preenchi esse espaço com cimento. Quando Henry voltou (e bem-humorado; ele havia de fato levado Shannon, e tinha dividido com ela uma vaca-preta comprada com o troco das compras), o cimento já havia secado. Acredito que alguns dos ratos deviam ter saído para se alimentar, mas não tinha dúvidas de que havia prendido a maioria deles — incluindo aquele que atacara a pobre Aquelois — lá embaixo na escuridão. E lá embaixo na escuridão eles morreriam. Se não sufocados, então de fome, assim que seu estoque inominável tivesse se esgotado.

Pelo menos foi o que pensei.

Entre os anos de 1916 e 1922, até os fazendeiros burros do Nebrasca prosperaram. Harlan Cotterie, que estava longe de ser burro, prosperou mais do que a maioria. Sua fazenda mostrava isso. Ele construiu um celeiro e um silo em 1919, e em 1920 fez um poço profundo que bombeava inacreditáveis 20 litros por minuto. Um ano mais tarde, colocou encanamento interno na casa (embora sensatamente tenha mantido o banheiro do quintal). Então, três vezes por semana, ele e a família podiam desfrutar do que era um luxo inacreditável naquele lugar tão remoto: banhos quentes no chuveiro, não com água aquecida em panelas

1922

no fogão, mas vinda de canos que a levavam do poço até a caixa-d'água. Foram os banhos de chuveiro que revelaram o segredo que Shannon Cotterie vinha guardando, embora eu ache hoje que já sabia, desde o dia em que ela havia me dito *É, ele me cortejou mesmo*, com uma voz monótona e sem emoção que não era do seu feitio, e olhando não para mim, mas para as silhuetas da colheitadeira de seu pai e para os catadores caminhando atrás dele.

Isso aconteceu perto do fim de setembro, com o milho já todo colhido, mas muita horta ainda por cuidar e ceifar. Numa tarde de sábado, quando Shannon aproveitava um banho de chuveiro, sua mãe veio pelo corredor com uma cesta de roupas que havia tirado do varal mais cedo, porque parecia que ia chover. Shannon provavelmente pensou que havia fechado a porta do banheiro — a maioria das damas costuma ter esse cuidado com sua privacidade quando usa o toalete, e Shannon Cotterie tinha uma razão especial para isso quando o verão de 1922 começava a dar lugar ao outono —, mas talvez a porta tenha se soltado do trinco e ficado entreaberta. Sua mãe, por acaso, olhou para dentro do banheiro e, embora o velho lençol que servia de cortina estivesse completamente puxado no varão em forma de U, a água que espirrava do chuveiro o deixara translúcido. Não houve necessidade de Sallie ver a garota em si, ela viu sua *silhueta*, daquela vez sem o vestido volumoso de carola para escondê-la. Bastou isso. A garota estava grávida de cinco meses, ou perto disso. De qualquer forma, ela provavelmente não conseguiria ter guardado o segredo por muito mais tempo.

Dois dias depois, Henry voltou da escola (ele passou a ir de caminhão) parecendo culpado e assustado.

— Shan não vai à aula há dois dias — disse. — Então parei na casa dos Cotterie para perguntar se ela estava bem. Achei que ela pudesse ter pego a gripe espanhola. Eles não me deixaram entrar. A sra. Cotterie me mandou embora e avisou que o marido viria conversar com você hoje à noite, depois do trabalho. Perguntei se eu poderia fazer alguma coisa, e ela disse: "Você já fez o bastante, Henry".

Então me lembrei do que Shan tinha dito. Henry colocou as mãos no rosto e falou:

— Ela está grávida, pai, e eles descobriram. Sei que é isso. A gente quer se casar, mas acho que eles não vão deixar.

— Não me interessa o que eles vão dizer. *Eu* não vou deixar.

Ele olhou para mim com os olhos cheios de tristeza e lágrimas.

— Por que não?

Pensei: *Você não viu o que aconteceu com sua mãe e comigo?* Mas o que respondi foi:

— Ela tem 15 anos, e você só vai fazer 15 daqui a duas semanas.

— Mas a gente se ama!

Ah, aquele lamento irritante, aquela lamúria de mulherzinha... Cerrei os punhos junto às pernas do meu macacão e tive que me forçar a abri-los e a me acalmar. Ficar irritado não adiantaria nada. Um garoto precisava da mãe para conversar sobre essas coisas, mas a dele estava no fundo de um poço vedado, sem dúvida acompanhada por uma comitiva de ratos mortos.

— Eu sei que sim, Henry...

— *Hank!* E outras pessoas se casam na minha idade!

Sim, isso já havia acontecido antes. Não tanto depois da virada do século e do fechamento das fronteiras. Mas eu não lhe contei isso. O que disse foi que eu não tinha dinheiro para ajudá-los naquele começo. Talvez em 1925, se as colheitas e os preços continuassem bons, mas até lá eu estava de mãos atadas. E com um bebê a caminho...

— Você *teria* dinheiro o bastante! — disse ele. — Se não tivesse sido tão babaca com a história dos 100 acres, teria *muito*! *Ela* me daria um pouco de dinheiro! E *ela* não teria falado desse jeito comigo!

Na hora, fiquei chocado demais para dizer qualquer coisa. Já fazia seis semanas ou mais que o nome de Arlette — ou até mesmo a vaga forma pronominal *ela* — não era mencionado por um de nós dois.

Ele me encarava com um olhar desafiador. E então, lá longe na estrada, vi Harlan Cotterie a caminho. Eu sempre o considerara um amigo, mas uma filha grávida muda um pouco as coisas.

— Não, ela não teria falado com você desse jeito — concordei, e me forcei a olhar fundo nos olhos dele. — Teria sido bem pior. Ela teria rido também, muito provavelmente. Se parar um pouco para pensar, filho, você verá que sim.

— Não!

— Sua mãe dizia que falavam da Shannon, e disse para você manter seu amiguinho aí dentro das calças. Esse foi o último conselho dela, e embora tenha sido tão rude e ofensivo quanto a maioria das coisas que ela dizia, você deveria tê-lo seguido.

A fúria de Henry se desfez.

— Foi só depois daquilo... daquela noite... que nós... Shan não queria, mas eu a convenci. E quando começamos, ela gostou tanto quanto eu. Quando começamos, ela pediu que eu não parasse — disse ele com um orgulho estranho, meio doentio, então balançou a cabeça com um ar cansado. — Agora aqueles 100 acres ficam lá cheios de ervas daninhas, e eu aqui em um mato sem cachorro. Se mamãe estivesse aqui, ela me ajudaria a consertar isso. O dinheiro conserta tudo, é o que *ele* diz.

Henry meneou a cabeça em direção à nuvem de poeira que se aproximava.

— Se você não se lembra de como sua mãe era sovina, então você, convenientemente, esquece as coisas depressa demais — falei. — E se você se esqueceu daquela vez em que ela lhe deu um tapa...

— Não esqueci — afirmou ele, chateado. Então, ainda mais chateado, acrescentou: — Achei que você me ajudaria.

— Eu vou tentar. Agora quero que você espere lá dentro. Se o pai da Shannon encontrar você aqui quando chegar, será o mesmo que balançar um pano vermelho na frente de um touro. Deixe-me ver em que pé se encontra a situação, e como ele está, e se for o caso chamo você até a varanda. — Segurei-o pelo pulso. — Vou fazer o meu melhor por você, filho.

Ele puxou o braço de volta.

— Acho bom.

Ele entrou em casa e, pouco antes de Harlan estacionar seu carro novo (um Nash tão verde e brilhante sob a camada de poeira quanto as costas de uma mosca-varejeira), ouvi a porta de tela bater.

O Nash se aproximou com seu escapamento ruidoso, e então parou. Harlan saiu, tirou o casaco comprido, dobrou-o e o deixou no banco. Estava usando aquele casaco para proteger a roupa da poeira, já que estava vestido para a ocasião: camisa branca, gravata fina de laço e a calça boa de domingo, presa por um cinto de fivela de prata. Ele o puxou, ajeitando a calça na altura que queria, logo abaixo de sua pequena pança. Ele sempre fora bom para mim, e eu considerava que fôssemos não apenas amigos, mas bons amigos. Ainda assim, naquele momento, eu o odiei. Não porque ele tinha vindo me cobrar uma posição pelo que meu filho fizera. Deus sabe que eu teria feito o mesmo, se estivesse no lugar dele. Não, o que me incomodava era o carro verde novinho em folha. Era a fivela de prata em forma de golfinho. Era o novo silo, pintado de vermelho-vivo, e o encanamento interno da casa. Mas o que me incomodava mesmo era a esposa serena e submissa que ele havia deixado na fazenda, sem dúvida fazendo o jantar, apesar da preocupação. A esposa, cuja doce resposta diante de qualquer tipo de problema seria: *O que você achar melhor, querido*. Mulheres, prestem atenção: uma esposa como essa nunca precisaria temer sangrar pela garganta até a morte.

Ele caminhou a passos largos até os degraus da varanda. Eu me levantei e estendi a mão, esperando para ver se ele a apertaria ou ignoraria. Ele hesitou por algum tempo, pesando os prós e contras, mas por fim apertou brevemente minha mão.

— Temos um problema considerável aqui, Wilf — disse.

— Eu sei. Henry acabou de me contar. Antes tarde do que nunca.

— Melhor que fosse nunca mesmo — rebateu ele, severamente.

— Quer se sentar?

Ele pensou um pouco de novo, antes de se sentar na cadeira de balanço que fora de Arlette. Eu sabia que Harlan não queria se sentar — um homem furioso e chateado não fica à vontade quando se senta —, mas ele aceitou mesmo assim.

— Quer um pouco de chá gelado? Não temos limonada. Arlette era a especialista em limonada, mas...

Ele levantou a mão gorda para que eu parasse de falar. Gorda, mas forte. Harlan era um dos fazendeiros mais ricos no condado de Hemingford, mas ele não ficava só supervisionando. Quando era hora de preparar a forragem ou fazer a colheita, ele pegava no batente junto com os empregados.

— Quero voltar antes do pôr do sol. Não enxergo merda nenhuma com esses faróis. Minha filha está com um pãozinho no forno, e eu acho que você sabe quem foi o padeiro.

— Ajudaria dizer que eu sinto muito?

1922

— Não. — Seus lábios estavam comprimidos, e eu via o sangue quente pulsando dos dois lados de seu pescoço. — Estou furioso, e o que piora tudo é não ter alguém em quem descontar essa raiva. Não posso ficar bravo com as crianças porque são apenas crianças, mas, se Shannon não estivesse grávida, eu a deitaria em meus joelhos e lhe daria umas boas palmadas por não ter se comportado como deveria. Ela foi bem-criada e frequentava a igreja como uma boa garota.

Quis perguntar se ele estava dizendo que Henry não fora criado da maneira correta, mas fiquei de boca fechada e o deixei falar todas as coisas que vinham fervilhando em sua mente no caminho até ali. Harlan havia preparado um discurso, e seria mais fácil lidar com ele quando tivesse conseguido colocar tudo para fora.

— Eu gostaria de culpar Sallie por não ter percebido a condição da menina antes, mas as mães de primeira viagem não ficam com muita barriga, todo mundo sabe disso... e, Deus do céu, você já viu o tipo de vestido que Shan usa. E isso não é de agora. Ela tem usado esses vestidos de velha desde os 12 anos, quando começou a ganhar...

Ele estendeu as mãos gorduchas em frente ao peito. Eu assenti.

— E eu gostaria de culpar *você*, por ter se esquecido de ter aquela conversa que os pais normalmente têm com os filhos. — *Como se você soubesse alguma coisa sobre criar filhos*, pensei. — Aquela em que o pai explica que o filho tem uma pistola na calça e que deve manter a trava de segurança no lugar. — Um soluço ficou preso em sua garganta, e ele choramingou: — Minha... *menininha*... é jovem demais para ser mãe!

É claro que eu tinha uma parcela de culpa que Harlan desconhecia. Se eu não tivesse colocado Henry em uma situação que o deixara desesperado pelo amor de uma mulher, Shannon poderia não estar passando por aquilo. Eu também poderia ter perguntado se Harlan tinha reservado alguma culpa para si mesmo, enquanto se ocupava em empurrá-la para cima dos outros. Mas fiquei quieto. O silêncio nunca fora algo muito natural para mim, mas conviver com Arlette me rendeu um bocado de prática.

— Mas também não posso culpá-lo porque sua mulher fugiu na primavera, e é natural que você tenha ficado um pouco distraído em uma época como essa. Então voltei e cortei uma pilha enorme de lenha antes de vir para cá, tentando aplacar um pouco minha raiva, e deve ter funcionado. Eu apertei sua mão, não foi?

A autocongratulação em sua voz me fez querer dizer: *A menos que seja um estupro, acho que ainda são necessários dois para se dançar um tango.*

Mas só falei:

— Sim, você apertou. — E deixei por isso mesmo.

— Bem, isso nos traz ao que você vai fazer quanto a isso. Você e aquele garoto que se sentou à minha mesa e comeu a comida que minha esposa fez para ele.

Algum diabo — a criatura que se apossa de uma pessoa, acredito, quando o Homem Conivente se vai — me fez dizer:

— Henry quer se casar com ela e dar um nome ao bebê.

— Isso é tão ridículo que não quero nem ouvir. Não vou dizer que Henry não tem um penico para mijar, nem uma janela de onde jogar o mijo fora... Sei que você fez tudo certo, Wilf, ou o mais certo que pôde, mas é o melhor que posso dizer. Temos vivido anos gordos, e você ainda está dependendo dos empréstimos do banco. O que acontecerá com você quando enfrentarmos tempos de vacas magras de novo? E isso sempre acontece. Se você tivesse o dinheiro daqueles 100 acres, então tudo seria diferente. O dinheiro ameniza os problemas, todo mundo sabe disso. Mas com Arlette desaparecida, eles ficam só lá parados, como uma velha constipada sentada em um penico.

Por um momento, parte de mim tentou imaginar como seriam as coisas se eu tivesse cedido à Arlette em relação àquela merda de terra, como eu fizera com tantas outras coisas. *Eu estaria vivendo em meio ao fedor, é assim que seria. Eu teria que escavar aquela velha fonte para as vacas, porque elas não beberiam de um riacho cheio de sangue e tripas de porco.*

Verdade. Mas eu estaria vivendo, em vez de apenas existindo, Arlette estaria morando comigo e Henry não seria o menino triste, complicado e angustiado que havia se tornado. O garoto que tinha metido sua amiga de infância em grandes apuros.

— Bem, o que você quer fazer? — perguntei. — Duvido que tenha vindo até aqui sem nada em mente.

Ele pareceu não ter me escutado. Olhava através dos campos para onde seu novo silo se erguia no horizonte. Seu rosto estava abatido e triste, mas agora já cheguei longe demais e escrevi muito para conseguir mentir: aquela expressão não me tocou muito. O ano de 1922 tinha sido o pior da minha vida, aquele em que eu havia me transformado em um homem que eu não reconhecia, e Harlan Cotterie era apenas mais um buraco em um trecho miserável e pedregoso de estrada.

— Ela é inteligente — disse Harlan. — A sra. McReady, a professora da escola, diz que Shan é a aluna mais inteligente que já teve em toda a sua carreira, e isso são quase quarenta anos. Ela é boa em inglês, e é ainda melhor em matemática, o que a sra. McReady diz ser raro para uma garota. Ela sabe *trigronomia*, Wilf. Sabia disso? A própria sra. McReady não sabe *trigronomia*.

Não, eu não sabia, mas sabia como dizer a palavra da forma correta. Entretanto, senti que aquela não devia ser a melhor hora para corrigir meu vizinho.

— Sallie queria mandá-la para a escola normal de Omaha. Eles aceitam meninas desde 1918, embora nenhuma garota tenha se formado até hoje. — Ele me lançou um olhar que era difícil de engolir: uma mistura de desgosto e hostilidade. — As meninas sempre querem *se casar*, entende? E *ter bebês*. Entrar para a Ordem da Estrela do Oriente e varrer o maldito *chão*.

Ele suspirou.

— Shan poderia ser a primeira. Ela tem o conhecimento e a inteligência necessários. Você não sabia disso, não é?

Não, na verdade eu não sabia. Simplesmente acreditava (uma das muitas suposições que agora julgo equivocadas) que ela daria uma boa esposa de fazendeiro, e nada mais.

— Ela podia até virar professora de faculdade. Planejávamos mandá-la para essa escola assim que completasse 17 anos.

Sallie planejava, é o que você quer dizer, pensei. *Se dependesse só dessa sua cabeça de fazendeiro, essa ideia maluca nunca teria lhe ocorrido.*

— Shan já havia aceitado isso, e eu estava guardando dinheiro. Estava tudo arranjado. — Ele se virou para me olhar, e ouvi os tendões em seu pescoço se retesarem. — *Ainda está* tudo arranjado. Mas primeiro, o quanto antes, ela vai para o Lar Católico de Santa Eusébia para Garotas, em Omaha. Ela ainda não sabe, mas vai. Sallie falou de mandá-la para Deland... a irmã dela vive lá... ou para a casa dos meus tios em Lyme Biska, mas não confio em nenhuma dessas pessoas para levar adiante o que nós planejamos. E uma menina que causa esse tipo de problema também não merece ficar com pessoas que ela conhece e ama.

— O que você decidiu então, Harl? Além de mandar sua filha para um tipo de... eu sei lá... orfanato?

Ele se enfureceu.

— Não é um orfanato. É um lugar limpo, agradável e cheio de coisas para fazer. Assim me disseram. Eu tenho me informado, e só tenho ouvido coisas boas. Ela terá tarefas, terá aulas e daqui a quatro meses terá o bebê. Quando isso acontecer, a criança será colocada para adoção. As irmãs do Santa Eusébia vão cuidar disso. Então ela poderá voltar para casa, e um ano e meio depois irá para a escola normal, como Sallie quer. E eu, é claro. Sallie e eu.

— E qual é minha parte nisso? Acredito que eu deva ter uma.

— Está dando uma de engraçadinho pra cima de mim, Wilf? Sei que você teve um ano difícil, mas não vou tolerar que você faça pouco de mim.

— Não estou dando uma de engraçadinho pra cima de você, mas saiba que não é o único furioso e envergonhado. Apenas me diga o que você quer, e talvez possamos continuar a ser amigos.

O sorrisinho frio que ele deu ao ouvir minhas palavras — repuxando ligeiramente os lábios e revelando por um instante covinhas nos cantos da boca — mostrou bem que não alimentava muitas esperanças quanto a *isso*.

— Sei que você não é rico, mas ainda assim precisa tomar alguma atitude e assumir sua parcela de responsabilidade. O período que ela vai ficar nesse lar, e que as irmãs chamam de assistência pré-natal, vai me custar trezentos dólares. A irmã Camilla chamou isso de doação quando conversei com ela pelo telefone, mas sei reconhecer uma taxa quando me descrevem uma.

— Se vai me pedir para dividir com você...

— Sei que você não consegue cento e cinquenta dólares, mas é melhor me arrumar setenta e cinco, porque é isso o que a professora particular vai custar. A que vai ajudar a Shan a prosseguir com os estudos.

— Não tenho como fazer isso, Arlette me limpou quando foi embora.

1922

E pela primeira vez pensei se ela teria algum dinheiro escondido em algum lugar. Aquela história sobre os duzentos dólares que ela teria levado quando fugiu fora uma grande mentira, mas mesmo uns trocados poderiam me ajudar naquela situação. Pensei então que deveria me lembrar de dar uma olhada nos armários e nas latas da cozinha.

— Peça outro empréstimo ao banco — disse ele. — Você já terminou de pagar o último, pelo que ouvi dizer.

É claro que tinha ouvido. Essas coisas deveriam ser confidenciais, mas homens como Harlan Cotterie ouvem longe. Então me senti invadido por uma nova onda de antipatia por ele. O homem havia me deixado usar a colheitadeira por apenas vinte dólares? E daí? Agora estava me pedindo muito mais do que isso, como se sua preciosa filha nunca tivesse aberto as pernas e dito *seja bem-vindo*.

— Eu tinha o dinheiro da colheita para quitar a dívida — falei. — Agora não tenho mais. Tenho minhas terras e minha casa, e isso é tudo.

— Dê um jeito — disse ele. — Hipoteque a casa, se for preciso. A sua parte vai lhe custar setenta e cinco dólares e, comparado à ideia de ter seu filho trocando fraldas aos 15 anos, acho que você ainda está no lucro.

Ele se levantou. Eu também.

— E se eu não conseguir? O que você vai fazer, Harl? Vai mandar o xerife?

Seus lábios se curvaram em uma expressão de desprezo que transformou a antipatia que eu sentia por ele em ódio. Aconteceu de súbito, e eu ainda sinto esse ódio hoje, quando tantos outros sentimentos foram apagados do meu coração.

— Eu nunca iria à Justiça por causa de uma coisa dessas. Mas se você não assumir sua parcela de responsabilidade, não quero mais conversa. — Ele estreitou os olhos para enxergar à luz do entardecer. — Eu vou indo. Tenho que ir, se quero chegar em casa antes de escurecer. Só vou precisar dos setenta e cinco dólares daqui a umas duas semanas, então você tem esse tempo para conseguir o dinheiro. E não vou vir cobrá-lo. Se não pagar, não pagou. Só não diga que não tem dinheiro, porque sei que não é bem assim. Você deveria ter deixado que ela vendesse os acres para a Farrington, Wilf. Se tivesse feito isso, ela ainda estaria aqui e você teria alguns dólares na mão. E minha filha talvez não estivesse prenha.

Na minha cabeça, eu o jogava para fora da varanda e pulava em sua barriga redonda quando ele tentava se levantar. Então eu pegava minha foice de mão no celeiro e a enfiava em um de seus olhos. Na verdade, apoiei uma das mãos na grade da varanda enquanto o observava descer os degraus com dificuldade.

— Você quer falar com Henry? — perguntei. — Posso chamá-lo. Ele se sente tão mal com relação a isso quanto eu.

Harlan nem parou de andar.

— Ela era pura e seu garoto a sujou. Se chamá-lo aqui, vou dar um soco nele. Acho que não vou conseguir me conter.

Pensei sobre isso. Henry estava crescendo, era forte e, talvez o mais importante de tudo, ele sabia o que era assassinato. Harl Cotterie não.

Ele não precisava girar a manivela para ligar o Nash, apenas apertar um botão. Ser rico era bom de todas as formas.

— Então, como falei, setenta e cinco dólares é o que eu preciso para encerrar este assunto — disse ele mais alto do que o barulho do motor. Depois deu a volta no tronco de cortar lenha, fazendo George e seu séquito esvoaçarem para longe, e voltou para sua fazenda com o grande gerador e o encanamento interno.

Quando me virei, Henry estava ao meu lado, pálido e furioso.

— Eles não podem mandá-la para longe assim.

Então ele tinha ouvido tudo. Não posso dizer que fiquei surpreso.

— Podem e vão. E se você tentar alguma coisa estúpida e teimosa, só vai piorar as coisas.

— Poderíamos fugir. Não nos achariam. Se conseguimos escapar impunes do... do que fizemos... então acho que posso escapar dessa, fugindo para o Colorado com ela.

— Não daria certo porque você não tem dinheiro. Dinheiro conserta tudo, ele disse. Bem, e isto é o que eu digo: A *falta* de dinheiro *estraga* tudo. Eu sei, e Shannon vai saber também. Ela tem um bebê para cuidar agora...

— Não se eles a fizerem dar a criança para adoção!

— Isso não muda como uma mulher se sente com uma cria na barriga. Uma cria as torna mais sábias de maneiras que os homens não entendem. Não perdi meu respeito por você ou por ela só porque ela vai ter um bebê. Vocês não são os primeiros, e não serão os últimos, mesmo que o sr. Todo-Poderoso achasse que ela só usaria o que tem entre as pernas no banheiro. Mas se você pedisse para uma garota grávida de cinco meses fugir com você... e ela concordasse... eu perderia o respeito pelos dois.

— Do que você entende? — perguntou ele com profundo despre-zo. — Você não consegue nem cortar uma garganta direito.

Fiquei sem fala. Ele percebeu, e me deixou assim.

Ele foi para a escola no dia seguinte sem qualquer discussão, mesmo que sua queridinha não estivesse mais lá. Provavelmente porque o deixei ir com o caminhão. Um garoto aproveita qualquer desculpa para dirigir um caminhão quando isso é novidade. Mas é claro que o novo se desgas-ta. O novo sempre se desgasta, e normalmente não demora muito. E o que há por baixo quase sempre é cinza e sujo. Como o pelo de um rato.

Assim que ele saiu, fui até a cozinha. Esvaziei as latas de açúcar, farinha e sal, e procurei no meio deles. Não havia nada. Fui até o quarto e procurei nas roupas dela. Não havia nada. Olhei dentro de seus sapa-tos e não havia nada. Mas sempre que não achava nada sentia ainda mais certeza de que *havia* algo.

Eu tinha trabalho a fazer na horta, mas em vez disso dei a volta no celeiro e fui até onde estava o velho poço. Algumas plantas começaram a crescer ali: um tipo de grama e varas-de-ouro esparsas. Elpis estava lá embaixo, e Arlette também. Arlette, com seu rosto torto para o lado. Arlette, com seu sorriso de palhaço. Arlette, com sua *rede de cabelo*.

— Onde está, sua vadia teimosa? — perguntei. — Onde você escondeu?

Tentei esvaziar a mente, que era o que meu pai me aconselhava a fazer quando eu não lembrava onde havia deixado uma ferramenta ou um dos meus preciosos livros. Depois de um tempo, voltei para casa, entrei no quarto e fui até o armário. Havia duas caixas de chapéu na prateleira de cima. Na primeira não encontrei nada além de um chapéu — o branco que ela usava para ir à igreja (quando se dava ao trabalho de ir, o que acontecia cerca de uma vez por mês). O chapéu na outra caixa era vermelho, e eu nunca a vira usar. Parecia um chapéu de pros-tituta para mim. Escondidas na faixa de cetim do interior, dobradas em minúsculos quadrados do tamanho de comprimidos, havia duas notas

ESCURIDÃO TOTAL SEM ESTRELAS

de vinte dólares. Posso lhe dizer agora, sentado aqui neste quarto de hotel barato, enquanto ouço os ratos correrem dentro das paredes (sim, meus velhos amigos estão aqui), que aquelas duas notas de vinte dólares selaram a minha condenação.

Porque elas não eram o suficiente. Percebe isso, não é? É claro que sim. Ninguém precisa ser especialista em *trigronomia* para saber que é preciso adicionar trinta e cinco a quarenta para chegar a setenta e cinco. Não parece muita coisa, não é? Mas naqueles dias você podia comprar o equivalente a dois meses de mantimentos com trinta e cinco dólares, ou bons arreios usados na oficina de Lars Olsen. Você podia comprar uma passagem de trem para Sacramento... o que, às vezes, eu gostaria de ter feito.

Trinta e cinco.

E, às vezes, quando me deito na cama, consigo *ver* esse número. Ele pisca em vermelho, como um aviso para não cruzar uma estrada porque um trem está vindo. Tentei cruzá-la mesmo assim, e o trem me atropelou. Se todos temos um Homem Conivente dentro de nós, também temos um Lunático. E nas noites em que não consigo dormir porque o número piscando simplesmente não *deixa*, meu Lunático diz que tudo não passou de uma conspiração: que Cotterie, Stoppenhauser e aquele rábula do Farrington estavam juntos nisso. Na verdade, eu sabia que não era bem assim, é claro (pelo menos durante as manhãs). Cotterie e Lester, o sr. Advogado, podem ter conversado com Stoppenhauser mais tarde — depois que fiz o que fiz —, mas com certeza tudo começou de forma inocente. Stoppenhauser estava de fato tentando me ajudar... e gerar lucros para o Home Bank & Trust, é claro. Mas quando Harlan ou Lester viu — ou os dois viram — uma oportunidade, eles aproveitaram. O Homem Conivente foi superado por um ato de conivência: o que você acha disso? Na época, aquilo para mim não teve muita importância, porque àquela altura já havia perdido meu filho, mas sabe quem eu culpo por isso?

Arlette.

Sim.

Porque foi ela quem deixou aquelas duas notas dentro de seu chapéu vermelho de prostituta para eu achar. E você percebe como ela foi diabolicamente esperta? Porque não foram as *quarenta* pratas que me condenaram, mas sim o dinheiro entre essa quantia e o que Cotterie me pedira para a professora de sua filha grávida, o que ele exigia para ela poder estudar latim e continuar aprendendo *trigronomia*.

Trinta e cinco, trinta e cinco, trinta e cinco.

Pensei sobre o dinheiro que ele queria para a professora particular pelo resto da semana e no fim de semana. Às vezes eu pegava aquelas duas notas — eu as havia desdobrado, mas as marcas permaneciam — e as estudava. Na noite de domingo, tomei minha decisão. Disse a Henry que ele teria que usar o Ford T para ir à escola na segunda. Eu precisava ir a Hemingford Home conversar com o sr. Stoppenhauser no banco sobre um pequeno empréstimo. Bem pequeno. Apenas trinta e cinco dólares.

— Para quê? — Henry estava sentado à janela, olhando melancolicamente para os campos escuros do oeste.

Eu lhe contei. Pensei que isso iniciaria outra discussão sobre Shannon e, de certa forma, era isso que eu queria. Ele não havia falado nada sobre ela a semana toda, embora eu soubesse que Shan já havia partido. Mert Donovan me contara quando viera buscar um pacote de sementes de milho.

— Foi embora para uma escola chique em Omaha — dissera ele. — Bem, melhor para ela, é o que eu penso. Se elas vão votar, é melhor se educarem. — E, após um instante de reflexão, acrescentara: — Embora a minha faça o que eu mando. E é bom fazer mesmo, se sabe o que é bom para ela.

Se eu sabia que ela havia partido, Henry também sabia, e provavelmente até antes de mim — colegas de escola costumam ser grandes fofoqueiros. Mas ele não havia falado nada. Acho que eu estava tentando lhe dar um motivo para desabafar toda a mágoa e a recriminação. Não seria agradável, mas a longo prazo poderia ser benéfico. Devemos evitar que ferimentos na testa ou no cérebro (por trás da testa) infeccionem. Quando isso acontece, a infecção provavelmente se espalhará por todo o corpo.

Mas ele apenas resmungou ao ouvir a notícia, então decidi cutucá-lo com mais força.

— Você e eu vamos dividir o pagamento da dívida — falei. — Provavelmente não chegará a trinta e oito dólares se quitarmos o empréstimo até o Natal. Dá dezenove para cada um. Vou tirar sua parte do que você ganha pelo trabalho.

Com certeza, pensei, isso despertaria um ataque de fúria... mas ele apenas soltou outro resmungo mal-humorado. E nem mesmo discutiu sobre ter que ir com o Ford T para a escola, embora já tivesse contado que as outras crianças debochavam do carro, chamando-o de "Quebra--Bunda do Hank".

— Filho.

— O que é?

— Você está bem?

Ele se virou para mim e sorriu, ou pelo menos seus lábios se moveram.

— Estou bem. Boa sorte para você amanhã no banco, pai. Vou pra cama.

Enquanto ele se levantava, eu disse:

— Pode me dar um beijo?

Ele beijou minha bochecha. Aquela foi a última vez.

Ele levou o T para a escola e eu fui de caminhão para Hemingford Home, onde o sr. Stoppenhauser me convidou a entrar em seu escritório após uma espera de apenas cinco minutos. Expliquei o que eu precisava, mas não lhe contei o motivo, dizendo apenas que se tratava de razões pessoais. Pensei que não precisaria ser mais específico por uma quantia tão insignificante, e estava certo. Mas, quando terminamos, ele entrelaçou os dedos sobre o bloco de notas em sua mesa e me olhou com uma severidade quase paternal. No canto, o relógio de pêndulo marcava silenciosamente a passagem do tempo. Na rua — bem mais alto —, ouvia-se o ronco de um motor. O barulho parou, fez-se silêncio por um tempo, e então outro motor foi ligado. Será que era meu filho, primeiro chegando no Ford T e depois roubando meu caminhão? Não posso ter certeza, mas acho que era.

— Wilf — começou o sr. Stoppenhauser —, sei que você teve pouco tempo para superar o fato de sua esposa ter ido embora desse jeito... Perdoe-me por lembrar um assunto doloroso, mas parece pertinente agora... Além disso, o escritório de um banqueiro é um pouco como um confessionário, então vou falar com você com toda sinceridade, a verdade nua e crua, doa a quem doer.

Eu já havia escutado essa — assim como a maioria das pessoas que visitava aquele escritório, imagino —, e abri o sorriso respeitoso que ele pretendia conseguir com aquele discurso.

— O Home Bank & Trust vai lhe emprestar os trinta e cinco dólares? Pode apostar. Fico tentado a cuidar disso de homem para homem, e fazer o negócio com dinheiro da minha própria carteira, só que nunca carrego mais do que preciso para almoçar no Splendid Diner e engraxar meus sapatos na barbearia. Dinheiro demais é uma tentação constante, mesmo para um velho astuto como eu, e, além disso, negócios são negócios. *Mas!* — Ele levantou o dedo. — Você não *precisa* de trinta e cinco dólares.

— Infelizmente, eu preciso.

Então me perguntei se ele sabia o motivo. Devia saber. Ele era mesmo um velho astuto. Mas Harl Cotterie também era, além de ser um velho envergonhado naquele outono.

— Não, não precisa. Você precisa de setecentos e cinquenta dólares, isso sim, e pode ter esse dinheiro hoje mesmo. Pode colocá-lo na sua conta do banco ou sair daqui com a grana no bolso, para mim tanto faz. Você quitou a hipoteca da sua casa há três anos. Já está paga e liberada. Então não há nenhuma razão para você não aproveitar e fazer outra hipoteca. Todo mundo faz isso, rapaz, até as melhores pessoas. Você ficaria surpreso com alguns dos nossos clientes. As melhores pessoas. Sim, senhor, pode acreditar.

— Agradeço a gentileza, sr. Stoppenhauser, mas acho que não. A hipoteca era como uma nuvem cinzenta sobre a minha cabeça o tempo todo que esteve em vigor, e...

— Wilf, *essa* é a questão! — E levantou o dedo de novo. Dessa vez, ele o balançou para a frente e para trás, como o pêndulo do relógio. — É exatamente *disso* que se trata! São as pessoas que fazem uma hipoteca e saem por aí como se caminhassem sob um céu ensolarado, e acabam deixando de pagar e perdendo sua valiosa propriedade! Pessoas como você, que encaram a dívida como se fosse um carrinho de mão cheio de pedras em um dia nublado, são as que sempre pagam o que devem! E você quer me dizer que não há nenhuma melhoria que poderia fazer? Um telhado para consertar? Mais alguns animais? — Ele me lançou um olhar astuto e malicioso. — Talvez até colocar encanamento interno, como seu vizinho de estrada? Essas coisas se pagam, você sabe. Você pode acabar fazendo melhorias que ultrapassem de longe o valor da hipoteca. Pense na relação custo-benefício, Wilf! Custo-benefício!

ESCURIDÃO TOTAL SEM ESTRELAS

Pensei um pouco e, por fim, disse:

— Estou muito tentado, senhor. Não vou mentir para você...

— Não precisa. O escritório de um banqueiro, um confessionário de igreja... não há muita diferença. Os melhores homens deste condado já se sentaram nessa cadeira, Wilf. Os melhores.

— Mas eu só vim por causa de um pequeno empréstimo, que você gentilmente me concedeu, e essa nova proposta precisa ser pensada com cuidado. — Uma nova ideia me ocorreu, uma que era surpreendentemente agradável. — É preciso conversar sobre ela com meu filho, Henry... Hank, como ele gosta de ser chamado agora. Ele está chegando na idade em que precisa ser consultado, porque o que é meu será dele um dia.

— Perfeitamente compreensível. Mas é a coisa certa a se fazer, acredite. — Ele ficou de pé e estendeu a mão. Então me levantei também e a apertei. — Você veio aqui para comprar um peixe, Wilf. Estou querendo lhe vender a vara. Um negócio muito melhor.

— Obrigado.

Ao sair do banco, pensei: *Vou conversar sobre isso com meu filho.* Era um bom pensamento. Um pensamento caloroso em um coração que estava frio havia meses.

A mente é uma coisa engraçada, não é? Absorto em pensamentos como eu estava com aquela oferta espontânea de uma hipoteca do sr. Stoppenhauser, não percebi que o veículo em que eu chegara havia sido substituído pelo que Henry levara para a escola. Mas não tenho certeza de que teria notado na hora, mesmo que a minha mente estivesse ocupada com assuntos menos importantes. Afinal, já estava acostumado com os dois veículos — porque ambos me pertenciam. Só percebi quando estava me inclinando para pegar a manivela e vi um pedaço de papel dobrado, embaixo de uma pedra, no banco do motorista.

Fiquei ali parado por um instante, meio dentro e meio fora do Ford T, uma das mãos apoiada na lateral do carro, a outra embaixo do banco, onde guardávamos a manivela. Acho que eu já sabia por que Henry tinha saído da escola e feito aquela troca, mesmo antes de pegar o bilhete que ele havia deixado sob o peso de papel improvisado e desdobrá-lo para ler. O caminhão era mais confiável em uma viagem longa. Uma viagem para Omaha, por exemplo.

1922

Pai,

Peguei o caminhão. Acho que você sabe para onde estou indo. Deixe-me em paz. Sei que você pode mandar o xerife Jones atrás de mim para me trazer de volta, mas, se fizer isso, eu vou contar tudo. Você pode achar que vou mudar de ideia porque sou "apenas uma criança", MAS NÃO VOU. Sem a Shan, eu não me importo com mais nada.

Eu te amo, pai, mesmo sem saber por quê, já que tudo o que fizemos só me trouxe sofrimento.

Seu querido filho,
Henry "Hank" James

Voltei para a fazenda atordoado. Acho que algumas pessoas acenaram para mim — acho que até mesmo Sallie Cotterie, que estava cuidando da barraquinha de verduras e legumes que os Cotterie tinham na beira da estrada —, e eu provavelmente acenei de volta, mas nem me lembro de ter feito isso. Pela primeira vez desde que o xerife Jones foi à fazenda, fazendo suas perguntas retóricas e bem-humoradas e olhando para tudo com seus olhos frios e curiosos, a cadeira elétrica me pareceu uma possibilidade bem real, tão real que eu quase sentia as fivelas na minha pele, enquanto as tiras de couro eram apertadas em meus pulsos e acima dos meus cotovelos.

Henry seria pego, quer eu ficasse de boca calada ou não. Isso para mim parecia inevitável. Ele não tinha dinheiro, nem mesmo seis pratas para encher o tanque do caminhão, então ficaria a pé antes mesmo de chegar a Elkhorn. Se ele conseguisse roubar gasolina, seria pego quando se aproximasse do lugar onde ela estava morando (como prisioneira, segundo Henry. Nunca ocorrera à sua mente imatura que Shannon poderia estar lá por vontade própria). Com certeza Harlan tinha descrito Henry para a pessoa encarregada, irmã Camilla. Mesmo que ele não tivesse considerado a possibilidade de o namorado ultrajado fazer uma aparição no local onde sua amada encontrava-se encarcerada, a irmã Camilla teria. Em seu ofício, ela com certeza já havia lidado com namorados ultrajados antes.

Minha única esperança era que, quando abordado pelas autoridades, Henry ficasse em silêncio por tempo o bastante para perceber que havia sido traído por suas próprias ideias românticas idiotas, e não pela minha interferência. Esperar que um adolescente veja a luz da razão é como fazer uma aposta arriscada em uma corrida de cavalos, mas o que mais eu podia fazer?

Enquanto eu passava pela entrada da fazenda, um pensamento louco me ocorreu: deixar o T ligado, arrumar uma mala e fugir para o Colorado. A ideia não durou mais do que dois segundos. Eu tinha dinheiro — setenta e cinco dólares, na verdade —, mas o T morreria bem antes de eu cruzar a fronteira do estado em Julesburg. E isso não era o mais importante. Se fosse, eu poderia ter dirigido até Lincoln e então trocado o T e mais sessenta dólares por um carro confiável. Não, era o lugar. O lugar em que eu morava. Meu *lar*. Eu tinha matado minha esposa para não perdê-lo, e não iria abandoná-lo só porque meu cúmplice tolo e imaturo havia cismado em partir em uma missão romântica. Se eu deixasse a fazenda, não seria para ir ao Colorado, mas para a prisão estadual. E teriam que me levar arrastado.

Isso foi na segunda-feira. Não recebi nenhuma notícia na terça ou na quarta. O xerife Jones não veio me dizer que haviam encontrado Henry pedindo carona na estrada Lincoln-Omaha, e Harl Cotterie não veio me contar (com satisfação puritana, sem dúvida alguma) que a polícia de Omaha havia prendido Henry a pedido da irmã Camilla, e que naquele momento ele estava atrás das grades, contando histórias incríveis sobre facas, poços e sacos de estopa. Estava tudo quieto na fazenda. Trabalhei na horta, colhi verduras e legumes, consertei a cerca, ordenhei as vacas e alimentei as galinhas — e fiz isso tudo meio atordoado. Parte de mim, e nem era uma parte pequena, acreditava que tudo aquilo não passava de um sonho longo e incrivelmente complexo do qual eu acordaria com Arlette roncando ao meu lado e o barulho de Henry cortando lenha para acender o fogão.

Então, na quinta, a sra. McReady — a gentil e corpulenta viúva que lecionava na escola de Hemingford — veio em seu próprio Ford T para me perguntar se Henry estava bem.

— Está havendo um surto de... de uma *irritação* intestinal por aí — disse ela. — E me perguntei se ele também tinha pegado. Ele desapareceu de repente.

— Ele está com um problema, sim — falei. — Mas seu mal é do coração, e não da barriga. Ele fugiu, sra. McReady.

Lágrimas quentes e inesperadas brotaram em meus olhos. Peguei o lenço no bolso da frente do meu macacão, mas algumas já tinham escorrido pelo meu rosto antes que eu pudesse secá-las.

Quando minha visão clareou novamente, vi a sra. McReady, que queria bem a todas as crianças, mesmo às difíceis, também à beira das lágrimas. Ela já devia saber de que tipo de mal Henry estava sofrendo.

— Ele vai voltar, sr. James. Não se preocupe. Já vi isso antes, e provavelmente vou ver de novo mais uma ou duas vezes antes de me aposentar, embora isto não esteja tão longe de acontecer quanto antes. — Ela baixou a voz, como se temesse que George, o galo, ou uma das companheiras emplumadas de seu harém pudesse ser um espião. — É com o pai dela que você deve tomar cuidado. Ele é um homem difícil e inflexível. Não é mau, mas é difícil.

— Eu sei. E acredito que você saiba onde a filha dele está agora.

Ela baixou os olhos. Era resposta suficiente.

— Obrigado por vir até aqui, sra. McReady. Posso lhe pedir para não comentar isso com ninguém?

— É claro... mas as crianças já estão falando.

Sim. Eu sabia que isso iria acontecer.

— Você tem como receber chamadas, sr. James? — Ela procurou pelos fios. — Vejo que não. Não tem problema. Se eu descobrir qualquer coisa, venho até aqui para lhe contar.

— Você quer dizer se ouvir alguma coisa antes de Harlan Cotterie ou do xerife Jones.

— Deus vai tomar conta do seu filho. E de Shannon também. Sabe, eles realmente formavam um casal adorável. Todos diziam isso. Às vezes a fruta amadurece cedo demais, e uma geada a mata. É uma pena. Muito, muito triste.

A sra. McReady apertou minha mão — com a força de um homem — e então se foi em sua charanga. Acho que ela não percebeu que, no fim, falara sobre Shannon e meu filho no passado.

Na sexta-feira, o xerife Jones apareceu, dirigindo o carro com a estrela dourada na porta. E ele não estava só. Atrás dele na estrada vinha meu caminhão. Meu coração deu um pulo ao vê-lo, mas depois desacelerou quando notei quem estava atrás do volante: Lars Olsen.

Tentei esperar quieto enquanto Jones seguia seu Ritual de Chegada: ajeitou o cinto, secou a testa (embora o dia estivesse frio e nublado), passou a mão no cabelo. Mas não consegui.

— Ele está bem? Você o encontrou?

— Não, sinto dizer que não. — Ele subiu os degraus da varanda. — O vigia de uma fazenda estava fazendo a patrulha ao leste de Lyme Biska quando encontrou o caminhão, mas não havia sinal do garoto. Poderíamos ter alguma notícia dele se você tivesse reportado o desaparecimento mais cedo, percebe?

— Eu esperava que Henry voltasse sozinho — falei, desanimado. — Ele foi para Omaha. Não sei o que mais posso lhe dizer, xerife...

Lars Olsen havia se aproximado furtivamente até onde podia escutar a conversa, esticando-se todo em nossa direção para ouvir melhor.

— Volte para o meu carro, Olsen — disse Jones. — Esta é uma conversa particular.

Lars, uma alma mansa, obedeceu sem reclamar. Jones voltou o olhar para mim. Ele estava bem menos alegre do que em sua última visita, e também havia dispensado o jeito espalhafatoso.

— Eu já sei o bastante, percebe? Que seu garoto engravidou a filha de Harl Cotterie e provavelmente foi atrás dela em Omaha. Ele escondeu o caminhão em um campo de grama alta quando percebeu que o tanque estava ficando sem gasolina. Isso foi inteligente. Ele puxou isso de você? Ou de Arlette?

Eu não disse nada, mas ele havia me dado uma ideia. Uma pequena ideia, mas que podia ser útil.

— Vou lhe dizer algo que ele fez pelo qual nós dois vamos lhe agradecer — disse Jones. — E que pode mantê-lo fora da cadeia também. Ele arrancou toda a grama debaixo do caminhão antes de seguir seu caminho. Para que o escapamento não provocasse um incêndio, sabe? Se ele causasse um incêndio em uma pradaria, queimando alguns milhares de acres, um júri poderia ficar meio sensível e irritado, não acha? Mesmo que o criminoso tivesse apenas 15 anos?

— Bem, isso não aconteceu, xerife. Ele fez a coisa certa, então por que está tocando nesse assunto?

Eu sabia a resposta, é claro. O xerife Jones podia não dar a mínima para tipos como o advogado Andrew Lester, mas era amigo de Harl. Ambos eram membros da recém-formada Ordem Benevolente e Protetora dos Alces, e Harl estava furioso com meu filho.

— Você está um pouco sensibilizado, não é? — Ele enxugou a testa novamente e colocou de volta seu chapéu de caubói. — Bem, eu também estaria, se fosse o meu filho. Mas quer saber? Se fosse o meu filho, e Harl Cotterie fosse o meu vizinho, o meu *bom* vizinho, eu teria ido até sua casa e dito: "Harl? Sabe de uma coisa? Acho que meu filho pode ter ido atrás da sua menina. Talvez seja melhor avisar alguém para ficar de olho nele." Mas você também não fez isso, não é mesmo?

A ideia que ele havia me dado parecia cada vez melhor, e era quase hora de colocá-la em prática.

— Ele não apareceu onde quer que ela esteja, não é?

— Não, até agora não, ele pode ainda estar tentando encontrar o lugar.

— Eu não acho que ele foi atrás da Shannon — falei.

— Ora, então por quê? Por acaso eles têm uma marca de sorvete melhor lá em Omaha? Porque ele foi para lá, com toda a certeza.

— Acho que ele foi procurar a mãe. Talvez ela tenha entrado em contato com ele.

Isso o deteve por uns bons dez segundos, tempo o bastante para enxugar mais uma vez a testa e ajeitar de novo o cabelo. Então questionou:

— Como ela faria isso?

— Uma carta seria meu palpite. — A mercearia de Hemingford Home também servia como correio, e todas as entregas iam para lá. — Podem ter lhe dado a carta quando ele foi à mercearia comprar balas ou um saquinho de amendoins, como costuma fazer quando volta da escola. Eu não tenho certeza, xerife, assim como também não sei bem por que você veio até aqui agindo como se eu tivesse cometido algum tipo de crime. Não fui eu que a embuchei.

— É melhor não falar assim sobre uma boa menina!

— Talvez sim, talvez não, mas isso foi uma surpresa tão grande para mim quanto foi para os Cotterie, e agora o meu garoto sumiu. Pelo menos eles sabem onde a filha deles está.

Mais uma vez, o xerife ficou desconcertado. Então tirou um cader-ninho do bolso de trás da calça e escreveu rapidamente alguma coisa nele. Depois o colocou de volta no lugar e perguntou:

— Mas você não tem certeza de que sua esposa entrou em contato com seu filho... É isso o que você está me dizendo? É só um palpite?

— Sei que ele falava muito na mãe desde que ela sumiu, mas então parou. E sei que ele não apareceu onde Harlan e a esposa dele enfiaram Shannon. — E eu ficara tão surpreso com isso quanto o xerife Jones... mas muito agradecido. — Junte as duas coisas, e o que você tem?

— Eu não sei — disse Jones, franzindo o cenho. — Realmente não sei. Achei que já tinha entendido a situação, mas eu já errei antes, per-cebe? Sim, e sei que vou errar de novo. "Estamos todos fadados ao erro", é isso o que a Bíblia diz. Mas, Deus do céu, essas crianças dificultam a minha vida. Se o seu filho entrar em contato, Wilfred, eu o aconselharia a manter seu traseiro magrelo em casa e ficar longe de Shannon Cotte-rie, se souber onde ela está. Ela não vai querer vê-lo, posso lhe garantir. A boa notícia é que não houve nenhum incêndio nas pradarias, e não podemos prendê-lo por roubar o caminhão do pai.

— Não — falei, com severidade. — Eu nunca daria queixa disso.

— *Mas...* — Ele levantou o dedo, o que me fez lembrar o sr. Stop-penhauser no banco. — Há três dias, em Lyme Biska, não tão longe de onde seu caminhão foi encontrado, alguém assaltou a mercearia e o posto de gasolina no limite da cidade. Sabe, aquele com a propaganda de margarina com uma garota de chapéu azul no telhado? Pegou vinte e três dólares. O relatório está na minha mesa. Foi um rapaz, usando roupas velhas de caubói, com uma bandana cobrindo a boca e um cha-péu de vaqueiro enfiado na cabeça para esconder os olhos. A mãe do proprietário estava atendendo no balcão, e o rapaz a ameaçou com al-gum tipo de ferramenta. Ela disse que poderia ser um pé de cabra, mas quem sabe? Ela tem quase 80 anos e é meio cega.

Foi a minha vez de ficar calado. Eu estava pasmo. Por fim, falei:

— Henry saiu para a escola, xerife, e pelo que lembro ele estava com uma camisa de flanela e uma calça de veludo cotelê naquele dia. Ele não levou nenhuma roupa e, em todo caso, também *não tem* nenhu-ma roupa de caubói, se está falando de botas e tudo o mais... e muito menos um chapéu de vaqueiro.

— Ele poderia ter roubado essas coisas também, não é?

— Se você não sabe de mais nada além do que disse, é melhor parar. Sei que você é amigo de Harlan...

— Ora, isso não tem nada a ver com isso.

Tinha, e nós dois sabíamos disso, mas não havia razão para seguir por aquele caminho. Talvez meus 80 acres não fossem páreo para os 400 de Harlan Cotterie, mas eu ainda era um proprietário de terra que pagava os meus impostos, e não seria intimidado. Era isso que eu estava querendo mostrar, e o xerife Jones percebeu.

— Meu filho não é ladrão e não ameaça mulheres. Não é assim que ele se comporta, não é para isso que foi criado.

Não até pouco tempo atrás, pelo menos, sussurrou uma voz dentro de mim.

— Provavelmente era só um vagabundo atrás de uma grana rápida — disse Jones. — Mas senti que deveria tocar no assunto, e então foi o que fiz. E não sabemos o que as pessoas podem dizer, não é? A história se espalha. Todo mundo fala, não é mesmo? Falar é fácil. O assunto está encerrado no que me diz respeito. Deixe que o xerife do condado de Lyme se preocupe com o que acontece em Lyme Biska, esse é o meu lema. Mas acho melhor avisar você de que a polícia de Omaha está de olho no lugar para onde levaram Shannon Cotterie. Para o caso de seu filho aparecer, você sabe.

Ele passou a mão no cabelo, e então colocou de novo o chapéu pela última vez.

— Talvez ele volte por conta própria, sem causar nenhum problema, e possamos deixar isso tudo para trás como uma dívida incobrável.

— Ótimo. Só não diga que ele é um mau filho, a não ser que esteja disposto a falar que Shannon Cotterie é uma má filha.

Notei que ele não gostou muito do que falei, pelo modo como suas narinas inflaram, mas não respondeu. Apenas disse:

— Se ele voltar e disser que encontrou a mãe, me avise. Ela está em nosso registro de pessoas desaparecidas. Sei que é bobagem, mas é a lei.

— Farei isso, é claro.

Ele assentiu e foi para o carro. Lars estava sentado no banco do motorista. Jones o fez sair dali. O xerife era o tipo de homem que não gostava que ninguém dirigisse para ele. Pensei sobre o jovem que havia assaltado a loja e tentei me convencer de que meu Henry nunca faria uma coisa dessas e, mesmo que fosse levado a isso, não seria ardiloso o bastante para usar roupas roubadas do celeiro ou do barracão de alguém. Mas Henry estava diferente, e assassinos *aprendem* a ser ardilosos, não é? É uma habilidade necessária à sobrevivência. Mas achei que talvez...

Não. Não vou dizer dessa forma. É fraqueza. Esta é a minha confissão, minha última palavra sobre tudo o que aconteceu, e se eu não puder falar a verdade, toda a verdade e nada mais que a verdade, de que adianta? De que adianta qualquer coisa?

Foi ele. Foi Henry. Eu tinha visto nos olhos do xerife Jones que ele só havia me contado sobre o assalto de beira de estrada porque eu não tinha me jogado aos seus pés do jeito que ele esperava, mas *eu* acreditei naquilo. Porque eu sabia mais do que o xerife Jones. Depois de ajudar seu pai a matar sua mãe, o que era roubar umas roupas e ameaçar uma velhinha com um pé de cabra? Nada de mais. E, se ele havia feito isso uma vez, tentaria de novo assim que aqueles vinte e três dólares acabassem. Provavelmente em Omaha. Onde iriam pegá-lo. E então a coisa toda provavelmente viria à tona. *Certamente* viria à tona.

Fui até a varanda, me sentei e levei as mãos ao rosto.

Os dias se passaram. Não sei quantos, só que foram chuvosos. Quando chovia no outono, as tarefas do lado de fora, nos campos, precisavam ser adiadas, e eu não tinha animais ou construções suficientes para preencher o tempo. Tentei ler, mas as palavras não pareciam fazer sentido, embora de vez em quando uma delas parecesse pular da página e gritar. Assassinato. Culpa. Traição. Palavras como essas.

Durante o dia eu me sentava na varanda com um livro no colo, agasalhado com meu casaco de pele de ovelha contra a umidade e o frio, vendo a água da chuva pingar do beiral no alto. Durante a noite eu ficava acordado até as primeiras horas da manhã, ouvindo a chuva no telhado. Aquele barulho soava como dedos tímidos, batendo para entrar. Passei muito tempo pensando em Arlette no poço com Elpis. Comecei a fantasiar que ela estivesse... não viva (eu estava agoniado, mas não maluco), mas de algum modo *consciente*. De algum modo observando de seu túmulo improvisado o que acontecia, e adorando.

1922

Você gosta de como as coisas estão se desenrolando, Wilf?, perguntaria ela se pudesse (e, na minha imaginação, podia). *Valeu a pena? Então, o que me diz?*

Uma noite, cerca de uma semana depois da visita do xerife Jones, enquanto eu estava sentado tentando ler *A casa das sete torres*, Arlette se aproximou pelas minhas costas, estendeu o braço ao redor da minha cabeça e tocou a ponte do meu nariz com um dedo frio e úmido.

Deixei o livro cair no tapete bordado da sala de estar, gritei e me levantei em um pulo. Então a ponta fria de seu dedo correu para o canto da minha boca. Depois me tocou de novo, no alto da minha cabeça, onde o cabelo estava ficando ralo. Dessa vez eu ri — uma risada trêmula, irritada — e me abaixei para pegar o livro. Quando fiz isso, o dedo me tocou pela terceira vez, na nuca, como se minha falecida esposa estivesse dizendo: *Que tal me dar atenção agora, Wilf?* Eu me afastei — para que o quarto toque não fosse no meu olho — e olhei para cima. O teto estava desbotado e pingando. O gesso ainda não havia começado a estufar, mas iria, se a chuva continuasse. Talvez até se dissolvesse e caísse aos pedaços. A goteira ficava acima do meu cantinho especial de leitura. É claro que sim. O restante do teto parecia bem, pelo menos até então.

Pensei no que Stoppenhauser dissera: *E você quer me dizer que não há nenhuma melhoria que poderia fazer? Um telhado para consertar?* Pensei naquele olhar astuto e malicioso, como se ele *soubesse*. Como se Arlette e ele estivessem juntos nisso.

Não fique imaginando coisas, disse a mim mesmo. *Já é ruim o bastante você não parar de pensar nela, lá embaixo. Será que os vermes já comeram os olhos dela? Será que os insetos já devoraram sua língua, ou pelo menos a deixaram menos afiada?*

Fui até a mesa no canto mais distante da sala, peguei a garrafa que ficava lá e me servi uma boa dose de uísque. Minha mão tremeu, mas só um pouco. Bebi tudo em dois goles. Sabia que seria uma má ideia transformar a bebida em um hábito, mas não é toda noite que um homem sente sua esposa morta tocar seu nariz. E aquele trago fez com que eu me sentisse melhor. Mais no controle de mim mesmo. Eu não precisava assumir uma hipoteca de setecentos e cinquenta dólares para consertar

ESCURIDÃO TOTAL SEM ESTRELAS

o telhado. Poderia fazer isso com alguns poucos pedaços de madeira, quando a chuva parasse. Mas o conserto ficaria feio, e o lugar pareceria o que minha mãe chamaria de choupana. Só que esse não era o problema. Consertar a goteira levaria apenas um dia ou dois. Eu precisava de um trabalho que me ocupasse durante todo o inverno. O trabalho duro me faria parar de pensar em Arlette no seu trono imundo, Arlette com sua *rede* de estopa. Eu precisava de projetos de melhoria da casa que me deixassem cansado e me fizessem pegar no sono no instante em que me deitasse na cama, em vez de ficar acordado ouvindo a chuva e imaginando se Henry estava protegido ou não, talvez tossindo por causa da gripe. Às vezes trabalhar é a única coisa a se fazer, a única solução.

No dia seguinte, fui até a cidade com meu caminhão e fiz o que nunca teria pensado em fazer se não tivesse precisado pedir trinta e cinco dólares emprestados: aceitei a hipoteca de setecentos e cinquenta. No fim, somos todos pegos por nossas próprias armadilhas. Eu acredito nisso. No fim, somos todos pegos.

Em Omaha, naquela mesma semana, um jovem usando um chapéu de vaqueiro entrou em uma casa de penhores na Dodge Street e comprou uma pistola niquelada calibre .32. Ele pagou com uma nota de 5 dólares que sem dúvida lhe havia sido dada, à força, por uma velhinha meio cega que tinha uma mercearia com uma placa de propaganda de margarina no telhado. No dia seguinte, um rapaz usando uma boina e uma bandana vermelha sobre a boca e o nariz entrou na filial de Omaha do Primeiro Banco Agrícola, apontou a arma para uma jovem funcionária chamada Rhoda Penmark e exigiu que ela lhe entregasse todo o dinheiro que tinha em seu caixa. Ela lhe entregou cerca de duzentos dólares, a maior parte em notas de 1 e 5 — sujas, como as que os fazendeiros carregam enroladas nos bolsos dos macacões.

Enquanto ele saía, enfiando o dinheiro na calça com uma das mãos (claramente nervoso, pois deixou várias notas caírem), o corpulento vigia — um policial aposentado — disse:

— Filho, você não quer fazer isso.

O jovem disparou a pistola .32 no ar. Várias pessoas gritaram.

— Também não quero atirar em você — disse o rapaz por trás da bandana —, mas farei isso, se precisar. Vá para trás daquela coluna, senhor, e fique lá, se sabe o que é bom para você. Tenho um amigo lá fora vigiando a porta.

O jovem saiu correndo do banco, já arrancando a bandana do rosto. O vigia esperou por cerca de um minuto, então saiu com as mãos para cima (ele não tinha nenhuma arma), só para o caso de realmente haver um cúmplice. Mas não havia, é claro. Hank James não tinha amigos em Omaha, exceto por uma menina com o bebê dele crescendo na barriga.

Peguei duzentos dólares da hipoteca em dinheiro e deixei o restante no banco do sr. Stoppenhauser. Fui fazer compras na loja de ferragens, no depósito de madeira e na mercearia onde Henry poderia ter recebido uma carta de sua mãe... se ela ainda estivesse viva para escrever. Saí da cidade debaixo de uma garoa que se transformou em chuva forte quando cheguei à fazenda. Descarreguei as tábuas de madeira e as telhas que havia comprado, alimentei os animais, ordenhei as vacas, e então guardei as compras — a maioria alimentos secos e básicos que estavam acabando, sem Arlette para supervisionar a cozinha. Com essa tarefa cumprida, coloquei água para esquentar no fogão à lenha para tomar um banho e tirei minha roupa molhada. Peguei o bolo de dinheiro do bolso da frente do meu macacão amassado, contei e vi que ainda tinha pouco menos de cento e sessenta dólares. Por que eu tinha tirado tanto dinheiro? Porque minha mente estava em outro lugar. *Onde?* Em Arlette e Henry, é claro. Sem falar em Henry e Arlette. Eu não pensava em outra coisa naqueles dias chuvosos.

Eu sabia que não era boa ideia ter tanto dinheiro na casa. Teria que depositá-lo de volta no banco, onde poderia render um pouco (embora não o bastante para equivaler aos juros do empréstimo) enquanto eu pensava na melhor forma de usá-lo. Mas, até lá, eu deveria guardá-lo em algum lugar seguro.

A caixa com o chapéu vermelho de prostituta me veio à mente. Era onde ela escondia o próprio dinheiro, que tinha ficado seguro lá sabe Deus por quanto tempo. Era muito dinheiro para caber na faixa de cetim, então pensei em guardá-lo dentro do próprio chapéu. Só ficaria ali até eu encontrar uma desculpa para voltar à cidade.

Fui até o quarto, completamente nu, e abri a porta do armário. Empurrei a caixa com o chapéu de igreja para o lado e estendi o braço para pegar a outra. Eu a havia enfiado bem no fundo e tive que ficar na ponta dos pés para alcançá-la. Havia um elástico em volta dela. Prendi meu dedo nele para puxar a caixa para a frente e, por um instante, achei que estava pesada demais — como se houvesse um tijolo lá dentro, em vez de um chapéu —, e então senti um estranho *arrepio*, como se minha mão tivesse sido mergulhada em água gelada. Um instante depois, o frio se transformou em fogo. Foi uma dor tão intensa que contraiu todos os músculos do meu braço. Cambaleei para trás, urrando de surpresa e sofrimento, espalhando dinheiro por todo o lugar. Meu dedo ainda estava preso no elástico, e a caixa veio junto. Encolhida em cima dela, havia uma ratazana que me pareceu muito familiar.

Você pode até me dizer: "Wilf, todos os ratos são iguais", e normalmente você estaria certo, mas eu conhecia bem aquele ali. Afinal, não o tinha visto fugir de mim com uma teta de vaca na boca como a ponta de um charuto?

A caixa de chapéu caiu da minha mão ensanguentada, e o rato tombou no chão. Se eu tivesse parado para pensar, ele teria escapado novamente, mas os pensamentos racionais haviam sido suprimidos pela dor, pelo choque e pelo horror que eu acredito que quase todo homem sinta ao ver sangue jorrando de uma parte de seu corpo que estava inteira alguns segundos antes. Nem sequer lembrei que estava nu como no dia em que nasci, apenas meti o pé direito com toda a força em cima do rato. Ouvi os ossos sendo triturados e senti as tripas serem esmagadas. Sangue e intestinos liquefeitos esguicharam por baixo de seu rabo, banhando meu calcanhar esquerdo de calor. Ele tentou se virar e me morder de novo: vi seus grandes dentes da frente rangendo, mas ele não conseguia me alcançar. Não, é claro, enquanto eu mantivesse meu pé sobre ele. Então continuei pisando, com ainda mais força, apoiando minha mão ferida no peito e sentindo o sangue quente se emaranhar nos pelos grossos. O rato se contorcia, tentando escapar. Seu rabo açoitou minha panturrilha, e então se enrolou nela como uma cobra. Sangue jorrava de sua boca. Seus olhos negros saltaram, parecendo bolas de gude.

Fiquei ali com o pé em cima do rato moribundo por um longo tempo. Ele estava completamente esmagado por dentro, suas vísceras reduzidas a mingau, mas ainda assim se debatia e tentava me morder.

1922

Então finalmente parou de se mexer. Continuei pisando nele por mais um minuto, só para garantir que ele não estava se fingindo de morto, como um gambá (um rato bancando o gambá — há!), e, quando tive certeza de que estava morto, manquei até a cozinha, deixando pegadas de sangue pela casa. Peguei-me pensando de modo confuso no oráculo que avisara a Pélias para ter cuidado com um homem usando apenas uma sandália. Mas eu não era Jasão; era apenas um fazendeiro meio enlouquecido de dor e espanto, um fazendeiro que parecia condenado a manchar com sangue seu lugar de descanso.

Enquanto deixava minha mão sob a bomba, gelando-a com água fria, ouvi alguém dizendo: "Chega, chega, chega." Era eu, sabia que era, mas a voz parecia a de um velho. Um velho que fora reduzido à miséria.

Consigo me lembrar do resto daquela noite, mas é como ver fotos antigas em um álbum mofado. A ratazana havia mordido toda a área entre meu polegar esquerdo e o dedo indicador — uma mordida terrível, mas, de certo modo, tive sorte. Se ela tivesse atacado o dedo que eu havia prendido no elástico, poderia tê-lo arrancado. Percebi isso quando voltei ao quarto e peguei meu adversário pelo rabo (usando minha mão direita; a esquerda ainda estava tesa e dolorida demais). A ratazana tinha uns 60 centímetros e pesava quase 3 quilos.

Então não foi o mesmo rato que escapou pelo cano, ouço você dizer. *Não poderia ter sido.* Mas era, garanto a você que era. Não havia uma marca que o identificasse — nenhuma mancha branca no pelo ou uma orelha mordida convenientemente inesquecível —, mas eu sabia que era o mesmo que havia atacado Aquelois. Assim como sabia que ele não estava escondido lá em cima por acidente.

Carreguei-o pelo rabo até a cozinha, joguei-o no balde de cinzas e então o levei até onde ficavam os restos de comida que juntávamos para a lavagem dos porcos. Saí nu na chuva, sem me dar muito conta disso. Só conseguia pensar na minha mão esquerda, latejando com uma dor tão intensa que ameaçava me deixar louco.

Peguei meu casaco no gancho do vestíbulo (foi só o que consegui fazer), me enfiei nele e saí novamente, dessa vez para o celeiro. Passei a pomada antisséptica em minha mão ferida. O remédio tinha impedido que a teta de Aquelois infeccionasse, e eu esperava que fizesse o mesmo pela minha mão. Estava prestes a sair, quando lembrei por onde o rato havia escapado de mim da última vez. O cano! Fui até lá e me abaixei, esperando ver pedaços roídos do tampão de cimento ou que já tivesse sido totalmente destruído, mas estava intacto. É claro que estava. Nem mesmo ratos de quase 3 quilos e dentes muito grandes conseguem abrir caminho mastigando concreto. Dá para se ter uma ideia do meu estado só de pensar que isso tenha passado pela minha cabeça. Por um instante, consegui me ver de fora: um homem nu, a não ser por um casaco desabotoado, o pelo do corpo encharcado de sangue até a virilha, a mão esquerda dilacerada e brilhando com uma camada grossa e viscosa de pomada para vacas, os olhos esbugalhados. Iguais aos do rato quando pisei nele.

Não era o mesmo rato, disse a mim mesmo. *Aquele que mordeu Aquelois está morto dentro do cano ou no colo de Arlette.*

Mas eu sabia que era. Soube na época, e sei agora.

Era ele.

De volta ao quarto, fiquei de joelhos e recolhi o dinheiro sujo de sangue. Foi um trabalho lento com apenas uma das mãos. Em certo momento bati a mão ferida na lateral da cama e uivei de dor. Vi sangue fresco manchando a pomada, deixando-a rosada. Coloquei o dinheiro em cima da cômoda, sem nem me importar em cobri-lo com um livro ou um dos malditos pratos ornamentais de Arlette. Não conseguia nem lembrar por que tinha achado tão importante esconder as notas antes. Chutei a caixa do chapéu vermelho para dentro do armário, e então bati a porta. Por mim, ela poderia ficar lá até o fim dos tempos.

Qualquer um que já tenha sido dono de uma fazenda ou trabalhado em uma poderá lhe dizer que acidentes são comuns, e algumas precauções devem ser tomadas. Eu tinha um grande rolo de atadura em um baú ao lado da bomba-d'água da cozinha — a caixa que Arlette sempre chamou de "arca de remédios". Comecei a pegar a bandagem, mas então a grande panela fumegante no fogão chamou minha atenção. A água que eu havia deixado ali para esquentar para o banho, quando ainda estava inteiro e a dor monstruosa que parecia estar me consumindo era apenas teórica. Pensei então que água quente com sabão podia ser justamente do que minha mão precisava. Calculei que a ferida não podia doer mais do que já estava doendo, e que a imersão a limparia. Estava errado sobre as duas coisas, mas como eu poderia saber? Após todos esses anos, aquilo ainda me parece uma ideia razoável. Suponho até que poderia ter dado certo se eu tivesse sido mordido por um rato comum.

Usei a mão direita boa para tirar a água quente com uma concha e colocá-la em uma bacia (a ideia de virar a panela e derramar a água diretamente na ferida estava fora de questão), então acrescentei uma barra do sabão marrom e grosso de Arlette. A última, como vim a descobrir. Existem muitos suprimentos que um homem se esquece de estocar quando não está acostumado a comprá-los. Peguei também um pano e fui para o quarto, me ajoelhei de novo e comecei a esfregar para tirar dali o sangue e as tripas. E me lembrava o tempo todo (é claro) da última vez que eu havia limpado o chão sujo de sangue daquele maldito quarto. Mas pelo menos na última vez Henry estivera comigo para dividir o horror. Fazer aquilo sozinho, e com dor, foi um trabalho terrível. Minha sombra subia e descia na parede, me fazendo pensar no Quasímodo de *O Corcunda de Notre-Dame*, de Victor Hugo.

Quando o trabalho já estava quase acabado, parei e levantei a cabeça, a respiração presa no peito, os olhos arregalados e o coração parecendo pulsar em minha mão esquerda mordida. Ouvi o barulho de algo sendo *arranhado*, que parecia vir de todos os lugares. O som de ratos correndo. Naquele momento, tive certeza de que era isso. Os ratos do poço. Os leais cortesãos dela. Eles tinham encontrado outra saída. Aquele encolhido no topo da caixa do chapéu vermelho tinha sido apenas o primeiro e mais destemido. Eles haviam se infiltrado na casa, estavam nas paredes e em breve sairiam e me subjugariam. Ela teria sua vingança. Eu a ouviria rir enquanto eles me faziam em pedaços.

O vento soprou forte o bastante para balançar a casa e uivar brevemente pelo beiral do telhado. Os sons se intensificaram, depois diminuíram um pouco quando o vento parou de soprar. O alívio que tomou conta de mim foi tão intenso que sobrepujou a dor (por alguns segundos, ao menos). Não eram ratos, era granizo. Com a chegada da noite, a temperatura havia caído, e a chuva se tornara semissólida. Voltei a esfregar o chão.

Quando terminei, joguei a água suja de sangue por cima da grade da varanda, e então voltei ao celeiro para aplicar mais um pouco de pomada na mão. Com o ferimento completamente limpo, vi que a pele entre o polegar e o indicador estava rasgada em três lugares, como se fossem as divisas de um sargento. Meu polegar esquerdo pendia torto, como se os dentes do rato tivessem cortado alguma ligação importante entre ele e o restante da minha mão esquerda. Passei a gosma para vacas e então voltei devagar para casa, pensando: *Está doendo, mas pelo menos está limpo. Aquelois ficou bem, e eu também vou ficar. Está tudo bem.* Tentei imaginar as defesas do meu corpo se mobilizando e chegando à área da mordida como pequenos bombeiros de chapéus vermelhos e grandes coletes de lona.

No fundo da arca de remédios, embrulhado em um pedaço rasgado de seda que um dia poderia ter sido uma calcinha de mulher, encontrei um frasco de comprimidos da drogaria de Hemingford Home. No rótulo, havia a seguinte observação, escrita com caneta-tinteiro em elegantes letras maiúsculas: **ARLETTE JAMES. Tomar um ou dois na hora de dormir para desconforto mensal**. Tomei três com uma grande dose de uísque. Não sei o que havia naqueles comprimidos — morfina, suponho —, mas deram conta do recado. A dor ainda persistia, mas parecia pertencer a um Wilfred James que vivia em outro mundo naquele momento. Minha cabeça rodava, o teto começou a girar suavemente acima de mim, e a imagem dos pequenos bombeiros chegando para apagar a chama da infecção antes que ela se estabelecesse tornou-se mais nítida. O vento estava ficando mais forte, e, para minha mente meio delirante, o barulho lento e constante do granizo batendo na casa parecia mais com o som de ratos correndo do que nunca, mas eu sabia que não era isso. Acho até que disse em voz alta:

— Eu sei que não é isso, Arlette, você não me engana.

À medida que ia ficando menos consciente e eu começava a apagar, percebi que poderia estar dando adeus: que a combinação de choque, bebida e morfina poderia me matar. Eu seria encontrado em uma casa fria, a pele pálida e azulada, a mão ferida repousando na barriga. Mas essa ideia não me assustou, ao contrário, me confortou.

Enquanto eu dormia, o granizo se transformou em neve.

Quando acordei, bem cedo na manhã do dia seguinte, a casa estava fria como uma tumba, e minha mão, inchada e com o dobro do tamanho.

1922

A pele ao redor da mordida estava pálida, mas os três primeiros dedos tinham ficado rosados e ficariam avermelhados até o fim do dia. Tocar em qualquer lugar daquela mão, com exceção do dedo mínimo, causava uma dor excruciante. Ainda assim, enfaixei-a o mais firme que pude, o que reduziu o latejar. Acendi o fogão — foi um trabalho demorado, usando apenas uma das mãos, mas consegui — e então me aproximei dele, tentando me aquecer. Sentia frio no corpo todo, menos na mão mordida, é claro; essa parte já estava quente. Quente e pulsante como uma luva com um rato escondido dentro.

No meio da tarde, eu estava febril, e minha mão tinha inchado tanto dentro das ataduras que precisei afrouxá-las. Só isso já me fez gritar de dor. Eu precisava de um médico, mas nevava como nunca e eu não conseguiria chegar nem à casa dos Cotterie, quanto mais em Hemingford Home. Mesmo que o dia estivesse bonito, claro, e sem neve ou chuva, como eu poderia girar a manivela do caminhão ou do T com apenas uma das mãos? Fiquei na cozinha, alimentando o fogão até ele rugir como um dragão, suando e tremendo de frio, mantendo minha mão inchada e coberta de bandagens junto ao peito e me lembrando da maneira como a gentil sra. McReady havia examinado a entrada bagunçada e não particularmente próspera da minha casa. *Você pode receber ligações, sr. James? Vejo que não.*

Não. Eu não podia. Eu estava sozinho na fazenda pela qual havia matado para manter, sem qualquer meio de pedir ajuda. Via a pele começar a ficar vermelha onde as ataduras terminavam: no pulso, cheio de veias que carregariam o veneno por todo o meu corpo. Os bombeiros haviam falhado. Pensei em prender o pulso com um elástico — em matar minha mão esquerda para tentar salvar o restante de mim — e até mesmo em amputá-la com a machadinha que usávamos para cortar gravetos e, ocasionalmente, degolar galinhas. As duas ideias soavam perfeitamente plausíveis, mas também pareciam dar muito trabalho. No fim das contas, não fiz nada, a não ser mancar de volta à arca dos remédios para pegar mais dos comprimidos de Arlette. Tomei mais três, dessa vez com água fria — minha garganta estava queimando —, e então me sentei de novo perto do fogo. Eu ia morrer em decorrência daquela mordida. Tinha certeza disso, e estava conformado. Mortes por mordidas e infecções eram tão comuns quanto areia nas planícies. Se a dor ficasse pior do que eu conseguisse suportar, engoliria o resto dos analgésicos de uma só vez. O que me impedia de fazer isso naquela hora mesmo — fora o medo da morte, que acredito que aflija todos nós, em maior ou menor grau — era a possibilidade de que alguém talvez chegasse: Harlan, o xerife Jones ou a gentil sra. McReady. Era até mesmo possível que Lester, o advogado, aparecesse para me intimidar sobre aqueles malditos 100 acres.

O que eu queria mesmo era que Henry voltasse. Só que isso não aconteceu.

Foi Arlette quem veio.

Você deve estar se perguntando como sei sobre a arma que Henry comprou na casa de penhores da Dodge Street e sobre o roubo do banco na Jefferson Square. Se você se perguntou, provavelmente disse a si mesmo: *Bem, muito tempo se passou entre 1922 e 1930. Tempo o suficiente para descobrir vários detalhes em uma biblioteca com edições antigas do jornal* Omaha World-Herald.

Eu *procurei* mesmo nos jornais, é claro. E escrevi para pessoas que conheceram meu filho e sua namorada grávida em seu trajeto curto e desastroso do Nebrasca até Nevada. A maioria respondeu, pessoas dispostas a me dar detalhes. Esse trabalho investigativo faz sentido e sem dúvida o satisfaz, leitor. Mas essas investigações vieram anos depois, quando eu já tinha saído da fazenda, e só confirmaram o que eu já sabia.

Já sabia?, pergunta você, e eu simplesmente respondo: *Sim. Já. E soube disso não só logo que aconteceu. Boa parte do que houve eu soube antes mesmo que acontecesse. A última parte.*

Como? A resposta é simples. Minha falecida esposa me contou.

Você não acredita, é claro. Eu entendo. Nenhum ser racional acreditaria. Tudo o que posso fazer é reiterar que esta é a minha confissão, estas são as minhas últimas palavras na Terra e não escrevi nada aqui que não fosse verdade.

Acordei de um cochilo em frente ao fogão, na noite seguinte (ou na próxima; quando a febre piorou, perdi a noção do tempo), e ouvi os ruídos de novo. No começo, achei que tivesse voltado a cair granizo, mas, quando me levantei para pegar um pedaço de pão velho no balcão, vi o sol se pondo, uma estreita faixa laranja no horizonte, e Vênus brilhava no céu. A tempestade tinha passado, mas o som dos ratos estava mais alto do que nunca. Só que não vinha das paredes, e sim da varanda dos fundos.

O trinco da porta começou a se mover. Inicialmente só tremeu, como se a mão que tentava abri-lo fosse fraca demais para girá-lo por completo. O movimento parou, e quando por fim me convenci de que não tinha visto aquilo — que tudo não havia passado de uma ilusão provocada pela febre —, o trinco girou com um pequeno *clique* e a porta se abriu com um frio sopro de vento. Parada na varanda estava a minha esposa. Ela ainda usava a rede de cabelo de estopa, agora salpicada de neve — acredito que tenha sido uma lenta e dolorosa jornada de onde deveria ter sido sua última morada até ali. Seu rosto estava meio frouxo e descolado devido à decomposição, a parte inferior meio torta para um lado, seu sorriso mais largo do que nunca. Era um sorriso inteligente, e por que não? Os mortos sabem de tudo.

Ela estava cercada por sua leal corte. Foram eles que, de algum modo, a haviam libertado do poço. E eram eles que a mantinham de pé. Sem os ratos, ela não passaria de um fantasma, malévolo mas inofensivo. Mas eles a haviam animado. Arlette era sua rainha, e também sua marionete. Ela entrou na cozinha, movendo-se com as horríveis pernas molengas, e aquele movimento não parecia o de alguém caminhando, nem de longe. Os ratos corriam à sua volta, alguns olhando para ela com amor, outros para mim com ódio. Ela cambaleou por toda a cozinha, passeando por onde um dia haviam sido seus domínios, enquanto um pouco de terra caía da saia de seu vestido (não havia sinal do edredom ou da colcha) e sua cabeça balançava e deslizava em sua garganta cortada. Uma hora a cabeça pendeu para trás até encostar-se às costas, antes de tombar para a frente de novo, com um ruído de carne se estendendo.

Quando ela finalmente me encarou com aqueles olhos turvos, recuei até o canto onde ficava a caixa de lenha, já quase vazia.

— Deixe-me em paz — sussurrei. — Você nem está aqui. Está no poço, e não poderia sair de lá nem que estivesse viva.

Ela gorgolejou — como alguém se engasgando com um molho de carne espesso — e se aproximou mais, sólida o bastante para ter uma sombra. E eu senti o cheiro de sua carne apodrecida, aquela mulher que algumas vezes havia colocado a língua em minha boca durante os espasmos da paixão. Ela estava lá. Era verdade. Assim como sua comitiva real. Eu podia senti-los correndo para lá e para cá sobre os meus pés, e fazendo cócegas em meus tornozelos com seus bigodes, enquanto farejavam a barra das minhas ceroulas.

Meus calcanhares bateram na caixa de lenha, e, quando tentei me afastar ainda mais do cadáver que se aproximava, me desequilibrei e caí sentado na caixa. Bati minha mão inchada e infectada, mas quase não notei a dor. Arlette se inclinava na minha direção, e seu rosto... *pendeu*. A carne havia se soltado dos ossos, e seu rosto estava pendurado como uma face desenhada por uma criança em um balão. Um rato subiu por um dos lados da caixa, caiu na minha barriga, subiu pelo meu peito e farejou a parte de baixo do meu queixo. Eu sentia outros ratos correndo por baixo dos meus joelhos dobrados. Mas eles não me morderam. Aquela missão em particular já havia sido cumprida.

Ela se inclinou para mais perto. O cheiro dela era avassalador, e seu sorriso meio de lado, de orelha a orelha... Consigo vê-lo agora, enquanto escrevo. Disse a mim mesmo para morrer, mas meu coração continuava batendo. Seu rosto pendurado deslizou para junto do meu. Senti minha barba curta arrancando minúsculos pedaços de sua pele; podia ouvir sua mandíbula quebrada rangendo como um galho coberto de gelo. Então ela pressionou os lábios frios contra minha orelha febril, e começou a sussurrar segredos que somente uma mulher morta saberia. Eu gritei. Prometi me matar e trocar de lugar com ela no inferno, se ela parasse. Mas ela não parou. Não pararia. Os mortos não param.

Sei disso agora.

Depois de fugir do Primeiro Banco Agrícola com duzentos dólares enfiados no bolso (ou uns cento e cinquenta dólares; parte do dinheiro caiu no chão, lembra?), Henry desapareceu por uns tempos. Ele "ficou entocado", na linguagem dos criminosos. Digo isso com certo orgulho. Achei que seria pego assim que chegasse à cidade, mas ele provou que eu estava errado. Henry estava apaixonado, desesperado, ainda ardia de culpa e horror pelo crime que ele e eu havíamos cometido... mas, apesar dessas distrações (dessas *infecções*), meu filho demonstrou bravura e inteligência, e até mesmo uma triste nobreza. Pensar nesta última é a pior parte. Ainda me enche de melancolia pensar na sua vida desperdiçada (*três* vidas desperdiçadas; não devo me esquecer da pobre Shannon Cotterie grávida) e sinto vergonha pela perdição para a qual eu o levei, como um bezerro com uma corda em volta do pescoço.

Arlette me contou da cabana onde ele estava escondido e a bicicleta guardada nos fundos — aquela bicicleta foi a primeira coisa que Henry comprou com o dinheiro roubado. Eu não poderia lhe dizer na época onde ficava exatamente aquele esconderijo, mas alguns anos depois eu o localizei e até mesmo o visitei. Era só uma meia-água de beira de estrada com uma propaganda desbotada da Royal Crown Cola pintada na lateral. Ficava a poucos quilômetros dos subúrbios de Omaha e perto da Boys Town, uma organização de auxílio a crianças e famílias que havia começado a funcionar no ano anterior. Um único cômodo, uma única janela sem vidro e nenhum fogão. Ele escondeu a bicicleta com feno e algumas outras plantas e traçou seus planos. Então, cerca de uma semana depois de roubar o Primeiro Banco Agrícola — àquela altura a polícia já devia ter perdido o interesse em um roubo pequeno —, ele começou a fazer viagens de bicicleta até Omaha.

Um garoto burro teria ido direto ao Lar Católico de Santa Eusébia, e seria capturado pelos policiais de Omaha (como o xerife Jones tinha certeza que aconteceria), mas Henry Freeman James era mais esperto do que isso. Ele descobriu onde era o Lar, mas não foi até lá. Em vez disso, visitou a loja de doces e refrigerantes mais próxima. Presumiu corretamente que as meninas visitariam a loja sempre que possível (ou sempre que ganhavam uma tarde livre como recompensa pelo bom comportamento e tinham algum dinheiro na bolsa), e, embora as meninas do Santa Eusébia não precisassem usar uniformes, era fácil reconhecê-las por seus vestidos nada elegantes, olhares tristes e comportamento — que se alternava entre provocativo e nervoso. Aquelas de barriga grande e nenhuma aliança de casamento, então, eram especialmente fáceis de notar.

Um garoto burro teria tentado puxar conversa com uma dessas infelizes filhas de Eva bem ali, perto da máquina de refrigerante, atraindo atenção. Henry montou guarda do lado de fora, na entrada de um beco que ficava entre a loja de doces e uma loja de aviamentos, sentado em um caixote, lendo jornal, com sua bicicleta apoiada na parede de tijolos ao lado. Ele esperava por uma menina mais ousada do que aquelas que se contentavam simplesmente em tomar suas bebidas e então correr de volta para as irmãs. Ou seja, uma menina que fumava. Em sua terceira tarde no beco, uma garota assim apareceu.

Eu me encontrei com ela depois de tudo o que aconteceu, e conversamos. Não foi necessária uma investigação muito profunda. Tenho certeza de que Omaha parecia uma metrópole para Henry e Shannon, mas em 1922 era apenas uma cidade do Meio-Oeste, maior do que a média, com pretensões de cidade grande. Victoria Hallett é uma respeitável mulher casada com três filhos agora, mas, no outono de 1922, ela era Victoria Stevenson: jovem, curiosa, rebelde, grávida de seis meses e louca por cigarros Sweet Caporal. Ela ficou mais do que feliz em aceitar um de Henry quando ele lhe estendeu o maço.

— Pegue mais dois para depois — ofereceu ele.

Ela riu.

— Eu teria que ser doida para fazer isso! As irmãs olham nossas bolsas e viram nossos bolsos do avesso quando voltamos. Vou ter que mascar uns três chicletes só para tirar o cheiro deste cigarro do meu hálito. — Ela deu um tapinha em sua barriga saliente com um ar divertido e provocador. — Estou encrencada, como pode ver. Garota má! E meu namorado fugiu. *Garoto* mau, mas as pessoas não ligam pra isso! Então o mandachuva me encarcerou em uma prisão com pinguins de guarda...

— Não estou entendendo.

— Nossa! O mandachuva é meu pai! E os pinguins... bem, é como chamamos as irmãs! — Ela riu. — Você é um caipira bobo mesmo! E como! *Enfim*, a prisão em que estou cumprindo pena se chama...

— Santa Eusébia.

— *Agora* você está entendendo as coisas, rapaz. — Ela deu um trago no cigarro e estreitou os olhos. — Então, aposto que sei quem você é... o namorado de Shan Cotterie.

— Por essa você merece até um prêmio — comentou Henry.

— Bem, se eu fosse você, não chegaria a dois quarteirões de onde estamos. Os tiras têm sua descrição. — Ela riu, divertida. — A sua e a de meia dúzia de outros Cavaleiros Solitários, mas nenhum deles é um caipira de olhos verdes como você, e nenhum com uma garota tão bonita quanto Shannon. Ela é um estouro! Uau!

— Por que você acha que estou aqui e não lá?

— Não faço ideia. Mas me diga... por que você *está* aqui?

— Preciso falar com Shannon, mas não quero ser pego. Posso lhe dar dois dólares para levar um bilhete para ela.

Victoria arregalou os olhos.

— Cara, por duas pratas, eu enfiaria uma corneta embaixo do braço e levaria a sua mensagem até Garcia... para você ver como estou quebrada. Passa a grana!

— E outros 2 se não contar sobre isso para ninguém. Agora e sempre.

— Para isso você nem precisa pagar — disse ela. — Adoro perturbar aquelas santinhas do pau oco. Você acredita que elas batem na nossa mão se tentamos pegar um pãozinho extra no jantar? É como *Gulliver Twist*!

Ele lhe deu o bilhete, e Victoria o entregou a Shannon. Estava na bolsa dela quando a polícia finalmente os alcançou em Elko, Nevada. Vi uma foto que a polícia tirou do bilhete. Mas Arlette me contou o que estava escrito ali muito antes disso, e batia palavra por palavra.

Vou esperar de meia-noite até o amanhecer nos fundos do lugar em que você está há duas semanas, dizia o bilhete. *Se você não aparecer, saberei que está tudo acabado entre nós e voltarei para Hemingford, e nunca mais vou incomodá-la, ainda que continue te amando para sempre. Somos jovens, mas podemos mentir sobre nossa idade e começar uma vida boa em outro lugar (Califórnia). Eu tenho algum dinheiro e sei como conseguir mais. Victoria sabe onde me encontrar, se você quiser me mandar um bilhete, mas apenas um. Mais não seria seguro.*

Acho que Harlan e Sallie Cotterie ficaram com o bilhete. Se for verdade, eles devem ter visto que meu filho assinou seu nome dentro de um coração. Eu me pergunto se foi isso que convenceu Shannon. E se ela precisava mesmo ser convencida. É possível que tudo o que ela quisesse no mundo fosse ficar com o bebê que ela já amava, e legitimá-lo. Essa foi uma questão que a terrível voz sussurrante de Arlette nunca mencionou. Provavelmente ela não se importava com nada disso.

ESCURIDÃO TOTAL SEM ESTRELAS

* * *

Henry voltou à entrada do beco todos os dias depois daquele encontro. Tenho certeza de que ele sabia que os policiais podiam aparecer, em vez de Victoria, mas sentiu que não tinha muita escolha. No terceiro dia de sua vigília, ela veio.

— Shan respondeu na mesma hora, mas não pude sair antes — disse ela. — Acharam um pouco de maconha naquele buraco que elas têm coragem de chamar de sala de música, e os pinguins têm andado furiosos.

Henry estendeu a mão para pegar o bilhete, que Victoria entregou em troca de um cigarro. Só havia quatro palavras nele: *Amanhã cedo. Duas horas.*

Henry abraçou Victoria e a beijou. Ela riu, animada, os olhos brilhando.

— Caramba! Algumas garotas são muito sortudas.

Sem dúvida são. Mas quando você pensa que Victoria acabou com um marido, três filhos e uma bela casa na Maple Street, na melhor parte de Omaha, e que Shannon Cotterie não passou daquele ano maldito... qual delas você diria que teve sorte?

Eu tenho algum dinheiro e sei como conseguir mais, escrevera Henry, e ele sabia. Apenas algumas horas depois de beijar a atrevida Victoria (que levou a mensagem para Shannon: *Ele disse que não vê a hora e estará lá, esperando, ansioso*), um jovem com uma boina enterrada na cabeça e uma bandana cobrindo a boca e o nariz roubou o Primeiro Banco Nacional de Omaha. Dessa vez o ladrão conseguiu oitocentos dólares, o que era uma verdadeira bolada. Mas o vigia era mais jovem e mais empolgado para cumprir com as suas responsabilidades, o que não foi nada bom. O ladrão teve que atirar na coxa dele para conseguir escapar, e, embora Charles Griner tenha sobrevivido, a perna infeccionou (eu posso até me solidarizar com isso) e precisou ser amputada. Quando me encontrei com ele na casa de seus pais, na primavera de 1925, Griner foi bastante filosófico sobre o que aconteceu.

— De qualquer maneira, tenho sorte por estar vivo — disse. — Quando colocaram um torniquete na minha pena, eu jazia em uma poça de sangue de uns 2 centímetros de altura. Aposto que foi preciso uma vasilha inteira de detergente para limpar *aquela* sujeira.

1922

Quando tentei me desculpar pelo meu filho, ele fez um gesto com a mão para dizer que não era necessário.

— Eu nunca devia ter me aproximado dele. A boina estava bem para baixo, e a bandana puxada bem para cima, mas conseguia ver seus olhos. Eu deveria saber que ele só pararia se levasse um tiro, mas não tive tempo de puxar a arma. Estava nos olhos dele, sabe. Mas eu também era jovem. Estou mais velho agora. E seu filho não teve a chance de ficar mais velho. Sinto muito pela sua perda.

Depois daquele roubo, Henry tinha dinheiro o bastante para comprar um carro — um bom, um carro de passeio —, mas ele sabia que não seria muito aconselhável. (Enquanto escrevo isto, mais uma vez sou tomado por uma sensação de orgulho: pequena, mas inegável.) Um garoto que parecia ter começado a se barbear apenas uma ou duas semanas antes exibindo por aí grana o bastante para comprar um Olds seminovo? Isso com certeza teria chamado a atenção dos tiras.

Então, em vez de comprar um carro, ele roubou um. Não um carro de passeio, ele escolheu um bom e velho Ford Coupe, bastante comum. Esse foi o carro que ele parou atrás do Santa Eusébia, e foi nele que Shannon entrou, depois de fugir do quarto, descer as escadas sem fazer barulho, com sua mala na mão, e sair com dificuldade pela janela do banheiro perto da cozinha. Eles tiveram tempo para trocar um único beijo — Arlette não mencionou isso, mas ainda tenho minha imaginação —, e então Henry seguiu para o oeste. Ao amanhecer, eles estavam na estrada Omaha-Lincoln. Devem ter passado perto do antigo lar dele — e dela — por volta das três da tarde. Eles podem ter olhado naquela direção, mas duvido que Henry tenha reduzido a velocidade. Ele não iria querer passar a noite em uma área onde os dois poderiam ser reconhecidos.

A vida deles como fugitivos havia começado.

Arlette sussurrou mais sobre a vida dos dois do que eu gostaria de saber, e eu não tenho cabeça para relatar mais do que o essencial. Se quiser saber mais, escreva para a Biblioteca Pública de Omaha. É só pagar uma taxa que eles lhe mandam cópias mimeografadas de histórias ligadas aos Bandidos Apaixonados, como os dois ficaram conhecidos (e como se chamavam). Você pode até encontrar histórias no jornal da sua cidade, se não mora em Omaha. A conclusão da história foi considerada comovente o bastante para ganhar cobertura nacional.

Belo Hank e Doce Shannon: era como o *World-Herald* os chamava. Nas fotografias, eles pareciam absurdamente jovens. (E, claro, eram mesmo.) Eu não queria olhar essas fotografias, mas olhei. Há mais de uma maneira de ser mordido por ratos, não é mesmo?

O pneu do carro roubado estourou perto da área montanhosa do Nebrasca. Dois homens apareceram quando Henry estava colocando o estepe. Um sacou uma espingarda de um suporte que tinha sob o casaco — algo que era chamado de "martelo de bandido" no Velho Oeste — e a apontou para os amantes em fuga. Henry não teve a menor chance de pegar sua arma, que estava no bolso do casaco. Se tivesse tentado, certamente teria morrido. Então o ladrão foi roubado. Henry e Shannon andaram de mãos dadas até a fazenda mais próxima, sob o céu frio de outono, e, quando o fazendeiro veio até a porta perguntar como poderia ajudá-los, Henry apontou a arma para o peito do homem e falou que queria seu carro e todo o seu dinheiro.

O fazendeiro disse a um repórter que a garota que o acompanhava ficou na varanda, olhando para outro lado. Ele achou que ela estava chorando. Disse que sentiu pena dela, porque era pequena e frágil como um beija-flor, estava grávida e viajava com um jovem bandido fadado a um triste fim.

Ela tentou detê-lo?, perguntou o repórter. Tentou convencê-lo a desistir?

Não, respondeu o fazendeiro. Só ficou lá parada, de costas, como se pensasse que, se não enxergasse, aquilo não estaria acontecendo.

O velho calhambeque Reo do fazendeiro foi encontrado abandonado perto da estação de trem de McCook com um bilhete no banco: *Aqui está seu carro, vamos mandar o dinheiro que roubamos assim que pudermos. Só fizemos isso porque estávamos passando por dificuldades. Sinceramente, "Os Bandidos Apaixonados".* Quem teve a ideia desse nome? Shannon, provavelmente. O bilhete estava escrito com a letra dela. Eles só o usaram porque não queriam dar seus verdadeiros nomes, mas é assim que as lendas são criadas.

Um ou dois dias depois, houve um assalto no pequeno banco de Arapahoe, no Colorado. O ladrão — usando uma boina bem para baixo e uma bandana bem para cima — estava sozinho. Ele conseguiu menos de cem dólares e saiu dirigindo um Hupmobile que tinha roubado em McCook. No dia seguinte, no Primeiro Banco de Cheyenne Wells (e também o único banco de Cheyenne Wells), o jovem estava acompanhado por uma moça. Ela também cobriu o rosto com uma bandana, mas era impossível disfarçar sua gravidez. Eles fugiram com quatrocentos dólares e saíram da cidade a toda velocidade, seguindo para o oeste. Um bloqueio foi montado na estrada para Denver, mas Henry foi esperto e teve sorte. Eles guinaram para o sul, não muito depois de deixarem Cheyenne Wells, pegando o caminho pelas estradas de terra e trilhas de gado.

Uma semana depois, dois jovens que diziam se chamar Harry e Susan Freeman pegaram o trem para São Francisco, em Colorado Springs. Por que eles, de repente, desembarcaram em Grand Junction eu não sei, e Arlette não disse — devem ter visto algo que os deixou preocupados, imagino. Tudo o que sei é que roubaram um banco lá, e outro em Ogden, no Utah. A versão deles de juntar dinheiro para uma vida nova, talvez. Em Ogden, quando um homem tentou detê-los do lado de fora do banco, Henry atirou no peito dele. Mesmo assim, o homem lutou com Henry, e Shannon o empurrou pelos degraus de granito. Eles fugiram. O homem em quem Henry atirou morreu no hospital, dois dias depois. Os Bandidos Apaixonados haviam se tornado assassinos. Em Utah, assassinos convictos vão para a forca.

O dia de Ação de Graças estava quase chegando, embora eu não saiba bem se antes ou depois. A polícia a oeste das Montanhas Rochosas tinha a descrição deles e estava de olho. Eu havia sido mordido pelo rato escondido no armário — acho — ou ainda seria. Arlette me disse que eles estavam mortos, mas não estavam. Não quando ela e sua corte real vieram me visitar, quer dizer. Ou ela mentiu ou profetizou. Para mim, dá na mesma.

A próxima e última parada deles foi em Deeth, Nevada. Era um dia muito frio, no fim de novembro ou começo de dezembro, e o céu branco já começava a nevar. Eles só queriam café e ovos no único restaurante da cidade, mas a sorte deles já estava no fim. O balconista era de Elkhorn, Nebrasca, e embora ele não fosse para casa havia anos, sua mãe ainda lhe

ESCURIDÃO TOTAL SEM ESTRELAS

mandava, diligentemente, edições do *World-Herald*. Ele acabara de receber um pacote com vários exemplares, e reconheceu os Bandidos Apaixonados de Omaha sentados no restaurante.

Em vez de ligar para a polícia (ou para o segurança da mina de cobre que ficava ali perto, o que seria mais rápido e eficiente), ele decidiu efetuar a prisão sozinho. Pegou sua pistola velha e enferrujada embaixo do balcão, apontou para eles e disse — na melhor tradição do oeste — para levantarem as mãos. Henry não obedeceu. Ele deslizou do banco e caminhou na direção do balconista, falando:

— Não faça isso, amigo, não queremos lhe fazer mal, vamos só pagar e sair.

O balconista puxou o gatilho, e a velha pistola falhou. Henry tomou-a de sua mão, abriu, olhou para o tambor e riu.

— Uma boa notícia! — disse ele a Shannon. — Estas balas estão aqui dentro há tanto tempo que ficaram verdes.

Ele colocou 2 dólares no balcão — pela comida — e então cometeu um erro terrível. Até hoje acredito que as coisas teriam terminado mal para eles de qualquer jeito, mas ainda queria gritar através dos anos: *Não deixe essa arma aí ainda carregada. Não faça isso, filho! Verdes ou não, guarde essas balas no bolso!* Mas só os mortos podem falar através do tempo. Sei disso agora, por experiência própria.

Enquanto saíam (*de mãos dadas*, sussurrou Arlette em minha orelha febril), o balconista pegou a velha pistola no balcão, segurou-a bem firme e puxou o gatilho novamente. Dessa vez a arma disparou, e, embora ele provavelmente tenha pensado que estava mirando em Henry, a bala atingiu Shannon Cotterie nas costas. Ela gritou e tombou para a frente, em direção à neve que caía do lado de fora. Henry a segurou antes que ela tombasse e a ajudou a entrar no último carro que roubaram, outro Ford. O balconista tentou atirar nele pela janela, mas desta vez a velha pistola explodiu em suas mãos. Um pedaço de metal arrancou seu olho esquerdo. Eu nunca senti pena. Não sou tão clemente quanto Charles Griner.

Gravemente ferida — talvez até prestes a morrer —, Shannon entrou em trabalho de parto enquanto Henry dirigia pela neve que só aumentava em direção a Elko, 50 quilômetros a sudoeste dali, provavelmente pensando que encontraria um médico por lá. Não sei se havia ou não um médico, mas com certeza havia uma delegacia, e o balconista ligou para lá com o que restava de seu globo ocular ressecando em sua bochecha. Dois tiras locais e quatro membros da Patrulha Estadual de Nevada esperavam pelos dois nos limites da cidade, mas Henry e Shannon nunca os viram. São 50 quilômetros entre Deeth e Elko, e Henry só percorreu 45 deles.

Dentro dos limites da cidade (mas ainda muito longe da entrada da vila), a sorte de Henry o abandonou de vez. Com os gritos de Shannon, que segurava a barriga enquanto sangrava no banco do carro, ele devia estar dirigindo rápido — rápido demais. Ou talvez tenha apenas passado por um buraco na estrada. O que quer que tenha sido, o Ford derrapou para fora da estrada e morreu. Eles ficaram ali parados naquela imensidão vazia, enquanto um vento cada vez mais forte soprava neve ao redor do carro. E o que será que se passou pela cabeça de Henry naquele momento? Que aquilo que nós dois tínhamos feito no Nebrasca havia levado os dois, a garota que o amava e a ele, até aquele lugar em Nevada. Arlette não me disse isso, mas ela não precisava. Eu sabia.

Ele avistou a silhueta de uma construção em meio à nevasca, e tirou Shannon do carro. Ela conseguiu dar alguns passos contra o vento, mas não mais do que isso. A garota que sabia *trigronomia* e poderia ter sido a primeira mulher a se formar na escola normal de Omaha repousou a cabeça no ombro de seu jovem companheiro e disse:

— Não consigo andar mais, querido, me deixe aqui.

— Mas e o bebê? — perguntou ele.

— O bebê está morto, e eu quero morrer também — respondeu ela. — Não aguento mais a dor. É horrível. Eu te amo, querido, mas me deixe aqui.

Em vez disso, ele a carregou até a construção, que acabou sendo uma cabana não muito diferente daquela próxima à Boys Town, a que tinha a propaganda desbotada da Royal Crown Cola pintada na lateral. Havia um fogão, mas nenhuma lenha. Ele saiu para procurar alguns pedaços de madeira, antes que a neve pudesse cobri-los, e, quando voltou, Shannon estava inconsciente. Henry acendeu o fogão e colocou a cabeça dela no colo. Shannon Cotterie morreu antes que o fogo recém-acendido se transformasse em brasas, e então só restou Henry, sentado em uma cama simples onde uma dezena de caubóis havia se deitado antes, na maioria das vezes bêbados. Ele ficou lá sentado, acariciando o cabelo de Shannon, enquanto o vento uivava do lado de fora e o telhado de zinco da cabana sacolejava.

Arlette me contou todas essas coisas quando as duas pobres e condenadas crianças ainda estavam vivas. Ela me disse todas essas coisas enquanto os ratos perambulavam em volta de mim, o cheiro pútrido dela enchia meu nariz e minha mão inchada e infectada ardia como fogo.

Implorei a ela que me matasse, que abrisse a minha garganta como eu havia aberto a dela, mas ela não me atendeu.

Aquela era a sua vingança.

Devem ter se passado dois dias até meu visitante chegar à fazenda, ou mesmo três, mas acho que não. Na verdade, acho que foi só um. Não acredito que eu poderia ter durado dois ou três dias sem ajuda. Eu tinha parado de comer, e quase havia deixado de beber também. Ainda assim, consegui sair da cama e cambalear até a porta quando começaram a bater. Parte de mim pensou que poderia ser Henry, porque parte de mim ainda ousava desejar que a visita de Arlette não tivesse passado de uma ilusão em meio ao delírio... e, mesmo que fosse real, que ela tivesse mentido.

Era o xerife Jones. Meus joelhos fraquejaram quando o vi, e eu caí para a frente. Se ele não tivesse me segurado, eu teria desabado na varanda. Tentei lhe contar sobre Henry e Shannon — que Shannon levaria um tiro, que os dois acabariam em uma cabana nos arredores de Elko e que ele, o xerife Jones, tinha que ligar para alguém e impedir que isso acontecesse. Tudo isso saiu da minha boca de forma confusa, mas ele pescou os nomes.

— Ele fugiu com ela, sim — disse Jones. — Mas se Harl veio até aqui e lhe disse isso, por que deixou você *nesse estado*? O que o mordeu?

— Rato — consegui responder.

Ele passou um braço em volta do meu corpo e praticamente me carregou pelos degraus da varanda e em direção ao carro. George, o galo, estava caído congelado no chão ao lado da pilha de lenha, e as vacas mugiam. Quando tinha sido a última vez que eu as alimentara? Não conseguia lembrar.

— Xerife, você tem que...

Mas ele me interrompeu. Achou que eu estava delirando, e por que não? Ele sentia a febre me cozinhando e enrubescendo meu rosto. Deve ter sido como carregar um forno.

— Você precisa poupar suas forças. E precisa agradecer a Arlette, porque eu nunca teria vindo aqui se não fosse por ela.

— Morta — me esforcei para dizer.

— Sim, sim, ela está morta.

Então lhe contei que a havia matado, e ah... que alívio. Um cano entupido dentro da minha cabeça se abriu magicamente, e o fantasma infectado que havia ficado preso lá dentro por fim se foi.

Ele me jogou no carro como um saco de batatas.

— Vamos conversar sobre Arlette depois, mas agora vou levá-lo ao Hospital Anjos da Misericórdia, e agradeceria se você não vomitasse no meu carro.

Enquanto ele saía da fazenda, deixando o galo morto e as vacas mugindo para trás (e os ratos! Não se esqueça deles! Há!), tentei lhe dizer novamente que talvez não fosse tarde demais para Henry e Shannon, que talvez ainda fosse possível salvá-los. E me ouvi dizer que *aquelas eram coisas que ainda iriam acontecer,* como se eu fosse o Espírito dos Natais Futuros da história de Dickens. Então desmaiei. Quando acordei, era 2 de dezembro, e os jornais do oeste traziam a seguinte notícia: "OS BANDIDOS APAIXONADOS" ENGANAM A POLÍCIA DE ELKO E ESCAPAM NOVAMENTE. Eles não tinham escapado, mas ninguém sabia disso ainda. Exceto Arlette, é claro. E eu.

O médico achou que a gangrena não tinha avançado até meu antebraço e apostou minha vida ao amputar somente a mão esquerda. Ganhou a aposta. Cinco dias depois de entrar carregado pelo xerife Jones no Hospital Anjos da Misericórdia, de Hemingford City, eu estava pálido e fantasmagórico em uma cama de hospital, 11 quilos mais magro e sem a mão esquerda, mas vivo.

Jones veio me ver, com o rosto sério. Esperei que ele me dissesse que estava me prendendo pelo assassinato da minha esposa, e então algemasse a mão que me restara à cama do hospital. Mas isso nunca aconteceu. Em vez disso, ele disse que sentia muito pela minha perda. Minha perda! O que aquele idiota sabia sobre perda?

ESCURIDÃO TOTAL SEM ESTRELAS

* * *

Por que estou sentado neste quarto de hotel horrível (mas não sozinho!) e não deitado em um túmulo de assassino? Vou lhe resumir em duas palavras: minha mãe.

Como o xerife Jones, mamãe tinha o hábito de salpicar a conversa com perguntas retóricas. No caso dele, foi um artifício de conversa que adquiriu em uma vida inteira dedicada ao cumprimento da lei: ele fazia suas perguntinhas idiotas, então observava a reação da pessoa com quem conversava para ver se notava qualquer sinal de culpa — um sobressalto, uma cara fechada, um movimento rápido dos olhos. No caso da minha mãe, era apenas um jeito de falar que ela havia herdado da própria mãe, que era inglesa, e passado para mim. Embora eu não tenha mais qualquer sotaque britânico que possa ter cultivado um dia, nunca perdi o jeito que minha mãe tinha de transformar afirmações em perguntas. *É melhor você entrar agora, não é?*, dizia ela. Ou: *Seu pai esqueceu o almoço de novo. Você vai levar para ele, não vai?* Até mesmo observações sobre o clima vinham na forma de pergunta: *Outro dia de chuva, não é?*

Embora estivesse febril e muito doente quando o xerife Jones bateu à minha porta naquele dia no fim de novembro, eu não estava delirando. Lembro-me claramente da nossa conversa, da maneira como um homem ou uma mulher podem se lembrar de um pesadelo especialmente vívido.

Você precisa agradecer a Arlette, porque eu nunca teria vindo aqui se não fosse por ela, dissera ele.

Morta, falei.

O xerife Jones: *Sim, sim, ela está morta.*

E então, falando da maneira que eu havia aprendido quando era criança: *Eu a matei, não foi?*

O xerife Jones tomou o artifício retórico da minha mãe (e dele mesmo, não se esqueça) como uma pergunta de verdade. Anos depois — na fábrica onde consegui emprego depois de perder a fazenda —, ouvi um capataz repreender um funcionário por mandar uma encomenda para Des Moines em vez de Davenport antes de receber o formulário de envio do escritório principal. *Mas sempre mandamos as enco-*

mendas de quarta para Des Moines, protestou o funcionário prestes a ser demitido. *Eu simplesmente pensei...*

Pensando morreu um burro, retrucou o capataz. Um velho ditado, imagino, mas essa foi a primeira vez que o ouvi. E é mesmo surpreendente que eu tenha pensado no xerife Frank Jones quando isso aconteceu? O hábito que a minha mãe tinha de transformar afirmações em perguntas me salvou da cadeira elétrica. Nunca fui julgado pelo assassinato da minha esposa.

Até agora, é claro.

Eles estão aqui comigo, muito mais do que uma dezena, alinhados ao longo do rodapé por todo o quarto, me observando com seus olhos brilhantes. Se uma camareira entrasse com lençóis limpos e visse meus jurados peludos, ela sairia daqui correndo e gritando, mas nenhuma camareira vai aparecer. Pendurei a placa de NÃO PERTURBE na porta há dois dias, e está lá desde então. Eu não saí. Acho que poderia pedir comida de um restaurante aqui perto na rua, mas desconfio que o cheiro os provocaria. De qualquer forma, não estou com fome, então não é um grande sacrifício. Até agora meus jurados têm sido pacientes, mas não acho que isso vá durar muito. Como qualquer júri, eles estão ansiosos para que todos os depoimentos sejam prestados e eles possam dar um veredicto, receber seu pagamento simbólico (neste caso, a ser pago com carne) e voltar para suas famílias. Então eu tenho que terminar. Não vai demorar. A pior parte já passou.

O que o xerife Jones disse quando se sentou ao lado da minha cama no hospital foi:

— Você viu nos meus olhos, eu acho. Não foi?

Eu ainda estava muito doente, mas tinha me recuperado o bastante para ser cuidadoso.

— Vi o quê, xerife?

— O que eu tinha ido lhe dizer. Você não lembra, não é? Bem, não estou surpreso. Você estava mais pra lá do que pra cá, Wilf. Eu tinha certeza absoluta de que você iria morrer, e pensei que isso fosse acontecer antes de chegarmos à cidade. Mas acho que Deus ainda não terminou os planos com você, não é?

Alguma coisa ainda não havia terminado os planos comigo, mas duvidava que fosse Deus.

— Era sobre Henry? Você foi me contar algo sobre o meu filho?

— Não, fui lá por causa da Arlette — disse ele. — Notícias ruins, as piores, mas você não pode se culpar. Afinal, não a expulsou de casa a pauladas. — Ele se inclinou para a frente. — Você pode achar que eu não gosto de você, Wilf, mas isso não é verdade. Há algumas pessoas por aqui que não gostam... e nós dois sabemos quem são, não é mesmo? Mas não me coloque no mesmo saco só porque preciso levar o interesse delas em conta. Você me irritou uma ou duas vezes, e acredito que você ainda seria amigo de Harl Cotterie se tivesse mantido seu garoto em rédeas curtas, mas sempre respeitei você.

Duvidei, mas fiquei de boca fechada.

— Quanto ao que aconteceu a Arlette, vou lhe dizer novamente, porque vale a pena repetir: você não pode se culpar.

Eu não podia? Achei que *aquela* era uma conclusão estranha para se ter, mesmo para um homem da lei que nunca chegaria aos pés de Sherlock Holmes.

— Henry está com problemas, se os fatos descritos nos relatórios que tenho recebido são mesmo verdadeiros, e arrastou Shan Cotterie para o fogo com ele — contou o xerife com gravidade. — E provavelmente estão ferrados. Você já tem bastante coisa com que se preocupar sem ficar se culpando pela morte da sua esposa também. Você não tem que...

— Fale logo — pedi.

Dois dias antes da visita do xerife — talvez no dia em que o rato me mordeu, talvez não, mas na mesma semana —, um fazendeiro que seguia para Lyme Biska com a última leva de sua colheita vira três coiotes disputando alguma coisa a cerca de 20 metros ao norte da estrada. Ele teria seguido viagem se não tivesse notado um sapato feminino de couro surrado e uma calcinha rosa caídos na vala. Então parou, disparou seu rifle para assustar os animais e avançou um pouco mais no campo para inspecionar o que tanto interessava os animais. Foi quando ele encontrou o esqueleto de uma mulher usando um vestido em farrapos e com alguns pedaços de carne ainda pendendo dele. O que havia sobrado de seu cabelo era de um tom sem vida de marrom, a cor que o

1922

lustroso cabelo castanho-avermelhado de Arlette poderia ter depois de meses exposto às intempéries.

— A mulher não tinha dois dos dentes de trás — disse Jones. — Arlette havia perdido algum dente?

— Sim — menti. — Por causa de uma infecção na gengiva.

— Quando fui à sua casa naquele dia, logo após Arlette ter fugido, seu garoto disse que ela havia levado as melhores joias que tinha.

— Sim.

As joias que agora estavam no poço.

— Quando perguntei se ela poderia ter levado algum dinheiro, você falou daqueles duzentos dólares. Não foi isso?

Ah, sim. O dinheiro fictício que Arlette supostamente havia pegado da minha cômoda.

— Isso mesmo.

Ele assentiu.

— Bem, então está resolvido. Algumas joias e um pouco de dinheiro. Isso explica tudo, você não concorda?

— Não entendo...

— Porque você não está encarando isso sob o ponto de vista de um homem da lei. Ela foi roubada na estrada, simples. Algum mau elemento viu uma mulher pedindo carona entre Hemingford e Lyme Biska, então a sequestrou e a matou, roubou seu dinheiro e as joias, depois levou o corpo para longe, no campo mais próximo, para que não pudesse ser visto da estrada. — Pela expressão triste no rosto dele, eu percebi que ele pensava que Arlette provavelmente havia sido estuprada, além de roubada, e que talvez fosse uma boa coisa não haver sobrado muito dela para confirmar isso.

— É, provavelmente foi isso — falei, e de algum modo consegui manter o rosto impassível até ele ir embora.

Então me virei, e embora tenha dado uma batida com meu cotoco, comecei a rir. Enterrei minha cara no travesseiro, mas nem mesmo isso abafou o som. Quando a enfermeira — uma matrona feia e maldosa — entrou e viu as lágrimas escorrendo pelo meu rosto, pensou (pensando morreu um burro) que eu andara chorando. Ela amoleceu, uma coisa que eu achava que seria impossível, e me ofereceu um comprimido extra de morfina. Afinal de contas, eu era um marido de luto e um pai desolado. Eu merecia conforto.

E você sabe por que eu estava rindo? Seria por causa da estupidez bem-intencionada de Jones? Pelo aparecimento casual de uma mulher morta qualquer que poderia ter sido assassinada pelo companheiro de viagem enquanto estavam bêbados? Era pelas duas coisas, mas principalmente por causa do sapato. O fazendeiro só havia parado para investigar o alvo da disputa dos coiotes porque vira um sapato de couro feminino na vala. Mas quando o xerife Jones me perguntara sobre calçados naquele dia lá em casa, no verão anterior, eu lhe dissera que os sapatos de Arlette eram de *lona*. O idiota tinha esquecido.

E nunca se lembrou.

Quando voltei para a fazenda, quase todos os meus animais tinham morrido. A única sobrevivente era Aquelois, que me olhou com olhos reprovadores e famintos, e mugiu melancolicamente. Alimentei-a tão carinhosamente quanto faria a um bichinho de estimação e, na verdade, ela não passava disso. Afinal, como você chamaria um animal que já não contribuía mais para a subsistência da família?

Houve um tempo em que Harlan, com ajuda da esposa, teria cuidado da minha fazenda durante minha estadia no hospital. Os vizinhos costumavam ajudar uns aos outros por ali. Mas mesmo depois que os mugidos queixosos de minhas vacas à beira da morte atravessaram os campos e chegaram até Harlan, quando se sentava para jantar, ele se manteve afastado. Se eu estivesse em seu lugar, provavelmente teria feito o mesmo. Do ponto de vista de Harl Cotterie (e do mundo), meu filho, não satisfeito em arruinar a reputação de sua filha, a seguira até o lugar que deveria ter sido seu refúgio, a sequestrara e a forçara a entrar para uma vida de crimes. Toda aquela história de "Bandidos Apaixonados" devia tê-lo corroído por dentro como ácido! Há!

Na semana seguinte — na época em que as decorações natalinas estavam começando a enfeitar as fazendas e a estrada principal em Hemingford Home —, o xerife Jones apareceu de novo lá em casa. Só de olhar para o seu rosto percebi quais eram as novas, e comecei a balançar a cabeça.

— Não. Não quero saber de mais nada. Não dá. Não aguento mais. Vá embora.

1922

Voltei para a casa e tentei fechar a porta, mas eu estava fraco e só tinha uma das mãos, então ele forçou a entrada facilmente.

— Aguente firme, Wilf — disse ele. — Você vai superar isso.

Como se ele soubesse do que estava falando.

Ele abriu o armário que tinha uma caneca de cerveja decorativa em cima, achou minha garrafa de uísque praticamente vazia, serviu a última dose na caneca e me entregou.

— O doutor não aprovaria — disse ele. — Mas ele não está aqui, e você vai precisar disso.

Os Bandidos Apaixonados haviam sido encontrados em seu esconderijo final: Shannon morta pela bala do balconista, Henry, por uma que ele mesmo havia enfiado nos próprios miolos. Os corpos foram levados para o necrotério de Elko, à espera de alguém que os identificasse. Harlan Cotterie iria providenciar o enterro da filha, mas não queria nem saber do meu filho. É claro que não. Eu mesmo cuidaria disso. Henry chegou a Hemingford de trem no dia 18 de dezembro, e eu estava na estação, em um carro funerário da Castings Brothers. Fui fotografado várias vezes. E me fizeram perguntas que nem tentei responder. Tanto as manchetes do *World-Herald* quanto do mais humilde *Hemingford Weekly* exibiam a frase O LUTO DE UM PAI.

Mas se os repórteres tivessem me visto na funerária, quando o caixão de madeira barata foi aberto, eles saberiam o que é um luto de verdade, e poderiam ter preferido imprimir a manchete O DESESPERO DE UM PAI. A bala que meu filho havia disparado em sua têmpora, lá sentado com a cabeça de Shannon no colo, estilhaçara ao atravessar seu cérebro, arrancando um grande pedaço do lado esquerdo do crânio. Mas isso não era o pior. Ele já não tinha mais os olhos, e seu lábio inferior havia sido carcomido, deixando os dentes à mostra em um sorriso macabro. Tudo o que restara de seu nariz era um toco vermelho. Antes que algum tira ou investigador da polícia descobrisse os corpos, os ratos tinham se banqueteado com meu filho e sua amada.

— Dê um jeito nele — solicitei a Herbert Castings quando consegui falar algo coerente de novo.

— Sr. James... senhor... as lesões são...

— Já vi como são. Quero que dê um jeito nele. E que o tire dessa caixa de merda. Coloque-o no melhor caixão que você tiver. Não importa o preço. Eu posso pagar. — Então me inclinei e beijei sua boche- cha rasgada. Nenhum pai deveria ter que beijar seu filho pela última vez, mas se algum merecia tal destino, com certeza era eu.

Shannon e Henry foram enterrados em Hemingford, no cemitério da Igreja Metodista Glória de Deus: Shannon no dia 22, e Henry na véspera de Natal. A igreja ficou cheia no velório de Shannon, o choro beirando a histeria. Sei porque eu estava lá, pelo menos por um tempo. Fiquei bem no fundo, sem ser notado, e então escapuli na hora do elo- gio fúnebre do reverendo Thursby. O reverendo também presidiu o funeral de Henry, mas nem preciso lhe dizer que o número de pessoas presentes foi bem menor. Thursby só viu uma, mas havia outra. Arlette também estava lá, sentada ao meu lado, invisível e sorridente. E sussur- rando em meu ouvido.

Você gosta de como as coisas estão se desenrolando, Wilf? Valeu a pena?

Somando os gastos do funeral, do enterro, do necrotério e do transporte do corpo para casa, cuidar dos restos mortais do meu filho me custou mais de trezentos dólares. Paguei tudo com o dinheiro da hipoteca. O que mais eu tinha? Quando o funeral terminou, voltei para minha casa vazia. Mas antes comprei uma garrafa de uísque.

O ano de 1922 ainda tinha um último truque na manga. Um dia depois do Natal, uma grande nevasca veio com força das Montanhas Rochosas, atingindo nossas terras com 30 centímetros de neve e fortes vendavais. Quando anoiteceu, a neve se transformou primeiro em granizo, e então em uma tempestade. Por volta da meia-noite, eu estava sentado na sala de estar escura, tratando a dor em meu cotoco com alguns goles de uís- que, quando ouvi um barulho de algo se despedaçando e rangendo, vindo dos fundos da casa. Era o teto desabando naquele canto — o lado que eu deveria ter consertado com parte do dinheiro da hipoteca. Fiz um brinde com meu copo, e tomei outro gole. Quando o vento frio começou a soprar ao redor dos meus ombros, vesti o casaco que estava pendurado no gancho do vestíbulo, me sentei de novo e bebi mais uís- que. A certa altura, cochilei. Outro daqueles rangidos me acordou por volta das três da manhã. Dessa vez, era a frente do celeiro que havia desabado. Aquelois sobreviveu novamente, e, na noite seguinte, eu a levei para dentro de casa comigo. *Por quê?*, talvez você pergunte, e mi-

nha resposta seria: Por que não? Por que diabos não? Nós éramos sobreviventes. Os únicos sobreviventes.

Na manhã de Natal (que eu passei tomando uísque em minha sala de
estar gelada, com minha vaca sobrevivente como companhia), contei o
que havia sobrado do dinheiro da hipoteca e percebi que não daria nem
para cobrir o dano causado pela tempestade. Não me importei muito,
porque já tinha perdido o gosto pela vida na fazenda, mas só de pensar
que a Companhia Farrington poderia abrir ali um matadouro de porcos
e poluir o riacho já fazia meus dentes rangerem de raiva. Principalmente
depois do alto preço que paguei para manter aqueles 100 acres tripla-
mente amaldiçoados longe das mãos deles.

De repente me ocorreu que, com Arlette oficialmente morta, aqueles acres eram meus. Então, dois dias depois, engoli meu orgulho e fui
visitar Harlan Cotterie.

O homem que me atendeu à porta estava melhor do que eu, mas
os choques daquele ano também haviam lhe cobrado seu preço. Ele tinha perdido peso e cabelo, e sua camisa estava enrugada, embora não
tão enrugada quanto seu rosto, e a camisa, pelo menos, poderia ser
passada. Ele parecia ter 65 anos, não 45.

— Não me bata — falei quando o vi cerrar os punhos. — Me
escute.

— Eu nunca bateria em um homem que só tem uma das mãos —
falou ele. — Mas agradeço se puder ser breve. E temos que conversar
aqui na varanda, porque você nunca mais vai pôr os pés na minha casa.

— Tudo bem — falei. Eu também havia perdido peso, muito, e
tremia, mas era bom sentir o ar frio em meu cotoco, e na mão invisível
que ainda parecia existir logo abaixo dele. — Quero lhe vender 100
acres de terra boa, Harl. Os 100 acres que Arlette estava tão determinada a vender para a Companhia Farrington.

Ele abriu um sorriso, e seus olhos brilharam em suas órbitas
fundas.

— Está passando por dificuldades, não é? Metade da sua casa e
metade do seu celeiro desabaram. Hermie Gordon disse que você levou
uma vaca para morar com você na casa.

Hermie Gordon era o carteiro que fazia a rota rural, além de um grande fofoqueiro.

Ofereci um preço tão baixo que Harl ficou de boca aberta e ergueu as sobrancelhas. Foi então que senti um cheiro vindo da casa dos Cotterie, bonita e bem-equipada, que não combinava em nada com aquele lugar: comida frita queimada. Aparentemente, não era Sallie Cotterie que estava cozinhando. Houve uma época em que eu poderia ter me interessado em saber o que havia acontecido, mas esse tempo já tinha passado. Tudo o que eu queria agora era me livrar dos 100 acres. E só me parecia certo vendê-los barato, já que tinham me custado tão caro.

— Mas isso é uma ninharia — disse ele. E então completou com evidente satisfação: — Arlette deve estar se revirando no túmulo.

Ela tem feito mais do que se revirar, pensei.

— Por que está sorrindo, Wilf?

— Por nada. Já não me importo mais com a terra. A única coisa que *realmente* me importa é manter aquele maldito matadouro da Farrington longe dali.

— Mesmo que precise perder sua própria casa? — Ele assentiu como se eu tivesse feito uma pergunta. — Sei sobre a hipoteca que você fez. Em uma cidade pequena, é difícil guardar segredos.

— Mesmo assim... — concordei. — Aceite a oferta, Harl. Você seria maluco se recusasse. Aquele riacho que vai se encher de sangue, pelos e intestinos de porco também é seu.

— Não.

Olhei para ele, surpreso demais para dizer qualquer coisa. Mas ele assentiu de novo, como se eu tivesse feito uma pergunta.

— Você acha que sabe o que fez comigo, mas não sabe da missa a metade. Sallie me deixou. Foi para a casa de seus parentes em McCook. Ela disse que talvez volte, que precisa de tempo para pensar, mas acho que isso não vai acontecer. Então isso nos coloca no mesmo barco furado, não é? Somos dois homens que começaram o ano com suas esposas e terminaram sem elas. Somos dois homens que começaram o ano com seus filhos vivos e estão chegando ao fim com eles mortos. A única diferença que consigo ver é que não perdi metade da minha casa e do meu celeiro em uma tempestade. — Ele pensou um pouco. — E ainda tenho as duas mãos. Acho que é isso. Quando eu quiser tocar punheta, se algum dia tiver vontade, posso escolher qual delas usar.

— O quê... por que ela...

— Ah, use a cabeça. Ela também me culpa pela morte da Shannon. Disse que se eu não tivesse subido no meu pedestal e mandado Shan embora, ela ainda estaria viva e morando com Henry na sua fazenda, perto daqui, em vez de gelada e deitada em um caixão sete palmos abaixo da terra. Ela disse que teria um neto. Também me chamou de idiota hipócrita, e ela está certa.

Estendi a mão que me restava para tocá-lo. Ele a afastou com um tapa.

— Não toque em mim, Wilf. Vou lhe dar este único aviso.

Voltei a baixar a mão.

— De uma coisa eu tenho certeza — continuou ele. — Se eu aceitasse sua oferta, por mais interessante que seja, iria me arrepender. Porque aquela terra é amaldiçoada. Podemos não concordar em muitas coisas, mas aposto que nisso, sim. Se você quer vendê-la, faça negócio com o banco. Você pode quitar sua hipoteca e ainda receber algum dinheiro.

— Mas eles vão dar meia-volta e vendê-la para a Companhia Farrington!

— Só lamento. — Foi sua palavra final ao bater a porta na minha cara.

No último dia do ano, dirigi até Hemingford Home e fui ver o sr. Stoppenhauser no banco. Disse a ele que havia chegado à conclusão de que não conseguiria mais morar na fazenda. Então falei que gostaria de vender os acres de Arlette para o banco e usar o saldo da receita para quitar a hipoteca. Como Harlan Cotterie, ele disse não. Por um instante ou dois, fiquei sentado ali, encarando sua mesa, sem poder acreditar no que havia escutado.

— Por que não? É uma boa terra!

Ele me disse que trabalhava em um banco, e que um banco não era uma agência imobiliária. E se dirigiu a mim como sr. James. Meus dias como Wilf naquele escritório haviam acabado.

— Isso é tão...

Ridículo foi a palavra que me veio à mente, mas eu não queria correr o risco de ofendê-lo para não acabar com qualquer chance que houvesse de ele mudar de ideia. Quando tomei a decisão de vender a terra (e a vaca, eu teria que achar um comprador para Aquelois também, provavelmente um estranho com um saco de feijões mágicos para trocar), a ideia tomou conta de mim com a força de uma obsessão. Então mantive a voz baixa e falei calmamente:

— Isso não é exatamente verdade, sr. Stoppenhauser. O banco comprou aquele prédio da Rideout no verão passado, quando entrou em leilão. E o Triplo M também.

— Foram situações diferentes. Temos uma hipoteca dos seus 80 acres originais, e estamos satisfeitos com ela. O que você faz com os outros 100 acres de pasto não é do nosso interesse.

— Quem veio aqui falar com você? — perguntei, e então percebi que nem precisava. — Foi Lester, não é? O capacho de Cole Farrington.

— Não tenho ideia do que você está falando — disse Stoppenhauser, mas notei em seu olhar que aquilo não era verdade. — Acho que seu luto e sua... sua lesão... afetaram temporariamente sua habilidade de pensar com clareza.

— Ah, não — falei, e comecei a rir. Era um som instável e desequilibrado, até aos meus ouvidos. — Nunca pensei com tanta clareza em toda a minha vida, senhor. Ele veio procurá-lo... ele ou outro, tenho certeza de que Cole Farrington pode pagar todos os advogados charlatões do mundo. E você fez um acordo. Vocês *c-c-conspiraram*! — Eu ria mais do que nunca.

— Sr. James, receio que terei que pedir para o senhor sair.

— Talvez você já tivesse tudo isso planejado de antemão — continuei. — Talvez fosse por isso que estava tão ansioso para me convencer a fazer a maldita hipoteca, para começar. Ou talvez, quando Lester ouviu falar sobre meu filho, ele tenha visto uma oportunidade de ouro de se aproveitar da minha desgraça e vindo correndo falar com você. Talvez ele tenha se sentado nesta mesma cadeira e dito: "Isso vai ser bom para nós dois, Stoppie... você fica com a fazenda, e o meu cliente, com as terras perto do riacho, e que Wilf James vá pro inferno." Não foi isso que aconteceu?

1922

Ele havia apertado um botão em sua mesa, e então a porta se abriu. Aquele era um banco pequeno, pequeno demais para contratar um segurança, mas o caixa que apareceu era um rapaz bem forte. Da família Rohrbacher, ao que parecia. Eu tinha estudado com o pai dele, e Henry, com sua irmã caçula, Mandy.

— Algum problema, sr. Stoppenhauser? — perguntou ele.

— Não se o sr. James sair agora. Pode acompanhá-lo, Kevin?

Kevin entrou e, como demorei a me levantar, ele segurou com firmeza o meu braço esquerdo, logo acima do cotovelo. Ele estava vestido como um banqueiro, com direito a suspensórios e gravata-borboleta, mas sua mão era de fazendeiro, forte e cheia de calos. Meu cotoco ainda em cicatrização latejou.

— Venha comigo, senhor — disse ele.

— Não me puxe. Dói onde minha mão costumava estar.

— Vamos.

— Estudei com seu pai. Ele se sentava ao meu lado e colava de mim durante a semana de testes na primavera.

Ele me puxou da cadeira em que um dia eu havia sido tratado como Wilf. O bom e velho Wilf, que seria tolo em não fazer uma hipoteca. A cadeira quase caiu.

— Feliz ano-novo, sr. James — disse Stoppenhauser.

— Para você também, seu mentiroso de merda — retruquei.

Ver a expressão chocada em seu rosto pode ter sido a última coisa boa que aconteceu na minha vida. Estou aqui sentado há cinco minutos, mordendo a ponta da caneta e tentando pensar em outra desde então — um bom livro, uma boa refeição, uma tarde agradável no parque —, e não consigo.

Kevin Rohrbacher me acompanhou pelo saguão. Suponho que esse seja o verbo correto, já que ele não estava me arrastando. O piso era de mármore, e nossos passos ecoavam. As paredes eram revestidas de painéis escuros de carvalho. Através das janelas altas dos caixas, vi duas mulheres atendendo um pequeno grupo de clientes de fim de ano. Uma das caixas era jovem, e a outra, velha, mas seus olhares arregalados eram idênticos. Ainda assim, não foi o interesse horrorizado e quase lascivo delas que me chamou a atenção, mas outra coisa completamente diferente. Uma grade nodosa de carvalho, com 7 centímetros de espessura, passava acima dos caixas, e, correndo rapidamente por ela...

— Cuidado com o rato! — berrei, apontando.

A jovem caixa soltou um gritinho, olhou para cima e então trocou um olhar com sua colega mais velha. Não havia nenhum rato, apenas a sombra em movimento do ventilador de teto. E agora todos olhavam para mim.

— Podem olhar quanto quiserem! — gritei. — Olhem à vontade! Olhem até que seus malditos olhos caiam!

Então saí do banco, e minha respiração, naquele ar frio de inverno, parecia fumaça de cigarro.

— Não volte, a não ser que tenha negócios a fazer — disse Kevin. — E se puder controlar sua língua.

— Seu pai foi o maior trapaceiro que conheci na escola.

Eu queria que Kevin me batesse, mas ele apenas voltou para dentro e me deixou sozinho na calçada, parado em frente ao meu velho caminhão caindo aos pedaços. E assim foi a visita de Wilfred Leland James à cidade no último dia do ano de 1922.

Quando cheguei à fazenda, Aquelois não estava mais dentro de casa. Estava no quintal, deitada, expirando suas próprias nuvens de vapor branco. Dava para ver as pegadas que ela deixara na neve ao sair correndo pela varanda, e uma grande marca onde havia aterrissado de mau jeito e quebrado as duas patas da frente. Nem mesmo uma vaca inocente poderia sobreviver junto a mim, ao que parecia.

Peguei minha arma no vestíbulo, então entrei em casa, querendo descobrir — se fosse possível — o que a havia assustado tanto para ela sair correndo de seu novo abrigo. Eram ratos, é claro. Três deles estavam em cima do estimado aparador de Arlette, olhando para mim com seus olhos negros e solenes.

— Voltem e digam a ela para me deixar sozinho — falei. — Digam a ela que já causou estragos suficientes. Por Deus, digam a ela para me deixar em paz.

Eles só ficaram lá, parados, me olhando, com suas caudas enroladas ao redor de seus corpos gordos e cinzentos. Então levantei meu rifle e atirei no rato do meio. A bala o despedaçou e espalhou seus restos pelo

1922

papel de parede que Arlette havia escolhido com tanto cuidado nove ou dez anos antes. Quando Henry era apenas uma criança, e tudo entre nós três estava bem.

Os outros dois fugiram. De volta para sua passagem secreta subterrânea, sem dúvida. De volta para sua rainha em decomposição. E deixaram pequenas pilhas de cocô de rato no aparador da minha esposa morta, além de três ou quatro pedacinhos do saco de estopa que Henry pegara no celeiro naquela noite no início do verão de 1922. Os ratos tinham vindo matar minha última vaca e me trazer pequenos pedaços da *rede de cabelo* de Arlette.

Então eu saí e acariciei a cabeça de Aquelois. Ela levantou o pescoço e mugiu queixosamente. *Faça isso parar. Você é o mestre, você é o deus do meu mundo, então faça isso parar.*

Eu fiz.

Feliz ano-novo.

Esse foi o fim de 1922, e este é o fim da minha história; todo o resto é apenas epílogo. Os emissários reunidos por todo este quarto — o gerente deste velho hotel gritaria bastante se os visse! — não terão que esperar muito mais para dar seu veredicto. Ela é a juíza, eles são o júri, mas eu serei meu próprio carrasco.

Eu perdi a fazenda, é claro. Ninguém, incluindo a Companhia Farrington, comprou aqueles 100 acres até eu perder minha casa, e, quando os abatedores de porcos finalmente vieram, fui forçado a vender as terras a um preço insanamente baixo. O plano de Lester funcionou perfeitamente. Tenho certeza de que foi ideia dele, e tenho certeza de que ganhou um bônus por isso.

Ah, mas não faz mal, eu teria perdido minha terrinha no condado de Hemingford mesmo se tivesse recursos financeiros aos quais recorrer, e há um tipo perverso de conforto nisso. Eles dizem que esta depressão que vivemos agora começou na Black Friday do ano passado, mas as pessoas em estados como Kansas, Iowa e Nebrasca sabem que ela começou de verdade em 1923, quando as plantações que sobreviveram às terríveis tempestades daquela primavera morreram pela seca que veio depois, uma seca que durou dois anos. Os poucos produtos que chegaram aos mercados da cidade grande e às feiras agrícolas das cidades do interior foram vendidos a preço de banana. Harlan Cotterie aguentou até mais ou menos 1925, e então o banco tomou sua fazenda. Descobri isso por acaso, enquanto folheava a seção do *World-Herald* de bens negociados pelos bancos. Em 1925, essas seções às vezes ocupavam páginas inteiras do jornal. As pequenas fazendas tinham começado a sumir, e acredito que em cem anos — talvez apenas 75 — todas terão desaparecido. Lá para 2030 (se chegarmos lá), toda a região do Nebrasca a oeste de Omaha será uma única grande fazenda, que provavelmente pertencerá à Companhia Farrington. E aqueles infelizes o bastante para morar nessas terras passarão o resto de seus dias sob um céu sujo e amarelado, usando máscaras de gás para evitar sufocar com o fedor dos porcos mortos. E *todos* os riachos correrão vermelhos com o sangue dos abates.

Lá para 2030, apenas os ratos estarão felizes.

Mas isso é uma ninharia, Harlan me dissera no dia em que quis lhe vender as terras de Arlette, e acabei sendo forçado a vendê-las a Cole Farrington por menos ainda. O advogado Andrew Lester levou a papelada até a pensão em que eu estava na época, em Hemingford City, e sorriu ao me ver assiná-la. É claro que sim. Os peixes grandes sempre vencem. Fui um tolo por pensar que poderia ser diferente. Fui um tolo, e todos que eu amava pagaram o preço. Às vezes me pergunto se Sallie Cotterie voltou para Harlan, ou se ele foi atrás dela em McCook depois de perder a fazenda. Não sei o que aconteceu, mas acho que a morte de Shannon provavelmente acabou com aquele casamento que antes era feliz. O veneno se espalha como tinta na água.

Os ratos começaram a se aproximar, vindo dos rodapés do quarto. O que antes era um quadrado tornou-se um círculo cada vez mais fechado. Eles sabem que o que estou escrevendo é apenas o *depois*, e nada que acontece depois de um ato irrevogável tem muita importância. Ainda assim, decidi terminar. E eles não vão me pegar enquanto eu estiver vivo. A última pequena vitória será minha. Minha velha jaqueta marrom está pendurada nas costas da cadeira em que estou sentado. A pistola está no bolso. Quando terminar as últimas poucas páginas desta confissão, vou usá-la. Dizem que suicidas e assassinos vão para o inferno. Se for assim, saberei o caminho, porque estive lá nos últimos oito anos.

* * *

1922

Fui para Omaha e, se lá é de fato uma cidade de tolos, como eu dizia, então, no início, fui um cidadão modelo. Comecei a beber os 100 acres de Arlette e, mesmo tendo vendido muito barato, levei dois anos para gastar tudo. Quando não estava bebendo, visitava os lugares em que Henry estivera nos últimos meses de sua vida: o posto de gasolina e a mercearia em Lyme Biska, com a propaganda da garota de chapéu azul no telhado (na época fechada e com uma placa na porta coberta por tábuas que dizia à VENDA PELO BANCO), a casa de penhores na rua Dodge (onde imitei meu filho e comprei a pistola que está agora no bolso da minha jaqueta) e a filial de Omaha do Primeiro Banco Agrícola. A caixa jovem e bonita ainda trabalhava lá, embora seu sobrenome já não fosse mais Penmark.

— Quando lhe passei o dinheiro, ele disse "obrigado" — contou-me ela. — Talvez ele tenha escolhido um mau caminho, mas alguém o criou bem. Você o conhecia?

— Não — falei. — Mas conhecia a família dele.

É claro que fui até o Santa Eusébia, mas não tentei entrar, nem perguntar sobre Shannon Cotterie para a professora, supervisora ou qualquer que fosse o título daquela mulher. Era um prédio grande, frio e austero, suas paredes grossas de pedra e janelas estreitas expressavam perfeitamente como a hierarquia papista via as mulheres. Só de ver algumas meninas grávidas saírem furtivamente, com o olhar cabisbaixo e os ombros curvados, entendi por que Shan queria tanto ir embora dali.

Por mais estranho que pareça, me senti próximo ao meu filho em um beco. Era aquele perto da loja de doces e refrigerantes da rua Gallatin (Doces & Chocolates caseiros são a especialidade da família Schrafft), a dois quarteirões do Santa Eusébia. Havia um caixote lá, provavelmente novo demais para ser aquele em que Henry se sentou enquanto esperava por uma garota ousada o bastante para trocar informações por cigarros, mas eu podia fingir, e assim o fiz. Ficava mais fácil fingir quando eu estava bêbado e, na maioria dos dias em que eu apareci na rua Gallatin, estava mesmo muito embriagado. Às vezes eu fingia que era 1922 de novo e que era eu quem estava esperando por Victoria Stevenson. Se ela viesse, eu trocaria um maço inteiro de cigarros para que ela levasse uma única mensagem: *Quando um jovem que diz se chamar Hank aparecer por aqui, perguntando por Shan Cotterie, fale para ele se mandar.*

Para dar o fora deste lugar. Diga que seu pai precisa dele na fazenda e que, talvez, com os dois trabalhando juntos, eles possam salvá-la.

Mas aquela garota estava fora do meu alcance. A única Victoria que conheci foi sua versão mais velha, aquela com três filhos bonitos e o respeitável título de sra. Hallett. Naquela época, eu tinha parado de beber, trabalhava na fábrica de roupas Bilt-Rite e havia feito as pazes com a lâmina e a espuma de barbear. Com essa aparência respeitável, ela me recebeu de bom grado. Eu só lhe disse quem eu era de verdade porque — se quero ser bem honesto — mentir não era uma opção. Quando ela arregalou ligeiramente os olhos, percebi que havia notado a semelhança.

— Nossa, ele era tão doce... — disse Victoria. — E muito apaixonado. Sinto muito por Shan também. Ela era uma ótima moça. É como uma tragédia de Shakespeare, não é?

Só que ela disse *tra-dé-gia* e, depois disso, eu não voltei mais ao beco da rua Gallatin porque, para mim, o assassinato de Arlette tinha envenenado até mesmo a tentativa de gentileza dessa jovem e inocente senhora de Omaha. Ela achava que as mortes de Henry e Shannon eram como uma tra-dé-gia de Shakespeare. Achava muito romântico. E eu me perguntei se ela ainda pensaria assim se tivesse ouvido os últimos gritos que minha esposa dera através de um saco de estopa encharcado de sangue. Ou tivesse visto o rosto sem olhos e lábios do meu filho.

Tive dois empregos durante meus anos na cidade, também conhecida como "Cidade dos Tolos". Você dirá que é *claro* que eu tive empregos, senão estaria morando nas ruas. Mas homens mais honestos do que eu continuaram a beber mesmo quando queriam parar, e homens mais decentes do que eu acabaram dormindo nas entradas dos prédios. Acho que posso dizer que, depois dos meus anos perdidos, fiz mais um esforço para ter uma vida digna. Houve vezes em que realmente acreditei que fosse possível, mas, deitado na cama à noite (ouvindo os ratos correndo dentro das paredes — eles nunca me abandonaram), sempre soube da verdade: eu ainda estava tentando vencer. Mesmo depois das mortes de Henry e Shannon, mesmo depois de perder a fazenda, eu estava tentando derrotar o cadáver no poço. Ela e seus *servos*.

John Hanrahan era o chefe do depósito da fábrica Bilt-Rite. Ele não queria empregar um homem com só uma das mãos, mas implorei

1922

por uma chance e, quando provei que podia puxar um palete totalmente carregado de camisas e macacões como qualquer outro homem em sua folha de pagamento, ele me contratou. Puxei aqueles paletes durante 14 meses, e várias vezes me arrastava para a pensão onde morava com minhas costas e meu cotoco queimando de cansaço. Mas nunca reclamei, e até encontrei tempo para aprender a costurar — no intervalo do almoço (que, na verdade, eram de 15 minutos) e durante alguns minutos à tarde. Enquanto os outros ficavam do lado de fora, na plataforma de carga, fumando e contando piadas sujas, eu aprendia sozinho a costurar, primeiro nos sacos de transporte que usávamos, e depois nos macacões que eram o principal produto da empresa. Acabei descobrindo que tinha jeito para aquilo. Eu sabia até colocar um zíper, o que não era uma qualidade a se desprezar em uma linha de montagem de roupas. Eu apertava a peça com meu cotoco para mantê-la no lugar, enquanto meu pé acionava o pedal elétrico.

O setor de costura pagava melhor do que o de carregamento e cansava menos as minhas costas, mas o andar da costura era escuro e cavernoso, e, após cerca de quatro meses, comecei a ver ratos nas montanhas azuis de brim e andando nas sombras dos carrinhos que traziam os tecidos e levavam o produto final embora.

Em várias ocasiões tentei mostrar essas pragas para os meus colegas. Mas eles diziam não vê-los. Talvez realmente não os vissem. Mas acho mais provável que tivessem medo de que o andar da costura fosse temporariamente fechado para que os exterminadores pudessem fazer seu trabalho. O pessoal da costura poderia perder três dias ou até uma semana de salário. Para homens e mulheres com famílias para sustentar, isso seria catastrófico. Era mais fácil para eles dizer ao sr. Hanrahan que eu estava vendo coisas. Eu entendi. Até quando eles começaram a me chamar de Wilf Maluco. Entendi isso também. Não foi por isso que pedi demissão.

Eu fiz isso porque os ratos continuavam a aparecer.

Tinha economizado algum dinheiro e estava preparado para viver disso enquanto procurava outro trabalho, mas nem precisei. Apenas três dias após sair da Bilt-Rite, vi um anúncio no jornal para um emprego de bibliotecário na Biblioteca Pública de Omaha — mas o texto dizia que

ESCURIDÃO TOTAL SEM ESTRELAS

era exigido que a pessoa tivesse referências ou um diploma. Eu não tinha diploma, mas passara a vida toda lendo, e, se os eventos de 1922 me ensinaram alguma coisa, foi como enganar as pessoas. Forjei referências de bibliotecas públicas em Kansas City e Springfield, no Missouri, e consegui o emprego. Tinha certeza de que o sr. Quarles checaria as referências e descobriria que eram falsas, então trabalhei para ser o melhor bibliotecário do país, e trabalhei rápido. Quando meu novo chefe me confrontasse com a farsa, eu simplesmente imploraria por misericórdia e torceria pelo melhor. Mas não houve confronto. Trabalhei na Biblioteca Pública de Omaha por quatro anos. Tecnicamente falando, acredito que ainda trabalhe, embora não apareça por lá há uma semana nem tenha telefonado para avisar que estava doente.

Os ratos, sabe. Eles me encontraram lá também. Comecei a vê-los nas pilhas de livros velhos na Sala de Encadernação, ou correndo pelas prateleiras mais altas das estantes, me espiando com astúcia. Na semana passada, na Seção de Referências, peguei um volume da *Enciclopédia Britânica* para uma senhora (era o que continha o intervalo Ra-St, que sem dúvida tem um verbete para *Rattus norvegicus*) e vi um rosto cinzento e faminto olhando para mim do espaço vazio na prateleira. Era o rato que arrancara a teta da pobre Aquelois. Não sei como era possível — tenho certeza de que o matei —, mas não havia dúvidas. Eu o reconheci. Como não reconheceria? Havia um pedaço de estopa, de estopa *suja de sangue*, preso em seus bigodes.

A rede de cabelo!

Entreguei o volume da *Enciclopédia Britânica* para a velha senhora que o havia solicitado (ela usava uma estola de pele de arminho, e os pequenos olhos negros daquele bicho me observaram friamente). Então simplesmente fui embora. Perambulei pelas ruas por horas e acabei chegando aqui, no Hotel Magnólia. E cá estou desde então, gastando o dinheiro que havia guardado como bibliotecário — que já não importa mais — e escrevendo minha confissão, porque isso, sim, é importante. Eu...

Um deles acabou de morder meu tornozelo. Como se quisesse dizer: *Termine logo isso, seu tempo está acabando.* Um pouco de sangue começou a manchar minha meia. Isso não me perturbou nem um pouco. Já tinha visto muito mais sangue. Em 1922, eu vi um quarto cheio.

E agora acho que estou ouvindo... será a minha imaginação? Não.

Alguém veio me visitar.

Fechei o cano, mas ainda assim os ratos escaparam. Enchi o poço, mas *ela* também encontrou um jeito de sair. E desta vez não acho que esteja sozinha. Acho que escuto dois pares de pés, não apenas um. Ou...

Três? São três? A garota que teria sido minha nora em um mundo melhor também está com eles?

Acho que sim. Três cadáveres arrastando os pés pelo corredor, os rostos (ou o que restou deles) desfigurados por mordidas de ratos, a face de Arlette também torta para o lado... pelo coice de uma vaca moribunda.

Outra mordida no tornozelo.

E outra!

Como a gerência ficaria...

Ai! Outra. Mas eles não vão me pegar. Nem meus visitantes, embora agora eu possa ver a maçaneta girando e sinta o cheiro deles, o resto de carne que pende de seus ossos exalando o mau cheiro dos abatidos

abat

A arma

Deus, onde está a

parem

AH, FAÇA COM QUE PAREM DE ME MOR

Extraído do jornal *Omaha World-Herald*, 14 de abril de 1930

BIBLIOTECÁRIO COMETE SUICÍDIO EM HOTEL LOCAL

Segurança do hotel se depara com cena bizarra

O corpo de Wilfred James, um bibliotecário da Biblioteca Pública de Omaha, foi encontrado em um hotel no domingo, quando os funcionários não obtiveram resposta ao tentar entrar em contato com ele. O hóspede de um quarto próximo havia reclamado de um "cheiro de carne estragada" e uma camareira relatou ter ouvido "gritos ou um choro abafado, como de um homem com dor", no fim da tarde de sexta-feira.

ESCURIDÃO TOTAL SEM ESTRELAS

Depois de bater várias vezes na porta e não receber resposta, o chefe da segurança do hotel usou sua chave mestra e encontrou o corpo do sr. James caído sobre a escrivaninha do quarto. "Vi a pistola e achei que ele tivesse se matado", disse o segurança, "mas ninguém ouvira um tiro, e não havia cheiro de pólvora. Quando cheguei a arma, vi que era uma de calibre .25 malconservada, e não estava carregada".

"A essa altura, é claro, eu já havia notado o sangue. Nunca tinha visto nada como aquilo antes, e nunca mais quero ver. Ele havia mordido o corpo inteiro — braços, pernas, tornozelos, até os dedos dos pés. E não era só isso. Estava claro que ele estivera escrevendo alguma coisa, mas também havia mastigado o papel. Estava espalhado pelo chão. Pareciam aqueles papéis roídos que os ratos usam para fazer os ninhos. Por fim, ele abriu os próprios pulsos com mordidas. Acredito que tenha sido isso que o matou. Ele devia estar louco."

Pouco se sabe sobre o sr. James até agora. Ronald Quarles, bibliotecário-chefe da Biblioteca Pública de Omaha, contratou-o no fim de 1926.

"Ele obviamente andava sem sorte e prejudicado pela falta de uma das mãos, mas sabia bastante sobre livros e suas referências eram boas", disse Quarles. "Ele era amistoso, mas distante. Acho que tinha trabalhado em alguma fábrica antes de se candidatar a uma vaga aqui, e dizia às pessoas que, antes de perder a mão, tivera uma pequena fazenda no condado de Hemingford."

O *World-Herald* está interessado no desafortunado sr. James e solicita informações a qualquer leitor que possa tê-lo conhecido. O corpo encontra-se no necrotério do condado de Omaha, aguardando algum parente reclamá-lo. "Se ninguém aparecer", disse o dr. Tattersall, médico-chefe do necrotério, "suponho que ele será enterrado em terreno público".

GIGANTE DO VOLANTE

1

Tess fazia 12 palestras remuneradas por ano, se conseguisse. A mil e duzentos dólares cada, isso dava mais de catorze mil dólares. Era seu fundo de pensão. Após 12 livros publicados, ela ainda estava bastante feliz com a Sociedade de Tricô de Willow Grove, mas não se enganava pensando que poderia continuar a escrevê-los até os 70 anos. Se continuasse, o que escreveria quando chegasse ao fundo do poço? *A Sociedade de Tricô de Willow Grove vai a Terre Haute? A Sociedade de Tricô de Willow Grove visita a Estação Espacial Internacional?* Não. Nem mesmo se as sociedades das senhoras leitoras, que eram seu público-alvo, os lessem (e provavelmente leriam). Não.

Então ela era como um esquilinho, vivendo bem com o dinheiro que seus livros lhe rendiam... mas guardando nozes para o inverno. Em cada um dos últimos dez anos, ela colocava entre doze e dezesseis mil dólares em seu fundo de investimento. O montante não era tão polpudo quanto ela gostaria, por causa das oscilações do mercado de ações, mas dizia a si mesma que, se continuasse economizando, provavelmente ficaria bem — ela era a pequena máquina capaz disso. E fazia pelo menos três eventos gratuitos por ano para ficar em paz com sua consciência. Aquele órgão irritante não deveria lhe perturbar por ganhar dinheiro honesto com trabalho honesto, mas ainda assim, às vezes, perturbava. Provavelmente porque gastar saliva e assinar o próprio nome não se encaixava no conceito de trabalho que lhe ensinaram na infância.

Além do honorário de pelo menos mil e duzentos dólares, Tess tinha outra condição: que ela pudesse dirigir até o local da palestra, com não mais do que um pernoite pelo caminho. Isso significava que ela raramente ia para além de Richmond, ao sul, ou para além de Cleveland, a oeste. Uma noite em um hotel de beira de estrada era cansativo, mas aceitável; duas a deixavam quebrada por uma semana. E Fritzy, seu gato, odiava ficar em casa sozinho. Ele deixava isso bem claro quando ela voltava, enroscando-se entre seus pés na escada e, por vezes, fazendo um uso caótico de suas garras enquanto descansava no colo dela. E embora Patsy McClain, a vizinha, cuidasse muito bem dele, Fritzy raramente comia muito até Tess voltar para casa.

Não era que ela tivesse medo de voar, ou hesitasse em cobrar as despesas da viagem das entidades que tanto a contratavam como bancavam os quartos de hotel (sempre bons, mas nunca refinados). Ela simplesmente detestava tudo aquilo: a multidão, a indignidade de ter o corpo inteiro escaneado, as companhias aéreas passarem a cobrar pelo que costumava ser de graça, os atrasos... e o inevitável fato de não estar no controle. Essa era a pior parte. Depois de passar pelos intermináveis postos de segurança do aeroporto e receber autorização para embarcar, ter que deixar seu bem mais valioso — sua vida — nas mãos de estranhos.

É claro que isso também acontecia nas rodovias e interestaduais que ela quase sempre usava nas viagens: um bêbado poderia perder o controle, passar por cima do canteiro central e matá-la em uma colisão de frente (o outro motorista sobreviveria; os bêbados, ao que parecem, *sempre* sobrevivem). Mas pelo menos, quando estava atrás do volante do carro, tinha a *ilusão* do controle. E ela gostava de dirigir. Era relaxante. Tess tinha algumas de suas melhores ideias quando estava com o piloto automático ligado e o rádio desligado.

— Aposto que, na sua última encarnação, você foi um caminhoneiro que percorria distâncias bem longas — dissera-lhe uma vez Patsy McClain.

Tess não acreditava em vidas passadas, ou futuras — em termos metafísicos, ela achava que o que se via era basicamente o que existia —, mas gostava da ideia de uma vida em que ela não fosse uma mulher baixinha, autora de histórias de mistério, de rosto delicado e sorriso tímido, mas sim um cara alto, com um boné grande protegendo sua testa queimada de sol e bochechas cobertas por uma barba grisalha que deixava um enfeite no capô em forma de buldogue guiá-lo pelos milhões de estradas que cruzavam o país. Nessa outra vida, ela não precisaria combinar cuidadosamente as roupas antes de aparecer em público.

Jeans desbotados e botas de couro serviriam. Ela adorava escrever e não se importava de falar em público, mas o que gostava mesmo era de dirigir. Depois de sua apresentação em Chicopee, essa ideia lhe pareceu engraçada... mas não engraçada a ponto de fazê-la rir. Não, definitivamente não era engraçada desse jeito.

2

O convite da Books & Brown Baggers preenchia seus requisitos perfeitamente. Chicopee não ficava nem a 100 quilômetros de Stoke Village, a palestra seria diurna e o clube estava oferecendo um honorário não de mil e duzentos, mas de mil e quinhentos dólares. Além de todas as despesas pagas, é claro, mas essas seriam mínimas — nem mesmo uma diária no Courtyard Suites ou no Hampton Inn. A carta com o convite tinha sido enviada por uma mulher chamada Ramona Norville, que, embora fosse a bibliotecária-chefe da Biblioteca Pública de Chicopee, escrevia na qualidade de presidente da Books & Brown Baggers, organização que promovia uma palestra todo mês, ao meio-dia. As pessoas eram encorajadas a levarem seus almoços, e os eventos eram muito populares. Janet Evanovich havia sido agendada para 12 de outubro, mas fora forçada a cancelar por questões familiares — um casamento ou um funeral, Ramona Norville não tinha certeza.

"Sei que está em cima da hora", dissera a srta. Norville em seu último parágrafo ligeiramente bajulador, "mas, segundo a Wikipédia, você mora aqui perto, em Connecticut, e nossos leitores aqui em Chicopee são *muito* fãs das senhoras da Sociedade de Tricô. Você receberia nossa eterna gratidão, além do valor já mencionado".

Tess duvidava de que a gratidão fosse durar mais do que um dia ou dois, e já tinha uma palestra agendada para outubro (a Semana Literária nos Hamptons), mas a estrada I-84 levava até a I-90, e dali para Chicopee era um pulo. Era um pé lá, outro cá. Fritz mal notaria que ela havia viajado.

Ramona Norville, é claro, incluíra seu e-mail, e Tess escreveu para ela imediatamente, aceitando a data e o valor. Também especificou — como era de costume — que não daria autógrafos por mais do que uma hora.

153

ESCURIDÃO TOTAL SEM ESTRELAS

"Tenho um gato que briga comigo se eu não estiver em casa para alimentá-lo pessoalmente", explicou. Pediu também mais detalhes, embora já soubesse quase tudo que seria esperado dela, afinal, participava de eventos como aquele desde os 30 anos. Ainda assim, pessoas que trabalhavam com eventos, como Ramona Norville, esperavam algumas perguntas e, se o convidado não as fizesse, ficavam nervosas e começavam a se questionar se a escritora contratada para aquele dia iria aparecer bêbada e sem sutiã.

Passou pela cabeça de Tess sugerir que talvez dois mil dólares fosse um valor mais apropriado para o que era, na realidade, um caso de urgência, mas desistiu da ideia. Isso seria se aproveitar da situação. Ela também duvidava de que todos os livros da Sociedade de Tricô juntos (12 no total) tivessem vendido tantas cópias quanto qualquer uma das aventuras de Stephanie Plum. Gostando ou não — e, na verdade, Tess não se importava muito —, esse era o Plano B de Ramona Norville. Cobrar mais seria quase uma chantagem. Um honorário de mil e quinhentos dólares era um valor mais do que justo. É claro que, quando estivesse jogada em um bueiro, com sangue escorrendo de sua boca e nariz inchados, o valor não pareceria nada justo. Mas dois mil dólares teriam sido mais justos? Ou dois milhões?

Se era possível ou não estipular um preço para coisas como dor, estupro e pânico era uma questão que as senhoras da Sociedade de Tricô nunca precisaram considerar. Os crimes que elas resolviam não eram muito mais do que *ideias* de crimes. Mas quando Tess foi forçada a pensar no assunto, achou que a resposta seria não. E que somente uma coisa daria o troco por tal crime. E tanto Tom quanto Fritzy concordaram.

3

Ramona Norville acabou se revelando uma mulher alegre nos seus 60 anos, de ombros largos, seios fartos, bochechas coradas, cabelo cortado bem curto no estilo militar e com um aperto de mão poderoso. Ela esperava por Tess do lado de fora da biblioteca, no meio da vaga de estacionamento reservada para o Autor Convidado do Dia. Em vez de desejar a Tess um bom-dia (eram quase onze horas), ou elogiar seus brincos (diamantes em forma de gota, uma extravagância reservada para os poucos jantares e compromissos como aquele), ela fez uma pergunta de homem: Tess tinha vindo pela I-84?

Quando Tess disse que sim, a srta. Norville arregalou os olhos e bufou.

— Fico feliz que tenha chegado bem. A I-84 é a pior estrada do país, na minha humilde opinião. E também o caminho mais longo. Podemos encontrar uma rota melhor para você na volta, se a internet estiver certa e você morar mesmo em Stoke Village.

Tess confirmou, embora não tivesse certeza de que gostava que estranhos — mesmo uma agradável bibliotecária — soubessem onde ela repousava sua cabeça cansada. Mas não adiantava nada reclamar. Dava para achar tudo na internet hoje em dia.

— Posso poupá-la de uns 15 quilômetros — afirmou a srta. Norville, enquanto subiam os degraus da biblioteca. — Você tem GPS? Ajuda mais do que algumas orientações escritas no verso de um envelope. Dispositivo maravilhoso.

Tess, que tinha mesmo colocado um GPS no painel de seu Expedition (a marca do aparelho era TomTom, e ficava plugado ao isqueiro), disse que 15 quilômetros a menos em sua viagem de volta seria ótimo.

— É melhor um caminho direto do que ter que dar uma volta enorme — comentou a srta. Norville, e deu uns tapinhas leves nas costas de Tess. — Estou certa ou não?

— Certíssima — concordou Tess, e seu destino foi decidido, simples assim. Ela nunca conseguia resistir a um atalho.

4

Les affaires du livre geralmente tinham quatro atos bem definidos, e a apresentação de Tess na reunião mensal da Books & Brown Baggers poderia servir de modelo para os casos gerais. A única exceção à regra foi a apresentação de Ramona Norville — sucinta a ponto de só dizer o essencial. Ela não levou nenhuma pilha desanimadora de fichas até o púlpito, não viu necessidade de relembrar a infância de Tess em uma fazenda no Nebraska e não se deu ao trabalho de reunir críticas positivas dos

ESCURIDÃO TOTAL SEM ESTRELAS

livros da Sociedade de Tricô de Willow Grove. (Isso era bom, porque havia poucas resenhas deles, e, quando isso acontecia, o nome de Miss Marple era mencionado, nem sempre de um jeito bom.) A srta. Norville só disse que os livros eram muitíssimo populares (um exagero perdoável) e que a autora havia sido incrivelmente generosa em doar seu tempo tão em cima da hora (embora, por mil e quinhentos dólares, a presença dela ali dificilmente pudesse ser considerada uma doação). Então deixou o púlpito, ao som dos aplausos entusiasmados das cerca de quatrocentas pessoas presentes no pequeno, mas satisfatório, auditório da biblioteca. Os espectadores eram, em sua maioria, mulheres do tipo que não aparecem em eventos públicos sem chapéu.

Mas a apresentação foi mais como um *entr'acte*. O Primeiro Ato foi a recepção às onze horas, com direito a queijo, biscoitos e xícaras de café barato (nos eventos noturnos costumava haver vinho barato servido em taças de plástico), onde aqueles dispostos a pagar um extra puderam conhecer Tess pessoalmente. Algumas pessoas pediram autógrafos, muitas mais quiseram tirar fotos, quase sempre com o celular. Perguntaram de onde Tess tirava suas ideias, e ela respondeu fazendo os sons educados e bem-humorados de costume. Meia dúzia de pessoas quis saber como ela havia conseguido um agente, o brilho nos olhos sugerindo que haviam pagado os vinte dólares a mais só para perguntar isso. Tess disse que deveriam continuar a escrever cartas até que um agente mais ávido concordasse em olhar seus manuscritos. Essa não era toda a verdade — quando se tratava de agentes, não havia essa história de *toda* a verdade —, mas chegava perto.

O Segundo Ato foi o próprio discurso, que durou cerca de 45 minutos e consistiu principalmente em anedotas curiosas (nenhuma pessoal demais) e uma descrição de como ela elaborava suas histórias (de trás para a frente). Era importante mencionar pelo menos três vezes o título do último livro, que naquele outono era *A Sociedade de Tricô de Willow Grove explora cavernas* (ela explicou o livro para aqueles que ainda não o conheciam).

O Terceiro Ato foi a Hora das Perguntas, quando quiseram saber de onde ela tirava suas ideias (resposta vaga e bem-humorada), se ela se inspirava em pessoas reais para criar seus personagens ("minhas tias") e como fazer com que um agente avalie seu trabalho. Naquele dia tam-

156

bém perguntaram onde ela havia comprado sua presilha de cabelo (JCPenney, uma resposta que provocou aplausos inexplicáveis).

O Último Ato foi a Hora dos Autógrafos, durante a qual ela obedientemente atendeu pedidos para escrever felicitações por aniversários, bodas, *Para Janet, fã de todos os meus livros*, e *Para Leah, espero vê-la novamente no lago Toxaway neste verão!* (Um pedido um pouco esquisito, já que Tess nunca estivera lá, mas provavelmente a caça-autógrafos, sim).

Quando todos os livros foram assinados e os retardatários ficaram satisfeitos com mais fotos tiradas com o celular, Ramona Norville levou Tess a seu escritório para tomar uma xícara de café de verdade. A srta. Norville preferia o dela puro, o que não surpreendeu Tess nem um pouco. A anfitriã combinava perfeitamente com o tipo de pessoa que tomava café puro (e provavelmente usava botas nos dias de folga). A única coisa surpreendente no escritório era uma foto emoldurada e autografada na parede. O rosto era familiar e, depois de um instante, Tess conseguiu resgatar o nome da lixeira da memória, que é o bem mais valioso de todos os autores.

— Richard Widmark?

A srta. Norville riu de maneira envergonhada, mas contente.

— Meu ator preferido. Eu tinha uma queda por ele quando era nova, se quer saber a verdade. Consegui que ele assinasse essa foto para mim dez anos antes de sua morte. Ele estava muito velho, mesmo naquela época, mas é uma assinatura de verdade, não um nome impresso. Pegue, é para você.

Por um breve e louco instante, Tess achou que a srta. Norville se referia à foto autografada. Então viu naqueles dedos grossos e ásperos um envelope com uma janelinha plástica feita para que se pudesse dar uma espiada no cheque lá dentro.

— Obrigada — disse Tess, pegando o envelope.

— Não precisa agradecer. Você mereceu cada centavo.

Tess não fez objeção.

— Agora. Sobre aquele atalho.

Tess se inclinou para a frente, atenta. Em um dos livros da Sociedade de Tricô, Doreen Marquis dissera: *As duas melhores coisas da vida são croissants quentes e um caminho rápido para voltar para casa.* Esse era um daqueles casos em que o escritor usa suas próprias crenças para dar mais vida à ficção.

ESCURIDÃO TOTAL SEM ESTRELAS

— Você consegue programar cruzamentos no GPS?

— Sim, Tom é muito inteligente.

A srta. Norville sorriu.

— Coloque aí então o cruzamento da Stagg Road com a US 47. A Stagg Road é pouco usada hoje em dia. Quase foi esquecida depois daquela maldita I-84... mas é pitoresca. Você vai seguir por ela por, hum..., uns 25 quilômetros, mais ou menos. O asfalto é remendado, mas não muito esburacado, pelo menos da última vez que passei por lá, na primavera, quando os piores buracos aparecem. Pelo menos é o que eu acho.

— Eu também — disse Tess.

— Quando chegar à US 47, você verá uma placa indicando a I-84, mas só vai precisar pegar a rodovia por uns 20 quilômetros, mais ou menos, essa é a parte boa. E isso vai lhe poupar um bocado de tempo e irritação.

— Essa parte também é boa — disse Tess, e elas riram juntas, duas mulheres que pensavam igual observadas por um sorridente Richard Widmark.

A loja abandonada com a placa que tiquetaqueava ainda estava a noventa minutos de distância, escondida confortavelmente no futuro, como uma cobra no buraco. E no bueiro, é claro.

5

Tess não tinha apenas um GPS. Ela havia gastado um pouco mais para personalizá-lo. Gostava desses brinquedinhos. Depois de digitar a informação sobre o cruzamento (Ramona Norville se inclinou na janela enquanto Tess fazia isso, observando com um interesse tipicamente masculino), o aparelho pensou por um instante e então disse:

— Tess, estou calculando sua rota.

— Uau, olhe só isso! — exclamou a srta. Norville, e riu como alguém diante de uma simpática excentricidade.

Tess sorriu, embora tenha pensado que programar o GPS para dizer seu nome não era mais excêntrico do que manter a foto de um ator morto na parede do escritório.

— Muito obrigada, Ramona. Foi tudo muito profissional.

— Procuramos fazer sempre o melhor aqui na BBB. Agora vá para casa. Com meus agradecimentos.

— Eu vou — afirmou Tess. — E não há de quê. Gostei muito.

E era verdade. Tess geralmente gostava desses eventos, de um jeito meio *tudo bem, vamos resolver logo isso*. E seu fundo de pensão certamente adoraria o dinheiro extra.

— Faça uma boa viagem — disse a srta. Norville, e Tess levantou o polegar.

Quando o carro começou a andar, o GPS falou:

— Olá, Tess. Vejo que vamos viajar.

— É isso aí — disse ela. — E é um bom dia para isso, não acha?

Diferente dos computadores nos filmes de ficção científica, Tom não era programado para conversas triviais, embora Tess às vezes o ajudasse. Ele lhe disse para virar à direita 360 metros à frente, e depois pegar a primeira à esquerda. O mapa na tela do TomTom mostrava setas verdes e nomes de rua, sugando a informação de alguma bola de metal de alta tecnologia que girava lá no alto.

Logo ela estava nos arredores de Chicopee, mas Tom ignorou a curva para a I-84 e a mandou seguir para dentro da região rural, flamejante com as cores de outono e enfumaçada — o cheiro de folhas queimadas impregnava o ar. Depois de percorrer mais ou menos 15 quilômetros por um caminho chamado Velha Estrada do Condado, e bem quando começava a se perguntar se seu GPS havia cometido um erro (até parece), Tom falou novamente:

— Em 1,5 quilômetro, vire à direita.

E, de fato, ela logo viu a placa verde da Stagg Road tão marcada por tiros de espingarda que era quase impossível de ler. Mas Tom não precisava de placas, é claro. Como diriam os sociólogos (Tess se especializara nessa área antes de descobrir seu talento para escrever sobre velhinhas detetives), ele era heterônomo.

Você vai seguir por essa estrada por uns 25 quilômetros, mais ou menos, dissera Ramona Norville, mas Tess só chegou a percorrer uns 20. Fez uma curva, notou um velho posto de gasolina malconservado mais à frente à esquerda (na placa apagada sobre onde antes ficavam as bombas ainda se lia ESSO), e então viu — tarde demais — vários pedaços grandes de madeira lascada espalhados pela estrada. Havia pregos enferrujados saindo de vários deles. Ela passou aos solavancos pelo buraco que provavelmente tinha feito aquelas madeiras caírem da carga mal amarrada de algum caipira idiota, então desviou para o acostamento de terra, tentando escapar do entulho na pista, mas sabendo que provavelmente não conseguiria: por que mais ela se pegaria dizendo *Ô-ou?*

Ouviu baques surdos embaixo do carro quando alguns pedaços de madeira voaram de encontro ao chassi, e então seu fiel Expedition começou a quicar e a puxar para a esquerda, como um cavalo manco. Tess se esforçou para controlar o carro e levá-lo até o estacionamento cheio de mato da loja abandonada, querendo sair da estrada para evitar que alguém que viesse a toda velocidade naquela última curva não batesse em sua traseira. Não tinha visto muito tráfego na Stagg Road, mas passara por alguns carros, incluindo dois caminhões grandes.

— Mas que merda, Ramona — disse ela.

Sabia que não era exatamente culpa da bibliotecária. A líder (e talvez único membro) do Fã-Clube de Richard Widmark, filial de Chicopee, só havia tentado ajudar, mas Tess não sabia o nome da besta quadrada que havia derrubado aquelas bostas cheias de pregos na estrada e depois seguido alegremente seu caminho. Então sobrou para Ramona mesmo.

— Gostaria que eu recalculasse sua rota, Tess? — perguntou Tom, fazendo-a dar um pulo.

Ela desligou o GPS, e depois o motor também. Afinal, não iria a lugar algum por um tempo. Estava muito silencioso lá fora. Ouviu o canto de um pássaro, um tique-taque metálico como o de um velho relógio de corda, e nada mais. A boa notícia era que o Expedition estava inclinado apenas na parte dianteira esquerda, em vez de todo tombado. Talvez só um pneu tivesse furado. Ela não precisaria de um reboque, se fosse o caso, apenas de uma ajudinha do serviço de assistência automotiva.

Quando saiu e foi até a frente do carro checar o pneu esquerdo, viu uma lasca de madeira presa nele por um prego enferrujado. Tess soltou uma imprecação que nunca havia saído dos lábios de uma das senhoras da Sociedade de Tricô e pegou o celular no pequeno compartimento entre os bancos. Ela agora teria sorte se chegasse em casa antes de escurecer, e Fritzy precisaria se virar com a tigela de comida seca na despensa. Bom, não tinha adiantado nada pegar o atalho de Ramona Norville... Mas, para ser justa, Tess imaginava que a mesma coisa poderia ter acontecido na interestadual. Sem dúvida, ela já havia desviado de um monte de tralhas que poderiam quebrar um carro em várias estradas, não apenas na I-84.

As tramas das histórias de terror e mistério — mesmo os mistérios sem derramamento de sangue e com apenas um cadáver dos quais seus fãs tanto gostavam — eram surpreendentemente parecidas, e, enquanto abria o celular, Tess pensou: *Em uma história, o celular não funcionaria.* Esse foi um daqueles casos em que a vida imita a arte, porque, quando a tela de seu Nokia se iluminou, as palavras FORA DE SERVIÇO apareceram. Claro. Conseguir usar o telefone seria fácil demais.

Ela ouviu o som indistinto e abafado de um motor se aproximando, virou-se e viu uma velha van branca entrando na curva que a tirara da pista. Na lateral, havia o desenho de um esqueleto tocando uma bateria que parecia feita de bolinhos. Acima do desenho (*muito* mais extravagante do que uma foto de Richard Widmark no escritório de uma bibliotecária), escritas com uma letra tremida típica de filmes de terror, estavam as palavras CONFEITEIROS ZUMBIS. Por um instante, Tess ficou espantada demais para acenar, e, quando conseguiu, o motorista da van dos Confeiteiros Zumbis estava tão ocupado tentando escapar do entulho na estrada que não a notou.

Ele conseguiu jogar o carro para o acostamento mais rápido do que Tess, mas a van tinha um centro de gravidade maior do que o Expedition, então por um momento, ela teve certeza de que tombaria de lado na vala. Mas o carro continuou de pé — por pouco — e voltou para a estrada na parte em que não havia os pedaços de madeira espalhados. A van desapareceu na curva seguinte, deixando para trás uma fumaça azul de escapamento e um cheiro de óleo quente.

— *Confeiteiros Zumbis malditos!* — gritou Tess, e então começou a rir. Às vezes é tudo o que se pode fazer.

Ela prendeu o telefone no cós da calça social, caminhou até a estrada e começou a recolher o entulho. Fez tudo bem devagar e com cuidado, porque, ao se aproximar, viu que todos os pedaços de madeira (que estavam pintados de branco e pareciam ter sido arrancados por alguém ansioso para começar uma reforma na casa) tinham pregos. Grandes e feios. Ela trabalhou lentamente porque não queria se machucar, mas também porque esperava estar ali, bem visível, fazendo um bom trabalho de caridade cristã, quando o próximo carro aparecesse. Mas, quando acabou de recolher tudo — fora algumas lascas pequenas e inofensivas — e de jogar os pedaços grandes na vala ao lado do acostamento, nenhum outro carro tinha aparecido. Talvez, pensou ela, os Confeiteiros Zumbis tenham comido todo mundo aqui por perto e estejam voltando à sua cozinha para usar as sobras como recheio de torta.

Tess voltou ao estacionamento cheio de mato da loja abandonada e olhou, aborrecida, para o carro torto. Mesmo com trinta mil dólares de ferro, tração nas quatro rodas, freios a disco independentes e Tom, o TomTom falante, bastou um pedaço de madeira com prego para deixá-la na mão.

Bom, mas também todos tinham pregos, pensou ela. *Em uma história de mistério — ou um filme de terror —, isso não teria sido um descuido, mas um plano. Uma armadilha, na verdade.*

— Que imaginação fértil, Tessa Jean — disse ela, citando sua mãe... E isso era irônico, é claro, já que essa imaginação acabou virando o seu ganha-pão. E também financiou a casa em Daytona Beach onde sua mãe passara os últimos seis anos de vida.

Em meio àquele imenso silêncio, Tess voltou a prestar atenção no tique-taque metálico. A loja abandonada era do tipo que não se via muito no século XXI: tinha uma varanda. O canto esquerdo estava destruído e a grade estava quebrada em alguns lugares, mas sim, era mesmo uma varanda, charmosa até mesmo em ruínas. Talvez *por estar* em ruínas. Tess acreditava que as lojas deixaram de ter varandas porque isso encorajava as pessoas a se sentar um pouco e conversar sobre beisebol ou sobre o tempo, em vez de apenas pagarem e irem logo com seus cartões de crédito a algum outro lugar onde poderiam passá-los no caixa. Uma placa metálica pendia meio torta do beiral da varanda. Estava mais apagada do que a placa da Esso. Ela se aproximou um pouco, levando a mão à testa para proteger os olhos do sol. ISTO FAZ UM BEM. Que era o slogan do quê, exatamente?

Ela quase pescara a resposta em sua lixeira mental quando seus pensamentos foram interrompidos pelo barulho de um motor. Enquanto Tess se virava na direção do som, certa de que os Confeiteiros Zumbis enfim haviam voltado, o ruído de freios velhos juntou-se ao ronco do motor. Não era a van branca, mas uma picape Ford F-150 com uma pintura azul malfeita e massa em volta dos faróis. Um homem de macacão e boné estava sentado atrás do volante, olhando para os pedaços de madeira jogados na vala.

— Olá — chamou ela. — Com licença, senhor?

Ele virou a cabeça, viu Tess parada no estacionamento cheio de mato, acenou, parou ao lado do Expedition e desligou o motor. Pelo barulho que o Ford fez, Tess achou aquele ato equivalente a uma eutanásia.

— Oi — disse ele. — Foi você quem tirou aquela tralha da estrada?

— Sim, menos o pedaço que furou meu pneu dianteiro esquerdo. E... — *E meu telefone não funciona*, ela quase acrescentou, mas parou a tempo. Era uma mulher de 30 e tantos anos, bem magra, diante de um homem estranho. E bem grande. — ... E aqui estou — concluiu ela, meio sem jeito.

— Eu troco pra você, se tiver um estepe — disse ele, saindo do caminhão. — Você tem?

Por um momento, ela não conseguiu responder. O cara não era grande, ela havia se enganado. Era um gigante. Tinha uns 2 metros, mas a altura era só parte da história. Exibia uma barriga forte, coxas grossas e era largo como uma porta. Ela sabia que não era educado ficar encarando (outra das lições sobre o mundo aprendidas na marra com a mãe, na infância), mas era difícil. Ramona Norville era uma mulher corpulenta, mas, ao lado daquele cara, ela pareceria uma bailarina.

— Eu sei, eu sei — comentou ele, achando graça. — Você não achou que encontraria o gigante de João e o pé de feijão, aqui no meio do nada, né?

Ele era bem bronzeado, sua pele tinha um tom marrom-escuro. Os olhos eram da mesma cor. Até o boné era marrom, embora Tess notasse vários pontos desbotados, quase brancos, como se tivesse sido respingado de alvejante em algum momento de sua longa vida.

— Desculpe — disse ela. — Eu só estava pensando que você não dirige o seu caminhão, você o veste.

Ele colocou as mãos na cintura e gargalhou olhando para o céu.

— Nunca me disseram dessa forma antes, mas acho que você está certa. Quando eu ganhar na loteria, vou comprar um Hummer.

ESCURIDÃO TOTAL SEM ESTRELAS

— Bem, não posso lhe comprar um desses, mas, se trocar meu pneu, ficaria feliz em lhe pagar cinquenta dólares.

— Está brincando? Eu faço isso de graça. Você me livrou de um problemão quando tirou aqueles pedaços de madeira da estrada.

— Alguém passou em uma van engraçada com um esqueleto na lateral, mas conseguiu escapar.

O gigante caminhava em direção ao pneu furado de Tess, mas então se virou para ela, franzindo o cenho.

— Alguém passou por aqui e não lhe ofereceu ajuda?

— Acho que ele não me viu.

— Mas também não parou para limpar a estrada e ajudar quem vinha atrás, não é mesmo?

— Não. Ele não parou.

— Apenas seguiu em frente?

— Sim.

Alguma coisa naquelas perguntas a incomodou. Então o gigante sorriu, e Tess disse a si mesma que estava sendo boba.

— O estepe está na mala, imagino?

— Sim. Isso mesmo, eu acho. Você só precisa...

— Puxar a alavanca, sim, sim. Já fiz isso antes.

Enquanto ele caminhava devagar ao redor da traseira do Expedition, com as mãos enfiadas nos bolsos do macacão, Tess viu que a porta da picape dele não tinha sido fechada totalmente e a luz do teto estava acesa. Achando que a bateria da F-150 poderia estar tão ruim quanto o carro que era alimentado por ela, Tess abriu a porta (a dobradiça gemeu quase tão alto quanto os freios) e então a bateu. Ao fazer isso, olhou pela janela de trás, que dava para a caçamba. Havia vários pedaços de madeira espalhados pelo metal canelado e enferrujado, todos pintados de branco e cheios de pregos.

Por um instante, Tess sentiu como se estivesse passando por uma experiência extracorpórea. A placa que emitia o tique-taque metálico, ISTO FAZ UM BEM, não soava mais como um despertador antigo, mas como uma bomba-relógio.

Ela tentou se convencer de que os pedaços de madeira não queriam dizer nada, que coisas como aquela só tinham significado no tipo de livro que não escrevia e nos filmes a que raramente assistia: os nojentos e sangrentos. Não funcionou. Isso a deixava com duas opções: ela podia continuar fingindo, porque qualquer outra coisa seria aterrorizante demais, ou podia sair correndo para o bosque do outro lado da estrada.

Antes que conseguisse decidir, porém, ela sentiu o cheiro avassalador de suor masculino. Virou-se e lá estava ele, assomando sobre ela, com as mãos nos bolsos do macacão.

— Em vez de trocar o seu pneu — disse ele de maneira amigável —, o que me diz de eu te foder? O que acha?

Então Tess correu, mas só em sua mente. O que ela fez no mundo real foi continuar pressionada contra a lateral da picape, olhando para ele, um homem tão alto que bloqueava o sol, deixando-a sob sua sombra. Ela pensou, então, que menos de duas horas antes quatrocentas pessoas — a maioria senhoras de chapéu — a aplaudiam em um auditório pequeno, mas satisfatório. E que, em algum lugar ao sul dali, Fritzy esperava por ela. Então lhe ocorreu — arduamente, como se levantasse algo pesado — que poderia nunca mais ver seu gato.

— Por favor, não me mate — disse uma mulher com a voz baixa e submissa.

— Sua vadia — rebateu ele, no tom de uma pessoa que comenta sobre o tempo. A placa continuava a tiquetaquear no beiral da varanda. — Sua vadia chorona desgraçada. Caramba.

Ele tirou a mão direita do bolso. Era muito grande. No dedo mínimo havia um anel com uma pedra vermelha. Parecia um rubi, mas era grande demais para isso. Tess achou que provavelmente era apenas vidro. A placa tiquetaqueou. ISTO FAZ UM BEM. Então a mão se fechou em um punho e veio ganhando velocidade na sua direção, crescendo até que todo o resto sumiu.

Ela ouviu um som metálico abafado vindo de algum lugar e achou que foi sua cabeça batendo na lateral da picape. Pensou: *Confeiteiros Zumbis.* E então, por um tempo, tudo ficou escuro.

6

Ela recuperou a consciência em uma sala grande e sombria que cheirava a madeira úmida, café velho e picles pré-históricos. Um antigo ventilador pendia torto no teto. Parecia o carrossel quebrado daquele filme do Hitchcock, *Pacto sinistro*. Tess estava deitada no chão, nua da cintura para baixo, e ele a estuprava. O estupro pareceu secundário ao peso: ele também a esmagava. Ela mal conseguia respirar. Tinha que ser um sonho. Mas seu nariz estava inchado, um galo do tamanho de uma pequena montanha havia crescido na base de seu crânio e lascas de madeira machucavam suas nádegas. Não se nota esse tipo de detalhe nos sonhos. E não se sente dor de verdade nos sonhos: você sempre acorda antes que a dor real comece. Aquilo estava acontecendo. O gigante a estuprava. Ele a levara para dentro da antiga loja e a estuprava enquanto grãos dourados de poeira rodopiavam preguiçosamente ao oblíquo sol da tarde. Em algum lugar, pessoas ouviam música, compravam coisas pela internet, cochilavam ou falavam ao telefone, mas ali uma mulher estava sendo estuprada, e ela era aquela mulher. Ele tinha tirado a calcinha dela — Tess podia vê-la saindo do bolso da frente de seu macacão. Isso a fez se lembrar de *Amargo pesadelo*, a que assistira em uma mostra de filmes da faculdade, na época em que era um pouco mais ousada em suas escolhas de filmes. *Abaixe essa cueca*, dizia um dos caipiras antes de estuprar o cara gordo da cidade grande. Era engraçado o que se passava pela mente de uma pessoa quando se estava deitada sob 130 quilos de carne caipira, com o pau de um estuprador rangendo para a frente e para trás dentro de si como uma dobradiça pouco lubrificada.

— Por favor — pediu ela. — Por favor, chega.

— Chega nada. Ainda tem muito mais — disse ele, e então Tess notou aquele punho descendo, tomando outra vez seu campo de visão.

O rosto de Tess ficou quente onde foi atingido, e, após um clique dentro da sua cabeça, ela apagou.

7

Quando acordou de novo, ele estava dançando ao seu redor de macacão, jogando as mãos de um lado para outro e cantando "Brown Sugar" aos berros, com a voz desafinada. O sol estava se pondo, e as duas janelas da loja abandonada que davam para o oeste — o vidro empoeirado, mas espantosamente intacto — brilhavam como fogo. A sombra do homem dançava atrás dele, saltando pelo piso de madeira e pela parede coberta de marcas mais claras onde antes havia cartazes de propagandas. O som daquelas botas no chão era apocalíptico.

Tess via sua calça social embolada embaixo do balcão onde a caixa registradora devia ficar (provavelmente perto de um pote de vidro de ovos cozidos e outro de pés de porco em conserva). Sentia cheiro de mofo. E, ah, Deus, seu corpo todo doía. Seu rosto, seu peito, e quase tudo lá embaixo, onde se sentia dilacerada.

Finja-se de morta. É sua única chance.

Tess fechou os olhos. A cantoria parou, e ela sentiu o cheiro de suor masculino se aproximar. Mais forte agora.

Porque ele andou se exercitando, pensou ela. Então esqueceu a ideia de se fingir de morta e tentou gritar. Antes que conseguisse, as imensas mãos dele apertaram sua garganta e começaram a estrangulá-la. Ela pensou: *É o fim. É o meu fim*. Eram pensamentos serenos, cheios de alívio. Pelo menos não haveria mais dor e ela não teria mais que acordar e ver aquele monstro dançando sob a luz flamejante do pôr do sol.

Tess desmaiou.

8

Quando voltou à consciência pela terceira vez, o mundo estava preto e prateado, e ela flutuava.

Estar morta é assim.

Então notou as mãos embaixo de seu corpo — mãos grandes, as mãos *dele* — e o círculo dolorido em volta de sua garganta. Ele não a estrangulara o bastante para matá-la, mas ela exibia a marca de suas mãos como um colar, as palmas na frente do pescoço, os dedos nas laterais e na nuca.

Era noite. A lua estava alta no céu. Lua cheia. Ele a carregava pelo estacionamento da loja abandonada. Passou pela picape. Tess não viu o Expedition. O carro dela não estava lá.

Por que não estás aqui, ó Tom?

O homem parou na beira da estrada. Tess sentia o cheiro do suor dele e o subir e descer de sua respiração. Também sentia o ar frio da noite em suas pernas nuas. E ouvia a placa tiquetaqueando lá atrás, ISTO FAZ UM BEM.

Ele acha que estou morta? Não pode achar que estou morta. Ainda estou sangrando.

Ou será que estava mesmo? Era difícil dizer com certeza. Ela jazia largada em seus braços, sentindo-se como uma daquelas garotas nos filmes de terror que eram carregadas para longe por Jason, Michael, Freddy ou qualquer que fosse o nome, depois de todos os outros terem sido assassinados. Carregada para algum covil desolado no meio do bosque onde seria presa a um gancho no teto. Nesses filmes sempre havia correntes e ganchos no teto.

Ele começou a andar de novo. Tess ouvia seus passos na pista remendada da Stagg Road: *tump-tump-tump*. Então, já do outro lado, barulhos de coisas arranhando o asfalto e caindo. O homem estava chutando para longe os pedaços de madeira que ela havia recolhido tão cuidadosamente e jogado ali na vala. Tess já não escutava o tique-taque da placa, mas ouvia som de água corrente. Não muito alto, não era água jorrando aos montes, só um filete. Ele se ajoelhou. E deixou escapar um gemido.

Agora ele com certeza vai me matar. E pelo menos não terei mais que ouvir sua cantoria desafinada. Essa é a parte boa, como diria Ramona Norville.

— Ei, garota — disse ele, com gentileza.

Tess não respondeu, mas conseguia vê-lo se curvando sobre ela, olhando dentro de seus olhos semicerrados. Ela tomou muito cuidado para deixá-los parados. Se ele os visse se movendo, mesmo um pouquinho... ou o brilho de uma lágrima...

— Ei.

Ele bateu de leve com a palma da mão no rosto dela. Tess deixou a cabeça rolar para o lado.

— Ei!

Dessa vez ele lhe deu um tapa, mas na outra bochecha. Ela deixou a cabeça rolar para o outro lado.

Então ele beliscou o mamilo dela, mas, como não havia se dado ao trabalho de tirar sua blusa e seu sutiã, não doeu muito. Tess continuou se fingindo de morta.

— Me desculpa por ter te chamado de vadia — disse ele, ainda usando sua voz gentil. — Você foi uma boa foda. E eu gosto de mulheres mais velhas.

Tess percebeu que *era provável* que ele acreditasse que ela estava morta. Era incrível, mas podia ser verdade. E, de repente, quis muito continuar viva.

Ele a pegou no colo novamente. O cheiro de suor masculino ficou insuportável. Os pelos da barba dele arranhavam seu rosto, e Tess precisou se conter para não tentar se afastar. Ele beijou o canto de sua boca.

— Me desculpa por ter sido um pouco bruto.

Então voltou a andar. O som de água corrente ficou mais forte. O luar era um borrão. Havia um cheiro — não, um fedor — de folhas em decomposição. Ele a deitou em uma poça de uns 10 centímetros de água. Estava muito fria, e ela quase gritou. Ele a empurrou pelos pés, e Tess deixou os joelhos subirem. *Mole*, pensou ela. *Tenho que continuar mole.* Mas eles logo bateram contra uma superfície de metal ondulado.

— Merda — disse ele, em tom reflexivo.

Então a empurrou.

Tess continuou imóvel mesmo quando alguma coisa — um galho — arranhou suas costas dolorosamente. Seus joelhos foram batendo nas ondulações acima dela. As nádegas arrastaram uma massa esponjosa, e o cheiro de plantas apodrecidas se intensificou. Era denso como carne. Ela teve uma vontade terrível de tossir para se livrar daquele odor. Sentia um emaranhado de folhas molhadas se juntando na parte de baixo de suas costas, como uma almofada ensopada de água.

Se ele perceber agora, eu vou lutar. Vou chutá-lo, e chutá-lo, e chutá-lo...

Mas nada aconteceu. Por um bom tempo Tess teve medo de abrir mais os olhos ou mexê-los. Ela o imaginou ali, agachado, olhando pelo cano onde a havia enfiado, com a cabeça inclinada para o lado, de maneira indagadora, à espera de qualquer movimento. Como ele poderia não saber que ela estava viva? Com certeza havia sentido as batidas de seu coração. E de que adiantaria chutar o gigante da picape? Ele agarraria seus pés descalços com uma das mãos, então a puxaria para fora dali e voltaria a estrangulá-la. Só que desta vez ele não pararia.

Tess ficou deitada em meio às folhas em decomposição naquela água quase parada, olhando para o nada através dos olhos semicerrados, concentrada em se fingir de morta. Ela entrou em um estado nebuloso que não era bem inconsciência, e ficou assim pelo que pareceu um bom tempo, mas provavelmente não foi. Quando ouviu o ronco de um motor — a picape dele, com certeza a picape dele —, pensou: *Estou imaginando isso. Ou sonhando. Ele ainda está aqui.*

Mas o som irregular do motor primeiro aumentou e depois foi diminuindo ao longo da Stagg Road.

É um truque.

Estava quase certa de que aquilo era histeria. Mesmo se não fosse, ela não podia ficar ali a noite toda. Quando levantou a cabeça (encolhendo-se com a pontada de dor em sua garganta machucada) e olhou na direção da saída do cano, só viu o círculo prateado do luar, e mais nada. Tess começou a se mover na direção dele, mas então parou.

É um truque. Não importa o que você ouviu, ele ainda está aqui.

Dessa vez a ideia ganhou força. Não ver nada na entrada do bueiro a *fez* ganhar força. Em um livro de suspense, aquele seria o momento em que a pessoa relaxa um pouco antes do grande clímax. Ou em um filme de terror. A mão branca emergindo do lago em *Amargo pesadelo.* Alan Arkin atacando Audrey Hepburn em *Um clarão nas trevas.* Tess não gostava de livros ou filmes de terror, mas ter sido estuprada e quase assassinada parecia provocar uma enxurrada de lembranças de histórias como essas. Como se estivessem bem ali, à sua volta.

Ele *podia* estar esperando se, por exemplo, tivesse um cúmplice para dirigir a picape. Talvez estivesse agachado um pouco depois da entrada do cano, aguardando com a paciência que os homens do campo têm.

— Abaixe essas calças — sussurrou ela, e então cobriu a boca. E se ele tivesse ouvido?

Cinco minutos se passaram. Devem ter sido cinco. A água estava fria, e Tess começou a tremer. Em pouco tempo seus dentes estariam batendo. Se ele estivesse lá fora, iria ouvir.

Ele foi embora. Você ouviu.

Talvez sim. Talvez não.

E talvez ela não precisasse sair do cano por onde havia entrado. Era uma tubulação de escoamento que devia seguir por baixo da terra até o outro lado da estrada. Como sentia a água correndo abaixo de si, sabia que não estava bloqueada. Tess podia engatinhar por ali e dar uma olhada no estacionamento da loja abandonada. Certificar-se de que a velha picape tinha mesmo ido embora. Se houvesse um cúmplice, mesmo assim ela ainda não estaria segura, mas lá no fundo, onde sua razão havia se escondido, Tess tinha certeza de que não havia nenhum cúmplice. Um cúmplice teria insistido em ter sua vez com ela. Além disso, gigantes trabalhavam sozinhos.

E se ele tiver ido embora? E então?

Ela não sabia. Não conseguia imaginar sua vida após aquela tarde na loja deserta e aquela noite no cano com as folhas podres grudadas nas costas, mas talvez não precisasse. Talvez pudesse se concentrar em ir para casa e dar a Fritzy um pacotinho de ração úmida. Conseguia ver claramente os pacotes de comida de gato. Estavam na prateleira de sua tranquila despensa.

Tess virou de barriga para baixo e se apoiou nos cotovelos, pensando em engatinhar pelo cano. Então viu o que compartilhava o bueiro com ela. Um dos cadáveres não era muito mais do que um esqueleto (estendendo as mãos ossudas como em uma súplica), mas ainda havia cabelo o suficiente em sua cabeça para fazer Tess ter quase certeza de que era o corpo de uma mulher. O outro podia se passar por um manequim bem desfigurado de uma loja de departamentos, a não ser pelos olhos esbugalhados e a língua para fora. Esse cadáver era mais recente, mas os animais já o haviam encontrado e, mesmo no escuro, Tess conseguia ver o sorriso cheio de dentes da mulher morta.

Um besouro saiu do cabelo do manequim e desceu pelo seu nariz.

Com um grito rouco, Tess saiu do bueiro e ficou de pé em um instante, as roupas grudadas no corpo da cintura para cima. Nua da cintura para baixo. E, embora ela não tenha desmaiado (pelo menos achava que não), durante um tempo sua consciência ficou estranhamente fragmentada. Mais tarde, quando parasse para lembrar, ela pensaria na hora seguinte como um palco escuro, iluminado por alguns holofotes. De vez em quando, uma mulher espancada, com o nariz quebrado e sangue escorrendo pelas coxas, aparecia sob um desses refletores. Depois voltava a desaparecer na escuridão.

9

Ela estava na loja, na sala grande e vazia que um dia fora dividida em corredores, com um freezer para alimentos congelados (talvez) na parede dos fundos, e um refrigerador para cervejas (com certeza) junto à parede oposta. Sentia cheiro de café velho e picles. Ou ele havia esquecido a calça social dela, ou pretendia voltar para buscá-la mais tarde — talvez quando recolhesse os pedaços de madeira cheios de pregos. Tess pegou sua calça sob o balcão. Embaixo dela estavam seus sapatos e seu telefone — esmagado. Sim, ele ia voltar. Sua presilha de cabelo tinha sumido. Ela se lembrou (vagamente, como alguém se lembra das memórias de infância) da mulher lhe perguntando mais cedo onde havia comprado a presilha, e dos inexplicáveis aplausos quando respondeu que tinha sido na JCPenney. Então se lembrou do gigante cantando "Brown Sugar" — com a voz estridente, monótona e infantil —, e tudo se apagou de novo.

10

Ela estava andando atrás da loja, sob o luar. Usava o que restara de um tapete sobre os ombros trêmulos, mas não conseguia lembrar onde o havia pegado. Estava sujo, mas era quente, e ela o enrolou no corpo. Então lhe ocorreu que estava na verdade *dando voltas* ao redor da loja, e que aquela podia ser a segunda, terceira ou até a quarta vez que fazia isso. Percebeu que estava procurando seu Expedition, mas, toda vez que não o encontrava atrás da loja, esquecia que já havia procurado e dava a volta de novo. Tess esquecia porque havia sido golpeada na cabeça, estuprada, estrangulada e estava em choque. Então pensou que talvez seu cérebro estivesse sangrando — como alguém poderia saber com certeza, a não ser que acordasse com os anjos e eles lhe contassem? A brisa leve da tarde tinha ficado um pouco mais forte, e o tique-taque da placa metálica estava um pouco mais alto. ISTO FAZ UM BEM.

— Coca-Cola — disse ela. Sua voz estava rouca, mas audível. — Claro. Isto faz um bem. — Ela ouviu a própria voz em alto e bom som na melodia. Tinha uma boa voz, e ter sido estrangulada lhe deixara com um tom rouco e áspero surpreendentemente agradável. Era como ouvir

Bonnie Tyler cantando ali sob o luar. — Coca-Cola é tão bom... como um cigarro ou um bombom!

Ela notou que não estava cantando certo e, mesmo que estivesse, deveria escolher algo melhor do que a bosta de um jingle enquanto tinha aquela voz rouca e agradável. Se você fosse estuprada e deixada à beira da morte em um cano, ao lado de dois cadáveres em decomposição, algo de bom tinha que sair disso.

Vou cantar o maior sucesso da Bonnie Tyler. Vou cantar "It's a Heartache". Tenho certeza de que sei a letra, tenho certeza de que está lá no monte de lixo que todo escritor tem guardado na...

Mas então tudo se apagou de novo.

11

Ela estava sentada em uma pedra, chorando copiosamente. O pedaço do velho tapete sujo ainda estava em volta de seus ombros. Sua virilha doía e ardia. O gosto amargo na boca sugeria que Tess havia vomitado em algum momento entre andar em volta da loja e se sentar naquela pedra, mas ela não conseguia lembrar. O que lembrava era...

Eu fui estuprada, eu fui estuprada, eu fui estuprada!

— Você não foi a primeira e não será a última — afirmou, mas essa repreensão severa em meio a uma série de soluços engasgados não foi muito útil.

Ele tentou me matar, ele quase me matou!

Sim, sim. E, naquele momento, o fato de ele não ter conseguido não servia muito de consolo. Ela olhou para a esquerda e viu a loja a uns 40 ou 50 metros de distância na estrada.

Ele matou outras! Elas estão no cano! Os insetos estão rastejando pelos corpos, e elas não ligam!

— Sim, sim — concordou ela com sua voz de Bonnie Tyler, e então tudo se apagou de novo.

12

Tess caminhava pelo meio da Stagg Road cantando "It's a Heartache" quando ouviu o som de um motor se aproximando às suas costas. Então se virou, quase caindo, e viu faróis iluminando o alto de uma colina pela qual ela devia ter acabado de passar. Era ele. O gigante. Ele tinha voltado, checado o cano depois de descobrir que as roupas dela haviam sumido e visto que ela não estava mais lá. Estava procurando por ela.

Tess se jogou na vala, aterrissou de joelhos, deixou cair o xale improvisado, se levantou e seguiu tropeçando até alguns arbustos. Um galho arranhou sua bochecha. Ela ouviu uma mulher soluçando de medo. Ficou de quatro, com o cabelo caindo nos olhos. A estrada se iluminou enquanto os faróis clareavam a colina. Ela viu nitidamente o pedaço de tapete caído e sabia que o gigante o veria também. Ele iria parar e descer da picape. Ela tentaria correr, mas ele a alcançaria. Ela poderia gritar, mas ninguém iria escutá-la. Em histórias como essas, ninguém nunca escutava. Então ele a mataria, mas antes a estupraria mais uma vez.

O carro — *era* um carro comum, não uma picape — passou sem diminuir a velocidade. De dentro vinha o som bem alto de Bachman-Turner Overdrive: "B-B-B-Baby, you just ain't seen n-n-nuthin yet." Tess viu as luzes traseiras desaparecerem. Sentiu que tudo ia se apagar de novo e bateu no rosto com as mãos.

— *Não!* — disse ela com sua voz de Bonnie Tyler. — *Não!*

Ela conseguiu se reanimar um pouco. Sentiu uma imensa vontade de continuar agachada em meio aos arbustos, mas isso não adiantaria nada. Não só faltava muito tempo para o nascer do sol; provavelmente ainda faltava muito para a meia-noite. A lua estava baixa no céu. Ela não podia ficar ali e não podia continuar apagando toda hora. Precisava pensar.

Tess pegou o pedaço de tapete da vala, o colocou de volta nos ombros e então tocou as orelhas, sabendo o que descobriria. Os brincos de diamante em forma de gotas, uma de suas poucas extravagâncias de verdade, tinham sumido. Ela irrompeu em lágrimas novamente, mas essa crise de choro foi mais curta, e, quando terminou, Tess se sentiu mais como ela mesma. Mais *em* si mesma, alguém que habitava sua cabeça e seu corpo, em vez de um espectro flutuando em volta.

Pense, Tessa Jean!

Tudo bem, ela iria tentar. Mas andaria enquanto pensava. E sem cantar. O som de sua voz alterada era assustador. Era como se, ao estuprá-la, o gigante tivesse criado uma nova mulher. Ela não *queria* ser uma nova mulher. Gostava da antiga Tess.

GIGANTE DO VOLANTE

Caminhar. Caminhar sob o luar com sua sombra andando ao lado na estrada. Que estrada? Stagg Road. De acordo com Tom, ela estivera a pouco menos de 6 quilômetros da interseção da Stagg Road com a US 47 quando caíra na armadilha do gigante. Então não estava tão longe. Ela caminhava pelo menos 5 quilômetros por dia para manter a forma e usava a esteira quando chovia ou nevava. É claro que aquela era sua primeira caminhada como a Nova Tess — aquela mulher dolorida, com sangue nas coxas e a voz rouca. Mas havia um lado positivo: não sentia tanto frio, suas roupas estavam secando e usava sapatos baixos. Quase colocara saltos altos e isso teria tornado essa caminhada noturna bem desagradável, de fato. Não que pudesse ter sido divertida sob quaisquer circunstâncias, não, não, n...

Pense!

Mas, antes que pudesse começar a pensar, a estrada se iluminou à sua frente. Tess correu para o meio dos arbustos de novo, dessa vez carregando o pedaço de tapete. Era outro carro, graças a Deus, não a picape dele, e não diminuiu.

Ainda pode ser ele. Talvez tenha trocado de carro. Pode ter dirigido de volta para casa, seu covil, *e trocado de carro. Talvez tenha pensado: ela verá que é outro carro e vai sair de onde quer que esteja se escondendo. Vai acenar para eu parar, e então vou pegá-la.*

Sim, sim. Era isso o que aconteceria em um filme de terror, não era? *Gritos das vítimas 4, Terror na Stagg Road 2* ou...

Tudo estava começando a se apagar de novo, então Tess deu mais tapinhas no rosto. Quando chegasse em casa, desse comida para Fritzy e estivesse deitada em sua cama (com todas as portas trancadas e todas as luzes acesas), ela poderia apagar quanto quisesse. Mas agora não. Não, não, não. Agora tinha que continuar andando e se escondendo quando visse algum carro. Se conseguisse fazer essas duas coisas, chegaria à US 47 e poderia encontrar uma loja. Uma loja *de verdade*, uma com um telefone público, se ela tivesse sorte... e Tess merecia um pouco de sorte. Não estava com sua bolsa, que havia ficado no Expedition (onde quer que o carro estivesse), mas sabia o número de seu cartão telefônico de cor. Era o número do telefone de casa mais 9712. Mole, mole, fácil, fácil.

ESCURIDÃO TOTAL SEM ESTRELAS

Então, Tess viu uma placa ao lado da estrada. E a leu com facilidade sob o luar:

VOCÊ ESTÁ ENTRANDO NA CIDADE DE COLEWICH
SEJA BEM-VINDO, AMIGO!

— Colewich faz um bem — sussurrou Tess.

Ela conhecia a cidade, cujo nome as pessoas de lá pronunciavam "Collitch". Na verdade era uma cidadezinha, uma das muitas na Nova Inglaterra que prosperaram na época da indústria têxtil e, de alguma forma, continuavam a se sustentar durante a nova era de livre-comércio, em que as calças e jaquetas do país eram feitas na Ásia ou na América Central, provavelmente por crianças analfabetas. Tess estava no limite da cidade, mas com certeza conseguiria andar até um telefone.

E então?

Então ela poderia... poderia...

— Chamar uma limusine.

A ideia irrompeu nela como o nascer do sol. Sim, era exatamente isso que faria. Se estava mesmo em Colewich, então a cidade de Connecticut em que morava estaria a uns 50 quilômetros de distância, talvez menos. O serviço de limusine que Tess usava quando queria ir ao Aeroporto Internacional de Bradley, ou a Hartford, ou a Nova York (Tess não gostava de dirigir nas cidades) tinha sede na cidade vizinha, Woodfield. A Royal Limousine se orgulhava de atender 24 horas por dia. Melhor ainda, eles deviam ter o número de seu cartão de crédito arquivado.

Tess se sentiu melhor e começou a andar um pouco mais rápido. Então faróis iluminaram a estrada, e, mais uma vez, ela correu para os arbustos e se abaixou, tão aterrorizada quanto qualquer presa: corça, raposa, coelho. Aquele veículo *era* uma picape, e ela começou a tremer. E continuou tremendo mesmo quando viu que era um pequeno Toyota branco, nada parecido com o velho Ford do gigante. Quando o carro foi embora, ela tentou se forçar a voltar para a estrada, mas no começo não conseguiu. Tinha começado a chorar de novo, as lágrimas quentes no rosto frio. Ela sentiu que estava prestes a se afastar dos holofotes da consciência outra vez. E não podia deixar isso acontecer. Caso se permi-

176

tisse entrar naquela escuridão desperta vezes demais, poderia acabar perdendo o caminho de volta.

Procurou pensar no momento em que agradeceria ao motorista da limusine e acrescentaria uma gorjeta ao formulário do cartão de crédito, antes de seguir lentamente pela calçada florida até a porta da frente de sua casa. Então inclinaria sua caixa de correio e pegaria a chave extra no gancho da parte de trás. E ouviria Fritzy miar ansiosamente.

Pensar em Fritzy funcionou. Tess saiu do meio dos arbustos e continuou a andar, pronta para voltar depressa àquele esconderijo no segundo em que visse outro farol. No mesmo segundo. Porque ele estava lá fora, em algum lugar. Ela percebeu então que, dali em diante, ele sempre estaria lá fora. A não ser que a polícia o pegasse, é claro, e o colocasse na cadeia. Mas, para isso acontecer, ela precisaria contar o que aconteceu, e, no instante em que essa ideia lhe passou pela cabeça, viu uma grande manchete em letras garrafais, no estilo do *New York Post*:

AUTORA DE WILLOW GROVE ESTUPRADA APÓS PALESTRA

Tabloides como o *Post* publicariam, sem dúvida, uma foto sua de dez anos atrás, quando o primeiro livro da Sociedade de Tricô acabara de ser lançado. Naquela época, com 20 e tantos anos, tinha longos cabelos louro-escuros que caíam até o meio das costas e lindas pernas que gostava de exibir usando saias curtas. Além disso, Tess costumava usar à noite sapatos altos e sexy do tipo que alguns homens (o gigante, por exemplo, com certeza) chamariam de "sapatos de vagabunda". Os tabloides não falariam que ela estava dez anos mais velha, com alguns quilos a mais e vestida de maneira sóbria, quase deselegante, quando tinha sido atacada. Esses detalhes não se encaixavam no tipo de história que os tabloides gostavam de contar. A matéria seria respeitosa o bastante (ainda que insinuasse alguma coisa nas entrelinhas), mas a foto de seu antigo eu contaria a verdadeira história, que provavelmente antecedia a invenção da roda: *Ela pediu por isso... e conseguiu.*

Será que ela estava sendo realista ou eram apenas sua vergonha e sua autoestima fragilizada imaginando o pior cenário? Ou seria somente a parte dela que queria continuar se escondendo nos arbustos mesmo que conseguisse sair daquela estrada horrível no horrível estado de

ESCURIDÃO TOTAL SEM ESTRELAS

Massachusetts e voltar para sua casa pequena e segura em Stoke Village? Tess não sabia e achava que a verdadeira resposta ficava em algum lugar entre essas duas coisas. O que ela *sabia* era que conseguiria o tipo de cobertura nacional de que todo autor gosta quando publica um livro, mas, para isso nenhum deles desejaria ser estuprado, roubado e largado à beira da morte. Ela imaginava alguém levantando a mão durante a Hora das Perguntas e questionando: "Você o encorajou de alguma maneira?"

Aquilo era ridículo e, mesmo em seu estado atual, Tess sabia disso... Mas também sabia que, se aquela história fosse divulgada, alguém *com certeza* levantaria a mão para perguntar: "Você vai escrever sobre isso?"

E o que ela responderia? O que *poderia* responder?

Nada, pensou Tess. *Eu sairia dali correndo, tapando os ouvidos.*

Mas não.

Não, não, não.

A verdade é que ela não estaria lá, para começo de conversa. Como poderia fazer outra leitura, palestra ou sessão de autógrafos sabendo que *ele* poderia aparecer e sorrir para ela lá da última fileira? Sorrir por baixo daquele boné marrom esquisito com manchas de alvejante? Talvez com os brincos dela no bolso. Acariciando-os.

O rosto de Tess ficou quente só de pensar em contar à polícia, e ela também o sentiu se contorcer de vergonha, mesmo ali, sozinha no escuro. Talvez ela não fosse Sue Grafton ou Janet Evanovich, mas não deixava de ser uma pessoa pública. A história poderia aparecer até na CNN por um ou dois dias. O mundo inteiro saberia que um gigante maluco e sorridente havia afogado o ganso na autora de Willow Grove. Até mesmo o fato de que ele ficara com sua calcinha como suvenir poderia vir à tona. A CNN não divulgaria essa parte, mas o *The National Enquirer* ou o *Inside View* não hesitariam.

Fontes ligadas à investigação afirmam ter achado uma peça íntima da autora dentro da gaveta do estuprador: uma calcinha azul da Victoria's Secret com laterais largas e detalhes em renda.

— Eu não posso contar — disse ela. — Não vou contar.

Mas houve outras antes de você, e pode haver outras depois de v...

Ela afastou esse pensamento. Estava cansada demais para ponderar o que seria ou não sua responsabilidade moral. Pensaria nisso mais tarde, se Deus lhe concedesse um mais tarde... e parecia que sim. Mas não naquela estrada deserta onde qualquer par de faróis se aproximando poderia ser seu estuprador.

Seu. Ele era seu agora.

13

Cerca de 1,5 quilômetro depois de passar pela placa de Colewich, Tess começou a ouvir um som baixo e cadenciado que parecia vir da estrada e pulsar sob seus pés. A primeira coisa que lhe passou pela cabeça foram os mutantes Morlocks, de H. G. Wells, cuidando de suas máquinas nas profundezas da terra, mas cinco minutos foram o suficiente para perceber a origem do som, que chegava a ela pelo ar e não pelo chão. Era um som que ela conhecia: as vibrações de um baixo. O restante da banda se juntou à música enquanto ela caminhava. Tess começou a ver luzes no horizonte — não eram faróis, mas sim o branco de luzes de sódio e o brilho vermelho do neon. A banda tocava "Mustang Sally", e ela ouviu risadas: bêbadas e lindas, pontuadas por gritos felizes de comemoração. Aquele som a fez sentir vontade de chorar de novo.

A boate, situada em um armazém grande e antigo, com um imenso estacionamento de terra que parecia lotado, se chamava The Stagger Inn. Ela parou perto da claridade das luzes do estacionamento, franzindo a testa. Por que tantos carros? Então lembrou que era noite de sexta-feira. Aparentemente, The Stagger Inn era o lugar aonde quem era de Colewich ou de uma das cidades vizinhas ia nas noites de sexta-feira. Lá dentro, ela encontraria um telefone, mas havia tantas pessoas... Eles veriam seu rosto inchado e o nariz quebrado. Iriam querer saber o que havia acontecido com ela, e ela não estava em condições de inventar uma história. Pelo menos ainda não. Mesmo um telefone público do lado de fora não adiantaria, porque havia pessoas por ali também. Muitas. É claro, nessa época você tinha que sair do prédio se quisesse fumar um cigarro. Além disso...

Ele poderia estar lá. Afinal, não tinha dançado ao redor dela, cantando uma música dos Rolling Stones com sua horrível voz desafinada? Tess acreditava que talvez tivesse sonhado essa parte — ou sofrido algum tipo de alucinação —, mas achava que não. Não seria possível que, depois de esconder o carro dela, o gigante tivesse ido direto para a The Stagger Inn, pronto para festejar a noite toda depois de trocar o óleo?

A banda iniciou uma nova música, um ótimo cover de uma canção antiga do Cramps: "Can Your Pussy Do the Dog". *Não*, pensou Tess, *mas hoje um cachorrão certamente se satisfez com a minha boceta,* em resposta ao título da música. A Velha Tess não teria aprovado tal piada, mas a Nova Tess achou isso realmente engraçado. Deu uma gargalhada rouca e continuou a andar, atravessando para o outro lado da estrada, aonde as luzes do estacionamento da boate não chegavam.

Enquanto passava pelo lado oposto do prédio, viu uma velha van branca estacionada de ré na área de carga e descarga. Não havia luzes de sódio naquele lado da The Stagger Inn, mas o luar foi suficiente para ela ver o esqueleto tocando sua bateria de cupcakes. Não era de se estranhar que a van não tivesse parado para tirar as madeiras do meio da estrada. Os Confeiteiros Zumbis estavam atrasados para descarregar seus instrumentos, e isso não era nada bom porque, nas noites de sexta-feira, a Stagger Inn fervia, bombava e arrepiava.

— Sua boceta satisfaz o cachorrão? — perguntou Tess, entoando a música que tocava.

Ela ajeitou o pedaço de tapete sujo ao redor do pescoço para se aquecer melhor. Não era uma estola de visom, mas, em uma noite fria de outubro, era melhor do que nada.

14

Quando chegou à interseção da Stagg Road com a US 47, Tess viu algo lindo: um posto de gasolina Gas & Dash com dois telefones públicos na parede de concreto entre os banheiros feminino e masculino.

Ela usou o banheiro primeiro e teve que cobrir a boca com a mão para abafar um grito quando a urina começou a sair. Era como se alguém tivesse acendido uma caixa inteira de fósforos lá dentro. Quando terminou, mais lágrimas escorriam por seu rosto. A água no vaso ficou rosada. Ela se limpou — delicadamente — com um pedaço de papel higiênico, então deu descarga. Teria dobrado outro pedaço de papel para colocar na calcinha, mas é claro que não pôde fazer isso. O gigante tinha levado sua calcinha como suvenir.

— Desgraçado — disse ela.

Tess parou com a mão na maçaneta, observando a mulher machucada e de olhos arregalados no espelho de metal salpicado de água acima da pia. Então saiu.

15

Ela descobriu que usar um telefone público na era moderna se tornara estranhamente difícil, mesmo que você soubesse de cor o número do cartão de chamadas telefônicas. O primeiro telefone que ela tentou não estava funcionando direito: conseguia ouvir a telefonista, mas a telefonista não conseguia ouvi-la, então desligou. O outro telefone estava meio torto na parede de concreto — o que não era nada encorajador —, mas funcionou. Tess ouvia um ruído chato e constante ao fundo, mas pelo menos conseguiu se comunicar com a telefonista. Só que Tess não tinha caneta nem lápis. Costumava ter várias dessas coisas na bolsa, que, é claro, havia desaparecido.

— Você não pode só fazer a ligação? — perguntou à telefonista.

— Não, senhora, você mesma precisa ligar para poder usar seu cartão de crédito. — A telefonista falava como se explicasse o óbvio para uma criança burra. Isso não deixou Tess com raiva; ela se sentia como uma criança burra. Então percebeu que a parede de concreto estava suja. Pediu à telefonista para lhe dar o número e o anotou na poeira com o dedo.

Antes que começasse a discar, uma picape parou no estacionamento. Seu coração pulou para a garganta com uma facilidade acrobática e vertiginosa, e, quando dois rapazes risonhos, usando jaquetas de colégio, desceram e entraram depressa na loja, Tess ficou feliz por seu coração ter ido parar lá, pois bloqueou o grito que com certeza teria saído.

Ela sentiu um pouco de vertigem e apoiou a cabeça contra a parede por um momento, ofegando. Fechou os olhos. Viu o gigante, imenso diante dela, com as mãos nos bolsos do macacão, e abriu os olhos de novo. Então ligou para o número escrito na poeira da parede.

Estava preparada para falar com uma secretária eletrônica ou com um atendente entediado que diria que eles não tinham carros, claro que não, era sexta à noite, você nasceu idiota, senhora, ou ficou assim com o tempo? Mas a ligação foi atendida no segundo toque por uma mulher prática e eficiente chamada Andrea. Ela ouviu o que Tess tinha a dizer e falou que mandaria um carro imediatamente, e que seu motorista seria Manuel. Sim, ela sabia de onde Tess estava ligando, porque mandavam carros para a The Stagger Inn o tempo todo.

— Certo, mas não estou lá — disse Tess. — Estou na interseção, mais ou menos a 1 quilômetro da...

— Sim, senhora, eu sei — disse Andrea. — O posto Gas & Dash. Às vezes vamos até aí também. As pessoas costumam andar até o posto e ligar se beberam demais. Seu carro provavelmente chegará aí em 45 minutos, no máximo uma hora.

— Tudo bem — disse Tess. As lágrimas rolavam por seu rosto de novo. Lágrimas de gratidão dessa vez, embora tenha dito a si mesma para não relaxar, porque em histórias assim as esperanças da heroína muitas vezes acabavam se revelando falsas. — Perfeito. Ficarei perto da esquina, ao lado dos telefones. E estarei de olho.

Agora ela vai me perguntar se eu bebi além da conta. *Porque provavelmente parece que sim.*

Mas Andrea só quis saber se ela pagaria com dinheiro ou cartão.

— American Express. O número deve estar no seu computador.

— Sim, senhora, está sim. Obrigada por chamar a Royal Limousine, onde cada cliente é tratado como a realeza.

Andrea desligou antes que Tess pudesse dizer "de nada".

Ela começou a colocar o telefone no gancho, e então um homem — *ele, é ele* — dobrou correndo a esquina da loja em sua direção. Dessa vez ela não teve nem chance de gritar: ficou paralisada de terror.

Era um dos rapazes. Ele passou direto, sem olhar para ela, e entrou no banheiro masculino à esquerda. A porta bateu. Um momento depois ela ouviu o som aliviado do jovem esvaziando sua bexiga incrivelmente saudável.

Tess seguiu pela lateral do prédio e foi para os fundos da loja. Lá, ficou parada ao lado de uma lixeira fedida (*não*, pensou ela, *não estou parada, estou de olho*), esperando que o rapaz terminasse e fosse embora. Quando ele saiu, Tess andou de volta até os telefones para observar a estrada. Apesar de estar com o corpo todo dolorido, sua barriga roncava de fome. Ela havia perdido a hora do jantar, já que estivera ocupada demais sendo estuprada e quase assassinada. Ficaria satisfeita com qualquer biscoito vendido em lojas como aquela — até mesmo um daqueles horrorosos de manteiga de amendoim, com aquela cor amarela estranha, teria sido uma delícia —, mas não tinha dinheiro. Mesmo se tivesse, não entraria lá. Tess sabia que tipo de luzes eles tinham em lojas de conveniência à beira da estrada como a do Gas & Dash: aquelas brilhantes e impiedosas lâmpadas fluorescentes que faziam até pessoas saudáveis parecerem sofrer de câncer pancreático. O atendente atrás do balcão olharia para os machucados em suas bochechas e testa, para o nariz quebrado e os lábios inchados, e ele poderia até não dizer nada, mas Tess o veria arregalar os olhos. E talvez conter um sorrisinho. Porque, vamos encarar, algumas pessoas podem achar engraçado ver uma mulher destruída. Principalmente em uma noite de sexta-feira. *Quem lhe bateu, moça, e o que você fez para merecer? Mudou de ideia, de repente, depois de um cara gastar o tempo dele com você?*

Isso a fez se lembrar de uma piada antiga que ouvira certa vez: *Por que há 300 mil mulheres espancadas por ano nos Estados Unidos? Porque elas nunca... escutam... porra nenhuma.*

— Deixa pra lá — sussurrou Tess. — Eu como alguma coisa quando chegar em casa. Salada de atum, talvez.

Pareceu bom, mas parte dela estava convencida de que seus dias de comer salada de atum — ou até mesmo os horrorosos biscoitos de manteiga de amendoim amarelados — estavam acabados. A ideia de ver uma limusine parando ali e levando-a para longe daquele pesadelo parecia uma louca miragem.

De algum lugar à sua esquerda, Tess ouvia os carros correndo pela I-84 — a estrada pela qual teria seguido se não tivesse ficado tão feliz em descobrir um atalho para casa. Naquela rodovia, pessoas que nunca foram estupradas ou enfiadas em canos estavam indo a diversos lugares. Tess pensou que o som de suas alegres viagens era o mais solitário que já tinha ouvido.

16

A limusine chegou. Era uma Lincoln Town Car. O homem atrás do volante desceu do carro e olhou em volta. Tess o observava atentamente da esquina da loja. Ele usava um terno escuro. Era um cara baixinho de óculos que não parecia um estuprador... Mas é claro que nem todos os gigantes eram estupradores e nem todos os estupradores eram gigantes. Só que Tess precisava confiar nele. Se queria voltar para casa e alimentar Fritzy, não havia outra opção. Então largou sua imunda estola improvisada perto do telefone que de fato funcionava e caminhou lenta e firmemente em direção ao carro. A luz que vinha das janelas da loja ofuscava seus olhos após tanto tempo de espera nas sombras da lateral do prédio, e ela sabia bem o que sua aparência devia indicar.

Ele vai me perguntar o que aconteceu, e depois se quero ir ao hospital.

Mas Manuel (que já devia ter visto coisa pior, não era impossível) apenas abriu a porta para ela e disse:

— Bem-vinda à Royal Limousine, senhora.

Ele tinha um leve sotaque hispânico, que combinava com sua pele morena e seus olhos escuros.

— Onde sou tratada como a realeza — completou Tess. Ela tentou sorrir, o que fez seus lábios inchados doerem.

— Sim, senhora.

Nada mais. Deus abençoe Manuel, que já devia ter visto coisa pior, talvez no lugar de onde viera, talvez no banco de trás daquele mesmo carro.

Quem sabia quais segredos os motoristas de limusines guardavam? Era uma pergunta cuja resposta poderia render um bom livro. Não do tipo que ela escrevia, é claro... Só que, quem poderia saber que tipo de livro ela escreveria depois disso? Ou até mesmo se escreveria mais algum? A aventura daquela noite podia ter apagado aquela sua alegria solitária por um tempo. Talvez até para sempre. Era impossível dizer.

Tess entrou na parte de trás do carro, movendo-se como uma velha com osteoporose avançada. Quando se sentou e o motorista bateu a porta, ela agarrou a maçaneta e observou atentamente, querendo ter certeza de que era Manuel quem se sentaria no banco do motorista, e não o gigante de macacão. Em *Terror na Stagg Road 2* teria sido o gigante: mais um susto antes dos créditos finais. *É, um pouco de ironia faz bem.*

Mas foi Manuel quem entrou, é claro. Ela relaxou.

— O endereço que eu tenho é Primrose Lane, 19, Stoke Village. Está correto?

Por um instante, sua mente ficou em branco. Tinha digitado o número de seu cartão de chamadas no telefone público sem pestanejar, mas naquele momento não conseguia lembrar o próprio endereço.

Relaxe, disse a si mesma. *Acabou. Isto não é um filme de terror, é a sua vida. Você teve uma experiência horrível, mas acabou. Então relaxe.*

— Sim, Manuel, isso mesmo.

— Você vai querer fazer alguma parada no caminho ou vamos direto para sua casa?

Foi o mais perto que ele chegou de mencionar o que as luzes do posto de gasolina deviam ter lhe mostrado enquanto Tess caminhava em direção à limusine.

Era pura sorte que ainda tomasse suas pílulas anticoncepcionais — sorte e talvez otimismo, já que ela não dormia com ninguém fazia três anos, sem contar o que tinha acabado de acontecer. Mas, como não estava com muita sorte naquela noite, ficou feliz mesmo com aquele tantinho. Tinha certeza de que Manuel poderia achar uma farmácia 24 horas em algum lugar, motoristas de limusines pareciam saber onde ficavam todas essas coisas, mas achava que não teria coragem de entrar em uma farmácia e pedir uma pílula do dia seguinte. Seu rosto deixava bem claro a razão pela qual precisaria de uma. E também havia o problema do dinheiro.

— Sem paradas, só me leve para casa, por favor.

Logo eles estavam na I-84, engarrafada com o tráfego de sexta à noite. A Stagg Road e a loja abandonada ficaram para trás. O que havia à sua frente era a própria casa, equipada com um sistema de segurança e uma trava para cada porta. E isso era bom.

17

Tudo aconteceu exatamente como ela havia imaginado: a chegada, a gorjeta acrescentada ao pagamento do cartão de crédito, a caminhada

ESCURIDÃO TOTAL SEM ESTRELAS

pela calçada florida (Tess pediu a Manuel para esperá-la entrar com os faróis ligados), o som de Fritzy miando enquanto a dona inclinava a caixa de correio e pegava a chave extra do gancho. Então ela entrou, e Fritzy esfregou-se ansiosamente em suas pernas, querendo que ela o pegasse e o acariciasse, querendo comida. Tess fez tudo isso, mas antes trancou a porta da frente e ligou o alarme contra roubo pela primeira vez em meses. Quando viu a palavra ATIVADO se acender na pequena tela verde acima do teclado, finalmente começou a se sentir ela mesma de novo. Olhou para o relógio da cozinha e ficou espantada ao ver que eram apenas 23h15.

Enquanto Fritzy comia a ração úmida, ela conferiu as portas do quintal e do pátio lateral, certificando-se de que estavam trancadas. Então as janelas. A caixa de comando do alarme deveria lhe informar se havia alguma coisa aberta, mas ela preferiu checar tudo. Quando teve certeza de que a casa estava segura, foi até o armário do hall e pegou uma caixa que estivera na prateleira mais alta por tanto tempo que sua tampa havia acumulado uma camada de poeira.

Cinco anos antes, houvera uma onda de assaltos e invasões de casas ao norte de Connecticut e ao sul de Massachusetts. Quase todos os bandidos eram viciados em OC, como seus muitos fãs na Nova Inglaterra chamavam o medicamento OxyContin. Os moradores da região foram alertados a serem especialmente cuidadosos e "tomarem as precauções necessárias". Tess não tinha uma opinião formada a favor ou contra a posse de arma, nem grandes preocupações com a possibilidade de algum estranho arrombar sua casa à noite (não naquela época), mas uma arma pareceu se encaixar no âmbito das precauções necessárias, e ela queria mesmo aprender sobre pistolas para o próximo livro da série Willow Grove, de qualquer forma. A onda de roubos pareceu a oportunidade perfeita.

Ela fora à loja de armas em Hartford mais bem avaliada na internet, e o balconista recomendara um modelo Smith & Wesson calibre .38, que ele chamou de Espremedor de Limão. Ela o comprou principalmente porque gostou desse nome. Ele também lhe falara sobre um bom campo de tiro nos arredores de Stoke Village. Tess foi com a arma até lá, depois que o período de 48 horas de espera terminou, e de fato já poderia portá-la. Disparou uns quatrocentos tiros ao longo de uma semana, divertindo-se no começo com a emoção que isso provocava, mas logo se entediou. A pistola estava no armário desde então, guardada na caixa junto com cinquenta cartuchos de munição e sua licença de porte de armas.

Tess a carregou, sentindo-se melhor — *mais segura* — a cada espaço do tambor preenchido. Colocou a arma no balcão da cozinha e checou a secretária eletrônica. Havia uma mensagem. Era de Patsy Mc-Clain, sua vizinha. "Não vi nenhuma luz acesa esta noite, então acho que você decidiu ficar em Chicopee. Ou será que foi para Boston? De qualquer forma, usei a chave extra atrás da caixa de correio e dei comida para o Fritzy. Ah, e coloquei sua correspondência na mesa do corredor. Eram só propagandas. Ligue para mim amanhã antes de eu ir para o trabalho, se tiver voltado. Só quero saber se você chegou bem."

— Ei, Fritz — disse Tess, curvando-se para acariciá-lo. — Parece que você comeu duas vezes esta noite. Muito esperto da sua p...

Sua visão ficou turva e, se não tivesse se segurado firme na mesa da cozinha, teria se estatelado no piso de linóleo. Deu um grito de surpresa que soou fraco e distante. Fritzy curvou as orelhas para trás, estreitou os olhos e observou-a com atenção, para ter certeza de que ela não iria cair (pelo menos não em cima dele), e então voltou para o seu segundo jantar.

Tess se endireitou aos poucos, agarrando-se à mesa por segurança, e abriu a geladeira. Não achou salada de atum, mas havia queijo cottage e geleia de morango. Comeu avidamente, raspando a colher no pote de plástico até não sobrar nada. O lanche desceu fria e suavemente por sua garganta irritada. De qualquer forma, ela não sabia se conseguiria comer carne. Nem mesmo atum em lata.

Bebeu suco de maçã direto da garrafa, arrotou e então caminhou com dificuldade até o banheiro do andar de baixo. Levou a arma consigo, os dedos longe do gatilho, como havia aprendido.

Havia um espelho ampliador oval na prateleira acima da pia, um presente de Natal de seu irmão que morava no Novo México. No alto dele, escrito em letras douradas, havia a inscrição SOU LINDA. A Velha Tess usava esse espelho para fazer as sobrancelhas e retocar a maquiagem. A Nova o usou para examinar os olhos. Estavam injetados, é claro, mas as pupilas pareciam do mesmo tamanho. Ela apagou a luz do banheiro, contou até vinte, então voltou a acendê-la e observou as pupilas se contraírem. Parecia tudo bem também. Então provavelmente não tinha nenhuma fratura no crânio. Talvez uma concussão, uma concussão *leve*, mas...

Como se eu pudesse saber. Tenho um bacharelado em Artes pela Universidade de Connecticut e uma pós-graduação em velhinhas detetives que passam pelo menos um quarto de cada livro trocando receitas que copio da internet e então altero o suficiente para não ser processada por plágio. Eu poderia muito bem entrar em coma ou morrer de hemorragia cerebral durante a noite. Patsy me encontraria na próxima vez em que viesse alimentar o gato. Você precisa procurar um médico, Tessa Jean. E sabe disso.

Mas ela também sabia que, se fosse ao médico, sua desgraça poderia realmente vir a público. Os médicos garantem a confidencialidade, faz parte do juramento deles, e uma mulher que trabalha como advogada, faxineira ou corretora de imóveis provavelmente poderia contar com isso. Talvez Tess também pudesse, com certeza era possível. Até mesmo provável. Por outro lado, veja o que aconteceu com Farrah Fawcett: os tabloides se aproveitaram quando algum funcionário do hospital deu com a língua nos dentes. A própria Tess já tinha ouvido rumores sobre as desventuras psiquiátricas de um escritor que estivera entre os mais vendidos durante vários anos com suas histórias de heróis. O agente de Tess lhe contara os detalhes mais interessantes desses rumores durante um almoço menos de dois meses antes... e Tess ouvira tudo com atenção.

E fiz mais do que só ouvir, pensou ela enquanto olhava para o rosto ferido, ampliado no espelho. *Passei a história adiante o mais rápido que pude.*

Mesmo se o médico e sua equipe não falassem nada sobre a autora de livros de mistério que havia sido espancada, estuprada e roubada enquanto voltava para casa após uma aparição pública, o que dizer dos outros pacientes que a veriam na sala de espera? Para alguns ela não seria apenas outra mulher com o rosto machucado que praticamente berrava agressão; ela seria a romancista que morava em Stoke Village, você sabe quem é, fizeram um filme para a TV sobre suas velhinhas detetives há um ano ou dois, passou no Lifetime, e, Deus do céu, você deveria ter *visto* como ela estava.

Seu nariz não estava quebrado, no final das contas. Era difícil acreditar que algo poderia doer tanto *sem* estar quebrado, mas era verdade. Estava inchado e dolorido (é claro, coitadinho), mas ela conseguia respirar sem dificuldade e tinha alguns comprimidos de analgésico no andar de cima que poderiam aliviar a dor naquela noite. Mas ganhara também dois horríveis olhos roxos, uma bochecha machucada e inchada e hematomas feios em volta do pescoço. Esses eram a pior parte, o tipo de colar que as pessoas só conseguiam de um modo. Tinha ainda vários inchaços, machucados e arranhões nas costas, pernas e nádegas. Mas roupas compridas cobririam a maioria das feridas.

Que maravilha. Sou poeta e nem sabia disso.

— O pescoço... eu poderia usar uma gola rulê...

Claro. O outono era a época das golas altas. Para Patsy, Tess podia dizer que tinha caído da escada e batido o rosto durante a noite. Dizer que...

— Pensei ter escutado um barulho, e Fritzy se enfiou entre as minhas pernas enquanto eu descia a escada para dar uma olhada.

Fritzy ouviu seu nome e miou da porta do banheiro.

— Dizer que bati a droga do rosto no pilar no pé da escada. Eu até poderia...

Fazer uma marquinha no pilar, é claro que podia. Talvez com o martelo de carne guardado em uma das gavetas da cozinha. Nada gritante, apenas uma batida ou duas para lascar a pintura. Uma história como essa não ludibriaria um médico (ou uma velhinha detetive inteligente como Doreen Marquis, decana da Sociedade de Tricô), mas enganaria a doce Patsy McC, cujo marido com certeza nunca levantara a mão para ela nos vinte anos que estiveram juntos.

— Não é que eu tenha algo de que me envergonhar — sussurrou Tess para a mulher no espelho. A Nova Mulher com o nariz torto e os lábios inchados. — Não é isso.

Era verdade, mas a exposição pública a *faria* ficar envergonhada. Ela estaria nua. Uma vítima nua.

Mas e aquelas mulheres, Tessa Jean? Aquelas mulheres no cano?

Ela teria que pensar no que fazer sobre elas, mas não naquele momento. Naquela noite ela estava cansada, com dor e atormentada até o fundo de sua alma.

Bem lá dentro (em sua alma atormentada), Tess sentiu arder a fúria pelo homem responsável por tudo aquilo. O homem que a havia colocado naquela situação. Olhou para a pistola ao lado da pia e percebeu que, se ele estivesse lá, ela atiraria sem hesitar. Saber disso fez com que ficasse confusa sobre si mesma. Mas também a fez se sentir um pouco mais forte.

18

Ela lascou o pilar da escada com o martelo de carne, já tão cansada que sentia como se vivesse um sonho na cabeça de outra mulher. Examinou a marca, achou que parecia proposital demais e deu mais algumas pancadas leves ao redor dela. Quando finalmente ficou parecido com algo que ela poderia ter feito com a lateral do rosto — onde estava o pior hematoma —, subiu as escadas devagar e seguiu pelo corredor, ainda segurando a arma.

Por um instante ela hesitou em frente à porta do quarto, que estava entreaberta. E se *ele* estivesse lá? Se ele levou sua bolsa, podia saber seu endereço. Ela só havia ligado o alarme contra roubo quando voltou (muito descuidada). Ele podia ter estacionado a velha picape F-150 na rua ao lado e forçado a tranca da porta da cozinha. Provavelmente não seria necessário mais do que um cinzel.

Se ele estivesse aqui, eu sentiria seu cheiro. Aquele suor de homem. E eu atiraria nele. Nada de "Deite no chão" ou "Fique com as mãos para o alto enquanto eu ligo para a polícia", nenhuma dessas besteiras de filmes de terror. Eu apenas atiraria nele. Mas sabe o que eu diria primeiro?

— Isto faz um bem — falou ela com a voz baixa e rouca.

Sim. Era exatamente isso. Ele não iria entender, mas *ela* sim.

Tess descobriu que de alguma forma *queria* que ele estivesse no quarto. Isso significava que a Nova Mulher era bem mais do que um pouquinho maluca, mas e daí? Se tudo viesse à tona então, valeria a pena. Atirar nele tornaria a humilhação pública suportável. E veja pelo lado bom! Provavelmente alavancaria as vendas dos livros!

Seria bom ver o pavor em seus olhos quando ele percebesse que eu realmente pretendia atirar. Isso melhoraria as coisas um pouco.

Tess pareceu levar eras para achar o interruptor do quarto, tateando e, é claro, esperando que seus dedos fossem agarrados enquanto o procurava. Então tirou as roupas devagar, deixando escapar um soluço triste e choroso quando abriu a calça e viu sangue seco em seus pelos pubianos.

Ligou o chuveiro o mais quente que pôde aguentar, lavando os lugares que suportavam serem limpos e deixando a água correr pelo resto. A água limpa e quente. Ela queria se livrar do cheiro dele e do odor de mofo do tapete também. Depois disso, se sentou na privada. Dessa vez doeu menos para fazer xixi, mas a fisgada que sentiu quando tentou — de leve — endireitar seu nariz torto a fez gritar. Bem, e daí? Nell Gwyn, a famosa atriz elisabetana, tinha o nariz torto. Tess tinha certeza de que havia lido isso em algum lugar.

Ela vestiu o pijama de flanela e foi para cama, onde ficou deitada com todas as luzes acesas e o Espremedor de Limão calibre .38 ao lado, na mesa de cabeceira, achando que nunca conseguiria dormir, que sua imaginação inflamada transformaria cada barulho da rua no som do gigante se aproximando. Mas então Fritzy pulou na cama, enroscou-se ao seu lado e começou a ronronar. Assim estava melhor.

Estou em casa, pensou ela. *Estou em casa, estou em casa, estou em casa.*

19

Quando ela acordou, a indiscutível luz racional das seis da manhã entrava pelas janelas. Havia coisas que Tess precisava fazer e decisões que precisava tomar, mas por enquanto era suficiente estar viva e em sua própria cama, em vez de enfiada em um bueiro.

Dessa vez, fazer xixi pareceu quase normal, e não havia sangue. Entrou no chuveiro de novo, mais uma vez deixando a água correr tão quente quanto pôde aguentar, fechando os olhos e deixando-a cair em seu rosto latejante. Quando achou que já era o bastante, passou xampu no cabelo, lenta e metodicamente, usando os dedos para massagear o couro cabeludo, evitando o ponto dolorido onde o gigante devia tê-la acertado. No começo, o arranhão profundo em suas costas ardeu, mas logo passou, e ela sentiu uma espécie de alegria. E mal pensou na cena do banheiro em *Psicose*.

O chuveiro era o lugar onde sempre conseguia pensar melhor, um ambiente uterino, e se em algum momento ela havia precisado pensar muito e com clareza, foi naquele.

Não quero ver o dr. Hedstrom, e não preciso ver o dr. Hedstrom. Isso eu já decidi, embora mais para a frente — daqui a algumas semanas, talvez, quando meu rosto estiver mais ou menos normal de novo — eu tenha que fazer os exames para ver se peguei alguma DST...

— Não se esqueça do teste de AIDS — disse em voz alta, e só de pensar nisso seu rosto se contraiu, fazendo sua boca doer. Era um pensamento assustador.

Ainda assim, teria que fazer o teste. Pela sua paz de espírito. E nada disso consistia na questão principal daquela manhã. O que fazia ou deixava de fazer sobre a violação que ela mesma sofrera era problema dela, mas as mulheres no cano eram outra história. Elas haviam perdido muito mais do que Tess. E quanto à próxima mulher que o gigante atacasse? Ela não tinha dúvidas de que haveria outra. Talvez não no próximo mês ou ano, mas haveria. Enquanto desligava o chuveiro, Tess percebeu (de novo) que poderia até mesmo ser ela, se ele voltasse para checar o bueiro e visse que havia desaparecido. E que suas roupas tinham sumido da loja, é claro. Se ele tivesse dado uma olhada em sua bolsa, e com certeza tinha, então *sabia* seu endereço.

— E ainda ficou com meus brincos de diamante — falou. — O maldito filho da puta pervertido roubou meus brincos.

Mesmo que ele ficasse longe da loja e do bueiro por um tempo, aquelas mulheres pertenciam a ela. Eram sua responsabilidade, e Tess não podia ignorá-las só porque sua foto poderia aparecer na capa do *Inside View*.

Sob a serena luz da manhã no subúrbio de Connecticut, ocorreu-lhe uma resposta ridiculamente simples: uma ligação anônima para a polícia. O fato de uma romancista profissional com dez anos de experiência não ter pensado nisso de cara quase a fazia merecer um cartão amarelo. Ela passaria a localização para a polícia — a loja abandonada ISTO FAZ UM BEM na Stagg Road — e descreveria o gigante. Não devia ser muito difícil achar um homem como aquele. Ou uma picape Ford F-150 azul com massa em volta dos faróis.

Mole, mole, fácil, fácil.

Mas, enquanto secava o cabelo, seus olhos bateram no Espremedor de Limão calibre .38, e ela pensou *Mole, mole, fácil, fácil demais. Porque...*

— Mas e quanto a mim? — perguntou a Fritzy, que estava sentado na entrada do banheiro, olhando para ela com seus olhos verdes luminosos. — O que eu ganho com isso?

20

Uma hora e meia depois, Tess estava parada em pé na cozinha. A tigela com cereal empapando na pia. O segundo copo de café esfriando no balcão. Falando ao telefone.

— Ah, meu Deus! — exclamou Patsy. — Estou indo aí agora mesmo!

— Não, não, eu estou bem, Pats. E você vai se atrasar para o trabalho.

— As manhãs de sábado são opcionais, e você deveria procurar um médico! E se tiver sofrido uma concussão ou algo assim?

— Não sofri nenhuma concussão, só me machuquei. E teria vergonha de ir ao médico porque tomei três drinques a mais do que deveria. Bom, no mínimo uns três. A única coisa sensata que fiz a noite toda foi chamar uma limusine para me trazer para casa.

— Tem certeza de que seu nariz não está quebrado?

— Absoluta. Bem... *quase* absoluta.

— Fritzy está bem?

Tess gargalhou com vontade.

— Eu desço as escadas meio grogue no meio da noite porque o detector de fumaça está apitando, tropeço no gato e quase morro, e você está preocupada com o gato. Maravilha.

— Querida, não...

— Estou só brincando — disse Tess. — Vá trabalhar e pare de se preocupar. Só não queria que você gritasse quando me visse. Estou com um lindo par de olhos roxos. Se eu tivesse um ex-marido, você provavelmente iria achar que ele tinha me feito uma visita.

— Ninguém se atreveria a bater em você — disse Patsy. — Nunca conheci ninguém mais durona.

— Isso é verdade — concordou Tess. — Não levo desaforo pra casa.

— Você está rouca.

— É que, para completar, estou ficando gripada.

— Bom... se precisar de alguma coisa hoje à noite... sopa de galinha... analgésico... um DVD do Johnny Depp...

— Pode deixar que eu ligo, se precisar. Agora vá. Mulheres estilosas à procura de exclusivas calças tamanho 36 da Ann Taylor estão contando com você.

— Ah, não enche — disse Patsy, e desligou, rindo.

Tess pegou o café de cima do balcão. A arma estava ali também, ao lado do açucareiro: não era exatamente uma imagem de Dalí, mas chegava perto. Então a imagem se duplicou quando seus olhos se encheram de lágrimas. Foi a lembrança de sua própria voz feliz que provocou isso. O som da mentira que ela agora viveria até que parecesse verdade.

— Seu desgraçado! — berrou Tess. — Seu filho da puta desgraçado! *Eu te odeio!*

Ela havia tomado banho duas vezes em menos de sete horas e ainda se sentia suja. Tinha se lavado, mas achava que ainda podia senti-lo lá dentro, sua...

— Porra.

Tess se levantou, de repente. Pelo canto do olho, percebeu o gato assustado disparar pelo hall, e ela conseguiu chegar à pia bem a tempo de evitar uma bagunça no chão. Vomitou o café e o cereal ao mesmo tempo, de uma vez só. Quando teve certeza de que tinha acabado, pegou a pistola e subiu para tomar outro banho.

21

Depois de sair do chuveiro e vestir seu confortável roupão felpudo, Tess se deitou na cama e pensou aonde deveria ir para fazer sua ligação anônima. Algum lugar grande e movimentado seria a melhor opção. Um lugar com um estacionamento, para ela poder desligar e ir embora depressa. O shopping de Stoke Village lhe pareceu uma boa opção. Também havia a questão de qual autoridade chamar. Colewich, ou a polícia de lá seria tipo aquele personagem incompetente do desenho animado Deputy Dawg, que não consegue fazer as coisas direito? Talvez a polícia estadual fosse melhor. E ela deveria escrever o que ia falar... a ligação seria mais rápida assim.... e seria mais difícil esquecer algu...

Tess adormeceu, deitada em sua cama, banhada pela luz do sol.

22

O telefone tocava ao longe, em algum universo adjacente. Então parou, e Tess ouviu sua própria voz, a gravação agradável e impessoal que começava com *Você ligou para...* Logo em seguida alguém deixou uma mensagem. Uma mulher. Quando Tess finalmente conseguiu se levantar da cama, a pessoa já havia desligado.

Ela olhou para o relógio na mesa de cabeceira e viu que eram 9h45. Tinha dormido mais duas horas. Por um instante ficou preocupada: talvez tivesse mesmo sofrido uma concussão ou uma fratura. Mas depois relaxou. Fizera muito esforço físico na noite anterior. A maior parte tinha sido extremamente desagradável, mas esforço era esforço. Cair no sono de novo era natural. Quem sabe ela até tirasse outra soneca naquela tarde (outro banho tomaria, com certeza), mas primeiro tinha algo importante a fazer. Um dever a ser cumprido.

Vestiu uma saia longa de tweed e uma blusa de gola rulê que, na verdade, era grande demais para ela e batia na parte de baixo do queixo. O que era ótimo. Passou corretivo no hematoma da bochecha. Não conseguiu cobri-lo completamente, e nem seu maior par de óculos de sol esconderia os olhos roxos (os lábios inchados eram uma causa perdida), mas a maquiagem ajudou mesmo assim. O próprio ato de aplicá-la a fez se sentir mais ancorada à vida. Mais no comando.

No andar de baixo, apertou o PLAY da secretária eletrônica, achando que a ligação provavelmente era de Ramona Norville, fazendo o telefonema de acompanhamento de praxe: nós nos divertimos, esperamos

ESCURIDÃO TOTAL SEM ESTRELAS

que você tenha se divertido também, o retorno foi ótimo, por favor, apareça de novo (nem morta), blá-blá-blá. Mas não era Ramona. A mensagem era de uma mulher que se identificou como Betsy Neal. Ela disse que estava ligando da The Stagger Inn.

— Como parte de nosso empenho em desencorajar a mistura de bebida e direção, nossa política é fazer uma ligação de cortesia para as pessoas que deixam seus carros em nosso estacionamento após fecharmos — disse Betsy Neal. — Seu Ford Expedition, placa 775 NSD, de Connecticut, ficará conosco até as cinco da tarde de hoje. Depois das cinco, ele será rebocado para a oficina Excellent Auto Repair, John Higgins Road, 1.500, North Colewich, e as despesas sairão por sua conta. Por favor, não esqueça que nós não temos sua chave, senhora. Você deve tê-la levado. — Betsy Neal fez uma pausa. — Estamos com outra coisa que lhe pertence, então, por favor, venha até o escritório. Lembre-se de trazer algum documento de identificação. Obrigada e tenha um bom dia.

Tess se sentou no sofá e riu. Antes de ouvir a gravação da tal Betsy, ela havia planejado ir ao shopping em seu Expedition. Não tinha mais bolsa, não tinha chaveiro, não tinha a droga do *carro*, mas ainda assim havia planejado andar até a entrada da garagem, entrar no carro e...

Ela se recostou nas almofadas, gritando e socando a coxa. Fritzy estava embaixo da poltrona, do outro lado do cômodo, olhando para Tess como se ela tivesse ficado maluca. *Somos todos loucos aqui, então tome outra xícara de chá*, pensou ela, e riu mais do que nunca.

Quando finalmente parou (embora parecesse mais que ela havia perdido as forças), tocou a mensagem gravada de novo. Dessa vez ela se concentrou na parte em que a tal Betsy dizia sobre estarem com outra coisa que lhe pertencia. Sua bolsa? Talvez até seus brincos de diamante. Mas isso seria bom demais para ser verdade, não é?

Chegar ao The Stagger Inn em um carro preto da Royal Limousine poderia ser chamativo demais, então ela pediu um táxi comum. O atendente disse que poderiam levá-la ao que ele chamava de "The Stagger" pelo preço fixo de cinquenta dólares.

— Lamento cobrar um valor tão alto — disse ele. — Mas o motorista vai voltar sozinho.

— Como você sabe? — perguntou Tess, espantada.

— Deixou seu carro lá, certo? Acontece o tempo todo, principalmente nos fins de semana. Embora a gente também receba chamadas nas noites de caraoquê. Seu táxi estará aí em cerca de 15 minutos.

Tess comeu um biscoito doce (engolir doía, mas seu primeiro café da manhã fora inutilizado e ela estava com fome) e ficou junto à janela da sala de estar, esperando o táxi e jogando a chave extra do Expedition para o alto. Então decidiu mudar de planos. Não iria mais ao shopping de Stoke Village. Assim que recuperasse o carro (e qualquer que fosse a outra coisa que Betsy Neal estava guardando), ela iria dirigir cerca de 1 quilômetro até o posto Gas & Dash e chamaria a polícia de lá.

Parecia perfeito.

23

Quando o táxi entrou na Stagg Road, a pulsação de Tess começou a acelerar. Ao chegarem à The Stagger Inn, seu coração parecia estar a 130 batidas por minuto. O taxista deve ter notado alguma coisa pelo retrovisor... ou talvez tenham sido apenas os sinais visíveis da agressão que induziram à pergunta:

— Está tudo bem, senhora?

— Tudo ótimo — respondeu ela. — É só que eu não planejava voltar aqui esta manhã.

— Poucos planejam — disse o taxista. Ele estava mordendo um palito de dente, que fez uma lenta e filosófica jornada de um lado para outro da boca. — Eles estão com sua chave, imagino? Você deixou com o barman?

— Ah, isso não é problema — disse ela, animada. — Mas eles estão com outra coisa que me pertence... A moça que ligou não disse o quê, e nem por um decreto consigo imaginar o que poderia ser.

Deus do céu, pareço até uma das minhas velhinhas detetives falando.

O taxista rolou o palito de dente de volta para o ponto inicial. Foi sua única resposta.

— Vou lhe pagar mais dez dólares para esperar até que eu saia — disse Tess, indicando a boate com a cabeça. — Quero ter certeza de que meu carro vai pegar.

— Sem problema — confirmou o taxista.

E se eu gritar porque ele *está lá dentro, esperando por mim, venha correndo, está bem?*

Mas ela não teria dito isso mesmo que não a fizesse parecer uma doida varrida. O taxista era gordo, cinquentão e sem fôlego. Ele não seria páreo para o gigante, se fosse uma armação... e, em um filme de terror, com certeza seria.

Atraída de volta, pensou Tess, desanimada. *Atraída de volta por uma ligação da namorada do gigante, que é tão louca quanto ele.*

Uma ideia tola e paranoica, mas a caminhada até a entrada da The Stagger Inn pareceu longa, e a terra dura fez seus passos soarem muito altos: *tump-tump-tump*. O estacionamento que parecia um mar de carros na noite anterior estaria deserto se não fossem quatro automóveis, o Expedition entre eles. O carro estava bem no fundo do estacionamento — claro, ele não iria querer ser visto enquanto o deixava lá. Dava para ver o pneu esquerdo da frente: era velho e preto, diferente dos outros três, mas, fora isso, parecia tudo bem. Ele havia trocado o pneu. É claro. De que outra forma poderia ter levado o carro para longe de seu... seu...

Seu parque de diversões. Seu matadouro. Ele levou o carro até ali, estacionou, voltou para a loja abandonada e então foi embora em sua velha picape F-150. Que bom que não cheguei aqui mais cedo ontem. Ele teria me encontrado perambulando pela estrada, atordoada, e eu não estaria aqui agora.

Tess olhou para trás, por cima do ombro. Em um dos filmes que ela não conseguia mais parar de pensar, ela com certeza veria o táxi acelerando e indo embora (*me deixando à minha própria sorte*), mas o carro ainda estava bem ali. Ela acenou para o motorista, que acenou de volta. Estava tudo bem. Seu Expedition estava ali, e o gigante não. O gigante estava em casa (seu *covil*), provavelmente ainda dormindo em razão de todo o esforço da noite anterior.

A placa na porta dizia FECHADO. Tess bateu, mas ninguém respondeu. Ela tentou girar a maçaneta, e as tramas de filmes sombrios voltaram à sua mente quando descobriu que a porta não estava trancada. Aquelas histórias completamente estúpidas em que a porta sempre abre e a heroína chama (com a voz trêmula): "Tem alguém aí?" Todo mundo sabe que ela é maluca de entrar, mas ela faz isso mesmo assim.

GIGANTE DO VOLANTE

Tess olhou para o táxi novamente, viu que ainda estava lá, procurou se lembrar de que tinha uma arma carregada na bolsa, e entrou mesmo assim.

24

Ela estava em um saguão que ocupava toda a extensão do prédio vizinho ao estacionamento. As paredes eram decoradas com fotos de divulgação: bandas com roupas de couro, outras de jeans e uma banda feminina de minissaia. Um bar auxiliar se estendia após a área da chapelaria. Não havia banquinhos, apenas um balcão onde se podia tomar um drinque enquanto se esperava por alguém ou se o bar lá dentro estivesse lotado. Uma única placa vermelha brilhava acima das garrafas enfileiradas: BUDWEISER.

Bud faz um bem, pensou Tess.

Ela tirou os óculos escuros para poder andar sem tropeçar em nada e atravessou o saguão para dar uma espiada no salão principal. Era enorme e cheirava a cerveja. Havia um globo de discoteca, naquele momento parado e apagado. O piso de madeira a fez se lembrar da pista de patinação onde ela e suas amigas praticamente moraram durante o verão entre o oitavo ano e o ensino médio. Os instrumentos ainda estavam no palco, sugerindo que os Confeiteiros Zumbis voltariam naquela noite para bombar o rock 'n' roll mais uma vez.

— Olá — chamou, e sua voz ecoou pelo espaço.

— Estou bem aqui — respondeu gentilmente alguém atrás dela.

25

Se tivesse sido uma voz masculina, Tess teria gritado. Ela conseguiu evitar o berro, mas se virou tão rápido que perdeu um pouco o equilíbrio. A mulher que estava na chapelaria — muito magra, e que não podia ter mais do que 1,60 metro — piscou, surpresa, e deu um passo para trás.

— Opa, calma.

ESCURIDÃO TOTAL SEM ESTRELAS

— Você me assustou — disse Tess.

— Percebi. — O rosto minúsculo e perfeitamente oval da mulher era emoldurado por cabelos pretos e volumosos, e havia um lápis saindo deles. Seus olhos azuis pungentes não combinavam muito um com o outro. *Uma garota estilo Picasso*, pensou Tess. — Eu estava no escritório. Você é a moça do Expedition ou a do Honda?

— Do Expedition.

— Trouxe algum documento?

— Sim, dois, mas somente um com foto. Meu passaporte. Os outros estavam na bolsa. Minha outra bolsa. Achei que era isso que poderia estar aqui com você.

— Não, sinto muito. Será que você não a enfiou embaixo do banco ou coisa assim? Nós só olhamos o porta-luvas, e é claro que não podemos fazer nem isso quando o carro está trancado. O seu não estava, e seu número de telefone estava no cartão do seguro. Mas você provavelmente sabe disso. Talvez encontre a bolsa em casa. — A voz de Betsy sugeria que isso não era muito provável. — Um documento com foto vai servir, se der para identificar você.

Betsy conduziu Tess a uma porta nos fundos da chapelaria, e então elas seguiram por um corredor estreito e sinuoso que margeava o salão principal. Havia mais fotos de bandas nas paredes. Em certo ponto, elas passaram por um lugar com odor de cloro que fez arderem os olhos e a garganta irritada de Tess.

— Se você acha que o banheiro está fedendo agora, tem que aparecer aqui quando a casa estiver lotada — comentou Betsy, e então acrescentou: — Ah, me esqueci... você esteve aqui.

Tess não comentou nada.

No fim do corredor, havia uma porta com uma placa indicando: APENAS FUNCIONÁRIOS. A sala atrás dela era grande, agradável e banhada pela luz do sol. Havia uma foto emoldurada de Barack Obama pendurada na parede, e logo acima um adesivo com o slogan SIM, NÓS PODEMOS! Tess não via o táxi — o prédio estava na frente —, mas dava para ver a sombra do veículo.

Isso é bom. Fique aí onde está e ganhe suas dez pratas. E, se eu não sair, não entre. Apenas chame a polícia.

Betsy foi até a escrivaninha no canto e se sentou.

— Me mostre seu documento.

Tess abriu a bolsa, tateou, ignorando a arma, e pegou o passaporte e o cartão da Authors Guild. Betsy deu uma olhada rápida na foto do passaporte, mas, quando viu o cartão da associação, arregalou os olhos.

— Você é a moça dos livros da Sociedade de Tricô!

Tess sorriu corajosamente. Seus lábios doíam.

— Culpada. — A voz soou abafada, como se ela estivesse se recuperando de um forte resfriado.

— Minha avó adora seus livros!

— Muitas avós adoram — disse Tess. — Quando os livros conquistarem a próxima geração, a que não está atualmente aposentada, vou comprar um château na França.

Essa brincadeira costumava arrancar um sorriso. Mas esse não foi o caso da srta. Neal.

— Espero que isso não tenha acontecido aqui.

Ela não especificou o quê, nem precisava. Tess sabia do que a mulher estava falando, e Betsy Neal sabia que ela sabia.

Tess pensou em recontar a história que inventara para Patsy — o detector de fumaça apitando, o gato, o tropeção, a pancada contra o pilar da escada —, mas não se deu ao trabalho. Aquela mulher tinha um jeito competente e eficiente, e provavelmente ia à The Stagger Inn o mínimo possível durante o horário de funcionamento, mas dava para ver que não alimentava ilusões quanto ao que às vezes acontecia ali à medida que as horas avançavam e os clientes ficavam mais bêbados. Afinal, ela era a responsável por chegar cedo ao local nas manhãs de sábado e fazer as ligações de cortesia. E provavelmente já ouvira sua parcela de desculpas do dia seguinte, que incluíam tropeços à meia-noite, escorregões no banho etc. etc.

— Não foi aqui — disse Tess. — Não se preocupe.

— Nem no estacionamento? Se você teve problemas por lá, terei que pedir ao sr. Rumble para conversar com a equipe de segurança. O sr. Rumble é o dono, e a segurança deveria checar os monitores de vídeo regularmente em noites movimentadas.

— Aconteceu depois que eu saí daqui.

Agora tenho mesmo *que fazer uma ligação anônima, se ainda pretendo contar o que houve. Porque estou mentindo, e ela vai se lembrar.*

Se ela ainda pretendia contar? Claro que sim. Certo?

— Sinto muito. — Betsy fez uma pausa, parecendo em conflito consigo mesma. Então disse: — Não quero ofender você, mas você não tem nada a ver com um lugar como este, para começo de conversa. As coisas não acabaram muito bem para você e, se isso chegar aos jornais... bem, minha avó ficaria muito desapontada.

Tess concordou. E porque sabia florear uma história convincentemente (afinal, era esse talento que pagava as contas), foi o que ela fez.

— Um namorado idiota é pior que uma presa de serpente. Acho que a Bíblia diz isso. Ou talvez o dr. Phil. De qualquer forma, eu terminei com ele.

— Várias mulheres dizem isso, depois amolecem. E um cara que faz isso uma vez...

— Vai fazer de novo. Sim, eu sei, fui muito idiota. Se você não está com a minha bolsa, o que *tem* aí?

A srta. Neal girou na cadeira (o sol brilhou em seu rosto, iluminando por um instante aqueles incomuns olhos azuis), abriu uma das gavetas do arquivo e pegou Tom, o TomTom. Tess ficou maravilhada ao ver seu velho companheiro de viagens. Não consertava tudo o que tinha acontecido, mas era um passo na direção certa.

— Não devemos tirar nada dos carros dos clientes, apenas pegar o endereço e o número do telefone, se conseguirmos, e então trancá-los, mas não quis deixar isso lá. Os ladrões não se importam em quebrar janelas para pegar algo que chame a atenção, e isto estava bem em cima do painel.

— Obrigada. — Tess sentiu as lágrimas brotarem por trás dos óculos escuros, e se esforçou para controlá-las. — Foi muito gentil da sua parte.

Betsy Neal sorriu, o que fez seu austero rosto de srta. Extremamente Profissional ficar radiante por um instante.

— Não há de quê. E quando seu namorado vier rastejando de volta, pedindo uma segunda chance, pense na minha avó e em todas as suas leitoras fiéis, e diga: de jeito nenhum, cara. — Ela ficou pensativa. — Mas faça isso com uma corrente na porta. Porque um namorado idiota é realmente pior que uma presa de serpente.

— É um bom conselho. Olhe, preciso ir agora. Pedi ao taxista para esperar até eu ter certeza de que conseguiria pegar meu carro.

E isso poderia ter sido tudo — realmente poderia —, mas então Betsy perguntou, com um acanhamento apropriado, se Tess se importaria em dar um autógrafo para sua avó. Tess lhe disse que era claro que não e, apesar de tudo o que havia acontecido, observou, achando graça, Betsy procurar um pedaço de papel timbrado e usar uma régua para tirar a logo da The Stagger Inn do alto antes de passá-lo por cima da mesa.

— Você pode escrever "Para Mary, uma grande fã"?

Tess podia. E, enquanto colocava a data, ocorreu-lhe uma nova história.

— Um homem me ajudou quando meu namorado e eu estávamos... você sabe, discutindo. Se não fosse por ele, eu poderia ter ficado muito mais machucada. — *Sim! Poderia até mesmo ter sido estuprada!* — Eu gostaria de agradecer, mas não sei o nome dele.

— Duvido que eu possa ajudar você com isso. Eu apenas trabalho no escritório.

— Mas você mora por aqui, certo?

— Sim...

— Eu o encontrei em uma pequena loja seguindo a estrada.

— A Gas & Dash?

— Acho que esse é o nome. Foi onde meu namorado e eu discutimos. Foi por causa do carro. Eu não queria dirigir, nem deixar que ele dirigisse também. Brigamos por causa disso durante todo o caminho até a loja... Enfim, esse cara apareceu em uma velha picape azul com massa em volta dos faróis...

— Durepoxi?

— É, acho que esse é o nome — falou, sabendo muito bem que era isso mesmo. — Bem, me lembro de ter pensado, quando ele saiu do carro, que não parecia dirigir a picape, e sim vesti-la.

Quando Tess entregou o papel autografado por cima da mesa, viu que Betsy Neal agora sorria.

— Ah, meu Deus, acho que sei quem ele é.

— Sério?

— Ele era grande ou *muito* grande?

ESCURIDÃO TOTAL SEM ESTRELAS

— Muito grande — disse Tess, sentindo uma felicidade cautelosa que não parecia localizada em sua cabeça, mas no meio do peito. Era como ela se sentia quando as pontas de uma trama excêntrica começavam a se unir, firmes como as alças de uma linda bolsa. Ela sempre ficava ao mesmo tempo surpresa e nada surpresa quando isso acontecia. Não havia satisfação igual.

— Você notou se ele usava um anel no dedo mínimo? Com uma pedra vermelha?

— Sim! Como um rubi! Só que grande demais para ser de verdade. E um boné marrom...

Betsy assentiu.

— Com manchas brancas. Ele usa essa porcaria há dez anos. É do Gigante do Volante que você está falando. Não sei onde ele mora, mas é por aqui, deve ser de Colewich ou Nestor Falls. Eu o vejo pela região... no supermercado, na loja de ferramentas, no Walmart, lugares assim. E quando a gente o vê, não dá para esquecer. O nome verdadeiro dele é Al Alguma-Coisa-em-Polonês. Sabe, um daqueles sobrenomes difíceis de pronunciar? Strelkowicz, Stancowitz, algo assim. Aposto que posso achá-lo na lista telefônica, porque ele e o irmão têm uma transportadora. Hawkline, acho que é esse o nome. Ou talvez Eagle Line. Só sei que o logo tem um pássaro. Você quer que eu procure?

— Não, obrigada — disse Tess, de maneira gentil. — Você já ajudou bastante, e o taxista está esperando.

— Certo. Agora faça um favor a si mesma e fique longe desse seu namorado. E longe da Stagger. É claro que, se contar a alguém que lhe disse isso, eu vou ter que matar você.

— Justo — disse Tess, sorrindo. — Acho que eu mereceria isso. — Na porta, ela se virou. — Pode me fazer um favor?

— Diga.

— Se você encontrar o Al Alguma-Coisa-em-Polonês pela cidade, não comente que falou comigo. — Ela abriu um sorriso ainda maior. Seus lábios doeram, mas continuou sorrindo mesmo assim. — Gostaria de fazer uma surpresa. Quero lhe dar um presentinho, ou algo assim.

— Sem problema.

Tess se demorou um pouco mais.

— Adorei seus olhos.

Betsy deu de ombros e sorriu.

— Obrigada. Não combinam muito um com o outro, não é? Isso costumava me deixar constrangida, mas agora...

— Agora você já se acostumou com eles — afirmou Tess. — Fazem parte de quem você é.

— Acho que sim. Até consegui alguns trabalhos como modelo quando tinha 20 anos. Mas sabe? Às vezes é melhor não deixar que certas coisas façam parte de nossa vida. Como homens de gênio ruim.

Quanto a isso, Tess concordava totalmente.

26

Ela se certificou de que seu Expedition pegaria, então deu uma gorjeta de vinte dólares ao taxista, em vez de 10. Ele lhe agradeceu, feliz da vida, e saiu na direção da I-84. Tess o seguiu, mas não sem antes plugar Tom no isqueiro e ligá-lo.

— Olá, Tess — cumprimentou Tom. — Vejo que vamos viajar.

— Vamos para casa, Tommy — disse ela, e saiu do estacionamento, consciente de que dirigia com um pneu que fora colocado pelo homem que quase a matara. Al Alguma-Coisa-em-Polonês. Aquele caminhoneiro filho da puta. — Só vamos fazer uma parada no caminho.

— Não sei no que está pensando, Tess, mas é melhor tomar cuidado.

Se ela estivesse em casa, e não no carro, teria sido Fritzy que diria isso, e Tess também não acharia estranho. Ela inventava vozes e conversas desde a infância, embora aos 8 ou 9 anos tivesse parado de fazer isso em público, a não ser que quisesse criar algum efeito cômico.

— Também não sei no que estou pensando — disse, mas não era exatamente verdade.

Mais à frente ficava a interseção da US 47 com a loja Gas & Dash. Tess ligou a seta, virou e estacionou em frente aos dois telefones públicos na lateral do prédio. Viu o número da Royal Limousine na parede de concreto empoeirada entre eles. Os números pareciam meio tortos e inclinados, escritos por um dedo trêmulo. Sentiu um calafrio subir pelas suas costas e passou os braços em volta do corpo, abraçando-se com firmeza. Então saiu e andou até o telefone que ainda funcionava.

ESCURIDÃO TOTAL SEM ESTRELAS

A plaquinha com as instruções estava meio arranhada, talvez por um bêbado com uma chave de carro, mas ainda dava para ler a informação mais importante: ligações gratuitas de emergência, apenas tire o fone do gancho e aperte os números 911. Mole, mole, fácil, fácil.

Ela apertou o 9, hesitou, apertou o 1, e então hesitou novamente. Visualizou uma piñata e uma mulher pronta para acertá-la com um bastão. Em breve, tudo desabaria nela. Seus amigos e colegas saberiam que havia sido estuprada. Patsy McClain descobriria que aquela história de tropeçar em Fritzy no escuro tinha sido uma mentira motivada pela vergonha... e que Tess não confiava nela o bastante para contar a verdade. Mas isso não era o mais importante. Ela achava que poderia aguentar um pouco de escrutínio público, principalmente se isso impedisse que o homem que Betsy Neal chamara de Gigante do Volante viesse a estuprar e matar outra mulher. Tess percebeu que até mesmo poderia ser vista como uma heroína, algo que teria sido impossível até mesmo de considerar na noite anterior, quando urinar doía a ponto de fazê-la chorar e sua mente não parava de voltar para a imagem de sua calcinha roubada no bolso da frente do macacão do gigante.

Só que...

— Mas e quanto a mim? — perguntou ela de novo. Falava bem baixinho, enquanto olhava para o número de telefone escrito na poeira. — O que eu ganho com isso?

E pensou: *Eu tenho uma arma e sei usá-la.*

Colocou o telefone no gancho e voltou para o carro. Olhou para a tela de Tom, que mostrava a interseção da Stagg Road com a Rota 47.

— Preciso pensar melhor nisso — disse ela.

— O que há para se pensar? — perguntou Tom. — Se você o matar e for pega, vai para a cadeia. Estuprada ou não.

— É sobre isso que preciso pensar — respondeu Tess, e entrou na US 47, que a levaria para a I-84.

O tráfego na autoestrada estava tranquilo para uma manhã de sábado, e estar atrás do volante de seu Expedition era bom. Reconfortante. Normal. Tom ficou quieto até ela passar pela placa que dizia SAÍDA 9, STOKE VILLAGE A 3 KM. Então ele disse:

— Você tem certeza de que foi um acidente?

— O quê? — Tess tomou um susto. Ela havia escutado as palavras de Tom saindo de sua boca, pronunciadas com a voz grave que sempre usava para a metade inventada de suas conversas de faz de conta (era uma voz bem parecida com a verdadeira voz robótica de Tom, o TomTom), mas não parecia um pensamento *seu*. — Você está dizendo que o desgraçado me estuprou por *acidente*?

— Não — respondeu Tom. — Estou dizendo que, se fosse por você, teria voltado pelo mesmo caminho da ida. *Este* caminho. A I-84. Mas alguém teve uma ideia melhor, não é? Alguém conhecia um atalho.

— Sim — concordou ela. — Ramona Norville. — Ela pensou um pouco, e então balançou a cabeça. — Mas isso me parece meio forçado demais, amigo.

Tom não respondeu nada.

27

Ao sair da Gas & Dash, Tess planejara entrar na internet para ver se localizava uma transportadora, talvez pequena e independente, que atuasse em Colewich ou em uma das cidades próximas. Uma empresa com o nome de um pássaro, provavelmente Hawk ou Eagle-alguma--coisa. Teria sido o que as senhoras de Willow Grove fariam. Elas adoravam seus computadores e estavam sempre mandando mensagens umas para as outras, como se fossem adolescentes. Fora isso, seria interessante confirmar se sua versão de investigação amadora funcionaria na vida real.

Enquanto pegava uma das saídas da I-84, a 2,5 quilômetros de casa, decidiu que faria uma pequena pesquisa sobre Ramona Norville primeiro. Quem sabe ela poderia descobrir que, além de dirigir a Books & Brown Baggers, Ramona era a presidente da Sociedade de Prevenção de Estupros de Chicopee. Era até razoável. A anfitriã de Tess era claramente não apenas lésbica, mas *sapatão*, e mulheres assim não costumavam gostar nada de estupradores.

— Muitos incendiários são bombeiros voluntários onde moram — observou Tom quando ela entrou na sua rua.

ESCURIDÃO TOTAL SEM ESTRELAS

— E o que *isso* quer dizer? — perguntou Tess.

— Que você não deveria eliminar nenhum suspeito com base em suas afiliações públicas. As senhoras da Sociedade de Tricô nunca fariam isso. Mas, de qualquer maneira, pesquise sobre ela na internet — sugeriu Tom com uma voz de *fique à vontade* que Tess não esperava. E que era ligeiramente irritante.

— Que gentil de sua parte me dar permissão, Thomas — disse ela.

28

Mas quando estava no escritório, com o computador ligado, Tess ficou encarando a tela de boas-vindas da Apple por cinco minutos enquanto se perguntava se estava de fato pensando em encontrar o gigante e usar sua arma, ou se aquele era apenas o tipo de fantasia a que estão inclinados os mentirosos por profissão, como ela. Uma fantasia de vingança, nesse caso. Ela também evitava esse tipo de filme, mas sabia que eles existiam. Não se podia ignorar a cultura do próprio país a não ser se tornando uma pessoa totalmente reclusa, e esse não era o caso de Tess. Nos filmes de vingança, caras incrivelmente musculosos, como Charles Bronson e Sylvester Stallone, não perdiam tempo com a polícia. Eles pegavam os caras maus sozinhos. Faziam justiça com as próprias mãos. Você está com sorte hoje, vagabundo? Tess achava que até mesmo Jodie Foster, uma das graduadas mais famosas de Yale, havia feito um filme desses. Tess não conseguia se lembrar direito do título. *Corajosa*, talvez? Era mais ou menos isso.

A saudação no computador deu lugar à proteção de tela com a palavra do dia. A palavra que apareceu foi *cormorão*, que, por acaso, era um pássaro.

— Quando mandar suas mercadorias pela Transportadora Cormorão, você achará que está nas nuvens — disse Tess na voz grave que fingia ser de Tom.

Ela apertou uma tecla, e a proteção de tela desapareceu. Então entrou na internet, mas não abriu um site de busca, não de primeira. Primeiro acessou o YouTube e digitou RICHARD WIDMARK, sem saber por que tinha feito isso. Não de maneira consciente, pelo menos.

208

Talvez eu só queira descobrir se o cara realmente merece ter fãs, pensou Tess. *Ramona com certeza acha que sim.*

Havia vários vídeos. O mais visualizado era uma compilação de seis minutos intitulada ELE É MAU, ELE É MUITO MAU. Centenas de milhares de pessoas tinham assistido. Havia cenas de três filmes, mas aquele que mais a perturbou foi o primeiro. Era um filme em preto e branco, de baixo orçamento... mas definitivamente um *daqueles* filmes. Até o título dizia isso: *O beijo da morte*.

Tess viu o vídeo todo, depois voltou para a parte de *O beijo da morte* duas vezes. Widmark interpretava um assassino psicopata e sorridente que ameaçava uma senhora em uma cadeira de rodas. Ele queria uma informação: "Onde está aquele seu filho dedo-duro?" E quando a senhora se recusava a falar: "Sabe o que eu faço com dedos-duros? Acerto bem na barriga deles, para que fiquem se contorcendo no chão, pensando no que fizeram."

Mas ele não atirava na barriga da senhora. Ele a amarrava na cadeira de rodas com o fio de um abajur e a empurrava escada abaixo.

Tess saiu do YouTube, entrou no Bing, procurou pelo nome Richard Widmark e encontrou o que esperava, dada a força daquele pequeno vídeo. Embora ele tivesse feito vários filmes posteriores, quase sempre no papel de herói, tornou-se mais conhecido pelo papel do sorridente e psicótico Tommy Udo, de *O beijo da morte*.

— Grande coisa — disse Tess. — Às vezes um charuto é apenas um charuto.

— E o que isso quer dizer? — perguntou Fritzy da janela, onde se aquecia ao sol.

— Quer dizer que Ramona provavelmente se apaixonou por ele depois de vê-lo interpretar o heroico xerife ou o corajoso comandante de um encouraçado, ou algo do tipo.

— Pode ser — concordou Fritzy. — Porque se você estiver mesmo certa sobre a orientação sexual de Ramona, ela provavelmente não idolatra homens que assassinam velhinhas em cadeiras de roda.

É claro. Bem pensado, Fritzy.

O gato, então, encarou Tess com um olhar cético e disse:

— Mas talvez você não esteja certa sobre ela.

— Mesmo que não esteja, *ninguém* torce pelos bandidos psicopatas — afirmou Tess.

Ela reconheceu como aquilo era estúpido assim que as palavras saíram de sua boca. Se as pessoas não torcessem pelos psicopatas, não continuariam fazendo filmes sobre um maluco com uma máscara de hóquei ou um cara queimado com lâminas no lugar dos dedos. Mas Fritzy fez a gentileza de não rir.

— É melhor não rir mesmo — ameaçou Tess. — Se sentir vontade, lembre quem é que enche sua vasilha de comida.

Ela entrou no Google, pesquisou o nome de RAMONA NORVILLE e obteve 44 mil resultados. Depois acrescentou *Chicopee* na busca e chegou ao número mais razoável de 1.200 resultados (embora soubesse que, mesmo entre esses, encontraria vários que não tinham nada a ver com o que queria, por alguma coincidência). O primeiro resultado relevante estava no *Weekly Reminder*, de Chicopee, e tratava da própria Tess: A BIBLIOTECÁRIA RAMONA NORVILLE APRESENTA A "SEXTA-FEIRA DE WILLOW GROVE".

— Aí estou eu, a atração principal — murmurou Tess. — Um viva para Tessa Jean. Agora vamos checar minha atriz coadjuvante.

Mas quando ela abriu a matéria, a única foto que viu foi a sua própria. Era a foto de divulgação em que aparecia com os ombros de fora, que sua assistente de meio período sempre mandava. Tess torceu o nariz e voltou ao Google, sem saber direito por que queria ver Ramona de novo, mas só que precisava fazer isso. Quando finalmente achou uma foto da bibliotecária, viu aquilo de que seu subconsciente já devia suspeitar, pelo menos a julgar pelos comentários de Tom na viagem de volta para casa.

Era uma matéria publicada na edição do dia 3 de agosto do *Weekly Reminder*. BROWN BAGGERS ANUNCIA O CRONOGRAMA DE PALESTRAS PARA O OUTONO, dizia a manchete. Logo abaixo, Ramona Norville estava de pé nos degraus da biblioteca, sorrindo e semicerrando os olhos em razão do sol. Uma foto horrível, tirada por alguém sem muito talento, e uma péssima (mas provavelmente típica) escolha de roupas por parte de Ramona. O blazer masculino fazia seu peito parecer tão largo quanto o de um jogador de futebol americano. Seus sapatos baixos eram marrons e feios. Uma calça cinza apertada demais exibia o que Tess e suas amigas de colégio chamavam de "coxas roliças".

— Mas que merda, Fritzy — disse ela. Sua voz soou meio chorosa e angustiada. — Olhe isto.

Fritzy não veio olhar nem respondeu. Como poderia, se ela estava transtornada demais para fazer a voz dele?

Melhor ter certeza do que você está vendo, disse a si mesma. *Você passou por um choque terrível, Tessa Jean, talvez o maior choque pelo qual uma mulher possa passar, fora receber o diagnóstico de alguma doença fatal em um consultório médico. Então procure ter certeza.*

Ela fechou os olhos e evocou a imagem do homem com a velha picape Ford remendada com Durepoxi em volta dos faróis. Ele parecera muito amigável à primeira vista. *Você não achou que encontraria o gigante de João e o pé de feijão, aqui no meio do nada, né?*

Mas não havia *nenhum* pé de feijão. Só um homem enorme e bronzeado que não dirigia sua picape, e sim a vestia.

Ramona Norville, que não parecia uma Gigante do Volante, mas certamente uma Gigante da Biblioteca, era velha demais para ser irmã dele. E se era lésbica, nem sempre tinha sido, porque a semelhança era inconfundível.

A não ser que eu esteja muito enganada, estou olhando para a foto da mãe do meu estuprador.

29

Tess foi à cozinha e bebeu um copo d'água, mas só água não era suficiente. Uma garrafa de tequila pela metade tinha sido esquecida em um canto do armário da cozinha por muitos e muitos anos. Tess a pegou, pensou em servi-la em um copo, mas decidiu dar um gole direto da garrafa. A bebida desceu queimando sua boca e sua garganta, mas mesmo assim o efeito foi positivo. Ela bebeu um pouco mais — apenas um golinho —, e então guardou a garrafa. Não tinha nenhuma intenção de ficar bêbada. Se algum dia ela havia precisado manter a cabeça no lugar, com certeza era aquele.

A raiva — a maior e mais genuína raiva que sentira em sua vida adulta — a invadira como uma febre, mas não era nenhuma febre que ela conhecia. Tess a sentia correr pelo corpo como um soro estranho, frio do lado direito e quente do lado esquerdo, onde ficava o coração. E parecia não chegar nem perto da cabeça, pois sua mente permanecia clara. Na verdade, ficara mais clara depois de tomar a tequila.

ESCURIDÃO TOTAL SEM ESTRELAS

Ela caminhou em círculos várias vezes pela cozinha, a cabeça baixa, uma das mãos massageando os hematomas em volta do pescoço. Não lhe ocorreu que estava andando em círculos pela cozinha assim como havia feito ao redor da loja deserta, depois de engatinhar para fora do cano que o Gigante do Volante pretendera que fosse sua tumba. Acreditava mesmo que Ramona Norville a havia mandado — ela, Tess — até seu filho psicótico, como uma espécie de sacrifício? Isso seria possível? Achava que não. Será que tinha como garantir que os dois eram mãe e filho, baseada em uma foto ruim e na própria memória?

Mas minha memória é boa. Principalmente para guardar rostos.

Bem, pelo menos era o que ela achava, mas todo mundo devia pensar assim também. Certo?

Sim, e essa ideia toda é maluca. Você tem que admitir que é.

Tess admitiu, mas já tinha visto coisas mais loucas em programas sobre casos policiais reais (a que ela *assistia*). As senhoras no apartamento em São Francisco que durante anos mataram seus inquilinos idosos e os enterraram no quintal por causa do dinheiro do Seguro Social. O piloto de avião que matou a esposa e depois congelou o corpo para poder passá-lo pelo triturador de madeira atrás da garagem. O homem que jogara gasolina nos filhos e então os cozinhara como galetos para garantir que sua esposa nunca tivesse a guarda que a justiça havia lhe dado. Uma mulher que mandava vítimas para o próprio filho era chocante e improvável... mas não impossível. Quando se tratava da perversidade humana, parecia não haver limites.

— Minha nossa. — Tess se ouviu falar com uma voz que combinava angústia e raiva. — Minha nossa, minha nossa, minha nossa.

Descubra. Tenha certeza absoluta. Se você conseguir.

Ela voltou ao seu leal computador. Suas mãos tremiam muito, e precisou tentar três vezes até conseguir escrever TRANSPORTADORAS EM COLEWICH no campo de busca do Google. Finalmente ela acertou, apertou Enter e lá estava no primeiro link da lista: TRANSPORTADORA RED HAWK. O link a levou ao site da Red Hawk, em que havia uma animação malfeita de um grande caminhão de carga com o que ela acreditava ser um falcão vermelho na lateral e a cara bizarra de um homem sorridente atrás do volante. O caminhão cruzou a tela da direita para a esquerda, virou e voltou da esquerda para direita, e então virou de novo.

GIGANTE DO VOLANTE

Uma jornada de cruzamentos intermináveis. O slogan da empresa piscou em vermelho, branco e azul acima do caminhão animado: OS SORRISOS VÊM COM O SERVIÇO!

Para aqueles que desejavam ir além da tela inicial, havia quatro ou cinco opções, incluindo números telefônicos, preços e depoimentos de clientes satisfeitos. Tess pulou aquilo tudo e clicou na última opção, que dizia VEJA A MAIS NOVA AQUISIÇÃO DA NOSSA FROTA! E, quando a foto apareceu, a última peça se encaixou.

Era uma fotografia bem melhor do que a de Ramona Norville nos degraus da biblioteca. Nela, o estuprador de Tess estava sentado no banco do motorista de um reluzente caminhão, daqueles com a cabine sobre o motor, que exibia a inscrição TRANSPORTADORA RED HAWK, COLEWICH, MASSACHUSETTS escrita em letras elegantes na porta. Ele não estava usando aquele boné marrom com manchas brancas, e o cabelo loiro, curto e espetado, revelado pela ausência do adereço, fazia com que ele se parecesse ainda mais com a mãe, de maneira quase assustadora. Seu sorriso alegre que parecia dizer "você pode confiar em mim" era o mesmo que Tess tinha visto na tarde do dia anterior. Aquele que ele ainda exibia quando disse *Em vez de trocar o seu pneu, o que me diz de eu te foder? O que acha?*

Ver a foto fez aquele estranho soro de raiva circular mais rápido em seu corpo. As têmporas de Tess latejavam, mas ela não sentia exatamente dor de cabeça; na verdade, era algo quase prazeroso.

Ele estava usando o anel de vidro vermelho.

A legenda abaixo da foto dizia: "Al Strehlke, presidente da Transportadora Red Hawk, visto aqui atrás do volante da mais nova aquisição da companhia, um Peterbilt 389, de 2008. Este incrível caminhão agora está disponível para os nossos clientes, que são OS MELHORES DE TODO O PAÍS. Pode falar, Al não parece um pai orgulhoso?"

Ela o ouviu chamando-a de vadia, de vadia chorona desgraçada, e cerrou os punhos. Sentiu as unhas perfurarem as palmas de suas mãos e as enterrou ainda mais, saboreando a dor.

Pai orgulhoso. Seus olhos não paravam de voltar para aquela frase. *Pai orgulhoso.* A raiva corria cada vez mais rápido, circulando pelo corpo de Tess como ela circulara pela cozinha. Como circulara pela loja na noite anterior, alternando entre consciência e inconsciência, como uma atriz passando por uma série de holofotes.

Você vai me pagar, Al. E pode esquecer a polícia, sou eu que vou aparecer para cobrar a dívida.

E também havia Ramona Norville. A mãe orgulhosa do pai orgulhoso. Embora Tess ainda não estivesse muito certa sobre ela. Em parte porque não queria acreditar que uma mulher pudesse permitir que algo tão terrível acontecesse com outra, mas também porque conseguia imaginar uma explicação inocente. Chicopee não era tão longe de Colewich, e Ramona podia usar o atalho da Stagg Road sempre que ia até lá.

— Para visitar o filho — disse Tess, assentindo. — Para visitar o pai orgulhoso desse novo caminhão. Quem sabe não foi ela a autora da foto dele atrás do volante?

E por que ela não recomendaria sua rota preferida para a palestrante do dia?

Mas por que ela não disse: "Eu pego esse atalho toda hora para visitar meu filho?" Não seria o natural?

— Talvez ela não goste de falar com estranhos sobre a sua fase Strehlke. — disse Tess. — A fase antes de ela descobrir o cabelo curto e os sapatos confortáveis.

Era possível, mas e quanto aos pedaços de madeira com pregos espalhados na pista? A armadilha? Ramona lhe indicara aquele caminho, e a armadilha tinha sido colocada lá com antecedência. Será que tinha ligado para ele? Ligara e dissera: *"Estou te mandando uma bem gostosa, cuidado para não perder"*?

Isso ainda não quer dizer que ela esteja envolvida... ou pelo menos não intencionalmente *envolvida. O pai orgulhoso podia ficar de olho em suas palestrantes convidadas. Isso não seria muito difícil.*

— Nem um pouco difícil — afirmou Fritzy, depois de pular na escrivaninha. Então começou a lamber uma das patas.

— E se ele visse a foto de uma que gostasse... uma razoavelmente atraente... imagino que saberia que sua mãe a mandaria de volta pela... — Tess parou. — Não, isso não bate. Sem alguma dica da mamãezinha, como ele poderia saber que eu não estava voltando de carro para minha casa em Boston? Ou pegando um avião para minha casa em Nova York?

— Você pesquisou sobre *ele* no Google — disse Fritzy. — Talvez ele tenha pesquisado sobre *você*. Assim como ela. Dá para encontrar tudo na internet hoje em dia. Você mesma disse.

GIGANTE DO VOLANTE

Isso parecia fazer sentido, mas ainda era pouco para convencê-la.

Tess achou que só havia uma maneira de ter certeza: fazendo uma visita surpresa à srta. Norville. E olhando bem no fundo de seus olhos quando a visse. Se não encontrasse nada neles além de surpresa e curiosidade pelo Retorno da Autora da Willow Grove... e dessa vez para a casa de Ramona, em vez da biblioteca... isso seria uma coisa. Mas se também visse medo neles, do tipo: *por que você está aqui e não em um bueiro enferrujado na Stagg Road... bem...*

— Isso seria interessante, Fritzy. Não é mesmo?

Fritzy a encarou com seus perspicazes olhos verdes, ainda lambendo a pata. Parecia inofensiva, mas tinha garras escondidas. Tess já as havia visto e, algumas vezes, as sentira.

Ela descobriu onde eu morava. Vamos ver se consigo retribuir o favor.

Tess voltou ao computador, dessa vez para procurar pelo site da Books & Brown Baggers. Tinha certeza de que encontraria um site — todo mundo tem sites hoje em dia, até prisioneiros sentenciados à prisão perpétua por assassinato tinham sites —, e estava certa. A Brown Baggers postava novidades sobre seus membros, críticas literárias e atas informais — e nada resumidas — de seus encontros. Tess clicou na última opção e começou a rolar a página. Não levou muito tempo para ela descobrir que o encontro do dia 10 de junho havia sido realizado na casa de Ramona Norville, em Brewster. Tess nunca visitara aquela cidade, mas sabia onde ficava. Havia passado por uma placa verde na estrada indicando o caminho para lá quando seguia para a apresentação do dia anterior. Ficava apenas a duas ou três saídas ao sul de Chicopee.

Em seguida, encontrou os registros de impostos da cidade de Brewster e procurou até encontrar o nome de Ramona. Ela pagara 913,06 dólares em impostos sobre uma propriedade no ano anterior, que ficava na alameda Lacemaker, 75.

— Achei você, querida — murmurou Tess.

— Você precisa pensar bem no que pretende fazer — aconselhou Fritzy. — E até onde está disposta a ir.

— Se eu estiver certa... — disse Tess... — ... talvez bem longe.

Ela começou a desligar o computador, então se lembrou de mais uma coisa que valia a pena checar, embora soubesse que podia não dar em nada. Foi ao site do *Weekly Reminder* e clicou em OBITUÁRIOS. Havia um

ESCURIDÃO TOTAL SEM ESTRELAS

campo para se escrever um nome para buscar, e Tess digitou STREHLKE. A busca obteve um único resultado: um homem chamado Roscoe Strehlke. De acordo com a nota do obituário de 1999, ele havia morrido subitamente em casa, aos 48 anos. Deixara uma esposa, Ramona, e dois filhos: Alvin (23) e Lester (17). Para uma escritora de mistérios, mesmo daqueles mais leves e sem sangue, *morrido subitamente* não era um bom sinal. Ela procurou no banco de dados do jornal, mas não encontrou mais nada.

Continuou sentada por um instante, batendo impacientemente os dedos nos braços da cadeira como fazia quando estava trabalhando e empacava na procura por uma palavra, uma frase ou a melhor forma de descrever alguma coisa. Então pesquisou jornais a oeste e ao sul de Massachusetts até achar o *Republican*, de Springfield. Quando digitou o nome do marido de Ramona Norville, a manchete que apareceu era clara e direta: EMPRESÁRIO DE CHICOPEE COMETE SUICÍDIO.

Strehlke havia sido encontrado na garagem, pendurado em uma viga. Não havia um bilhete, e Ramona não foi citada no artigo, mas um vizinho disse ao repórter que o sr. Strehlke andava muito perturbado em razão de "uma encrenca em que seu filho mais velho se metera".

— Em que tipo de encrenca Al se meteu, para deixar você tão perturbado? — perguntou Tess para a tela do computador. — Teve algo a ver com uma garota? Um ataque, talvez? Agressão sexual? Será que ele já estava evoluindo para coisas maiores nessa época? Se foi por isso que você se enforcou, você era um merda de um pai covarde e desprezível.

— Talvez Roscoe tenha recebido uma ajudinha — disse Fritzy. — De Ramona. Ela é uma mulher grande e forte, sabe. Mas é claro que sabe, você a viu.

Novamente, aquilo não soou como a voz que ela fazia quando estava falando consigo mesma. Tess olhou para Fritzy, assustada. O gato a encarou de volta: seus olhos verdes perguntando *quem, eu?*

O que Tess queria fazer era dirigir direto para a alameda Lacemaker com a arma na bolsa. O que *deveria* fazer era parar de bancar a detetive e ligar para a polícia. Deixar que eles cuidassem de tudo. Era o que a Velha Tess teria feito, mas ela já não era mais aquela mulher. Aquela mulher lhe parecia um parente distante, para quem você manda um cartão no Natal e esquece pelo resto do ano.

Como não conseguia decidir o que fazer — e ainda estava dolorida —, Tess subiu as escadas e voltou para cama. Dormiu por quatro horas e se levantou quase com o corpo travado demais para andar. Tomou dois comprimidos de Tylenol extraforte, esperou até surtirem efeito, então foi de carro até uma Blockbuster, levando o Espremedor de Limão na bolsa. Decidiu que sempre andaria com ele quando dirigisse sozinha.

Chegou à locadora um pouco antes de fecharem e pediu o filme da Jodie Foster chamado *Corajosa*. O funcionário (que tinha cabelos verdes, um piercing em uma orelha e parecia ter apenas 18 anos) sorriu indulgentemente e lhe explicou que o filme, na verdade, se chamava *Valente*. O sr. Punk Retrô também lhe disse que, por mais cinquenta centavos, ela poderia levar um saco de pipocas de micro-ondas. Tess quase falou que não queria, mas reconsiderou.

— Mas que diabos, por que não? — perguntou ela ao sr. Punk Retrô. — Só se vive uma vez, certo?

Ele olhou para ela um pouco assustado, pensando melhor, então sorriu e concordou que era um ótimo negócio para o cliente.

Em casa, ela fez a pipoca, colocou o DVD para rodar e se jogou no sofá, com um travesseiro nas costas para proteger a área arranhada. Fritzy se juntou a ela, e os dois viram Jodie Foster ir atrás dos homens (os *vagabundos*, como em *Você está com sorte hoje, vagabundo?*) que haviam matado seu namorado. Foster se livra de outros vagabundos ao longo do caminho com uma pistola. *Valente* era bem *aquele* tipo de filme, mas Tess gostou assim mesmo. Achou que fazia todo sentido. E também que acabara perdendo algo durante todos aqueles anos: a pequena mas autêntica catarse que filmes como *Valente* ofereciam. Quando o DVD terminou, ela se virou para Fritzy e disse:

— Eu gostaria que Richard Widmark tivesse encontrado Jodie Foster em vez daquela velhinha na cadeira de rodas.

Fritzy concordou cem por cento.

30

Deitada na cama naquela noite, com o vento de outubro chiando ao redor da casa e Fritzy enroscado ao seu lado todo encolhido, Tess fez um pacto consigo mesma: se acordasse no dia seguinte sentindo-se da mesma forma, iria procurar Ramona Norville e, talvez, depois disso — de-

ESCURIDÃO TOTAL SEM ESTRELAS

pendendo de como as coisas se desenrolassem na alameda Lacemaker —, faria uma visita a Alvin "Gigante do Volante" Strehlke. Era mais provável que ela acordasse com um pouco de sua sanidade restaurada e ligasse para a polícia. E não faria uma ligação anônima: encararia as consequências. Provar que tinha sido estuprada quarenta horas e Deus sabe lá quantos banhos antes seria difícil, mas os sinais de agressão sexual eram bem claros e podiam ser vistos por todo o seu corpo.

E quanto às mulheres no cano: era a advogada delas, gostasse disso ou não.

Amanhã todas essas ideias de vingança vão parecer uma grande bobagem. Como os delírios que as pessoas têm quando estão com febre alta.

Mas, quando acordou no domingo, continuava operando no modo Nova Tess. Olhou para a arma na mesa de cabeceira e pensou: *Eu quero usá-la. Quero cuidar disso sozinha e, depois do que passei, eu* mereço *cuidar disso sozinha.*

— Mas preciso ter certeza e não quero ser pega — disse ela para Fritzy, que já estava acordado e se espreguiçava todo, preparando-se para mais um dia exaustivo de comer e dormir.

Tess tomou banho, colocou uma roupa, então pegou um bloco de anotações amarelo e foi para a varanda. Olhou para o quintal dos fundos por quase 15 minutos, bebendo de vez em quando alguns goles de chá gelado. Por fim, escreveu NÃO SEJA PEGA no alto da primeira folha. Pensou seriamente sobre isso e então começou a fazer anotações. Como era comum quando estava escrevendo um livro, o início foi lento, mas ela logo ganhou velocidade.

31

Às dez horas, Tess estava faminta. Preparou um café da manhã reforçado e comeu até a última migalha. Então devolveu o filme na locadora e perguntou se eles tinham *O beijo da morte*. Eles não tinham, mas, após dez minutos procurando, ela escolheu outro chamado *A última casa*. Levou o filme para casa e assistiu com atenção. Na história, alguns homens estupravam uma jovem e a deixavam à beira da morte. Era tão parecido com o que havia acontecido com Tess que ela debulhou-se em lágrimas, chorando tão alto que Fritzy fugiu do quarto. Mas continuou assistindo e foi recompensada com um final feliz: os pais da jovem matavam os estupradores.

Ela guardou o DVD na caixa e a deixou na mesa do corredor. Devolveria no dia seguinte, se ainda estivesse viva até lá. Planejava estar, mas nada era certo — havia muitas reviravoltas estranhas na sinuosa estrada da vida. Tess tinha descoberto isso por experiência própria.

Como tinha algum tempo de sobra — a manhã parecia passar muito devagar —, acessou de novo a internet, dessa vez procurando por informações sobre a encrenca em que Al Strehlke se metera antes de o pai cometer suicídio. Não achou nada. Talvez o vizinho estivesse falando bobagem (vizinhos costumam fazer isso), mas Tess pensava em outra possibilidade: o problema podia ter acontecido quando Strehlke ainda era menor de idade. Nesse caso, os nomes não eram divulgados na imprensa e os registros do tribunal (presumindo que o caso fora levado a julgamento) eram mantidos em sigilo.

— Mas talvez ele tenha piorado — disse ela.

— Esse tipo de cara geralmente piora — concordou Fritzy. (Isso era raro. Era Tom quem geralmente concordava. O papel de Fritzy costumava ser o de bancar o advogado do diabo.)

— Então, alguns anos depois, alguma outra coisa aconteceu. Algo pior. Digamos que a mamãe ajudou a encobrir o que houve...

— Não se esqueça do irmão caçula — disse Fritzy. — Lester. Ele pode ter participado disso também.

— Não me confunda com tantos personagens, Fritz. Tudo o que sei é que o Gigante Filho da Puta do Volante me estuprou e que a mãe dele pode ter sido cúmplice. Isso para mim já basta.

— Talvez Ramona seja a tia dele — especulou Fritzy.

— Ah, cale a boca — mandou Tess, e Fritzy obedeceu.

32

Ela se deitou às quatro da tarde, não esperando que fosse dormir, mas seu corpo convalescente tinha as próprias prioridades. Adormeceu quase imediatamente e, quando acordou com o insistente pá-pá-pá de seu relógio na mesa de cabeceira, ficou feliz por ter programado o alarme.

ESCURIDÃO TOTAL SEM ESTRELAS

Lá fora, um vento tempestuoso típico de outubro varria as folhas das árvores, que passavam deslizando pelo seu quintal em rodopios coloridos. A luz tinha aquele estranho tom dourado que parecia uma característica exclusiva das tardes de fim de outono da Nova Inglaterra.

O nariz estava melhor — a dor não passava de um latejar fraco —, mas a garganta ainda doía, e ela foi mancando, e não andando, até o banheiro. Entrou no boxe e ficou debaixo do chuveiro até o banheiro estar tão cheio de vapor quanto um pântano inglês em uma história de Sherlock Holmes. O banho ajudou. Dois comprimidos de Tylenol do armário de remédios ajudariam ainda mais.

Ela secou o cabelo e passou a mão no espelho para tirar o vapor. A mulher no reflexo a encarou de volta com olhos assombrados pela raiva e pela sensatez. O espelho ficou desembaçado por pouco tempo, mas foi o suficiente para Tess perceber que realmente queria fazer isso, quaisquer que fossem as consequências.

Vestiu um suéter preto de gola alta e uma calça cargo preta com bolsos grandes. Prendeu o cabelo em um coque e depois colocou um boné preto. O coque fazia o boné ficar com um volume na parte de trás, mas pelo menos nenhuma possível testemunha poderia dizer: *Não consegui ver bem o rosto dela, mas sei que tinha longos cabelos loiros, que estavam presos para trás com uma daquelas presilhas. Sabe, do tipo que se pode comprar na JCPenney.*

Tess desceu até o porão, onde seu caiaque estava guardado desde o Dia do Trabalho, e pegou a corda náutica amarela da prateleira acima dele. Usou a tesoura de jardim para cortar mais ou menos 1 metro dela, enrolou-a no antebraço e depois a guardou em um dos bolsos da calça. Subiu as escadas e, na cozinha, enfiou seu canivete suíço no mesmo bolso — o esquerdo. O bolso direito era para o Espremedor de Limão calibre .38... e outro item, que ela pegou na gaveta perto do fogão. Então colocou o dobro de ração para Fritzy, mas, antes de deixá-lo comer, ela o abraçou e o beijou na cabeça. O velho gato abaixou as orelhas (mais por surpresa do que por desagrado, provavelmente; sua dona não era muito beijoqueira) e correu para a vasilha assim que ela o colocou no chão.

— Veja se não vai comer tudo de uma vez — disse Tess. — Patsy vai acabar vindo aqui cuidar de você se eu não voltar, mas isso pode levar alguns dias. — Ela sorriu, e então acrescentou: — Eu te amo, sua bola de pelos ranzinza.

— Sei, sei — disse Fritzy, e então começou a comer.

Tess deu uma última olhada nas anotações NÃO SEJA PEGA, fazendo um inventário mental das coisas que levava e procurando relembrar tudo o que pretendia fazer quando chegasse à alameda Lacemaker. Ela achava que o mais importante a se ter em mente era que as coisas nunca sairiam exatamente como o planejado. Quando se tratava de uma situação como aquela, sempre havia imprevistos no caminho. Ramona podia não estar em casa. Ou podia estar, mas com o filho estuprador e assassino, os dois confortáveis na sala de estar, assistindo a algum filme edificante que alugaram na Blockbuster. *Jogos mortais*, talvez. O filho caçula — sem dúvida conhecido em Colewich como o Pequeno do Volante — podia estar lá também. Talvez Ramona estivesse até recebendo convidados para uma reuniãozinha ou um círculo de leitura naquela noite. O importante era não ficar sem ação caso acontecesse algo inesperado. Se não conseguisse improvisar, era bem provável que estivesse deixando sua casa em Stoke Village pela última vez.

Ela queimou na lareira o papel NÃO SEJA PEGA, espalhou as cinzas com o atiçador e então vestiu a jaqueta e um par de luvas finas de couro. A jaqueta tinha um bolso grande no forro. Tess guardou ali uma de suas facas de carne, só para dar sorte, e disse a si mesma para não se esquecer de que estava lá. A última coisa que precisava naquele fim de semana era de uma mastectomia acidental.

Antes de sair, ligou o alarme contra roubo.

O vento a cercou na mesma hora, levantando a gola de sua jaqueta e agitando sua calça. Folhas rodopiavam em miniciclones. No céu ainda não completamente escuro sobre seu agradável refúgio no subúrbio de Connecticut, nuvens passavam em frente à lua minguante. Tess achou que era uma boa noite para um filme de terror.

Ela entrou no Expedition e fechou a porta. Uma folha caiu no para-brisa e depois voou para longe.

— Perdi o juízo — constatou Tess. — Ele deve ter caído e morrido naquele bueiro ou enquanto eu andava em volta da loja. É a única explicação.

Ligou o carro. Tom, o TomTom, acendeu e disse:

— Olá, Tess. Vejo que vamos viajar.

— Isso mesmo, meu amigo. — Tess se inclinou para a frente e inseriu alameda Lacemaker, 75 na cabecinha metódica e mecânica de Tom.

33

Ela havia checado a vizinhança de Ramona no Google Earth, e o cenário continuava o mesmo quando chegou lá. Até ali tudo bem. Brewster era uma pequena cidade da Nova Inglaterra, a alameda Lacemaker ficava no subúrbio e as casas eram afastadas umas das outras. Tess passou pelo número 75 a tranquilos 30 quilômetros por hora, verificando que as luzes estavam acesas e havia um único carro — um Subaru modelo novo, que praticamente berrava "bibliotecária" — na entrada da garagem. Não havia sinal de nenhum caminhão. Nem de nenhuma picape remendada.

A rua terminava em uma rotatória. Tess entrou nela, pegou o retorno e parou na entrada da garagem de Ramona, sem se dar a mínima chance de hesitar. Desligou os faróis e o motor, e depois respirou fundo.

— Volte a salvo, Tess — disse Tom de seu lugar no painel. — Volte a salvo, e então a levarei até seu próximo destino.

— Farei o possível.

Ela pegou seu bloquinho amarelo (que agora não trazia nada escrito) e saiu do carro. Então andou até a porta de Ramona segurando o bloco junto ao peito. Sua sombra projetada pela lua — talvez tudo o que restara da Velha Tess — caminhou ao seu lado.

34

A porta da frente de Ramona era ladeada por janelas estreitas de vidro chanfrado. Eram grossas e distorciam a visão, mas Tess conseguiu ver um belo papel de parede e um corredor com piso de madeira polida. Dava para ver também uma mesa de centro com algumas revistas. Ou talvez fossem catálogos. Havia uma sala grande no fim do corredor. E de lá vinha o som de uma televisão. Ela ouviu alguém cantando, então Ramona provavelmente não estava assistindo a *Jogos mortais*. Na verdade, se Tess estivesse certa e a música fosse "Climb E'vry Mountain", Ramona estava assistindo a *A noviça rebelde*.

Tess tocou a campainha. Então ouviu lá de dentro uma melodia que parecia as notas iniciais de "Dixie" — uma escolha peculiar para a Nova Inglaterra, mas, por outro lado, se Tess estivesse certa sobre ela, Ramona Norville era uma mulher estranha.

Tess ouviu o som de passos pesados se aproximando e se virou, para que a luz do vidro chanfrado iluminasse apenas parte de seu rosto. Estendeu o bloco de notas em branco e fingiu que estava escrevendo com uma das mãos enluvadas. Deixou os ombros caírem um pouco. Era uma mulher fazendo algum tipo de pesquisa. Era noite de domingo, ela estava cansada, e tudo o que queria era descobrir o nome da pasta de dente preferida daquela mulher (ou talvez se tinha tabaco em lata), e então ir para casa.

Não se preocupe, Ramona, você pode abrir a porta, qualquer um pode ver que sou inofensiva, o tipo de mulher que não faria mal sequer a uma mosca.

Pelo canto do olho, ela notou uma cara distorcida aparecer por trás do vidro chanfrado. Após uma pausa que pareceu ser longa demais, Ramona Norville abriu a porta.

— Sim? Posso ajud...

Tess se virou. A luz que vinha da porta aberta incidiu diretamente sobre seu rosto. E o choque que ela viu estampado no rosto de Ramona, que ficou de queixo caído, lhe disse tudo o que precisava saber.

— *Você?* O que *você* está fazendo a...

Tess pegou o Espremedor de Limão calibre .38 do bolso direito da calça. Durante a viagem de Stoke Village até ali, havia imaginado a arma prendendo na roupa nessa hora — imaginara isso com uma clareza aterrorizante —, mas conseguiu tirá-la tranquilamente.

— Afaste-se da porta. Se tentar fechá-la, eu atiro em você.

— Você não faria isso — disse Ramona. Ela não se afastou, mas também não fechou a porta. — Está louca?

— Entre.

Ramona usava um grande roupão azul, e quando Tess viu a frente dele se erguer abruptamente na altura do peito, levantou a arma.

— Se você começar a gritar, eu atiro. É melhor acreditar em mim, sua vaca, porque não estou de brincadeira.

Ramona soltou o ar. Seus lábios se repuxaram para trás, revelando os dentes, e seus olhos iam de um lado para outro nas órbitas. Ela não parecia uma bibliotecária agora, nem alegre e acolhedora. Para Tess, ela parecia um rato pego fora da toca.

— Se disparar essa arma, o bairro inteiro vai ouvir.

Tess duvidou disso, mas não discutiu.

— Não vai fazer diferença para você, porque estará morta. Entre. Se você se comportar e responder às minhas perguntas, pode ser que esteja viva amanhã.

Ramona recuou, e Tess passou pela porta aberta, segurando com firmeza a arma à sua frente. Assim que fechou a porta — com o pé —, Ramona parou de se mexer. Ela estava perto da mesa de centro com os catálogos.

— Nada de pegar coisas para atirar em mim — disse Tess, e viu pelo modo como a outra mulher contraiu a boca que pegar e atirar coisas de fato passara pela mente de Ramona. — Consigo ler você como um livro. De outro modo eu não estaria aqui. Continue recuando. Direto para a sala de estar. Adoro ver a família Von Trapp cantando.

— Você está louca — repetiu Ramona, mas começou a recuar novamente. Ela estava de sapato. Mesmo de roupão, usava sapatos grandes e horrorosos. Sapatos masculinos de cadarço. — Não tenho ideia do que você veio fazer aqui, mas...

— Deixe de papo furado, mamãe. Nem se *atreva*. Estava bem na sua cara quando você abriu a porta. Claramente. Você achou que eu estava morta, não é?

— Não sei do que você...

— Estamos só entre garotas aqui, então por que não abre o jogo?

Elas entraram na sala de estar. Havia pinturas sentimentais nas paredes — palhaços, crianças de rua com olhos grandes —, e várias prateleiras e mesas lotadas de quinquilharias: globos de neve, bonecos troll, bibelôs de porcelana, Ursinhos Carinhosos, uma casa de doces de cerâmica à la João e Maria. Embora Ramona fosse uma bibliotecária, não tinha livros à mostra. De frente para a TV, havia uma poltrona reclinável com apoio para os pés. Havia também uma mesinha ao lado dela com um pacote de salgadinhos Cheez Doodles, uma garrafa grande de Coca Zero, o controle remoto e um guia de televisão. Em cima da tevê havia um porta-retratos com uma foto de Ramona e outra mulher se abraçando, as bochechas pressionadas juntas. Parecia ter sido tirada em um parque de diversões ou uma feira. Na frente da foto havia uma *bonbonnière* de vidro que brilhava com faíscas de luz sob a iluminação no teto.

— Há quanto tempo você faz isso?

— Não sei do que você está falando.

— Há quanto tempo você banca a cafetina para seu filho estuprador e assassino?

Ramona arregalou os olhos, nervosa, mas negou de novo... o que deixava Tess com um problema. Quando chegara ali, matar Ramona Norville parecera não só uma opção, mas também o desfecho mais provável. Tess tivera quase certeza de que poderia fazer isso, e de que a corda náutica no bolso esquerdo da calça não seria usada. Mas via que não teria como prosseguir com o plano, a menos que a mulher admitisse sua cumplicidade. Porque o que tinha visto no rosto dela quando dera de cara com Tess na porta, machucada, mas bem viva, não fora suficiente.

Não o bastante.

— Quando começou? Quantos anos ele tinha? Quinze? Ele dizia que estava "apenas se divertindo"? É o que muitos dizem quando começam.

— Não tenho ideia do que você está falando. Você foi à biblioteca e fez uma apresentação perfeitamente aceitável... sem brilho, é claro que você estava lá apenas pelo dinheiro, mas pelo menos preencheu a data vazia no nosso calendário. E então, de repente, você aparece aqui na minha casa, apontando uma arma e fazendo todo tipo de acusações hor...

— Não adianta, Ramona. Eu vi a foto dele no site da Red Hawk. Com o anel e tudo o mais. Ele me estuprou e tentou me matar. Achou que *tinha* me matado. *E você me mandou direto para ele.*

O queixo de Ramona caiu em uma combinação horrível de choque, medo e culpa.

— *Isso não é verdade! Sua vadia estúpida, você não sabe do que está falando!* — Ramona começou a andar para a frente.

ESCURIDÃO TOTAL SEM ESTRELAS

Tess levantou a arma.

— Na-na-ni-na-não, não faça isso. Fique aí parada.

Ramona obedeceu, mas Tess achou que ela não ficaria parada por muito tempo. Estava criando coragem para lutar ou fugir. E, como Ramona devia saber que Tess a perseguiria caso corresse pela casa, ela provavelmente lutaria.

A família Von Trapp continuava cantando. Dada a situação em que Tess se encontrava — em que havia se colocado —, toda aquela cantoria feliz era de enlouquecer. Manteve o Espremedor de Limão apontado para Ramona com a mão direita, mas pegou o controle remoto com a esquerda e tirou o som da TV. Estava prestes a pousar novamente o controle, quando, de repente, ficou paralisada. Havia duas coisas em cima da TV, mas a princípio ela havia prestado atenção apenas na foto de Ramona e sua namorada, e só olhara de relance para a *bonbonnière*.

Agora via que o brilho, que ela julgara vir do vidro lapidado da *bonbonnière,* não vinha dali coisa nenhuma. Vinha de algo dentro dela. Seus brincos estavam dentro da *bonbonnière*. Seus brincos de diamante.

Ramona pegou a casinha de doces de João e Maria da prateleira e a jogou. Com força. Tess se abaixou, e a casinha feita de doces passou a alguns centímetros da sua cabeça, despedaçando-se na parede às suas costas. Deu um passo para trás, tropeçou na poltrona e caiu toda esparramada no chão. A arma voou de sua mão.

As duas correram para pegá-la. Ramona se jogou de joelhos e bateu o ombro contra o braço e o ombro de Tess como um jogador de futebol americano tentando deter o outro. Ramona pegou a arma, primeiro meio sem jeito, mas depois a segurando com firmeza. Tess colocou a mão dentro de sua jaqueta, fechando-a em volta do cabo da faca de carne, sua arma reserva, mesmo sabendo que não conseguiria se defender a tempo. Ramona era muito grande... e maternal. Sim, era isso. Ela protegera aquele patife do seu filho durante anos, e pretendia protegê-lo de novo. Tess deveria ter atirado nela no corredor, assim que fechou a porta.

Mas não consegui, pensou ela, e, mesmo naquele momento, saber que aquela era a verdade lhe trouxe algum conforto. Ela se ajoelhou, a mão ainda dentro da jaqueta, encarando Ramona Norville.

GIGANTE DO VOLANTE

— Você é uma escritora de merda e foi uma palestrante de merda — disse Ramona. Ela sorria, falando cada vez mais rápido. Sua voz parecia meio nasalada, com a cadência de um leiloeiro. — Você soou forçada na palestra do mesmo modo como soa forçada em seus livros idiotas. Você era perfeita, e ele ia atacar alguém mesmo, eu conheço os sinais. Mandei você por aquele caminho e funcionou direitinho. Estou feliz que ele tenha te fodido. Não sei o que você pensou que conseguiria vindo aqui, mas é isso que você vai ganhar.

Ela puxou o gatilho, mas tudo o que se ouviu foi um clique seco. Tess tinha feito algumas aulas quando comprou a arma, e a lição mais importante fora não colocar uma bala na primeira câmara do tambor. Para o caso de o gatilho ser puxado por acidente.

Uma expressão quase cômica de surpresa passou pelo rosto de Ramona. E a rejuvenesceu. Ela olhou para a arma, e Tess aproveitou aquele momento para tirar a faca do bolso de dentro da jaqueta. Então se jogou para a frente e cravou-a até o punho na barriga de Ramona.

A mulher deixou escapar um "AAA-*AAAH*" meio sem vida, que era para ser um grito, mas falhou. A pistola de Tess caiu. Ramona cambaleou em direção à parede, olhando para o cabo da faca, e bateu com um dos braços em alguns bibelôs de porcelana. Eles caíram da prateleira e se despedaçaram no chão. Ela fez aquele "AAA-*AAAH*" novamente. A frente do roupão ainda não estava manchada, mas o sangue começou a pingar nos sapatos masculinos de Ramona Norville. Ela levou as mãos ao cabo da faca, tentou tirá-la, e então deixou escapar aquele "AAA-*AAAH*" pela terceira vez.

Olhou para Tess, sem conseguir acreditar. Tess a encarou de volta. Ela estava se lembrando de algo que acontecera em seu décimo aniversário. Seu pai havia lhe dado um estilingue, e ela saíra à procura de alvos. Em certo momento, a cinco ou seis quarteirões da sua casa, vira um cachorro de rua com a orelha rasgada, revirando uma lata de lixo. Ela então colocara uma pedrinha em seu estilingue e atirara, querendo apenas assustar o animal (ou foi isso o que dissera a si mesma), mas acabara acertando-o no traseiro. O cão ganira alto e fugira, mas antes lançara a Tess um olhar de censura que ela nunca esqueceu. Teria dado qualquer coisa para voltar atrás no que havia feito, e nunca mais atirou com seu estilingue em outro ser vivo. Ela entendia que matar fazia parte da vida

ESCURIDÃO TOTAL SEM ESTRELAS

— não sentia nenhum remorso quando acertava algum mosquito ou colocava ratoeiras quando via fezes de rato no porão, e já tinha comido sua parcela de hambúrgueres do McDonald's —, mas na época acreditara que nunca mais seria capaz de machucar outro ser daquele jeito sem sentir remorso ou arrependimento. Só que não sentiu nenhum dos dois naquela sala de estar na alameda Lacemaker. Talvez porque, no final das contas, tenha sido legítima defesa. Ou talvez o motivo não tenha nada a ver com isso.

— Ramona — disse ela. — Estou sentindo uma certa afinidade com Richard Widmark agora. É isso o que fazemos com dedos-duros, querida.

Ramona estava parada em uma poça do próprio sangue, e no roupão começavam a aparecer pequenas manchas. Seu rosto estava pálido. Os olhos escuros, arregalados e brilhando com o choque. Ela passou a língua lentamente pelo lábio inferior.

— Agora você pode ficar aí se contorcendo e pensando no que fez, que tal?

Ramona começou a escorregar, os sapatos masculinos fazendo barulho enquanto derrapavam no sangue. Ela estendeu o braço para se apoiar em uma das prateleiras, mas acabou arrancando-a da parede. Um pelotão de Ursinhos Carinhosos tombou para a frente e cometeu suicídio.

Embora ainda não sentisse arrependimento ou remorso, Tess descobriu que, apesar das suas frases de efeito, lá no fundo ela não tinha muito a ver com Tommy Udo. Não sentia necessidade de assistir ao sofrimento de Ramona ou de prolongá-lo. Então se abaixou e pegou a pistola. Do bolso direito da calça, tirou aquilo que havia pegado na gaveta da cozinha ao lado do fogão. Era uma luva térmica acolchoada. Ela silenciaria um único tiro de pistola de forma bastante eficaz, desde que o calibre não fosse muito alto. Ela havia aprendido aquilo enquanto escrevia *A Sociedade de Tricô de Willow Grove viaja em um cruzeiro misterioso*.

— Você não entende. — A voz de Ramona não passava de um sussurro áspero. — Não pode fazer isso. É um erro. Me leve... hospital.

— O erro foi seu. — Tess colocou a luva acolchoada sobre o cano da pistola, que estava em sua mão direita. — Por não castrar seu filho no momento em que descobriu o que ele era.

Então encostou a luva na têmpora de Ramona Norville, empurrou a cabeça dela um pouco para o lado e puxou o gatilho. O som que saiu da arma foi grave e forte, como o de um homem grande limpando a garganta.

E então acabou.

35

Tess não tinha pesquisado o endereço de Al Strehlke no Google: esperava consegui-lo com Ramona. Mas, como já sabia, esse tipo de coisa nunca saía exatamente como o planejado. O que precisava fazer naquele momento era manter a cabeça no lugar e terminar o que começara.

O home office de Ramona ficava no andar de cima, montado no que provavelmente devia ter sido um quarto de hóspedes. Havia mais Ursinhos Carinhosos e bibelôs de porcelana por lá. Também havia uma meia dúzia de fotos emolduradas, mas nenhuma dos filhos, de sua namorada ou do bom e falecido Roscoe Strehlke; eram fotos autografadas de escritores que haviam dado palestras na Brown Baggers. O quarto lembrou Tess do saguão da The Stagger Inn, com suas fotografias de bandas.

Ela não me pediu para autografar a minha *foto*, pensou Tess. *É claro que não, por que ela iria querer se lembrar de uma escritora de merda como eu? Ela me via apenas como uma cabeça-oca que podia usar para preencher um buraco em sua programação. Sem falar em carne fresca para o moedor do seu filho. Que sorte a deles eu ter aparecido na hora certa.*

Na escrivaninha de Ramona, abaixo de um quadro de avisos tomado por circulares e correspondência da biblioteca, havia um Mac muito parecido com o de Tess. A tela estava preta, mas a luz brilhante da CPU lhe disse que estava apenas em modo de espera. Ela apertou uma das teclas, ainda de luva. A tela acendeu, e ela se viu de frente para a área de trabalho de Ramona. O computador não pedia nenhuma daquelas senhas irritantes. Perfeito.

Tess clicou no ícone de contatos, foi até a letra R e encontrou a Red Hawk. O endereço era Transport Plaza, 7, Township Road, Colewich. Ela então desceu até a letra S e achou tanto o seu conhecido gigante de sexta à noite quanto o irmão dele, Lester. Gigante do Volante e Pequeno do Volante. Os dois moravam na Township Road, perto da empresa que deviam ter herdado do pai: Alvin no número 23, e Lester no 101.

Se houvesse um terceiro irmão, pensou Tess, *eles seriam os Três Caminhoneirinhos. Um em uma casa de palha, outro em uma casa de madeira e o último em uma casa de tijolos. Infelizmente, só existem dois.*

Tess desceu as escadas. Então pegou os brincos na *bonbonnière* e guardou-os no bolso da jaqueta, enquanto olhava para a mulher morta sentada contra a parede. Não havia pena no olhar de Tess, apenas o tipo de desprendimento que qualquer um teria por um trabalho difícil que estava terminado. Não havia necessidade de se preocupar com evidências. Tess estava confiante de que não havia deixado nenhum vestígio para trás, nem um único fio de cabelo. A luva térmica — agora com um buraco — estava de volta em seu bolso. A faca era bastante comum, do tipo vendido em qualquer loja de departamentos do país. Até onde sabia (ou se importava), a faca podia pertencer ao próprio jogo de talheres de Ramona. Até ali, nada a ligava ao crime, mas a parte difícil ainda estava por vir. Ela saiu da casa, entrou no carro e foi embora. Quinze minutos depois, parou no estacionamento de um shopping deserto apenas por tempo o bastante para inserir Township Road, 23, Colewich, no GPS.

36

Tess seguiu as orientações de Tom e, pouco depois das nove da noite, já estava perto de seu destino. A lua minguante ainda estava baixa no céu. O vento soprava mais forte do que nunca.

A Township Road tinha saída para a US 47, mas ficava a pelo menos 11 quilômetros da The Stagger Inn e mais longe ainda do centro de Colewich. A Transport Plaza ficava na interseção das duas estradas. De acordo com as placas, três transportadoras e uma empresa de mudanças tinham sede ali. Seus prédios eram feios e pareciam pré-fabricados. O menor deles pertencia à Transportadora Red Hawk. Todos estavam escuros naquela noite de domingo. Atrás deles, havia acres e mais acres de estacionamento cercados por arame e iluminados por lâmpadas de arco voltaico de alta intensidade. A garagem da empresa estava cheia de caminhões. Pelo menos um deles tinha TRANSPORTADORA RED HAWK escrito na lateral, mas Tess não achava que era o mesmo que vira no site, aquele com o pai orgulhoso ao volante.

Havia uma parada de caminhões perto da área da garagem. As bombas de combustível — mais de uma dúzia — estavam iluminadas pelas mesmas lâmpadas de alta intensidade. Luzes fluorescentes iluminavam o lado direito do prédio principal; o lado esquerdo estava escuro. Havia outro prédio, em forma de U, nos fundos. Vários carros e caminhões estavam estacionados por lá. A imensa placa à beira da estrada era digital, e estava cheia de informações chamativas em vermelho.

PARADA DE CAMINHÕES EM TOWNSHIP DO RICHIE
"VOCÊ DIRIGE, NÓS ABASTECEMOS"
COMUM $2,99 LITRO
DIESEL $2,69 LITRO
VENHA COMPRAR OS MAIS NOVOS BILHETES DA LOTERIA
RESTAURANTE FECHADO DOM. NOITE
DESCULPEM, NÃO TEMOS CHUVEIROS DOM. NOITE
LOJA & HOTEL "SEMPRE ABERTOS"
TRAILERS "SEMPRE BEM-VINDOS"

E, na parte de baixo, o seguinte texto mal escrito, mas ardoroso:

APOIEM NOSSAS TROPAS! VITÓRIA NO AFEGANDISTÃO!

Com caminhoneiros indo e vindo, enchendo o tanque e a barriga (mesmo com as luzes apagadas, Tess via que o restaurante, quando aberto, era do tipo em que frango frito, bolo de carne e pudim de pão sempre estariam no menu), o lugar provavelmente fervilhava durante a semana, mas domingo à noite parecia um cemitério porque não tinha nada ali, nem mesmo uma boate como a The Stagger.

Havia um único veículo estacionado perto das bombas, de frente para a estrada, com uma mangueira enfiada no tanque de gasolina. Era uma velha picape Ford F-150 com durepoxi em volta dos faróis. Era impossível identificar a cor com aquela luz forte, mas Tess não precisava. Já tinha visto aquela picape de perto e conhecia bem a cor. A cabine estava vazia.

— Você não parece surpresa, Tess — comentou Tom enquanto ela parava no acostamento da estrada e estreitava os olhos em direção à loja.

Dava para ver duas pessoas lá dentro, apesar do forte brilho que vinha de fora, e dava para ver que uma delas era grande. *Ele era grande ou* muito *grande*?, Betsy Neal tinha perguntado.

— Não estou nem um pouco surpresa — disse Tess. — Ele mora por aqui. Aonde mais iria para abastecer o carro?

— Talvez ele esteja se preparando para viajar.

— A essa hora em um domingo? Acho que não. Ele devia estar em casa, assistindo a *A noviça rebelde*. Acho que bebeu toda a cerveja que tinha e veio até aqui comprar mais. E decidiu aproveitar para encher o tanque.

— Mas você pode estar errada. Não é melhor parar atrás da loja e segui-lo quando ele sair?

Mas Tess não queria fazer isso. A fachada da loja na parada de caminhões era toda de vidro. Se ele olhasse para fora, poderia vê-la chegar com o carro. Mesmo que fosse difícil identificar seu rosto sob a forte iluminação do posto de gasolina, poderia reconhecer o carro. Havia vários utilitários da Ford na estrada, mas, depois da noite de sexta-feira, Expeditions pretos chamariam a atenção de Al Strehlke. E ainda havia a placa do carro — com certeza ele notara que sua placa era de Connecticut quando parou ao seu lado no estacionamento cheio de ervas daninhas da loja deserta.

Mas ainda havia outra coisa. Algo bem mais importante. Ela continuou a dirigir, deixando a Parada de Caminhões em Township do Richie para trás.

— Não quero ficar atrás dele — disse ela. — Quero estar na frente. Esperando por ele.

— E se ele for casado, Tess? — perguntou Tom. — E se tiver uma esposa esperando por ele?

A ideia a assustou, por um momento. Então ela sorriu, e não apenas porque o único anel que ele usava era grande demais para ser de rubi.

— Caras como ele não têm esposas — afirmou ela. — Não uma que fique muito tempo com eles, de qualquer forma. Havia uma única mulher na vida de Al, e ela está morta.

37

Diferente da alameda Lacemaker, não havia nada de suburbano na Township Road; a estrada era tão country quanto Travis Tritt. As casas pareciam ilhas cintilantes de luz sob o brilho da lua que subia no céu.

— Tess, você está chegando ao seu destino — disse Tom com sua voz verdadeira.

Ela seguiu por uma ladeira e, à esquerda, viu uma caixa de correio em que se lia STREHLKE e o número 23. A entrada da garagem era comprida, subindo em curva, e asfaltada, lisinha como gelo negro. Tess embicou ali sem hesitar, mas a apreensão tomou conta dela assim que a Township Road ficou para trás. Teve que lutar contra a vontade de pisar no freio e engatar a ré para sair dali. Porque, se seguisse em frente, não teria escolha. Estaria presa como um inseto em uma garrafa. Mesmo que ele *não fosse* casado, e se houvesse outra pessoa na casa? Seu irmão Les, por exemplo? E se o Gigante do Volante estivesse no Tommy's comprando cerveja e salgadinhos não para uma, e sim duas pessoas?

Tess desligou os faróis e dirigiu sob o luar.

No estado de tensão em que estava, a entrada da garagem parecia não acabar nunca, mas não devia ter percorrido mais do que 200 metros quando viu as luzes da casa de Strehlke. Ficava no alto de uma colina, um lugarzinho bonito que era maior do que um chalé e menor do que uma casa de fazenda. Não era feita de tijolos, mas também não era uma humilde casa de palha. Na história dos três porquinhos e do lobo mau, Tess decidiu que aquela seria a casa de madeira.

Estacionado à esquerda da casa estava um grande caminhão-baú com TRANSPORTADORA RED HAWK escrito na lateral. E, parado bem em frente à garagem, Tess viu o caminhão do site, que parecia assombrado ao luar. Ela diminuiu a velocidade enquanto se aproximava, e então foi banhada por um brilho branco que ofuscou seus olhos e iluminou o gramado e a entrada da garagem. Era um poste de luz ativado por sensor, e se Strehlke voltasse enquanto estivesse ligado, conseguiria ver o brilho no pé da colina. Talvez até mesmo na Township Road, quando estivesse se aproximando.

Ela pisou no freio, sentindo-se como quando era adolescente e sonhara que estava nua na escola. Então ouviu uma mulher gemer. Provavelmente tinha sido ela mesma, mas a voz não soava como a sua e Tess não se lembrava de ter feito som algum.

— Isso não é bom, Tess.

— Cale a boca, Tom.

— Ele pode voltar a qualquer minuto e você não sabe quanto tempo essa coisa vai ficar ligada. Você teve problemas com a mãe. Ele é *muito* maior do que ela.

— Eu disse para *calar a boca*!

Ela tentou pensar, mas aquela luz forte tornava tudo mais difícil. As sombras dos dois caminhões estacionados à esquerda pareciam tentar alcançá-la com dedos negros e longos — dedos de bicho-papão. Maldito poste de luz! *É claro* que um homem como ele teria um poste de luz! Ela deveria ir embora imediatamente, dar meia-volta no gramado e seguir para a estrada o mais rápido que pudesse, mas o encontraria no caminho. Sabia disso. E sem o elemento surpresa, ela morreria.

Pense, Tessa Jean, pense!

E, ah, Deus do céu, só para piorar, um cachorro começou a latir. Havia um cão na casa. Ela logo imaginou um pit bull com todos aqueles dentes à mostra.

— Se você não vai embora, precisa ficar fora de vista — disse Tom...

... E não, não parecia ser a voz dela. Ou não *exatamente* a voz dela. Talvez fosse aquela que pertencia ao seu eu mais íntimo, a sobrevivente. E a assassina — ela também. Quantos "eus" desconhecidos uma pessoa poderia ter, escondidos lá no fundo? Tess começava a achar que o número podia ser infinito.

Deu uma olhada no espelho retrovisor, mordendo o lábio inferior ainda inchado. Nada de faróis se aproximando ainda. Mas será mesmo que ela conseguiria ver com a claridade combinada da lua e daquele maldito poste de luz?

GIGANTE DO VOLANTE

— Ele é programado para ficar aceso durante um tempo — afirmou Tom. — Mas eu faria alguma coisa antes que apagasse, Tess. Se você mover o carro depois disso, vai acioná-lo novamente.

Ela ligou a tração nas quatro rodas do carro e começou a dar a volta no caminhão que tinha visto no site, mas então parou. Havia grama alta naquele lado. Sob a implacável luz do poste, ele veria as marcas que os pneus deixariam no chão. Mesmo que a maldita luz se apagasse, acenderia de novo quando o gigante chegasse, e então ele veria.

Lá de dentro, o cachorro continuava a piorar as coisas: *Au! Au! Auauau!*

— Siga pelo gramado e pare o carro atrás do caminhão-baú — disse Tom.

— Mas os rastros! Os *rastros*!

— Você tem que escondê-lo em algum lugar — continuou Tom, falando de maneira gentil, porém firme. — Pelo menos a grama está aparada daquele lado. A maioria das pessoas não é muito observadora, sabe. Doreen Marquis diz isso o tempo todo.

— Strehlke não é uma senhora da Sociedade de Tricô, é um lunático desgraçado.

Mas porque de fato não tinha outra opção — não agora que ela estava lá em cima —, Tess atravessou o gramado em direção ao enorme caminhão-baú prateado, passando por uma área tão clara quanto um dia de verão ao meio-dia. Dirigiu meio levantada do banco, como se isso pudesse fazer com que, magicamente, as marcas dos pneus do Expedition ficassem menos visíveis.

— Mesmo se a luz do poste ainda estiver acesa quando ele voltar, pode ser que não desconfie — disse Tom. — Aposto que os cervos acionam isso toda hora. Ele pode até ter um poste como esse para afastá-los de sua horta.

Aquilo fazia sentido (e soou como a voz que ela usava para Tom), mas não a confortou muito.

Au! Au! Auau! Qualquer que fosse a raça, o cachorro parecia estar uma fera lá dentro.

O terreno atrás do caminhão-baú prateado era de terra batida e todo esburacado — outros caminhões grandes sem dúvida já haviam ficado estacionados ali algumas vezes —, mas firme o bastante. Tess le-

ESCURIDÃO TOTAL SEM ESTRELAS

vou o Expedition até o ponto mais escondido possível à sombra do caminhão, e então desligou o motor. Estava suando muito, e o cheiro que exalava era tão forte que nenhum desodorante seria capaz de disfarçar.

Desceu do carro, e a luz do poste se apagou no instante em que bateu a porta. Por um supersticioso momento, Tess achou que ela mesma tinha feito isso, então percebeu que a maldita luz se apagou porque o tempo do timer devia ter terminado. Ela se debruçou sobre o capô quente do Expedition, inspirando fundo e expirando devagar, como um corredor nos últimos metros de uma maratona. Poderia ser útil saber por quanto tempo o poste havia ficado aceso, mas essa era uma questão que não sabia responder. Estava assustada demais. Parecia que tinham sido horas.

Quando conseguiu se acalmar, começou a checar tudo que havia levado, forçando-se a se mover lenta e metodicamente. Pistola e luva térmica; as duas estavam ali e prontas para a ação. Mas achava que a luva não abafaria outro tiro, não com um buraco. Teria que contar com o isolamento da casa no alto da colina. Não era exatamente um problema ter deixado a faca na barriga de Ramona. Se sua única opção fosse matar o Gigante do Volante com uma facada, estaria em sérios apuros.

E só há mais quatro balas na arma, é melhor não esquecer isso e sair atirando nele a torto e a direito. Por que você não trouxe balas extras, Tessa Jean? Pensou que tinha tudo planejado, mas não acho que tenha feito um bom trabalho.

— Cale a boca — sussurrou ela. — Tom ou Fritzy, ou quem quer que você seja, cale essa boca.

A voz que a repreendia se silenciou, e então Tess percebeu que o mundo real também se aquietara. O cão parara de latir feito um louco quando o poste apagou. O único som que ouvia era o do vento, e a única luz vinha da lua.

38

Com aquela luz horrenda apagada, o caminhão-baú garantia um ótimo esconderijo, mas ela não podia ficar ali. Não se pretendesse terminar o que começara. Tess deu a volta na casa, morrendo de medo de acionar algum outro sensor de movimento, mas sentindo que não tinha muita escolha. Não havia nenhuma luz para acionar, mas, quando uma nuvem encobriu a lua, ela tropeçou na portinha que dava para o porão e quase bateu a cabeça em um carrinho de mão quando caiu de joelhos. Por um instante, enquanto estava caída ali, Tess se perguntou mais uma vez no que havia se transformado. Ela era um membro da Authors Guild que havia atirado na cabeça de uma mulher não fazia muito tempo. Depois de apunhalá-la na barriga. *Ultrapassei todos os limites, a coisa vai ficar preta.* Então ela pensou no homem chamando-a de vadia, de vadia chorona desgraçada, e parou de se preocupar se tinha ou não ultrapassado algum limite. Era uma expressão idiota de qualquer forma.

Strehlke *tinha mesmo* uma horta atrás da casa, mas era pequena e aparentemente não valia a pena protegê-la dos cervos com uma luz acionada por movimento. Não havia mais nada lá além de algumas abóboras, a maioria apodrecendo nas videiras. Tess passou entre as fileiras, deu a volta no canto mais afastado da casa, e lá estava o caminhão do site. A lua tinha saído de trás da nuvem, transformando o cromado dele em um tom de prata líquida como o das lâminas das espadas nas histórias de fantasia.

Tess passou pela traseira do veículo, caminhou ao longo do lado esquerdo e se ajoelhou ao lado do pneu dianteiro que ficava na altura do queixo (do dela, pelo menos). Pegou o Espremedor de Limão do bolso. Ele não poderia entrar na garagem porque o caminhão estava no caminho. Mesmo que não estivesse, ela devia estar lotada com as tralhas de um solteirão: ferramentas, equipamento de pesca e de acampamento, peças de caminhão.

Isso é apenas suposição. E é perigoso ficar fazendo suposições. Doreen a repreenderia por isso.

É claro que sim, ninguém conhecia as senhoras da Sociedade de Tricô tão bem quanto Tess, mas aquelas damas amantes de sobremesa raramente se arriscavam. Quando você se arrisca, é forçado a supor uma coisa ou outra.

Tess olhou para o relógio e ficou espantada ao ver que eram apenas 21h35. Parecia que ela havia colocado o dobro da ração para Fritzy e saído de casa havia quatro anos. Talvez cinco. Ela pensou ter ouvido um motor se aproximando, mas depois percebeu que não. Queria que o vento não estivesse soprando tão forte, mas não estava fácil para ninguém. Era um ditado que nenhuma senhora da Sociedade de Tricô já usara — Doreen Marquis e suas amigas preferiam coisas como *Deus ajuda quem cedo madruga* —, mas que ainda assim era verdadeiro.

Talvez ele estivesse *mesmo* se preparando para uma viagem, sendo noite de domingo ou não. Talvez ela ainda fosse estar ali quando o sol nascesse, congelada até os ossos doloridos pelo vento constante que varria aquela colina solitária onde ela era maluca de estar.

Não, ele que é o maluco. Lembra como ele dançou? A sombra se agitando na parede atrás dele? Lembra como ele cantava? A voz desafinada? Espere por ele, Tessa Jean. Nem que tenha que esperar até o inferno congelar. Você já foi longe demais para voltar atrás.

Na verdade, era isso que ela temia.

Não vai ser um assassinato tranquilo e limpo. Você entende isso, não é?

Ela entendia. Aquele assassinato em particular — se ela conseguisse alcançar seu objetivo — teria mais a ver com *Desejo de matar* do que com *A Sociedade de Tricô de Willow Grove visita os bastidores*. Ele pararia o carro, com sorte bem ao lado do caminhão atrás do qual ela se escondia. Desligaria as luzes da picape e, antes que seus olhos pudessem se habituar...

Não era o vento dessa vez. Ela reconheceu o ronco desafinado do motor mesmo antes de os faróis iluminarem a curva da entrada da garagem. Tess se apoiou em um dos joelhos e puxou a aba do boné para baixo para impedir que o vento o arrancasse. Ela teria que se aproximar, e isso significava que seu timing precisava ser perfeito. Se tentasse disparar de seu esconderijo, provavelmente erraria, mesmo estando perto. O instrutor de tiro lhe falara que ela só poderia contar com o Espremedor de Limão a uma distância de 3 metros ou menos. Ele havia lhe recomendado comprar uma arma mais confiável, mas ela nunca seguira o conselho. E se aproximar o bastante para garantir que o mataria não era tudo. Ela teria que ter certeza de que era Strehlke na picape, e não o irmão ou algum amigo.

Eu não tenho um plano.

Mas era tarde demais para planejar, porque era a picape que subia e, quando a luz do poste acendeu, ela viu o boné marrom com as man-

GIGANTE DO VOLANTE

chas brancas. Também o viu franzir os olhos contra a claridade, assim como ela havia feito, e soube que ele estava momentaneamente cego. Era agora ou nunca.

Eu sou a Corajosa.

Sem nenhum plano, sem nem mesmo pensar muito, ela deu a volta na traseira do caminhão, sem correr, apenas com passadas calmas e largas. O vento soprava ao redor, balançando a calça cargo. Tess abriu a porta do passageiro e viu o anel com a pedra vermelha na mão dele. O homem estava pegando um saco de papel com a forma de uma caixa quadrada. Cerveja, provavelmente uma embalagem com 12. Ele se virou para ela, e algo terrível aconteceu: ela se dividiu em duas mulheres. A Corajosa viu o animal que a havia estuprado, estrangulado e colocado em um cano com dois cadáveres em decomposição. Tess viu o rosto ligeiramente mais largo e com rugas ao redor da boca e dos olhos que não estavam lá na tarde de sexta. Mas enquanto ainda registrava essas coisas, o Espremedor de Limão disparou duas vezes em sua mão. A primeira bala atingiu a garganta de Strehlke, logo abaixo do queixo. A segunda abriu um buraco negro acima de sua espessa sobrancelha direita e estilhaçou a janela do lado do motorista. O homem tombou contra a porta, a mão que segurava o saco de papel pendendo para fora. Seu corpo se contraiu em um espasmo monstruoso e a mão com o anel bateu no meio do volante, disparando a buzina. Dentro da casa, o cachorro começou a latir de novo.

— Não, é ele! — Tess estava parada diante da porta aberta com a arma na mão, olhando para dentro do automóvel. — *Tem quer ser ele!*

Correu para a frente da picape, perdeu o equilíbrio, caiu sobre um joelho, se levantou e abriu a porta do motorista. Strehlke tombou para fora do carro e bateu sua cabeça morta no asfalto liso da entrada da garagem. O boné dele caiu. Seu olho direito, arrancado da órbita pela bala que havia perfurado sua testa, estava voltado para a lua. O esquerdo, para Tess. E não foi o rosto que finalmente a convenceu — o rosto com linhas de expressão que ela estava vendo pela primeira vez, o rosto salpicado de cicatrizes de acne que não estavam lá sexta à tarde.

Ele era grande ou muito *grande?*, havia perguntado Betsy Neal.

Muito grande, respondera Tess, e era... mas não tão grande quanto aquele homem ali. Seu estuprador tinha uns 2 metros — foi o que ela

239

calculara quando ele saíra da picape (*aquela* picape, quanto a isso não havia nenhuma dúvida). Barriga forte, coxas grossas e largo como uma porta. Mas aquele homem tinha *mais* de 2 metros. Ela fora caçar um gigante e matara um titã.

— Ah, meu Deus — disse Tess, e o vento soprou suas palavras para longe. — Ah, meu Deus, o que foi que eu fiz?

— Você me matou, Tess — disse o homem no chão... e isso certamente fazia sentido, dado o buraco em sua cabeça e o outro na garganta. — Você matou o Gigante do Volante, como queria.

Ela sentiu as pernas fraquejarem e se ajoelhou ao lado dele. Lá no alto, a lua brilhava no céu esplendoroso.

— O anel — sussurrou ela. — O boné. A *picape*.

— Ele usa o anel e o boné quando vai caçar — disse o Gigante do Volante. — E dirige a picape. Meu irmão procura suas vítimas enquanto estou na estrada em um caminhão da Red Hawk e, se alguém o vir, principalmente se ele estiver sentado, vai pensar que sou eu.

— Por que ele faria isso? — perguntou Tess ao homem morto. — Você é o *irmão* dele.

— Porque ele é louco — respondeu o Gigante do Volante, pacientemente.

— E porque já funcionou antes — disse Doreen Marquis. — Quando eles eram mais jovens e Lester se encrencou com a polícia. A questão agora é se Roscoe Strehlke cometeu suicídio por causa desse primeiro problema ou porque Ramona fez o irmão mais velho, Al, levar a culpa por tudo. Ou talvez Roscoe fosse contar a verdade e Ramona o matou. E fez parecer um suicídio. Estou chegando perto, Al?

Mas Al não falou nada sobre isso. Ficou quieto, quieto como um defunto, na verdade.

— Vou lhe dizer o que acho que aconteceu — disse Doreen sob o luar. — Acho que Ramona sabia que, se o seu irmãozinho fosse parar em uma sala de interrogatório com um policial um pouco mais inteligente, ele poderia confessar algo bem pior do que apalpar uma garota no ônibus escolar, ou espiar casais em seus carros nos lugares em que eles costumam se encontrar, ou qualquer outro crimezinho barato do qual ele foi acusado. Acho que ela convenceu *você* a assumir a culpa, e o marido a ficar de boca fechada. Ou o intimidou a fazer isso, o que é mais provável. E, seja porque a polícia nunca pediu à garota para fazer o reconhecimento, seja porque ela não quis dar queixa, eles escaparam.

Al não respondeu.

Tess pensou: *Estou ajoelhada aqui falando com vozes imaginárias. Perdi completamente a cabeça.*

Ainda assim, parte dela sabia que aquilo era uma tentativa de *manter* sua cabeça no lugar. A única forma de fazer isso era entender, e ela achou que a história que contava com a voz de Doreen era plausível, ou algo muito perto da verdade. Era baseada em suposições e deduções toscas, mas fazia sentido. Batia com o que Ramona dissera em seus últimos momentos.

Sua vadia estúpida, você não sabe do que está falando!

E: *Você não entende. É um erro.*

Era mesmo um erro. Tudo o que fizera naquela noite tinha sido um erro.

Não, nem tudo. Ela estava metida nisso. Ela sabia.

— *Você* sabia? — perguntou Tess ao homem que havia matado. Ela estendeu a mão para pegar o braço de Strehlke, mas depois mudou de ideia. Ainda devia estar quente debaixo da manga, como se continuasse vivo. — *Sabia?*

Ele não respondeu.

— Deixe-me tentar — disse Doreen. Em sua voz mais doce de senhora, do tipo você-pode-me-contar-tudo, que sempre funcionava nos livros, ela perguntou: — O *quanto* você sabia, sr. Gigante?

— Às vezes eu suspeitava — respondeu ele. — Na maior parte do tempo, eu não pensava nisso. Tinha um negócio para cuidar.

— Você alguma vez perguntou a sua mãe?

— Posso ter perguntado — comentou ele, e Tess achou seu olho direito meio torto evasivo. Mas, sob aquele luar indômito, quem poderia afirmar tal coisa? Quem poderia ter certeza?

— Foi na época em que as garotas começaram a desaparecer?

O Gigante não respondeu, talvez porque Doreen tivesse começado a soar como Fritzy. E como Tom, o TomTom, é claro.

— Mas nunca havia nenhuma prova, não é? — Dessa vez quem perguntou foi a própria Tess. Ela não tinha certeza de que ele responderia à sua voz, mas viu que sim.

— Não. Nenhuma prova.

— E você não *queria* provas, queria?

Nenhuma resposta, então Tess se levantou e deu alguns passos vacilantes em direção ao boné marrom com manchas brancas que havia caído no gramado. Assim que ela o pegou, a luz do poste se apagou novamente. Dentro da casa, o cachorro parou de latir. Aquilo a fez pensar em Sherlock Holmes e, parada ali sob o luar e em meio ao vento, Tess ouviu-se dar o riso mais triste que já saiu de um ser humano. Tirou o boné que usava, guardou-o no bolso da jaqueta e colocou o dele. Era grande demais para ela, então o tirou apenas para ajustar a tira na parte de trás. Depois voltou até o homem que matara, aquele que julgava não tão inocente... mas com certeza inocente demais para merecer a punição sentenciada pela Corajosa.

Ela deu uma tapinha na aba do boné marrom.

— Este é o que você usa quando está na estrada? — perguntou, já sabendo que não era.

Strehlke não respondeu, mas Doreen Marquis, decana da Sociedade de Tricô, sim.

— É claro que não. Quando você dirige a serviço da empresa, você usa um boné da Red Hawk, não é mesmo, querido?

— Sim — afirmou Strehlke.

— E você também não usa o anel, não é?

— Não. Espalhafatoso demais para encontrar os clientes. Não é profissional. E se alguém em uma dessas paradas de caminhões imundas visse o anel e achasse que era verdadeiro? Alguém drogado ou bêbado demais para pensar direito? Ninguém se arriscaria a me atacar, sou grande e forte demais para isso, ou pelo menos era até esta noite, mas alguém poderia atirar em mim. E eu não mereço levar um tiro. Não por um anel falso, e não pelas coisas horríveis que meu irmão possa ter feito.

— E você e seu irmão nunca dirigiam pela Red Hawk ao mesmo tempo, não é, querido?

— Não. Quando ele estava na estrada, eu cuidava do escritório. Quando eu estava na estrada, ele... bem, acho que você sabe o que ele apronta quando estou na estrada.

— Você deveria ter *contado*! — berrou Tess. — Mesmo sendo apenas uma suspeita sua, você deveria ter *contado*!

— Ele estava com medo — disse Doreen, com sua voz gentil. — Não estava, querido?

— Sim — respondeu Al. — Eu estava com medo.

— Do seu irmão? — perguntou Tess, sem acreditar ou sem querer acreditar. — Com medo do seu *irmão caçula*?

— Não dele — disse Al Strehlke. — Dela.

39

Quando Tess voltou ao carro e ligou o motor, Tom disse:

— Não havia como você saber, Tess. Tudo começou muito rápido.

Aquilo era verdade, mas não levava em conta o fato principal que se assomava diante dela: ao perseguir seu estuprador como o justiceiro de um filme, ela se condenara ao inferno.

Tess levou a arma até a têmpora, mas logo a abaixou de novo. Não podia fazer isso, ainda não. Tinha uma obrigação com as mulheres no cano, e com qualquer outra mulher que pudesse se juntar a elas, se Lester Strehlke escapasse. E depois do que ela acabara de fazer, era mais importante do que nunca que ele não escapasse.

Tess tinha mais uma parada a fazer. Mas não em seu Expedition.

40

A entrada da garagem no número 101 da Township Road não era comprida, nem pavimentada. Não passava de um par de sulcos, com arbustos crescendo perto o bastante para arranharem as laterais da picape F-150 azul enquanto Tess se aproximava da pequena casa. Não havia nada de bonito naquela ali: era uma velharia assustadora que podia ter saído do filme *O massacre da serra elétrica*. É impressionante como a vida, algumas vezes, imita a arte. E quanto mais crua a arte, mais parecida fica a imitação.

Tess não tentou se aproximar furtivamente — por que se preocupar em desligar os faróis quando Lester Strehlke reconheceria o barulho da picape do irmão quase tão bem quanto a voz dele?

ESCURIDÃO TOTAL SEM ESTRELAS

Ela continuava com o boné marrom com manchas brancas que o Gigante do Volante usava quando não estava na estrada, o boné da sorte que, no fim, lhe deu azar. O anel com o rubi falso era grande demais para qualquer um dos seus dedos, então ela o guardou no bolso esquerdo da calça cargo. O Pequeno do Volante se passava pelo irmão mais velho, vestindo-se como ele e usando seu carro quando saía para caçar, e, mesmo que ele talvez não tivesse tempo suficiente (ou inteligência suficiente) para apreciar a ironia de ver sua última vítima aparecer com os mesmos acessórios, Tess tinha.

Ela estacionou perto da porta dos fundos, desligou o motor e saiu. Carregava a arma em uma das mãos. A porta estava aberta. Tess entrou em um galpão que cheirava a cerveja e comida estragada. Uma única lâmpada de 60 watts pendia de um fio sujo no teto. Um pouco mais à frente havia quatro latas de lixo lotadas, daquelas de 120 litros que comprava no Walmart. Atrás delas, uma pilha de classificados estava apoiada na parede do galpão, aparentemente acumulada ao longo de uns cinco anos. À esquerda havia outra porta, atrás de um único degrau. Devia levar à cozinha. Tess percebeu que havia um trinco antigo, em vez de uma maçaneta. As dobradiças precisavam de óleo, e a porta gemeu quando ela empurrou o trinco e a abriu. Uma hora antes, aquele rangido a teria deixado paralisada de medo. Agora não dava a mínima. Tinha trabalho a fazer. Era só o que importava, e sentia um alívio enorme por estar livre de toda a bagagem emocional. Entrou na cozinha impregnada pelo cheiro de qualquer que fosse a carne gordurosa que o Pequeno do Volante tinha fritado para o jantar. Ela ouvia aquele som de risadas enlatadas da televisão. Algum seriado de comédia. *Seinfeld*, pensou.

— Mas que diabos você está fazendo aqui? — perguntou Lester Strehlke de onde vinham as risadas. — Só tenho uma cerveja e meia, se é atrás disso que veio. E, depois de beber tudo, vou para cama. — Ela seguiu o som da voz dele. — Se você tivesse ligado, não perderia a via...

Tess entrou na sala. Ele a viu. Ela não havia imaginado qual seria a reação dele diante da reaparição de sua última vítima, com uma arma na mão e com o boné que o próprio Lester usava quando seus desejos o dominavam. Mesmo se tivesse pensado nisso, ela nunca poderia ter previsto o grau extremo de sua reação. O queixo dele caiu, e então seu rosto inteiro congelou. A lata de cerveja que tinha na mão escorregou e caiu em seu colo, respingando espuma em sua única peça de roupa, uma cueca amarelada.

Ele está vendo um fantasma, pensou Tess enquanto andava em sua direção, levantando a arma. *Ótimo.*

Tess teve tempo para ver que, embora a sala de estar fosse uma bagunça típica de solteiro e não houvesse nenhum globo de neve ou bibelô fofinho, a disposição dos objetos ao redor da TV era a mesma da casa da mãe dele na alameda Lacemaker: a poltrona reclinável, a mesinha (com a última lata fechada de Pabst Blue Ribbon e um saco de Doritos, em vez de Cheez Doodles e Coca Zero), o mesmo guia de TV, aquele com Simon Cowell na capa.

— Você está morta — sussurrou ele.

— Não — respondeu Tess. Ela encostou o cano do Espremedor de Limão na têmpora dele. Lester ainda tentou agarrar o pulso dela, mas sem muita convicção e tarde demais. — Você está.

Ela apertou o gatilho. Então viu sangue espirrar da orelha dele e sua cabeça tombar bruscamente para o lado. Ele parecia um homem tentando alongar o pescoço. Na TV, George Costanza disse: "Eu estava na piscina, eu estava na piscina". E a plateia riu.

41

Era quase meia-noite, e o vento estava mais forte do que nunca. Quando soprava, a casa inteira de Lester Strehlke balançava e, toda vez que isso acontecia, Tess pensava no porquinho que havia construído sua casa com madeira.

O porquinho que vivera ali nunca mais teria que se preocupar se sua casa de merda seria levada pelos ares, porque estava morto em sua poltrona. *E ele não era um porquinho, de qualquer forma*, pensou Tess. *Ele era o lobo mau.*

Ela estava sentada na cozinha, escrevendo nas páginas de um bloco de papel sujo que havia encontrado no quarto de Strehlke, no andar de cima. Havia outros três cômodos no segundo andar, mas o quarto dele era o único que não estava cheio de tralhas — desde estrados de ferro até o motor de barco Evinrude que parecia ter caído do alto de um prédio de cinco andares. Como viu que levaria semanas, ou até meses, para vasculhar aquela montoeira de coisas inúteis, imprestáveis e sem valor, Tess voltou toda a sua atenção ao quarto de Strehlke, examinando-o com cuidado. O bloco foi um bônus. Ela achara o que estava procurando em uma velha bolsa de viagem, enfiada no fundo de uma prateleira do armário, onde ficava camuflada — ainda que não muito bem — por edições antigas da revista *National Geographic*. Na bolsa ela encontrou um bolo de calcinhas. A sua estava no topo. Tess a guardou no bolso e a substituiu pelo rolo de corda náutica amarela. Ninguém ficaria surpreso ao encontrar uma corda na bolsa em que um assassino estuprador guardava as roupas íntimas de suas vítimas como troféus. Além disso, Tess não iria precisar dela.

— *Tonto* — disse a Cavaleira Solitária —, *nosso trabalho aqui terminou.*

O que ela escrevia, enquanto *Seinfeld* dava lugar a *Frasier*, e *Frasier* dava lugar ao noticiário local (um morador de Chicopee tinha ganhado na loteria e outro quebrara as costas ao cair de um andaime, então *isso* equilibrava as coisas), era uma confissão em forma de carta. Quando chegou à página cinco, o noticiário deu lugar a um comercial de laxante que parecia não terminar nunca. Danny Vierra dizia: "Alguns americanos só evacuam uma única vez a cada dois ou três *dias*, e porque isso se repete há anos, *eles acham que é normal*! Qualquer médico que se preze lhe dirá que *não é*!"

No alto da carta, escreveu: PARA AS AUTORIDADES COMPETENTES, e as quatro primeiras páginas consistiam em um único parágrafo. Em sua cabeça, o texto soava como um grito. Sua mão estava cansada, e a caneta que encontrara em uma das gavetas da cozinha (com as palavras TRANSPORTADORA RED HAWK impressas em dourado e já meio desbotadas) começava a falhar, mas, graças a Deus, Tess estava quase no fim. O Pequeno do Volante continuava ignorando a TV de seu lugar na poltrona, e ela finalmente começou um novo parágrafo no alto da quinta página.

Não vou arranjar desculpas para meus atos. Nem posso dizer que fiz isso em um lapso de loucura. Eu estava furiosa e cometi um erro. É simples assim. Sob outras circunstâncias — menos terrí-

veis, quer dizer —, eu poderia dizer: "Foi um erro natural, os dois se pareciam o bastante para serem gêmeos." Mas as circunstâncias não são outras.

Pensei em reparação enquanto estava sentada aqui, escrevendo estas páginas e ouvindo a televisão dele e o vento — não porque espero algum tipo de perdão, mas porque parece errado fazer algo ruim sem pelo menos tentar compensar isso de alguma maneira. (Neste ponto da carta, Tess pensou em como o ganhador da loteria e o homem com as costas quebradas equilibraram as coisas, mas seria difícil explicar esse conceito tão exausta quanto estava, e ela nem tinha certeza de que aquilo era relevante, de qualquer forma.) *Pensei em ir para a África para trabalhar com as vítimas da AIDS. Pensei em ir para Nova Orleans e ser voluntária em um abrigo de sem-teto ou distribuindo alimentos para os necessitados. Pensei em ir para o Golfo para limpar as aves sujas de óleo. Pensei em doar os cerca de um milhão de dólares que guardei para a minha aposentadoria para algum grupo que lute para acabar com a violência contra as mulheres. Deve haver um desses em Connecticut, talvez até mesmo vários.*

Mas então pensei em Doreen Marquis, da Sociedade de Tricô, e no que ela diz uma vez em cada livro...

O que Doreen dizia pelo menos uma vez em cada livro era que *os assassinos sempre deixam de ver o óbvio. Vocês podem depender disso, queridas.* E mesmo enquanto Tess escrevia sobre reparação, ela percebeu que seria impossível. Porque Doreen estava absolutamente certa.

Tess usara um boné para não deixar fios de cabelo para possíveis análises de DNA. Ela havia usado luvas, que nunca tirara, nem mesmo quando dirigiu a picape de Alvin Strehlke. Não era tarde demais para queimar aquela confissão no fogão à lenha da cozinha de Lester, dirigir até a casa consideravelmente mais bonita (feita de tijolos, e não de madeira) do irmão dele, entrar em seu Expedition e voltar para Connecticut. Podia ir para casa, onde Fritzy a estaria esperando. À primeira vista, ela parecia livre de qualquer implicação com os crimes, e poderia levar alguns dias até a polícia chegar a ela, mas com certeza seria pega. Porque enquanto Tess esteve concentrada naqueles pequenos detalhes forenses,

ESCURIDÃO TOTAL SEM ESTRELAS

tinha deixado de ver o que estava bem na sua frente, exatamente como os assassinos dos livros da Sociedade de Tricô.

E o que passara despercebido até o momento tinha um nome: Betsy Neal. Uma mulher bonita com um rosto oval, olhos de Picasso que não combinavam e volumosos cabelos negros. Ela havia reconhecido Tess, tinha até mesmo pedido seu autógrafo, mas essa não era a prova concludente. A prova concludente seriam os machucados em seu rosto (*Espero que isso não tenha acontecido aqui*, dissera Betsy) e o fato de Tess ter lhe perguntado sobre Alvin Strehlke, descrevendo sua picape e reconhecendo o anel quando Betsy falara dele. *Como um rubi*, Tess havia concordado.

Betsy veria a história na TV ou a leria nos jornais — com três pessoas da mesma família mortas, como poderia não ver? —, e procuraria a polícia. A polícia iria atrás de Tess. Eles checariam os registros de armas de Connecticut, como era de se esperar, e descobririam que Tess tinha uma Smith & Wesson calibre .38 conhecida como Espremedor de Limão. Eles pediriam que ela entregasse a arma para fazer exames de balística com as balas encontradas nas três vítimas. E o que ela iria dizer? Teria como encará-los com seus olhos roxos e falar (com a voz ainda rouca por ter sido estrangulada por Lester Strehlke) que perdera a arma? E continuaria a manter essa história mesmo quando as mulheres mortas fossem encontradas no cano de esgoto?

Tess pegou sua caneta emprestada e recomeçou a escrever.

... no que ela diz uma vez em cada livro: assassinos sempre deixam de ver o óbvio. Uma vez Doreen também se inspirou no trecho de um livro de Dorothy Sayers e deixou um assassino com uma arma carregada, dizendo-lhe para escolher a saída mais honrosa. Eu tenho uma arma. Meu irmão, Mike, é meu único parente próximo ainda vivo. Ele mora em Taos, no Novo México. Acredito que herdará meus bens, dependendo das ramificações legais dos meus crimes. Se isso acontecer, espero que as autoridades que encontrem esta carta possam mostrá-la a ele e transmitam meu desejo de que a maior parte seja doada para alguma instituição de caridade que ajude mulheres que tenham sofrido violência sexual.

Sinto muito pelo Gigante do Volante — Alvin Strehlke. Não foi ele quem me estuprou, e Doreen tem certeza de que ele também não estuprou nem matou aquelas outras mulheres.

Doreen? Não, *ela*. Doreen não era real. Mas Tess estava cansada demais para corrigir isso. E, diabos, já estava mesmo perto do fim, de qualquer forma.

Por Ramona e aquele monte de lixo na sala, eu não me arrependo. Eles estão melhores mortos.
    E eu também, é claro.

Tess parou para reler as páginas e ver se havia esquecido alguma coisa. Parecia que não, então assinou seu nome — seu último autógrafo. A caneta secou na última letra, e ela colocou a carta de lado.
    — Tem alguma coisa a dizer, Lester? — perguntou ela.
    Apenas o vento respondeu, soprando forte o bastante para fazer a pequena casa gemer e expirar correntes de ar frio.
    Ela voltou para a sala de estar. Colocou o boné na cabeça de Lester e o anel em seu dedo. Era daquele jeito que queria que o encontrassem. Havia um porta-retratos em cima da TV. Nele, Lester e sua mãe estavam abraçados. E sorriam. Apenas um garoto e sua mãe. Ela olhou a foto por um tempo, então saiu.

42

Tess sentiu que deveria voltar à loja abandonada onde tudo havia começado e terminar o que tinha a fazer por lá. Poderia se sentar no estacionamento cheio de mato por um tempo, ouvir o vento balançar a velha placa (isto faz um bem), pensar no que quer que as pessoas pensam nos últimos momentos de vida. Em seu caso, provavelmente seria em Fritzy. Ela achava que Patsy ficaria com ele, e isso era bom. Gatos eram sobreviventes. Eles não ligavam muito para quem os alimentava, desde que a vasilha estivesse cheia.

ESCURIDÃO TOTAL SEM ESTRELAS

Não demoraria muito para chegar à loja àquela hora, mas ainda assim parecia longe demais. Ela estava muito cansada. Então decidiu que entraria na velha picape de Al Strehlke e resolveria tudo lá dentro. Mas não queria manchar a confissão arduamente escrita com seu sangue. Isso parecia muito errado considerando todo o derramamento de sangue detalhado ali, então...

Ela pegou as páginas do bloco, levou-as até a sala de estar, onde a TV continuava ligada (um jovem que parecia um criminoso vendia um eletrodoméstico) e as deixou no colo de Strehlke.

— Segure isso para mim, Les — disse ela.

— Sem problema — respondeu ele.

Tess notou que parte de seu cérebro doentio agora secava em seu ombro nu e ossudo. Tudo bem.

Ela saiu para a escuridão e a ventania lá fora e subiu devagar na picape. O rangido que ouviu quando fechou a porta do motorista soou estranhamente familiar. Mas, não, aquilo não era tão estranho assim: ela não o tinha ouvido na loja? Sim. Ela estava tentando lhe fazer um favor, porque ele iria lhe fazer um — Lester iria trocar seu pneu e ela poderia voltar para casa e alimentar seu gato.

— Eu não queria que a bateria dele descarregasse — disse Tess, rindo.

Ela encostou o cano curto da pistola em sua têmpora, mas reconsiderou. Um tiro assim nem sempre era eficaz. Ela queria que seu dinheiro ajudasse mulheres que haviam sido machucadas, e não que bancasse seus cuidados enquanto ficava deitada inconsciente, ano após ano, em algum tipo de clínica para humanos em estado vegetativo.

A boca, assim era melhor. Mais preciso.

Ela sentiu o cano oleoso na língua e a pequena saliência da mira roçando o céu de sua boca.

Eu tive uma vida boa — muito boa, apesar de tudo —, e, embora tenha cometido um erro terrível no fim, talvez isso não seja usado contra mim se houver alguma coisa depois disto aqui.

Ah, mas o vento noturno estava muito doce. Assim como as suaves fragrâncias que ele trazia pela janela aberta do lado do motorista. Era uma pena ter que partir, mas que opção tinha? Era hora de ir.

GIGANTE DO VOLANTE

Tess fechou os olhos, firmou o dedo no gatilho, e foi aí que Tom falou. Era estranho que ele pudesse fazer isso, já que o GPS estava em seu Expedition, e o Expedition estava na casa do outro irmão, a cerca de 1,5 quilômetro dali. Além disso, a voz que ela ouviu não se parecia em nada com a que ela fazia para Tom. Nem com a sua própria. Era uma voz fria. E Tess... bem, ela estava com uma arma dentro da boca. Não podia falar de jeito nenhum.

— Ela nunca foi uma boa detetive, não é?

Tess tirou a arma da boca.

— Quem? Doreen?

Apesar de tudo, ela estava chocada.

— Quem mais, Tessa Jean? E por que *seria* uma boa detetive? Ela veio do seu antigo eu, não foi?

Tess achou que ele tinha razão.

— Doreen acredita que o Gigante do Volante não estuprou e matou aquelas outras mulheres. Não foi isso que você escreveu?

— *Eu* — disse Tess. — *Eu* tenho certeza. Eu só estava cansada, é isso. E em choque, eu acho.

— E também se sentindo culpada.

— Sim. Também me sentindo culpada.

— E você acha que pessoas culpadas fazem boas deduções?

Não. Talvez não façam.

— O que você está tentando me dizer?

— Que você só descobriu parte do mistério. E, antes que pudesse desvendar tudo... *você*, não uma detetive velha movida a clichês... algo realmente infeliz aconteceu.

— Infeliz? É esse o nome que você dá?

Tess se ouviu rindo de uma grande distância. Em algum lugar, o vento fazia uma calha solta bater em um beiral. Parecia o barulho da placa da Coca-Cola na loja abandonada.

— Antes de se *matar* — disse o novo e estranho Tom (cuja voz soava cada vez mais feminina) —, por que não tenta *pensar* por si mesma? Mas não aqui.

— Onde, então?

Tom não respondeu a essa pergunta, nem precisava. O que ele disse foi:

ESCURIDÃO TOTAL SEM ESTRELAS

— E leve a maldita confissão com você.

Tess saiu da picape e voltou para dentro da casa de Lester Strehlke. Ficou parada na cozinha do homem morto, pensando em voz alta, com a voz de Tom (que soava cada vez mais como a dela mesma). Doreen parecia ter saído para dar um passeio.

— A chave da casa de Al deve estar no mesmo chaveiro da que liga o carro — avisou Tom. — Mas lembre-se do cachorro. Não vá se esquecer do cachorro.

Não, isso seria ruim. Tess foi até a geladeira de Lester. Depois de revirar um pouco as coisas, achou um pacote de hambúrguer no fundo da prateleira de baixo. Usou uma edição dos classificados para embrulhá-lo bem, então voltou para a sala de estar. Pegou a confissão do colo de Strehlke, com cuidado, bem consciente de que a parte dele que a machucara — a parte que havia causado a morte de três pessoas naquela noite — estava embaixo dos papéis.

— Vou levar seu hambúrguer, mas não me leve a mal. Estou lhe fazendo um favor. Está com cheiro de carne passada, quase podre.

— Além de assassina, é ladra — disse o Pequeno do Volante com sua monótona voz morta. — Isso não é ótimo?

— Cale a boca, Les — falou Tess, e foi embora.

43

Antes de se matar, *por que não tenta* pensar *por si mesma?*

Enquanto dirigia a velha picape de volta para a casa de Alvin Strehlke, em meio à ventania na estrada, Tess tentou fazer isso. Começava a achar que Tom, mesmo quando não estava no carro com ela, era mais eficiente como detetive que Doreen Marquis em seu melhor dia.

— Vou ser breve — disse Tom. — Se não acha que Al Strehlke teve participação nisso, e quero dizer uma *grande* participação, você está doida.

— É claro que estou doida — replicou ela. — Por que mais eu estaria tentando me convencer de que não atirei no homem errado quando *sei* que atirei?

— Isso é a culpa falando, não a lógica — afirmou Tom. Ele soava irritantemente convencido. — Alvin não era um cordeirinho inocente, nem mesmo uma ovelha meio negra. Acorde, Tessa Jean. Eles não eram apenas irmãos, eram parceiros.

— Parceiros de *negócios*.

— Irmãos nunca são apenas parceiros de negócios. É sempre mais complicado do que isso. Principalmente quando se tem Ramona como mãe.

Tess começou a subir a entrada da garagem lisinha de Al Strehlke. Achava que Tom podia estar certo. E sabia de uma coisa: Doreen e suas amigas da Sociedade de Tricô nunca haviam conhecido uma mulher como Ramona Norville.

O poste acendeu. O cachorro começou a latir: *au-au, auauau*. Tess esperou a luz apagar e o cão ficar quieto.

— Não há como ter certeza, Tom.

— Você não pode saber se não procurar.

— Mesmo que soubesse, *não foi ele quem me estuprou*.

Tom ficou em silêncio por um instante. Tess achou que ele havia desistido. Então ele disse:

— Quando uma pessoa faz uma coisa ruim e outra pessoa sabe e não impede, elas são igualmente culpadas.

— Sob a perspectiva da lei?

— E sob a *minha* também. Digamos que Lester tenha sido o único responsável pelas caçadas, pelos estupros e pelos assassinatos. Não acredito nisso, mas digamos que sim. Se o irmão mais velho sabia e não fez nada, também mereceu morrer. Na verdade, eu diria que as balas foram uma punição muito leve para ele. Empalá-lo com um atiçador em brasa seria o mais próximo de fazer justiça.

Tess balançou a cabeça, cansada, e pegou a arma no banco. Só restava uma bala. Se tivesse que usá-la no cachorro (e sério, que diferença faria mais uma morte?), precisaria procurar outra arma, a não ser que tentasse se enforcar ou algo assim. Mas caras como os Strehlke geralmente tinham armas de fogo. Essa era a parte boa, como Ramona teria dito.

— Se ele sabia, sim. Mas uma suposição vaga como essa não é o bastante para ele merecer uma bala na cabeça. A mãe, sim... quanto a ela, os brincos eram toda a prova de que eu precisava. Mas não há nenhuma prova aqui.

— É mesmo? — disse Tom com uma voz tão baixa que Tess mal conseguiu ouvir. — Vá checar.

44

O cachorro não latiu quando ela subiu os degraus, mas ela podia imaginá-lo parado do outro lado da porta, com a cabeça abaixada e os dentes arreganhados.

— Goober? — Bom, aquele era um nome tão bom para o cachorro de um caipira quanto qualquer outro. — Meu nome é Tess. Trouxe um pouco de hambúrguer. Também tenho uma arma carregada. Vou abrir a porta agora. Se eu fosse você, escolheria a carne. Certo? Combinado?

Ainda nenhum latido. Talvez fosse necessária a luz do poste para incitá-lo. Ou uma ladra suculenta. Tess tentou uma chave, então outra. Nada. Aquelas duas provavelmente eram do escritório da transportadora. A terceira girou na fechadura, e ela abriu a porta antes que perdesse a coragem. Imaginava um buldogue, um rottweiler ou um pit bull com olhos vermelhos e mandíbulas salivantes. Mas o que viu foi um jack russell terrier que olhava para ela cheio de esperança e balançando o rabo.

Tess guardou a arma no bolso da jaqueta e fez carinho na cabeça do cachorro.

— Deus do céu — disse ela. — E pensar que eu estava com medo de você.

— Não precisa — afirmou Goober. — Diga, cadê o Al?

— Melhor não perguntar — respondeu ela. — Quer um pouco de hambúrguer? Mas, já aviso, acho que a carne pode estar vencida.

— Passe isso pra cá, querida — disse Goober.

Tess deu a ele um pedaço de hambúrguer, então entrou, fechou a porta e acendeu as luzes. E por que não? Afinal, estava mesmo sozinha com Goober.

Alvin Strehlke mantinha a casa mais arrumada do que a do irmão caçula. Os pisos e as paredes estavam limpos, não havia pilhas de jornais, e ela até viu alguns livros nas prateleiras. Havia também várias coleções de bibelôs de porcelana e uma grande foto emoldurada da Mamãezilla na parede. Tess achou aquilo um tanto sugestivo, mas não chegava exatamente a ser uma prova. De qualquer coisa. *Se houvesse uma foto de Richard Widmark em seu famoso papel de Tommy Udo, seria diferente.*

— Por que você está sorrindo? — perguntou Goober. — Quer me contar?

— Na verdade, não — respondeu Tess. — Por onde devemos começar?

— Eu não sei — disse Goober. — Sou apenas um cachorro. Que tal um pouco mais daquela carne gostosa?

Tess deu mais um pedaço de hambúrguer para ele. Goober se levantou sobre as patas traseiras e girou duas vezes. Tess se perguntou se estava ficando louca.

— Tom? Alguma coisa a dizer?

— Você achou sua calcinha na casa do outro irmão, certo?

— Sim, e eu a peguei. Está rasgada... e eu nunca mais iria querer usá-la, mesmo que não estivesse... mas é *minha*.

— E o que mais você achou, além de um monte de calcinhas?

— O que quer dizer com isso?

Mas Tom não precisou responder. Não era uma questão do que ela havia encontrado, mas do que não havia: nenhuma bolsa e nenhuma chave. Lester Strehlke provavelmente tinha jogado as chaves dela no bosque. Era o que a própria Tess teria feito em seu lugar. Já a bolsa era diferente. Era uma Kate Spade, muito cara, com seu nome costurado em uma tira de seda por dentro. Se a bolsa — e tudo o que havia nela — não estava na casa de Lester, e se ele não a havia atirado na mata junto com as chaves, onde poderia estar?

— Meu palpite é que ela está aqui — disse Tom. — Vamos procurar.

— Carne! — pediu Goober, e deu outra pirueta.

45

Por onde ela deveria começar?

— Vamos lá — disse Tom. — Os homens escondem a maioria de seus segredos em um desses dois lugares: no escritório ou no quarto. Doreen pode não saber isso, mas você sabe. E esta casa não tem escritório.

Ela entrou no quarto de Al Strehlke (seguida por Goober), onde encontrou uma cama de casal king size, o lençol arrumado em estilo militar. Tess olhou embaixo dela. Nada. Começou a ir em direção ao armário, mas parou e voltou para a cama. Levantou o colchão. Olhou. Depois de cinco segundos, talvez dez, disse duas palavras sem nenhuma emoção na voz:

— Na mosca.

No estrado da cama, por baixo do colchão, ela encontrou três bolsas femininas. A do meio era uma bolsa de mão creme que Tess teria reconhecido em qualquer lugar. Ela a abriu. Não havia nada dentro além de lencinhos de papel e um lápis de sobrancelha com um engenhoso pente de cílios escondido na metade de cima. Ela procurou pela tira de seda com seu nome, mas havia sumido. Fora cuidadosamente removida, mas Tess descobriu um pequeno corte no magnífico couro italiano onde os pontos haviam sido descosturados.

— É sua? — perguntou Tom.

— Você sabe que é.

— E o lápis de sobrancelha?

— Essas coisas são vendidas aos montes em todas as farmácias do pa...

— *É seu?*

— É.

— Você já está convencida?

— Eu... — Tess engoliu em seco. Ela estava sentindo alguma coisa, mas não sabia bem o que era. Talvez alívio? Horror? — Acho que sim. Mas *por quê*? Por que os *dois*?

Tom não respondeu. Não precisava. Doreen podia não saber (ou não querer admitir, se soubesse, porque as velhinhas que acompanhavam suas aventuras não gostavam dessas coisas sinistras), mas Tess achava que sabia. Porque a mamãe fodeu a cabeça dos dois. Era o que um psiquiatra diria. Lester era o estuprador; Al, o fetichista que participava por tabela. Talvez ele tenha até ajudado com uma ou com as duas mulheres no cano. Ela nunca saberia com certeza.

— Você provavelmente precisaria ficar aqui até de manhã para revirar a casa inteira — disse Tom. — Mas pode procurar no resto do quarto, Tessa Jean. Ele provavelmente destruiu tudo o que havia na bolsa. O meu palpite é que deve ter cortado os cartões de crédito e os jogado no rio Colewich. Mas você precisa ter certeza, porque qualquer coisa com seu nome levaria a polícia direto até a sua porta. Comece pelo armário.

Tess não achou seus cartões de crédito nem algo que lhe pertencesse no armário, mas encontrou uma coisa. Estava na prateleira do alto. Ela desceu da cadeira em que estava e examinou-o com um horror crescente: era um pato de pelúcia que poderia ter sido o brinquedo preferido de uma criança. O pato não tinha um dos olhos e o pelo sintético estava todo emaranhado. Na verdade, tinha falhas em alguns lugares, como se o pato tivesse sido acariciado quase até a morte.

No bico amarelo desbotado havia uma mancha avermelhada.

— Isso é o que eu acho que é? — perguntou Tom.

— Ah, Tom, eu acho que sim.

— Os corpos que você viu no bueiro... será que um deles era de uma criança?

Não, nenhum deles era tão pequeno. Talvez o cano que corria por baixo da Stagg Road não fosse o único depósito de corpos dos irmãos Strehlke.

— Coloque o pato de volta na prateleira. Deixe aí para a polícia encontrar. Você precisa conferir se ele não tem um computador com informações sobre você. E depois tem que dar o fora daqui.

Algo frio e molhado encostou na mão de Tess. Ela quase gritou. Era Goober, que a encarava com seus olhos brilhantes.

— Mais carne! — pediu Goober, e Tess lhe deu mais um pouco.

— Se Al Strehlke tem um computador, pode apostar que está protegido por senha — disse Tess. — E provavelmente não está aberto para eu fuçar.

— Então pegue o computador e jogue no maldito rio quando estiver voltando para casa. Deixe que ele durma com os peixes.

Mas não havia nenhum computador.

Quando chegou à porta, Tess deu o resto do hambúrguer para Goober. Ele provavelmente vomitaria tudo no tapete, mas isso não iria incomodar o Gigante do Volante.

— Está satisfeita, Tessa Jean? — perguntou Tom. — Está aliviada por não ter matado um homem inocente?

Ela achou que devia estar, porque suicídio já não parecia mais uma opção.

— E quanto a Betsy Neal, Tom? E quanto a ela?

Tom não respondeu... mais uma vez não era preciso. Porque, afinal, ele era ela.

Não era?

Tess não tinha certeza absoluta. Isso era mesmo mais importante do que saber qual seria o próximo passo? E quanto ao dia seguinte, bem, amanhã seria um novo dia. Scarlett O'Hara estava certa.

O mais importante era a polícia descobrir os corpos no cano. Nem que fosse porque, em algum lugar, devia haver amigos e parentes ainda se perguntando o que havia acontecido com aquelas mulheres. E também porque...

— Porque o pato de pelúcia me diz que pode haver mais.

Essa tinha sido sua própria voz.

E estava tudo bem.

46

Às sete e meia da manhã seguinte, depois de menos de três horas de sono agitado e assombrado por pesadelos, Tess ligou o computador do escritório. Mas não para escrever. Escrever era a última coisa em sua mente.

Será que Betsy Neal era solteira? Tess achava que sim. Ela não tinha visto uma aliança de casamento naquele dia no escritório de Betsy e, embora isso pudesse ter passado despercebido, também não notara fotos de família. A única foto que se lembrava de ter visto era uma emoldurada de Barack Obama... e *ele* já era casado. Então sim... Betsy Neal provavelmente era divorciada ou solteira. E provavelmente não estaria na lista telefônica. Nesse caso, uma busca pelo computador não adiantaria nada. Tess pensou em ir ao The Stagger Inn para encontrá-la... mas não *queria* voltar ao Stagger. Nunca mais.

— Por que você está inventando problemas? — perguntou Fritzy do peitoril da janela. — Pelo menos cheque a lista telefônica de Colewich. E que cheiro é esse que estou sentindo em você? É de *cachorro*?

— Sim. É do Goober.

GIGANTE DO VOLANTE

— Traidora — disse Fritzy, com ar de desprezo.

Tess descobriu uma dúzia de Neals em sua busca. Uma era E. Neal. E de Elizabeth? Só havia um jeito de descobrir.

Sem hesitar — isso certamente a teria feito perder a coragem —, Tess discou o número. Ela suava, e seu coração batia acelerado.

O telefone tocou uma vez. Duas.

Provavelmente não é ela. Pode ser uma Edith Neal. Ou uma Edwina Neal. Até mesmo uma Elvira Neal.

Três vezes.

E mesmo se for o telefone de Betsy Neal, ela provavelmente nem está em casa. Pode estar de férias nas Montanhas Catskills...

Quatro vezes.

... ou morando com um dos Confeiteiros Zumbis, quem sabe? O guitarrista. Eles provavelmente cantam "Can Your Pussy Do the Dog" juntos no chuveiro, depois de...

Alguém atendeu a ligação, e Tess reconheceu a voz em seu ouvido na mesma hora.

— Alô, você ligou para Betsy, mas não posso atender no momento. O bipe vai tocar, e você sabe o que fazer depois. Tenha um bom dia.

Eu tive um dia péssimo, *obrigada, e a noite passada foi muito p...*

Então o bipe da secretária eletrônica soou, e Tess se ouviu falando antes mesmo que pudesse perceber que pretendia dizer alguma coisa.

— Alô, srta. Neal, aqui é a Tessa Jean... a moça dos livros da Sociedade de Tricô, sabe? Nós nos conhecemos no The Stagger Inn. Você me devolveu meu GPS, e eu lhe dei um autógrafo para sua avó. Você viu quanto eu estava machucada, e eu contei algumas mentiras. Não foi um namorado, srta. Neal. — Tess começou a falar mais rápido, com medo de que o espaço para gravação acabasse antes que ela pudesse contar tudo... e ela percebeu que queria muito contar tudo. — Eu fui estuprada e foi horrível, mas então tentei consertar as coisas e... eu... eu preciso falar com você sobre isso porque...

Tess ouviu um clique na linha e então a própria voz de Betsy Neal começou a falar.

— Comece de novo — disse ela —, mas devagar. Acabei de acordar, e ainda estou sonolenta.

ESCURIDÃO TOTAL SEM ESTRELAS

47

Elas se encontraram para almoçar em um parque público de Colewich. Sentaram-se em um banco perto do coreto. Tess não achou que estivesse com fome, mas Betsy Neal a forçou a comer um sanduíche e ela se pegou devorando-o, o que a fez pensar em Goober atacando o hambúrguer de Lester Strehlke.

— Comece do início — disse Betsy. Ela estava calma, pensou Tess, quase anormalmente calma. — Comece do início e me conte tudo.

Tess começou com o convite da Books & Brown Baggers. Betsy Neal não fez muitas interrupções, apenas um "aham" ou um "certo" para Tess saber que ela ainda estava prestando atenção. Falar dava sede. Por sorte, Betsy também havia comprado duas latas de refrigerante. Tess pegou uma e bebeu com vontade.

Quando terminou, era mais de uma da tarde. As poucas pessoas que tinham ido ao parque para almoçar já haviam ido embora. Duas mulheres passeavam com carrinhos de bebês, mas estavam a uma boa distância.

— Vamos ver se eu entendi — disse Betsy Neal. — Você ia se matar, e então uma voz imaginária lhe disse para voltar à casa de Alvin Strehlke.

— Sim — respondeu Tess. — Onde achei minha bolsa. E o pato sujo de sangue.

— E sua calcinha estava na casa do irmão mais novo?

— Na casa do Pequeno do Volante, isso. Está no meu Expedition. A bolsa também. Quer vê-las?

— Não. E quanto à arma?

— Está no carro também. Com apenas uma bala. — Ela olhou para Betsy com curiosidade, pensando: *A garota com olhos de Picasso.* — Não está com medo de mim? Você é a única ponta solta. A única em que consigo pensar, pelo menos.

— Nós estamos em um parque público, Tess. Além disso, tenho uma bela confissão na secretária eletrônica da minha casa.

Tess piscou. Outra coisa em que não havia pensado.

— Mesmo se você conseguisse me matar sem que aquelas duas moças com seus bebês notassem...

— Eu não pretendo matar mais ninguém. Nem agora, nem nunca.

— Bom saber. Porque, mesmo que você me matasse e apagasse a gravação na secretária eletrônica, mais cedo ou mais tarde alguém encontraria o taxista que a levou à Stagger no sábado de manhã. E quando a polícia chegasse a você, eles a encontrariam coberta dessas marcas incriminadoras.

— Sim — disse Tess, tocando a pior delas. — É verdade. E agora?

— Em primeiro lugar, acho que seria uma boa ideia ficar fora de vista o máximo que você puder até que seu rosto volte a ficar bonito.

— Isso é fácil — disse Tess, e contou a Betsy a história que havia inventado para não preocupar Patsy McClain.

— Ótimo.

— Srta. Neal... Betsy... você acredita em mim?

— Ah, sim — disse ela, no mesmo instante. — Agora ouça. Está ouvindo?

Tess assentiu.

— Somos duas mulheres fazendo um piquenique no parque, e tudo bem. Mas depois de hoje não vamos nos ver outra vez. Certo?

— Se você diz — confirmou Tess. Seu cérebro estava como sua mandíbula depois de o dentista lhe aplicar uma injeção de novocaína.

— Digo. E você precisa pensar rápido em uma história, para o caso de os policiais falarem ou com o motorista da limusine que a levou para casa...

— Manuel. O nome dele era Manuel.

— ... ou com o taxista que a levou à Stagger no sábado de manhã. Não acredito que alguém fará a ligação entre você e os Strehlke desde que nenhum dos seus documentos apareça, mas, quando a história vier à tona, isso tudo tomará grandes proporções e não podemos achar que a investigação não chegará a você. — Ela se inclinou e cutucou Tess logo acima do seio esquerdo. — Conto com você para garantir que nunca chegue a *mim*. Porque eu não mereço isso. — Não. Ela, definitivamente, não merecia. — Que história você poderia contar aos tiras, querida? Algo bom e que não me inclua. Vamos, pense, você é a escritora.

Tess pensou por um minuto inteiro. Betsy esperou.

ESCURIDÃO TOTAL SEM ESTRELAS

— Posso dizer que Ramona Norville me contou sobre o atalho da Stagg Road, depois da minha palestra, o que é verdade, e que eu vi a The Stagger Inn quando passava por ali. E posso dizer também que parei para jantar alguns quilômetros à frente na estrada, então decidi voltar para tomar alguns drinques. Ouvir a banda.

— Está ficando boa. A banda se chama...

— Sei como se chama — disse Tess. Talvez o efeito da novocaína estivesse passando. — Diria que conheci uns caras, enchi a cara e achei que estava bêbada demais para dirigir. Você não está nessa história, porque não trabalha à noite. Eu também poderia dizer...

— Deixa pra lá, já basta. Você é muito boa nisso quando começa a criar. Só não exagere.

— Não vou — disse Tess. — E essa é uma história que talvez eu nunca tenha que contar. Quando eles acharem os Strehlke e suas vítimas, vão procurar por um assassino bem diferente de uma escritora frágil e indefesa como eu.

Betsy Neal sorriu.

— Escritora frágil e indefesa uma ova. Você é esperta pra cacete. — Então ela notou o ar assustado no rosto de Tess. — Diz. O que foi *agora*?

— Eles *vão* conseguir ligar as mulheres na galeria aos Strehlke, não vão? Pelo menos a Lester?

— Ele colocou uma camisinha antes de estuprar você?

— Não. Meu Deus, não. Aquela coisa ainda estava nas minhas coxas quando cheguei em casa. E dentro de mim.

Ela estremeceu.

— Então ele deve ter feito a mesma coisa com as outras. Muitas provas. Eles vão juntar as peças. Se aqueles bandidos se livraram mesmo de todos os seus documentos, você não deve ter problemas. E não há razão para se preocupar com o que você não pode controlar, não é mesmo?

— Não.

— Quanto a você... não está planejando ir para casa e cortar os pulsos na banheira, está? Ou usar aquela última bala?

— Não. — Tess pensou em como o ar noturno era doce quando ela estava sentada na picape, com o cano curto do Espremedor de Limão na boca. — Não, estou bem.

— Então está na hora de você ir. Eu vou ficar aqui um pouco mais.

Tess começou a se levantar do banco, então se sentou novamente.

GIGANTE DO VOLANTE

— Há algo que eu preciso saber. Você está me ajudando a encobrir um crime. Por que faria isso por uma mulher que mal conhece? Uma mulher que você só encontrou uma vez?

— Acreditaria se eu dissesse que é porque minha avó adora seus livros e ficaria muito decepcionada se você fosse para a cadeira por homicídio triplo?

— Nem um pouco — respondeu Tess.

Por um instante, Betsy não disse nada. Pegou sua lata de refrigerante e depois a largou de novo.

— Várias mulheres são estupradas, não é verdade? Quer dizer, você não é a única, certo?

Certo, Tess sabia que não era a única, mas isso não diminuía a dor nem a vergonha. Nem a ajudaria a se acalmar quando estivesse esperando pelos resultados do teste de AIDS que faria em breve.

Betsy sorriu. Não houve nada de agradável nesse sorriso. Ou bonito.

— Mulheres em todos os cantos do mundo estão sendo estupradas enquanto falamos. Meninas também. Algumas que, sem dúvida, possuem bichinhos de pelúcia preferidos. Algumas são mortas, outras sobrevivem. Das que sobrevivem, quantas você acha que denunciam o que aconteceu?

Tess balançou a cabeça.

— Também não sei — disse Betsy. — Mas sei o que a Pesquisa Nacional de Vítimas de Crime diz, porque pesquisei no Google. Sessenta por cento dos estupros não são denunciados, de acordo com eles. Três a cada cinco. Acho que esse número é ainda mais baixo, mas quem pode dizer com certeza? É difícil provar os casos não informados. Impossível, na verdade.

— Quem estuprou você? — perguntou Tess.

— Meu padrasto. Eu tinha 12 anos. Ele segurou uma faca de cozinha contra meu rosto enquanto me estuprou. Eu fiquei parada, estava assustada, mas a faca escorregou quando ele gozou. Provavelmente não foi de propósito, mas quem sabe?

Betsy puxou a pálpebra inferior do olho esquerdo com a mão esquerda e colocou a mão direita em concha logo abaixo. O olho de vidro rolou delicadamente para sua palma. A órbita vazia estava levemente vermelha e inclinada para cima, parecendo olhar para o mundo com espanto.

— A dor foi... bem, não há como descrever uma dor como aquela, não mesmo. Parecia o fim do mundo para mim. Havia sangue também.

Muito. Minha mãe me levou ao médico. Ela disse para eu falar que estava correndo pela casa de meias e escorreguei no linóleo da cozinha que ela havia acabado de encerar. Então caí para a frente e acertei o olho no canto da bancada da cozinha. Ela disse que o médico iria querer falar comigo a sós, e que estava contando comigo. "Sei que ele fez uma coisa terrível com você", disse ela, "mas, se as pessoas descobrirem, vão me culpar. Por favor, querida, faça isso por mim, e eu farei de tudo para que nada de ruim aconteça com você de novo". Então foi isso que eu fiz.

— E aconteceu de novo?

— Mais três ou quatro vezes. E eu sempre ficava parada, porque só tinha um olho, e era melhor não arriscar. Escute, já terminamos aqui ou não?

Tess se aproximou para abraçá-la, mas Betsy se encolheu — *como um vampiro que vê um crucifixo*, pensou ela.

— Não faça isso — disse Betsy.

— Mas...

— Eu sei, eu sei, muito obrigada, solidariedade, amigas para sempre, blá-blá-blá. Eu não gosto de abraços, só isso. Já terminamos aqui ou não?

— Terminamos.

— Então vá. E, se fosse você, eu jogaria essa arma no rio quando estivesse voltando para casa. Você queimou a confissão?

— Com certeza.

Betsy assentiu.

— E eu vou apagar a mensagem que você deixou na minha secretária eletrônica.

Tess se afastou. Ela olhou para trás uma vez. Betsy Neal ainda estava sentada no banco. E havia colocado o olho de vidro de volta.

48

Em seu Expedition, Tess percebeu que seria uma ótima ideia apagar suas últimas rotas do GPS. Apertou o botão de ligar e a tela acendeu.

— Olá, Tess — disse Tom. — Vejo que vamos viajar.

Tess apagou o que queria, então desligou o GPS de novo. Não era uma viagem, não exatamente. Estava só voltando para casa. E achou que conseguiria encontrar o caminho sozinha.

EXTENSÃO JUSTA

Streeter só viu a placa porque teve que parar o carro para vomitar. Ele andava vomitando muito, quase sem aviso — às vezes um acesso de náusea, outras, um gosto metálico no fundo da garganta, e também acontecia de não ser nada; só um *uhh* e botava tudo para fora, o que era bastante problemático. Dirigir se tornara um ato arriscado. Ainda assim, ele também andava dirigindo muito, em parte porque já não poderia mais fazê-lo no final do outono, e em parte porque tinha muito no que pensar. E sua mente sempre ficava mais clara quando ele estava atrás do volante.

Ele seguia pela extensão da avenida Harris, uma estrada larga de 3 quilômetros que margeava o aeroporto do condado de Derry e alguns negócios locais: a maioria hotéis e depósitos. A extensão era bastante movimentada durante o dia, porque cruzava a cidade inteira e também levava ao aeroporto, mas à noite ficava quase deserta. Streeter parou na ciclovia, pegou um de seus sacos plásticos de vomitar da pilha que trazia no banco do passageiro, enfiou a cara lá dentro e mandou ver. O jantar apareceu para um bis, que ele só veria se estivesse de olhos abertos. Mas não estava. Quem já viu um saco cheio de vômito, viu todos.

Quando a fase do vômito começou, ele não sentia dor. O dr. Henderson o tinha alertado de que essa situação mudaria, e, no decorrer da última semana, isso de fato acontecera. Não era uma dor intensa, por enquanto; apenas uma fisgada que subia rápido como um relâmpago da barriga para a garganta, como uma azia. Vinha e depois melhorava. Mas iria piorar. O dr. Henderson também havia lhe dito isso.

Streeter tirou a cabeça do saco, abriu o porta-luvas, pegou um pedaço de arame e vedou seu jantar ali antes que o cheiro impregnasse o carro. Olhou para a direita e avistou uma cesta de lixo providencial, com um simpático cachorro de orelhas caídas pintado na lateral e um texto em que se lia: O CACHORRO DE DERRY DIZ: "PONHA O LIXO NO LIXO!"

Streeter saiu, foi até a Cesta do Cachorro e depositou a mais recente ejeção de seu corpo enfraquecido. O sol do verão estava se pondo vermelho no terreno plano (e, naquele momento, deserto) do aeroporto, e a sombra presa aos seus pés era longa e grotescamente magra. Era como se Streeter estivesse quatro meses à frente de seu corpo, e já completamente devastado pelo câncer que, em breve, o devoraria vivo.

Ele se virou para entrar no carro e notou a placa do outro lado da estrada. A princípio — provavelmente porque seus olhos ainda lacrimejavam —, achou que as palavras diziam EXTENSÃO RASTA. Então piscou e viu que, na verdade, estava escrito EXTENSÃO JUSTA. Abaixo disso, em letras pequenas: PREÇO JUSTO.

Extensão justa, preço justo. Soava bem e quase fazia sentido.

Havia uma área de cascalho no lado oposto da estrada, próxima à cerca de arame que delimitava a propriedade do aeroporto. Muitas pessoas montavam barraquinhas ali durante as horas mais movimentadas do dia, porque dava para os clientes pararem sem que ninguém acertasse a traseira do carro (isto é, se a pessoa fosse rápida e se lembrasse de usar a seta). Streeter morara a vida inteira na pequena cidade de Derry, no Maine, e com o passar dos anos vira pessoas vendendo brotos frescos de samambaia por lá na primavera, frutas frescas e espigas de milho no verão, e lagostas durante quase todo o ano. No fim do inverno, um velho doido conhecido como Boneco de Neve assumia o lugar, vendendo quinquilharias que ele encontrava na neve que estava começando a derreter. Há muitos anos, Streeter comprara uma boneca de pano bem bonita desse homem, pensando em dá-la para sua filha, May, que tinha 2 ou 3 anos na época. Mas cometeu o erro de contar a Janet quem havia lhe vendido o brinquedo, e ela o fez jogá-lo fora.

— Por acaso você acha que podemos ferver uma boneca de pano para matar os germes? — perguntara ela. — Às vezes me pergunto como um homem inteligente pode ser tão burro.

Bem, o câncer não discriminava ninguém em relação ao cérebro. Inteligente ou burro, ele estava prestes a partir desta para uma melhor.

EXTENSÃO JUSTA

Havia uma mesa dobrável montada onde o Boneco de Neve um dia exibira suas mercadorias. O homem rechonchudo sentado atrás dela estava protegido dos raios vermelhos do sol poente por um enorme guarda-sol amarelo inclinado para o lado.

Streeter ficou parado na frente do carro por um minuto inteiro, quase entrou de novo (o homem rechonchudo não havia reparado nele; parecia assistir a uma pequena televisão portátil), mas então sua curiosidade venceu. Ele checou o tráfego, não viu nenhum carro — a extensão estava deserta como era de esperar àquela hora, todos os trabalhadores em casa jantando, ignorantes quanto à sua condição não cancerosa — e cruzou as quatro pistas vazias. Sua sombra esquelética, o Espírito do Streeter Futuro, seguiu atrás dele.

O homem rechonchudo olhou para cima.

— Olá — cumprimentou ele. Antes que desligasse a TV, Streeter teve tempo de ver que o cara estava assistindo a um programa de variedades. — Como estamos esta noite?

— Bem, não sei quanto a você, mas eu já estive melhor — respondeu Streeter. — Meio tarde para vender alguma coisa, não acha? Muito pouco tráfego depois da hora do rush. Aqui é a parte de trás do aeroporto. Nada além de uma área de carga e descarga. Os passageiros entram pela rua Witcham.

— Eu sei — disse o homem rechonchudo. — Mas, infelizmente, o zoneamento não permite pequenos negócios de beira de estrada como o meu no lado movimentado do aeroporto. — Ele balançou a cabeça, inconformado com a injustiça do mundo. — Eu ia fechar e voltar para casa às sete, mas tive um pressentimento de que mais um cliente poderia aparecer.

Streeter olhou para a mesa, não viu nenhum item à venda (a não ser que a TV fosse um) e sorriu.

— Eu não posso ser exatamente um cliente, senhor...?

— George Odabi — apresentou-se o homem rechonchudo, levantando-se e estendendo a mão igualmente rechonchuda.

Streeter a apertou.

— Dave Streeter. E não posso ser exatamente um cliente porque não tenho ideia do que você está vendendo. A princípio, achei que a placa dizia extensão rasta, de cabelo.

— Você *quer* uma extensão de cabelo? — perguntou Odabi, examinando-o de alto a baixo. — Pergunto isso porque o seu parece estar ficando ralo.

— E em breve não restará mais nada — disse Streeter. — Estou fazendo químio.

— Ah, puxa vida. Sinto muito.

— Obrigado. Só não sei bem qual é o sentido da químio...

Então deu de ombros. Ficou espantado em ver como era fácil dizer aquelas coisas para um estranho. Streeter não tinha contado nem para os filhos ainda, embora Janet soubesse, é claro.

— O tratamento não tem muita chance de dar certo? — perguntou Odabi.

Havia uma compaixão simples em sua voz, nem exagerada, nem ausente, e Streeter sentiu os olhos se encherem de lágrimas. Chorar na frente de Janet o deixava profundamente constrangido, e ele só havia feito isso duas vezes. Ali, com aquele estranho, no entanto, parecia natural. Mesmo assim, tirou um lenço do bolso de trás da calça e enxugou os olhos. Um pequeno avião se aproximava para aterrissar. A silhueta da aeronave contra o sol vermelho a fazia parecer um crucifixo em movimento.

— Nenhuma chance, dizem os médicos — respondeu Streeter. — Então acho que a quimioterapia é só... eu não sei...

— Um placebo?

Streeter riu.

— Exatamente.

— Talvez você devesse pensar em trocar a quimioterapia por analgésicos. Ou poderia fazer um pequeno negócio comigo.

— Como já disse, não posso ser um cliente enquanto não souber o que você está vendendo.

— Ah, bem, a maioria das pessoas chamaria de poção milagrosa — explicou Odabi, sorrindo e balançando para a frente e para trás sobre as pontas dos pés atrás da mesa.

Streeter notou com alguma fascinação que, embora George Odabi fosse rechonchudo, sua sombra era tão magra e tinha uma aparência tão doentia quanto a do próprio Streeter. Ele imaginou que a sombra de todo mundo devia parecer doente à medida que o pôr do sol se aproximava, principalmente no verão, quando o fim do dia era longo, demorado e, de alguma forma, não muito agradável.

— Não vejo frascos — comentou Streeter.

Odabi entrelaçou os dedos das mãos sobre a mesa e se inclinou para a frente, parecendo, de repente, extremamente profissional.

— Eu vendo extensões — disse ele.

— Então o nome desta estrada veio bem a calhar.

— Nunca pensei dessa maneira, mas acho que você está certo. Embora, às vezes, um charuto seja apenas fumaça, e uma coincidência seja apenas uma coincidência. Todo mundo precisa de uma extensão, sr. Streeter. Se você fosse uma jovem que adora fazer compras, eu lhe ofereceria uma extensão de crédito. Se você fosse um homem com um pênis pequeno, já que às vezes a genética pode ser cruel, eu lhe ofereceria uma extensão peniana.

Streeter ficou espantado e entretido com a objetividade da coisa. Pela primeira vez em um mês — desde o diagnóstico —, ele se esqueceu de que estava sofrendo de um tipo de câncer agressivo e acelerado.

— Você só pode estar brincando.

— Ah, eu sou um grande piadista, mas nunca quando se trata de negócios. Já vendi dezenas de extensões de pintos na vida, e por um tempo fiquei conhecido no Arizona como *El Pene Grande*. Estou falando a verdade, mas, felizmente para mim, não preciso nem espero que você acredite. Homens baixos costumam querer uma extensão de altura. Se você quisesse *mesmo* mais cabelo, sr. Streeter, eu ficaria *feliz* em lhe vender a respectiva extensão.

— E um homem com um narigão... sabe, como Jimmy Durante... poderia ganhar um menor?

Odabi balançou a cabeça, sorrindo.

— Agora é você quem está brincando. A resposta é não. Se precisar de uma redução, terá que ir a outro lugar. Sou especializado apenas em extensões, um produto muito americano. Já vendi extensões de amor, às vezes chamadas de *poções do amor*, para os apaixonados, extensões de empréstimos para os endividados, e eles são muitos na economia atual, extensões de tempo para os atrasados, e uma vez uma extensão de visão para um cara que queria ser piloto da Força Aérea e sabia que não conseguiria passar no exame de vista.

Streeter sorria, estava se divertindo. Ele teria dito que se divertir era algo impossível nos últimos tempos, mas a vida era cheia de surpresas.

Odabi também sorria, como se os dois estivessem compartilhando uma ótima piada.

— E uma vez — continuou ele — vendi uma extensão de *realidade* para um pintor, um homem muito talentoso que estava à beira da esquizofrenia paranoide. *Isso* sim foi caro.

— Quanto, se me permite perguntar?

— Um dos quadros dele, que agora enfeita a minha casa. Você deve saber quem é, ficou conhecido no Renascimento Italiano. Provavelmente já leu sobre ele, se fez algum curso de artes na faculdade.

Streeter continuou a sorrir, mas deu um passo para trás, apenas por segurança. Já havia aceitado o fato de que iria morrer, mas isso não significava que queria morrer naquele dia, nas mãos de um possível fugitivo do hospício de Juniper Hill para os criminosos considerados insanos, em Augusta.

— Quer dizer então que você é meio... sei lá... imortal?

— Já vivi muito, com certeza — afirmou Odabi. — E isso nos leva ao que eu posso fazer por você, creio. Você provavelmente gostaria de uma extensão de *vida*.

— Mas imagino que não seja possível, não é mesmo? — perguntou Streeter. Mentalmente, ele calculava a distância até o carro, e quanto tempo levaria para chegar lá.

— Claro que é possível... por um preço.

Streeter, que brincara muito de palavras cruzadas quando era mais jovem, já havia separado as letras do nome de Odabi e as rearrumado na mente.

— Dinheiro? Ou está falando da minha alma?

Odabi fez um gesto desdenhoso com a mão e revirou os olhos.

— Como diz o ditado, eu não reconheceria uma alma nem se ela me mordesse no traseiro. Não, dinheiro é a resposta, como sempre. Uns 15 por cento de sua renda pelos próximos 15 anos deve servir. Você pode chamar de taxa de agenciamento, se preferir.

— Essa é a duração da minha extensão?

Streeter contemplou a ideia de mais 15 anos de vida com uma avidez melancólica. Parecia muito tempo, principalmente se comparado ao que realmente tinha pela frente: seis meses de vômitos, dores cada vez piores, coma e morte. Além de um obituário que, sem dúvida, incluiria a frase "após uma longa e corajosa batalha contra o câncer". Blá-blá-blá.

Odabi levantou as mãos em um gesto expressivo que dizia *quem sabe*.

— Podem ser vinte. Não sei dizer com certeza, não é uma ciência exata. Mas, se você quer ser imortal, pode esquecer. Tudo o que eu vendo são extensões. É o melhor que posso fazer.

— Por mim, tudo bem — concordou Streeter.

O cara o havia deixado mais animado, e, se Odabi precisava de alguém para ouvir suas piadas, Streeter estava disposto a colaborar. Até certo ponto, pelo menos. Ainda sorrindo, estendeu a mão por cima da mesa.

— Combinado, 15 por cento, 15 anos. Embora eu deva avisar você que 15 por cento do salário de um assistente de gerente de banco não vai colocá-lo exatamente atrás do volante de um Rolls-Royce. Um Geo, talvez, mas...

— Não é só isso — retrucou Odabi.

— É claro que não — concordou Streeter, suspirando e recolhendo a mão. — Sr. Odabi, foi muito bom conversar com o senhor, você alegrou minha noite, o que eu achava que fosse impossível, e espero que consiga ajuda com seu problema ment...

— Cale a boca, seu idiota — disse Odabi, e, embora ainda estivesse sorrindo, não havia mais nada de agradável nele. De repente, parecia maior, como se tivesse crescido uns 10 centímetros, e não tão rechonchudo.

É a luz, pensou Streeter. *A luz do sol poente confunde a gente*. E o cheiro desagradável que sentiu subitamente não devia ser nada além de combustível queimado de avião, levado até aquela pequena área de cascalho fora da cerca de arame por um sopro errante do vento. Tudo isso fazia sentido... mas ele seguiu a orientação e se calou.

— Por que um homem ou uma mulher precisaria de uma extensão? Já se perguntou isso?

— É claro que já — respondeu Streeter, com um tom áspero. — Eu trabalho em um banco, sr. Odabi. Poupanças Derry. As pessoas me pedem extensões de empréstimo o tempo todo.

ESCURIDÃO TOTAL SEM ESTRELAS

— Então você sabe que as pessoas precisam de *extensões* para compensar algo que está *faltando*: falta de crédito, falta de pinto, falta de visão etc.

— Sim, é um mundo difícil — disse Streeter.

— Pois é. Mas até mesmo coisas que não existem possuem peso. Peso *negativo*, que é o pior tipo. O peso tirado de você deve ir para outro lugar. É física simples. *Metafísica*, poderíamos dizer.

Streeter observou Odabi com fascínio. A momentânea impressão de que o homem estava mais alto (e de que havia dentes demais em seu sorriso) se fora. Ele era só um cara baixinho e gorducho que provavelmente tinha um cartão de paciente ambulatorial na carteira — se não de Juniper Hill, então da Instituição de Saúde Mental de Acádia, em Bangor. Isso se *tivesse* uma carteira. Odabi, com certeza, sofria de algum transtorno delirante e bastante avançado, e isso fazia dele um objeto de estudo fascinante.

— Posso ir direto ao ponto, sr. Streeter?

— Claro.

— Você precisa transferir esse peso. Em outras palavras, você tem que passar o mal adiante, se o mal for retirado de você.

— Entendo.

E ele entendia. Odabi estava de volta às mensagens, e aquela era um clássico.

— Mas não pode ser para qualquer um. Essa história de sacrifício anônimo já foi testada e não funciona. Tem que ser alguém que você odeia. Há alguém que você odeie, sr. Streeter?

— Não sou um grande fã do Kim Jong-il. E acho que a cadeia é boa *demais* para os desgraçados perversos que explodiram o destroier *USS Cole*, mas acho que eles nunca...

— Fale sério ou dê o fora — disparou Odabi, e mais uma vez ele pareceu mais alto.

Streeter pensou se aquilo poderia ser algum efeito colateral peculiar das medicações que estava tomando.

— Se você quer dizer na minha vida pessoal, não, eu não odeio ninguém. Só *não gosto* de algumas pessoas. Minha vizinha, a sra. Denbrough, sempre deixa as latas de lixo destampadas, e, quando bate um vento, a sujeira se espalha por todo o meu gramado...

274

EXTENSÃO JUSTA

— Se me permite brincar com as palavras do falecido Dino Martin, sr. Streeter, todo mundo odeia alguém em algum momento.

— Will Rogers disse...

— Ele era um farsante que adorava rodopiar um laço e usava o chapéu afundado na testa como um garotinho brincando de caubói. Além disso, se você não odeia mesmo ninguém, não podemos fazer o negócio.

Streeter pensou um pouco. Então olhou para os sapatos e falou com uma voz tão baixa que quase não reconheceu como sua.

— Acho que odeio Tom Goodhugh.

— E quem é ele?

Streeter suspirou.

— Meu melhor amigo de infância.

Houve um momento de silêncio antes que Odabi caísse na gargalhada. Ele saiu de trás da mesa, deu um tapinha nas costas de Streeter (sua mão era fria, e os dedos, longos e finos, e não curtos e grossos), então voltou para sua cadeira dobrável. Desabou nela, ainda rindo e fungando. Seu rosto estava vermelho, e as lágrimas rolando pelas bochechas também pareciam vermelhas — sanguinolentas, na verdade — sob a luz do sol poente.

— *Seu melhor... de infância... ah, isso é...*

Odabi não se aguentou. Ele gargalhava e uivava, e sua barriga se sacudia em espasmos. O queixo (estranhamente pontudo para uma cara tão redonda) subia e descia diante daquele céu de verão inocente, já quase escuro. Por fim, ele conseguiu se controlar. Streeter pensou em lhe oferecer seu lenço, mas depois achou que não queria ver seu pertence tocando a pele do vendedor de extensões.

— Isso é excelente, sr. Streeter — disse ele. — Podemos negociar.

— Puxa, isso é ótimo — comentou Streeter, dando outro passo atrás. — Já estou feliz com meus 15 anos extras. Mas parei o carro na ciclovia, e isso é uma infração de trânsito. Posso ser multado.

— Eu não me preocuparia com isso — disse Odabi. — Como deve ter notado, nem um único carro passou por aqui desde que começamos a negociar, muito menos um lacaio da polícia de Derry. O tráfego nunca interfere quando estou tratando de um negócio sério com um homem ou uma mulher de palavra. Eu cuido para que seja assim.

ESCURIDÃO TOTAL SEM ESTRELAS

Streeter olhou em volta, desconfortável. Era verdade. Ele ouvia o tráfego na rua Witcham, em direção à Upmile Hill, mas, ali, a cidade de Derry parecia completamente deserta. *É claro, sempre há pouco tráfego por aqui no fim do dia,* lembrou Streeter a si mesmo.

Mas *nem um* carro? A estrada *completamente* vazia? Isso era de se esperar à meia-noite, não às sete e meia.

— Pois me diga por que você odeia o seu melhor amigo — incitou Odabi.

Streeter lembrou, então, de novo, que aquele cara era louco. Qualquer coisa que Odabi contasse a alguém não seria levada a sério. Era um pensamento libertador.

— Tom era o mais bonito quando éramos crianças, e é *muito* mais bonito agora. Ele se destacou em três esportes; e eu só sou mais ou menos bom em minigolfe.

— Acho que não existe um grupo de líderes de torcida para isso — disse Odabi.

Streeter riu amargamente, empolgando-se cada vez mais com a história que contava.

— Tom é muito inteligente, mas empurrou os estudos com a barriga durante todo o ensino médio. Não tinha interesse em ingressar em uma universidade. Mas, quando as notas dele caíram a ponto de colocar a carreira de atleta em risco, entrou em pânico. E então quem ele procurou?

— Você! — gritou Odabi. — O sr. Responsável! E você o ajudou a estudar, não foi? Será que fez alguns trabalhos para ele também? Sempre tomando o cuidado de escrever erradas as palavras que os professores de Tom já estavam acostumados a vê-lo errar?

— Isso mesmo. Na verdade, quando estávamos no último ano, em que Tom ganhou o prêmio de Melhor Atleta do Estado do Maine, eu era *dois* alunos: Dave Streeter e Tom Goodhugh.

— Dureza.

— Quer saber o que é pior? Eu tinha uma namorada. Uma garota linda chamada Norma Witten. Cabelos e olhos castanho-escuros, pele perfeita, lindas maçãs do rosto...

— Peitos enormes...

— Incríveis. Mas deixando isso de lado...

— Não que você alguma vez *tenha* deixado de lado...

276

— ... eu amava aquela garota. E sabe o que o Tom fez?

— Roubou a garota de você! — disse Odabi, de maneira indignada.

— Isso. Os dois vieram me procurar, sabe? Abrir o jogo.

— Quanta nobreza!

— Disseram que não conseguiram evitar.

— Disseram que estavam *completamente* apaixonados.

— É. Que foi uma atração irresistível. Do tipo que não dá para explicar. E por aí vai.

— Hum, me deixe adivinhar. Ela ficou grávida.

— Isso mesmo.

Streeter voltou a olhar para os sapatos, lembrando-se de uma saia que Norma usava na escola. Ela a cortara para mostrar um pouco da calcinha. Já havia quase trinta anos, mas às vezes ele ainda evocava essa imagem quando ele e Janet faziam amor. Ele nunca fizera amor com Norma — não até o fim, pelo menos. Ela não deixava. Embora tenha deixado Tom Goodhugh tirar suas calças. *Provavelmente na primeira vez que ele pediu.*

— E ele a deixou com um pãozinho no forno.

— Não. — Streeter suspirou. — Ele se casou com ela.

— Depois se divorciou! Provavelmente depois de encher a cara dela de porrada?

— Pior ainda. Eles continuam casados. Três filhos. Quando passeiam pelo parque Bassey, geralmente estão de mãos dadas.

— Essa é a coisa mais horrível que eu já ouvi. É difícil ficar pior que isso. A não ser... — Odabi olhou astutamente para Streeter por baixo das sobrancelhas grossas. — A não ser que *você* é que esteja preso em um casamento sem amor.

— De jeito nenhum — disse Streeter, surpreso pela ideia. — Eu amo muito a Janet, e ela me ama. Ela tem me apoiado de forma extraordinária durante toda essa história do câncer. Se existe mesmo harmonia no universo, então Tom e eu acabamos com as parceiras certas. Definitivamente. Mas...

— Mas? — Odabi olhou para ele com uma ansiedade prazerosa.

Streeter percebeu, então, que estava cravando as unhas nas palmas das mãos. Em vez de parar, ele as afundou ainda mais. Até sentir gotas de sangue.

ESCURIDÃO TOTAL SEM ESTRELAS

— Mas ele *roubou a porra da minha namorada*! — Aquilo lhe corroía por dentro havia muitos anos, e foi bom colocar para fora.

— De fato, ele roubou, e nós nunca deixamos de querer aquilo que queremos, não importa se nos fará bem ou não. Você não concorda, sr. Streeter?

Streeter não respondeu. Estava ofegante, como um homem que tivesse acabado de correr 50 metros ou se envolvido em uma briga de rua. Pequenas manchas vermelhas apareceram em seu rosto antes pálido.

— E isso é tudo? — perguntou Odabi no mesmo tom de um padre gentil.

— Não.

— Coloque tudo para fora, então. Solte o verbo.

— Ele é milionário. Não deveria ser, mas é. No final dos anos 1980, um pouco depois daquela enchente que quase destruiu a cidade, ele abriu uma empresa de coleta de lixo... só que chamou de Remoção e Reciclagem de Lixo Derry. Um nome mais bonito.

— E menos nojento.

— Ele veio me procurar para pedir um empréstimo e, embora a proposta parecesse arriscada para todos no banco, eu consegui aprová-la. Você sabe *por que* eu insisti, Odabi?

— É claro! Porque ele é seu amigo!

— Tente de novo.

— Porque você achou que ele ia se ferrar.

— Isso. Ele gastou todas as economias que tinha em quatro caminhões de lixo e hipotecou a casa para comprar um terreno nos limites de Newport. Para construir um aterro sanitário. O tipo de coisa que os gângsteres de New Jersey usam para lavar dinheiro sujo e despejar cadáveres. Achei que era loucura e mal podia esperar para conceder o empréstimo. Ele ainda me ama como a um irmão por causa disso. Nunca deixa de dizer às pessoas como peitei o banco e coloquei meu emprego em jogo. "Dave me carregou nas costas, como na época do colégio", diz ele. Você sabe como as crianças da cidade chamam o aterro dele agora?

— Me diga!

— Monte Lixomore! É enorme! Eu não me surpreenderia se fosse radioativo! É coberto de relva, mas há placas de MANTENHA DISTÂNCIA por todo o lugar. E provavelmente deve haver uma cidade inteira de ratos morando embaixo daquela bela grama verde! E *eles* provavelmente também são radioativos!

Streeter parou, sabendo que soava ridículo, mas sem se importar. Odabi era maluco, mas... Surpresa! Streeter também se revelara um maluco! Pelo menos quando se tratava do velho amigo. Além disso...

In cancer veritas, pensou Streeter.

— Então vamos recapitular. — Odabi começou a contar com os dedos, que não eram longos, e sim pequenos, gorduchos e inofensivos como o restante dele. — Tom Goodhugh era mais bonito que você, até mesmo quando criança. Ele tinha um talento para os esportes com o qual você podia apenas sonhar. A garota que manteve as coxas brancas e macias cruzadas no banco traseiro do seu carro não pensou duas vezes antes de abri-las para Tom. Ele se casou com ela. Eles ainda estão apaixonados. Os filhos estão bem, imagino?

— Lindos e saudáveis! — disparou Streeter. — Uma está se casando, um está na faculdade e o outro no colégio! *O mais novo* é o capitão do time de futebol americano! Maldito pai, maldito filho!

— Certo. E a cereja do bolo: ele é rico, e você está ralando a vida inteira com um salário de mais ou menos 5 mil por mês.

— Eu ganhei um aumento por conceder o empréstimo a ele — murmurou Streeter. — Por demonstrar *visão*.

— Mas o que você queria mesmo era uma promoção.

— Como você sabe?

— Eu sou um empresário agora, mas já fui um humilde assalariado. Fui demitido antes de começar meu próprio negócio. A melhor coisa que já me aconteceu. Sei como essas coisas funcionam. Algo mais? Pode tirar tudo do peito.

— Ele bebe aquela cerveja artesanal Spotted Hen! — berrou Streeter. — Ninguém em Derry bebe essa bosta pretensiosa! Só ele! Só Tom Goodhugh, o Rei do Lixo!

— Ele tem um carro esportivo? — perguntou Odabi baixinho, as palavras macias como seda.

— Não. Se tivesse, pelo menos eu poderia brincar com Janet dizendo que era a crise da meia-idade. Ele dirige um maldito *Range Rover*.

ESCURIDÃO TOTAL SEM ESTRELAS

— Acho que você ainda está esquecendo alguma coisa — disse Odabi. — Se está, é melhor contar logo.

— Ele não tem câncer — concluiu Streeter, quase sussurrando. — Ele tem 51 anos, assim como eu, e é saudável e forte como... como um maldito... *cavalo.*

— E você também — disse Odabi.

— *O quê?*

— Está feito, sr. Streeter. Ou, já que curei seu câncer, pelo menos por enquanto, posso chamá-lo de Dave?

— Você é muito louco — disse Streeter, não sem admiração na voz.

— Não, senhor. Sou perfeitamente equilibrado. Mas perceba que eu disse *por enquanto.* Estamos agora no período de teste da nossa relação. Vai durar uma semana, talvez dez dias. Quero que você procure seu médico. Ele dirá que notou uma melhora incrível no seu estado. Mas não vai durar. A não ser...

— A não ser?

Odabi se inclinou para a frente, um sorriso amigável no rosto. Seus dentes mais uma vez pareciam muitos (e muito grandes) para sua boca inofensiva.

— Venho aqui de vez em quando — disse ele. — Quase sempre neste horário.

— Pouco antes do pôr do sol?

— Exatamente. A maioria das pessoas não me nota, olha através de mim como se eu não estivesse aqui, mas você vai me procurar. Não vai?

— Se eu estiver melhor, é claro que vou — disse Streeter.

— E vai me trazer uma coisa.

Odabi abriu ainda mais o sorriso, e Streeter viu algo terrível e formidável: os dentes do homem não eram apenas muitos e grandes demais. Também eram *afiados.*

Janet estava dobrando as roupas na área de serviço quando Streeter chegou.

— Aí está você — disse ela. — Estava começando a ficar preocupada. Fez um bom passeio?

— Sim — afirmou Streeter.

Ele examinou a cozinha. Parecia diferente. Parecia a cozinha de algum sonho. Então acendeu a luz, e tudo ficou melhor. Odabi era o sonho. Odabi e suas promessas. Apenas um maluco em um dia de folga do hospício.

Janet foi até Streeter e o beijou no rosto. Estava corada do calor da secadora e muito bonita. Ela também tinha 50 anos, mas parecia bem mais jovem. Streeter pensou que ela provavelmente teria uma boa vida depois que ele morresse. E que May e Justin poderiam ter um padrasto no futuro.

— Você parece bem — disse ela. — Está até um pouco mais corado.

— Estou?

— Sim. — Ela abriu um sorriso encorajador que tentava esconder a preocupação. — Venha conversar comigo enquanto dobro o resto das roupas. É tão chato.

Ele foi atrás dela e parou na porta da área de serviço. Já a conhecia bem para saber que era melhor não oferecer ajuda. Ela falava que ele não conseguia dobrar nem um pano de prato.

— Justin ligou — disse ela. — Ele e Carl estão em Veneza. Em um albergue. Ele disse que o taxista falava inglês muito bem. Está se divertindo muito.

— Que bom.

— Você estava certo em esconder seu diagnóstico. Você estava certo e eu, errada.

— Pela primeira vez em nosso casamento.

Ela franziu o nariz.

— Jus esperou muito por essa viagem. Mas você vai ter que abrir o jogo quando ele voltar. May está vindo de Searsport para o casamento da Gracie, e acho que vai ser a hora certa.

Gracie era Gracie Goodhugh, a filha mais velha de Tom e Norma. Carl Goodhugh, o companheiro de viagem de Justin, era o filho do meio.

— Veremos — disse Streeter.

Ele estava com um de seus sacos de vômito no bolso de trás da calça, mas nunca havia sentido menos vontade de pôr tudo para fora. O que sentia *mesmo* era fome. Pela primeira vez em dias.

Nada aconteceu lá... Você sabe disso, não é? Estou sentindo apenas uma pequena melhora psicossomática. Que daqui a pouco vai passar.

— Como meu cabelo.

— O quê, querido?

— Nada.

— Ah, e falando em Gracie, Norma ligou. Ela me lembrou de que era a vez deles de oferecer um jantar em casa, na quinta à noite. Eu disse que falaria com você, mas avisei que você andava muito ocupado no banco, trabalhando até tarde, com toda essa questão das hipotecas. Não achei que você ia querer vê-los.

A voz de Janet estava normal e calma como sempre, mas, de repente, ela começou a chorar lágrimas de desenho animado que brotavam de seus olhos e rolavam pelas bochechas. O casamento vinha ficando monótono com o passar dos anos, mas naqueles tempos o amor deles havia aumentado e parecia ter o mesmo frescor dos primeiros dias, quando os dois moravam em um apartamentinho na rua Kossuth e às vezes faziam amor no tapete da sala de estar. Streeter entrou na área de serviço, tirou a camisa que ela estava dobrando de suas mãos e a abraçou. Ela retribuiu com força.

— Isso tudo é tão difícil e injusto... — disse ela. — Mas vamos superar. Não sei como, mas vamos.

— Isso mesmo. E vamos começar jantando na quinta com Tom e Norma, como sempre fazemos.

Ela recuou, encarando-o com os olhos marejados.

— Você vai contar a eles?

— E estragar o jantar? Não.

— E você vai conseguir comer? Sem... — Ela colocou dois dedos na frente dos lábios fechados, inflou as bochechas e ficou vesga: uma pantomima engraçada de vômito que fez Streeter rir.

— Não sei na quinta, mas agora estou com vontade de comer alguma coisa — disse ele. — Se importaria se eu preparasse um hambúrguer? Ou eu poderia ir ao McDonald's... e talvez trazer um milk-shake de chocolate para você...

— Meu Deus — comentou ela, enxugando os olhos. — É um milagre.

— Eu não chamaria isso exatamente de milagre — disse o dr. Henderson, na quarta à tarde. — Mas...

EXTENSÃO JUSTA

Fazia dois dias que Streeter havia conversado sobre vida e morte embaixo do guarda-sol amarelo do sr. Odabi, e faltava um dia para o jantar semanal dos Streeter com os Goodhugh, dessa vez na espaçosa residência que ele às vezes chamava de A Casa Construída com Lixo. Estavam conversando, não no consultório do dr. Henderson, mas em uma pequena sala de consulta no hospital Derry Home. O médico tentara desencorajar a ressonância magnética, dizendo a Streeter que o seguro dele não cobriria e que os resultados, com certeza, o decepcionariam. Mas ele tinha insistido.

— Mas o quê, Roddy?

— Os tumores diminuíram, e seus pulmões parecem limpos. Nunca vi um resultado assim, nem os outros dois médicos que chamei para ver as imagens. E mais importante, e isto fica entre mim e você, o técnico da ressonância magnética nunca viu uma coisa dessas, e é nestes caras que eu confio de verdade. Ele acha que pode ter sido algum problema da máquina.

— Mas estou me sentindo bem — disse Streeter. — Foi por isso que pedi o exame. Isso é um problema?

— Você está vomitando?

— Poucas vezes — admitiu Streeter. — Mas acho que é por causa da quimioterapia. Aliás, decidi parar com isso.

Roddy Henderson franziu a testa.

— Isso não é muito inteligente.

— Para mim, burrice foi ter começado a químio, em primeiro lugar, meu amigo. Você disse: "Lamento, Dave, as chances de você morrer antes de fevereiro são grandes, então nós vamos ferrar o resto do tempo que você tem de vida enchendo você de veneno. Talvez fosse pior se eu injetasse lama do aterro de Tom Goodhugh em você, mas provavelmente não". E, como um idiota, eu disse tudo bem.

Henderson pareceu ofendido.

— Quimioterapia é a última esperança para...

— Não venha com essa para cima de mim — rebateu Streeter, com um sorriso gentil. Respirou fundo até encher bem os pulmões. A sensação era *maravilhosa*. — Quando o câncer é agressivo, a quimioterapia não é para o paciente. É apenas uma sobretaxa de agonia que o doente paga para que os médicos e parentes possam se abraçar junto ao caixão, quando ele estiver morto, dizendo: "Fizemos tudo o que estava ao nosso alcance".

— Você está sendo grosseiro — disse Henderson. — Sabe que ainda pode ter uma recaída, não é?

— Diga isso aos tumores. Aqueles que não estão mais aqui.

Henderson olhou para as imagens do interior de Streeter, que ainda passavam a intervalos de vinte segundos no monitor da sala de conferências, e suspirou. Eram boas imagens, até Streeter sabia disso, mas pareciam deixar o médico infeliz.

— Relaxe, Roddy — falou Streeter com gentileza, como já devia ter feito um dia com May ou Justin quando um brinquedo preferido sumiu ou quebrou. — Merdas acontecem, e às vezes milagres também. Li isso na *Reader's Digest*.

— Bom, nunca vi isso acontecer na máquina de ressonância magnética.

Henderson pegou uma caneta e bateu com ela na ficha de Streeter, que havia aumentado bastante nos últimos três meses.

— Há uma primeira vez para tudo — afirmou Streeter.

Quinta à noite em Derry; crepúsculo de um dia de verão. O sol poente lançava raios vermelhos e oníricos sobre os 3 acres de grama perfeitamente aparada, regada e bem-cuidada que Tom Goodhugh tinha a temeridade de chamar de "aquele velho quintal". Streeter sentou-se em uma cadeira de jardim no pátio, ouvindo o barulho dos pratos e as risadas de Janet e Norma enquanto colocavam pratos na lava-louça.

Quintal? Isto não é um quintal, é a imagem que um fã do canal de compras tem do paraíso.

Havia até mesmo uma fonte com a estátua de mármore de uma criança no centro. De algum modo, era o querubim pelado (mijando, é claro) que mais ofendia Streeter. Ele tinha certeza de que havia sido ideia de Norma — ela voltara a estudar para se formar em artes e tinha pretensões clássicas amadoras —, mas, ainda assim, ver aquela coisa sob o brilho do pôr do sol em uma noite perfeita do Maine e saber que era resultado do monopólio de lixo do Tom...

E, por falar no diabo (*ou em Odabi, se preferir*, pensou Streeter), o próprio Rei do Lixo surgiu com duas garrafas suadas de cerveja Spotted

Hen entre os dedos da mão esquerda. Magro e aprumado, vestindo uma camisa com os primeiros botões abertos e calça jeans desbotada, o rosto fino perfeitamente iluminado pela luz do sol poente, Tom Goodhugh parecia um modelo de propaganda de cerveja. Streeter conseguia até visualizar o anúncio: *Viva a boa vida, beba uma Spotted Hen.*

— Achei que você ia querer mais uma, já que sua linda esposa está dirigindo.

— Obrigado.

Streeter pegou uma das garrafas, levou-a aos lábios e bebeu. Pretensiosa ou não, a cerveja era boa.

Enquanto Goodhugh se sentava, Jacob, o jogador de futebol americano, apareceu com um prato de queijo e biscoitos. Ele era tão bonito e tinha os ombros tão largos quanto os de Tom na juventude. *As líderes de torcida devem se arrastar aos seus pés*, pensou Streeter. *Provavelmente ele tem até que espantá-las.*

— Mamãe achou que vocês gostariam de uns petiscos — disse Jacob.

— Obrigado, Jake. Você vai sair?

— Por um tempinho. Vou jogar frisbee com uns caras nos Barrens até escurecer, depois vou estudar.

— Fique do lado de cá. Tem hera venenosa por lá desde que aquela droga cresceu de novo.

— Sim, a gente sabe. Denny teve uma reação alérgica a uma delas há alguns anos, e ficou tão mal que a mãe dele achou que era câncer.

— Credo! — disse Streeter.

— Dirija com cuidado, filho. Nada de ficar se exibindo no volante, hein.

— Pode deixar.

O garoto passou um braço ao redor do pai e beijou sua bochecha com uma falta de timidez que Streeter achou deprimente. Tom não só tinha saúde, uma esposa ainda linda e um ridículo querubim mijão, como também um filho bonito de 18 anos que não tinha vergonha de se despedir do pai com um beijo antes de sair com os amigos.

— É um bom garoto — disse Goodhugh carinhosamente, vendo Jacob subir os degraus da varanda e desaparecer dentro da casa. — Estuda muito e tira notas boas, diferente do pai. Sorte minha que eu tinha você.

novo com a gravadora. Odabi descartou aquela fofoca ao desligar a TV com seus dedos rechonchudos e olhou para Streeter com um sorriso.

— Como está se sentindo, Dave?

— Melhor.

— Mesmo?

— Mesmo.

— Vomitou?

— Hoje não.

— Anda comendo?

— Como um boi.

— E aposto que já fez alguns exames.

— Como você sabe?

— Eu não esperaria menos de um bancário de sucesso. Você me trouxe alguma coisa?

Por um momento, Streeter pensou em ir embora. Pensou mesmo. Mas enfiou a mão no bolso da jaqueta fina que usava (a tarde estava fria para um dia de verão, e ele ainda estava muito magro) e tirou um lenço de papel dobrado. Hesitou, mas depois o passou por cima da mesa para Odabi, que o abriu.

— Ah, Atenolol — disse Odabi, enfiando o comprimido na boca e o engolindo.

O queixo de Streeter caiu. Depois fechou a boca lentamente.

— Não fique tão chocado — disse Odabi. — Se você tivesse um trabalho estressante como o meu, também teria problemas de pressão. E o refluxo? Caramba, nem queira saber.

— O que acontece agora? — perguntou Streeter. Mesmo de jaqueta, ele sentia frio.

— Agora? — Odabi parecia surpreso. — Agora você começa a aproveitar seus 15 anos de boa saúde. Talvez 20 ou até mesmo 25. Quem sabe?

— E a felicidade?

Odabi o encarou com um olhar malandro. Teria sido divertido se não fosse pela frieza que Streeter via logo abaixo. E pela *idade*. Naquele momento, ele teve certeza de que George Odabi fazia negócios havia muito, muito tempo, com ou sem refluxo.

— Sua felicidade só depende de você, Dave. E da sua família, é claro: Janet, May e Justin.

Ele tinha dito seus nomes para Odabi? Streeter não conseguia se lembrar.

— Talvez principalmente as crianças. Há um velho ditado sobre isso que diz que os filhos são nossos reféns para o futuro, mas, na verdade, são os filhos que fazem os *pais* de refém, é o que eu acho. Um deles pode sofrer um acidente fatal, ou ficar com alguma sequela, em uma estrada deserta do interior... ou ser vítima de uma doença debilitante...

— Você está dizendo...

— Não, não, não! Esta não é uma daquelas histórias com lição moral de meia-tigela. Eu sou um *homem de negócios*, não um personagem de *O homem que vendeu a alma*. Tudo o que estou dizendo é que sua felicidade está nas suas mãos e nas daqueles que lhe são mais próximos e queridos. E se você acha que vou aparecer daqui a duas décadas para coletar sua alma no meu velho caderninho mofado, está enganado. A alma dos humanos se tornou pobre e transparente.

Ele falava, pensou Streeter, como a raposa faria depois de dar vários saltos e ver que as uvas estavam mesmo fora de seu alcance. Mas Streeter não tinha intenção de dizer isso. Agora que o acordo estava selado, tudo o que ele queria era dar o fora dali. Mas ainda assim ele ficou, desejando não precisar fazer a pergunta que estava em sua mente, mas sabendo que era necessário. Porque não se tratava de caridade. Streeter vinha fazendo negócios no banco por quase toda a vida e sabia reconhecer uma negociação, quando via uma. Ou quando sentia seu cheiro: um odor fraco e desagradável, como combustível de avião queimado.

Em outras palavras, você tem que passar o mal adiante, se o mal for retirado de você.

Mas roubar um único comprimido para hipertensão não era exatamente passar o mal adiante. Ou era?

Odabi, enquanto isso, fechava seu guarda-sol. Quando estava totalmente enrolado, Streeter observou um fato incrível e desanimador: o guarda-sol não tinha nada de amarelo. Era cinza como o céu. O verão estava quase terminando.

— A maioria dos meus clientes fica muito satisfeita e feliz. É isso o que você quer ouvir?

Era... e não era.

— Sinto que você tem uma pergunta mais pertinente — disse Odabi. — Se quer uma resposta, pare de enrolar e pergunte. Vai chover logo, logo, e eu quero estar protegido antes que isso aconteça. A última coisa que preciso, na minha idade, é de uma bronquite.

— Onde está seu carro?

— Ah, era essa a pergunta? — zombou Odabi.

Suas bochechas pareciam mais magras, nem um pouco rechonchudas, e os cantos de seus olhos eram inclinados para cima, as partes brancas escurecidas em um tom negro desagradável e — sim, era verdade — cancerígeno. Ele parecia o pior palhaço do mundo, e com metade da maquiagem removida.

— Seus dentes — disse Streeter de maneira estúpida. — Eles são *pontudos*.

— *Sua pergunta, sr. Streeter!*

— Tom Goodhugh vai ter câncer?

Odabi pareceu surpreso por um instante, e então começou a rir. O som era ofegante, rouco e desagradável, como uma calíope agonizante.

— Não, Dave — disse ele. — Tom Goodhugh não vai ter câncer. Não *ele*.

— O que vai acontecer, então? O quê?

O desprezo no olhar de Odabi fez Streeter sentir uma fraqueza nos ossos, como se buracos houvessem sido abertos neles por algum ácido indolor, mas terrivelmente corrosivo.

— Por que você se importa? Você o odeia, não é mesmo?

— Mas...

— Observe. Espere. *Aproveite*. E pegue isto.

Ele deu a Streeter um cartão de visita em que se lia: FUNDO NÃO SECTÁRIO DAS CRIANÇAS, e o endereço de um banco nas ilhas Cayman.

— O paraíso fiscal — explicou Odabi. — Você vai mandar os meus 15 por cento para lá. Se me enrolar, eu saberei. E ai de você, rapaz.

— E se minha esposa descobrir e fizer perguntas?

— Sua esposa tem um talão de cheques pessoal. Além disso, ela nunca vasculha nada. Ela confia em você. Estou certo?

— Bem... — Streeter observou sem se surpreender que os pingos de chuva que caíam nas mãos e nos braços de Odabi evaporavam e chiavam. — Sim.

— É claro que estou. Então está feito. Dê o fora daqui e volte para sua esposa. Tenho certeza de que ela vai recebê-lo de braços abertos. Leve-a para a cama. Enfie seu pênis mortal nela e finja que é a esposa do seu melhor amigo. Você não a merece, mas tem sorte.

— E se eu mudar de ideia? — sussurrou Streeter.

Odabi abriu um sorriso frio, revelando aqueles dentes salientes de canibal.

— Você não pode — respondeu.

Isso foi em agosto de 2001, menos de um mês antes da queda das Torres Gêmeas.

Em dezembro (no mesmo dia em que Winona Ryder foi presa por furto em uma loja, na verdade), o dr. Roderick Henderson proclamou Dave Streeter curado do câncer — e, também, um verdadeiro milagre da medicina moderna.

— Eu não tenho explicação para isso — disse Henderson.

Streeter tinha, mas ficou calado.

Henderson o atendeu em seu consultório. No hospital Derry Home, na mesma sala em que Streeter tinha visto as primeiras imagens de seu corpo miraculosamente curado, Norma Goodhugh se sentou na cadeira em que Streeter sentara, olhando para exames menos felizes de ressonância magnética. Ela ouviu, entorpecida, seu médico dizer — o mais gentilmente possível — que o caroço em seu seio esquerdo era, de fato, câncer, e que havia se espalhado para os gânglios linfáticos.

— A situação é ruim, mas não definitiva — disse o médico, curvando-se sobre a mesa para segurar a mão fria de Norma. Ele sorriu. — Vamos começar a quimioterapia imediatamente.

Em junho do ano seguinte, Streeter enfim foi promovido. Sua filha, May, foi aceita no programa de pós-graduação da Escola de Jornalismo de Columbia. Streeter e sua esposa tiraram férias no Havaí, havia muito adiadas, para comemorar. E fizeram amor várias vezes. Em seu último dia em Mauí, Tom Goodhugh ligou. A ligação estava ruim e ele mal conseguia falar, mas passou sua mensagem: Norma falecera.

— Estaremos aí para dar apoio a vocês — prometeu Streeter.

Quando contou a notícia a Janet, ela desabou na cama do hotel, chorando com as mãos no rosto. Streeter deitou-se ao seu lado, abraçou-a com força e pensou: *Bem, estávamos mesmo indo para casa.* E embora ele se sentisse mal por Norma (e um pouco mal por Tom), havia um lado positivo: eles tinham evitado a época dos insetos, que pode ser terrível em Derry.

Em dezembro, Streeter mandou um cheque de pouco mais de quinze mil dólares para o Fundo Não Sectário das Crianças. E encarou isso como se fosse uma dedução de seu imposto de renda.

Em 2003, Justin Streeter ficou entre os alunos com as maiores notas na Universidade Brown e — por diversão — inventou um jogo de video game chamado Walk Fido Home. O objetivo do jogo era levar um cachorro do shopping até a casa pela coleira, evitando motoristas barbeiros, objetos caindo de sacadas do décimo andar e um grupo de velhinhas doidas que se autodenominavam As Vovós Matadoras de Cãezinhos. Para Streeter, isso parecia uma piada (e Justin lhes garantiu que a intenção *era* ser uma sátira), mas a Games, Inc. descobriu o jogo e pagou ao rapaz bonito e divertido setecentos e cinquenta mil dólares pelos direitos. Mais os royalties. Jus comprou para seus pais duas SUVs Toyota Pathfinder, rosa para a dama, azul para o cavalheiro. Janet chorou e o abraçou, dizendo que ele era um filho bobo, impetuoso, generoso e simplesmente incrível. Streeter o levou para a Taverna do Roxie e lhe pagou uma cerveja Spotted Hen.

Em outubro, o colega de quarto de Carl Goodhugh, na Universidade Emerson, voltou da aula e encontrou Carl caído de cara no chão da cozinha do apartamento que dividiam, com um sanduíche de queijo grelhado ainda fumegando na frigideira. Embora tivesse apenas 22 anos, Carl sofrera um infarto. Os médicos que cuidaram do caso descobriram um defeito congênito no coração — alguma coisa relacionada a uma parede atrial fina — que não havia sido detectado antes. Carl não morreu. Seu colega de quarto o encontrou bem a tempo e sabia fazer reanimação cardiorrespiratória. Mas ele ficara sem oxigenação por muito tempo, e o rapaz inteligente, bonito e atlético, que tinha viajado pela Europa com Justin Streeter não fazia muito tempo, transformou-se em uma triste sombra de seu antigo eu. Às vezes, sofria de incontinência, se perdia caso se afastasse mais de alguns quarteirões de casa (Carl voltara a morar com o pai, que ainda estava de luto), e sua fala era um balbuciar confuso que apenas Tom conseguia entender. Goodhugh contratou um cuidador para ajudá-lo. Ele fazia fisioterapia e Carl e o ajudava a trocar de roupa. Também o levava para "passeios" duas vezes por semana. O "passeio" mais comum era até a sorveteria Wishful Dishful, onde Carl sempre tomava uma casquinha de pistache e sujava o rosto todo. Depois o cuidador o limpava, pacientemente, com lencinhos umedecidos.

Janet parou de acompanhar Streeter aos jantares na casa de Tom.

— Eu não aguento — confessou ela. — Não é porque Carl anda com dificuldade, ou às vezes faz xixi nas calças. É o olhar, como se ele se lembrasse de quem era e não conseguisse entender como chegou a esse estado. E... eu não sei... há sempre um ar *esperançoso* em seu rosto que faz com que eu sinta como se tudo na vida fosse uma piada.

Streeter sabia o que ela queria dizer, e muitas vezes se pegava pensando nisso durante os jantares com seu velho amigo (sem Norma para cozinhar, eles quase sempre consistiam em comida pronta que Goodhugh comprava para viagem). Ele gostava de ver Tom alimentar o filho debilitado e gostava do olhar esperançoso no rosto de Carl. Aquele olhar que dizia: "Isto é apenas um sonho, e logo vou acordar". Jan estava certa, era uma piada, mas até que era uma boa piada.

Se você realmente parasse para pensar.

Em 2004, May Streeter conseguiu um emprego no *Boston Globe* e disse que era a garota mais feliz do mundo. Justin Streeter criou o jogo Rock the House, que ficaria na lista dos mais vendidos até o lançamento do Guitar Hero torná-lo obsoleto. Mas, nessa época, Jus já tinha criado um programa de computador para compor músicas chamado You Moog Me, Baby. Streeter foi promovido a gerente da filial de seu banco, e havia boatos de um cargo de chefia regional no futuro. Ele levou Janet para Cancún, e os dois se divertiram muito. Ela começou a chamá-lo de "meu coelhinho".

O contador da empresa de Tom desviou dois milhões de dólares e fugiu. O balanço seguinte revelou que a empresa estava mal das pernas. O antigo contador ladrão vinha beliscando havia anos, ao que parecia.

ESCURIDÃO TOTAL SEM ESTRELAS

Beliscando?, pensou Streeter ao ler a notícia no jornal *The Derry News. Abocanhando seria mais adequado.*

Tom já não parecia mais ter 35 anos, e sim 60. E devia saber disso, porque parou de pintar o cabelo. Streeter ficou feliz em ver que os fios de Goodhugh não estavam brancos por baixo da cor artificial; tinham adquirido um tom acinzentado sem graça e sem brilho, como o guarda-sol de Odabi quando ele o enrolara. Era a cor do cabelo dos velhos que ficavam sentados nos bancos dos parques, alimentando os pombos, pensava Streeter. Uma cor que podia ser chamada de *Só para Perdedores.*

Em 2005, Jacob, o jogador de futebol americano, que decidira trabalhar na empresa falida do pai em vez de ir para a faculdade (onde poderia receber uma bolsa de estudos completa), conheceu uma garota e se casou. Uma moreninha muito alegre chamada Cammy Dorrington. Streeter e sua esposa concordaram que foi uma linda cerimônia, mesmo que Carl Goodhugh tenha berrado, gorgolejado e balbuciado o tempo todo, e mesmo que a filha mais velha de Tom, Gracie, tenha tropeçado na barra do próprio vestido nos degraus da igreja ao ir embora, caído e fraturado a perna em dois lugares. Antes de isso acontecer, Tom Goodhugh quase parecera como antes. Ou seja, feliz. Streeter não lamentou sua felicidade. Ele achava que, até mesmo no inferno, as pessoas ganhavam um gole d'água de vez em quando, nem que fosse para perceberem melhor o completo horror de uma sede não satisfeita quando voltassem a senti-la.

O casal em lua de mel foi para Belize. *Aposto que vai chover o tempo todo*, pensou Streeter. Não choveu, mas Jacob passou a maior parte da viagem em um hospital precário, sofrendo de uma violenta gastrenterite e cagando em fraldas descartáveis de papel. Ele só bebera água engarrafada, mas se distraíra e escovara os dentes com a água da torneira.

— Tudo minha maldita culpa — disse ele.

Mais de oitocentas tropas americanas morreram no Iraque. Que azar daqueles rapazes e moças.

Tom Goodhugh começou a sofrer de gota, depois passou a mancar e a usar uma bengala.

O cheque daquele ano para o Fundo Não Sectário das Crianças foi bem polpudo, mas Streeter não lamentou. Era melhor dar do que receber. As melhores pessoas sempre diziam isso.

EXTENSÃO JUSTA

* * *

Em 2006, a filha de Tom, Gracie, desenvolveu piorreia e perdeu todos os dentes. E também o olfato. Uma noite, pouco depois disso, no jantar semanal de Goodhugh e Streeter (estavam apenas os dois; o cuidador de Carl o havia levado para um "passeio"), Tom Goodhugh se debulhou em lágrimas. Ele havia trocado as cervejas artesanais por gim Bombay Sapphire, e estava muito bêbado.

— Eu não entendo o que está acontecendo comigo! — Ele soluçou. — Eu me sinto... sei lá... *como o maldito Jó*!

Streeter o abraçou e o consolou. Disse ao velho amigo que, às vezes, tudo parecia nublado, mas que, mais cedo ou mais tarde, as nuvens sempre se dispersavam.

— Bem, essas nuvens estão aqui há uma porrada de tempo!

Goodhugh chorou e bateu nas costas de Streeter com o punho fechado. Streeter não se importou. Seu velho amigo não era mais tão forte quanto antes.

Charlie Sheen, Tori Spelling e David Hasselhoff se divorciaram, mas, em Derry, David e Janet Streeter celebraram seu trigésimo aniversário de casamento. Deram uma festa. Quando a comemoração estava chegando ao fim, Streeter levou a esposa para fora. Ele havia encomendado fogos de artifício. Todo mundo aplaudiu, menos Carl Goodhugh. Ele tentou, mas não conseguia juntar as mãos. Por fim, o ex-aluno da Emerson desistiu de bater palmas e apontou para o céu, gritando.

Em 2007, Kiefer Sutherland foi preso (não pela primeira vez) por dirigir alcoolizado, e o marido de Gracie Goodhugh Dickerson morreu em um acidente de carro. Um motorista bêbado entrou na contramão quando Andy Dickerson voltava do trabalho para casa. A boa notícia era que o motorista bêbado não era Kiefer Sutherland. A má notícia era que Gracie Dickerson estava grávida de quatro meses e sem dinheiro. Seu marido não pagara o seguro de vida para economizar nas despesas. Gracie se mudou para a casa do pai e do irmão, Carl.

— Com a sorte que eles têm, o bebê vai nascer deformado — disse Streeter uma noite quando ele e a esposa estavam deitados na cama, depois de fazerem amor.

— Não diga isso! — exclamou Janet, chocada.

— Se você falar, não acontece — explicou Streeter, e logo os dois coelhinhos estavam dormindo, abraçados.

Naquele ano, o cheque para o Fundo das Crianças foi de trinta mil dólares. Streeter o preencheu sem o menor escrúpulo.

O bebê de Gracie nasceu no auge de uma nevasca, em fevereiro de 2008. A boa notícia era que ele não era deformado. A má é que nasceu morto. Aquele maldito defeito congênito no coração. Gracie — sem dentes, sem marido e sem conseguir sentir o cheiro de nada — entrou em depressão. Streeter achou que isso era um atestado de sua sanidade. Se ela tivesse saído por aí assobiando "Don't Worry, Be Happy", ele teria aconselhado Tom a esconder todos os objetos cortantes da casa.

Um avião que levava dois membros da banda de rock Blink-182 caiu. Má notícia: quatro pessoas morreram. Boa notícia: os roqueiros sobreviveram... embora um deles viesse a morrer não muito tempo depois.

— Eu ofendi a Deus — disse Tom em um dos jantares que os dois amigos passaram a chamar de "noites de solteiros". Streeter havia levado espaguete do Cara Mama e raspara o prato. Tom Goodhugh mal tocara no seu. No outro quarto, Gracie e Carl assistiam a *American Idol*, Gracie em silêncio, o ex-aluno da Emerson berrando e balbuciando. — Não sei como, mas ofendi.

— Não diga isso porque não é verdade.

— Você não sabe.

— Eu *sei* — disse Streeter enfaticamente. — Você está falando bobagem.

— Se você diz, amigo. — Os olhos de Tom se encheram de lágrimas, que escorreram pelo rosto. Uma se prendeu na linha de seu maxilar barbado, ficou pendurada ali por um instante, depois pingou no prato cheio de espaguete. — Agradeço a Deus por Jacob. *Ele* está bem. Trabalha em um canal de TV em Boston, e sua esposa é contadora do hospital Brigham & Women. Eles encontram May de vez em quando.

— Fico feliz em saber disso — disse Streeter gentilmente, esperando que Jake não contaminasse sua filha com sua companhia.

EXTENSÃO JUSTA

— E você ainda vem me visitar. Eu entendo por que Jan não vem, e não fico chateado, mas... espero ansioso por estas nossas noites. Elas são como um elo com os velhos tempos.

Sim, pensou Streeter, *os velhos tempos em que você tinha tudo e eu tinha câncer.*

— Você sempre poderá contar comigo — disse Streeter, segurando uma das mãos ligeiramente trêmulas de Goodhugh. — Amigos até o fim.

2008, mas que ano! Puta merda! A China sediou os Jogos Olímpicos! Chris Brown e Rihanna se tornaram um casal! Bancos entraram em colapso! O mercado de ações despencou! E, em novembro, a Agência de Proteção Ambiental fechou o Monte Lixomore, a última fonte de renda de Tom Goodhugh. O governo declarou que pretendia instaurar um processo em razão da poluição do lençol freático e do despejo ilegal de resíduos hospitalares. O *The Derry News* deu a entender que aquilo poderia até mesmo ir a júri.

Streeter dirigia pela extensão da avenida Harris à tarde, procurando um certo guarda-sol amarelo. Ele não queria pechinchar, apenas jogar conversa fora. Mas nunca via o guarda-sol ou seu dono. Estava frustrado, mas não surpreso. Negociantes eram como tubarões; tinham que continuar se movendo, senão morriam.

Ele preencheu um cheque e o enviou para o banco nas ilhas Cayman.

Em 2009, Chris Brown espancou sua Namorada Número Um depois do Grammy Awards, e, algumas semanas depois, Jacob Goodhugh, o ex-jogador de futebol americano, espancou sua alegre esposa, Cammy, quando ela encontrou uma calcinha e 0,5 grama de cocaína no bolso da jaqueta dele. Caída no chão, chorando, ela o chamou de filho da puta. Jacob respondeu enfiando um garfo de churrasco na barriga dela. Ele se arrependeu na hora e ligou para a emergência, mas o estrago já estava feito. Jacob tinha perfurado o estômago dela em dois lugares. Mais tarde, ele disse à polícia que não se lembrava de nada. Que sofrera um blecaute temporário.

ESCURIDÃO TOTAL SEM ESTRELAS

O defensor público era burro demais e não conseguiu uma redução de fiança. Jake Goodhugh apelou para o pai, que mal conseguia pagar suas contas, quanto mais bancar um bom advogado de Boston para seu filho agressor de mulheres. Goodhugh procurou Streeter, que não deixou o velho amigo falar nem dez palavras de seu discurso penosamente ensaiado antes de dizer *pode contar comigo*. Ele ainda se lembrava do modo como Jacob beijara a bochecha do pai sem sentir vergonha. Além disso, pagar os honorários legais lhe deu a chance de perguntar ao advogado sobre o estado mental de Jake, que não era nada bom: ele estava devastado pela culpa e profundamente deprimido. O advogado disse a Streeter que o rapaz provavelmente pegaria cinco anos de prisão, mas, com alguma sorte, cumpriria apenas dois.

Quando ele sair, poderá ir para casa, pensou Streeter. *E então assistir a* American Idol *com Gracie e Carl, se o programa ainda estiver passando. Provavelmente estará.*

— Eu tenho meu seguro de vida — disse Tom Goodhugh uma noite. Como tinha perdido muito peso, suas roupas ficavam largas no corpo. Seus olhos estavam turvos. Ele havia desenvolvido psoríase e coçava os braços sem parar, deixando longas marcas vermelhas na pele branca. — Eu me mataria se achasse que poderia fazer parecer um acidente.

— Não quero ouvir você falando assim — disse Streeter. — As coisas vão melhorar.

Em junho, Michael Jackson bateu as botas. Em agosto, Carl Goodhugh fez o mesmo, engasgando até a morte com um pedaço de maçã. O cuidador poderia ter feito a manobra de Heimlich e o salvado, mas havia sido dispensado por falta de dinheiro 16 meses antes. Gracie ouvira Carl engasgar, mas disse ter achado que "era só a mesma merda de sempre". A boa notícia era que Carl também tinha seguro de vida. Apenas uma pequena apólice, mas suficiente para pagar o enterro.

Depois do funeral (Tom Goodhugh chorou o tempo todo, apoiado em seu velho amigo), Streeter teve um impulso de generosidade. Encontrou o endereço do estúdio de Kiefer Sutherland e lhe mandou um exemplar do *Grande Livro dos Alcoólicos Anônimos*. Provavelmente iria direto para o lixo (junto com outros incontáveis exemplares que seus fãs haviam lhe mandado ao longo dos anos), mas nunca se sabe. Às vezes, milagres acontecem.

EXTENSÃO JUSTA

* * *

No começo de setembro de 2009, em uma tarde quente de verão, Streeter e Janet dirigiam pela estrada que seguia pelos fundos do aeroporto de Derry. Não havia comércio na área de cascalho ao lado da cerca de arame, então ele estacionou seu belo Pathfinder azul ali e passou o braço em torno esposa, que ele amava mais profunda e completamente do que nunca. O sol poente parecia uma bola vermelha no horizonte.

Streeter se virou para Janet e viu que ela estava chorando. Levantou o rosto dela e beijou as lágrimas com solenidade. Isso a fez sorrir.

— O que foi, querida?

— Eu estava pensando nos Goodhugh. Nunca vi uma família que passasse por um período tão grande de azar. *Azar?* — Ela riu. — Está mais para penitência.

— Nem eu. Mas acontece o tempo todo. Uma das mulheres mortas nos ataques de Mumbai estava grávida, sabia disso? Seu filho de dois anos sobreviveu, mas a criança foi espancada quase até a morte. E...

Ela levou dois dedos aos lábios.

— Shh. Chega. A vida não é justa. Sabemos disso.

— Mas ela *é*! — retrucou Streeter com seriedade. À luz do pôr do sol, seu rosto estava corado e saudável. — Olhe para mim. Houve uma época em que você não achava que eu chegaria até 2009, não é verdade?

— Sim, mas...

— E nosso casamento ainda é forte como uma porta de carvalho. Ou estou enganado?

Ela assentiu com a cabeça. Ele não estava enganado.

— Você começou como freelancer no *The Derry News*, May está indo muito bem no *Globe* e nosso filho nerd é um magnata dos jogos aos 25 anos.

Ela começou a sorrir de novo. Streeter ficou feliz. Odiava vê-la triste.

— A vida *é* justa. Todos nós passamos nove meses na barriga, e então os dados começam a rolar. Algumas pessoas dão sorte. Outras, infelizmente, dão azar. É assim que o mundo é.

Ela o abraçou.

— Eu te amo, querido. Você sempre vê as coisas pelo lado bom.

Streeter deu de ombros modestamente.

— A lei das probabilidades favorece os otimistas, qualquer bancário lhe diria isso. As coisas costumam se equilibrar no final.

Vênus apareceu acima do aeroporto, brilhando contra o céu que escurecia.

— Faça um pedido! — mandou Streeter.

Janet riu e balançou a cabeça.

— O que eu pediria? Já tenho tudo o que quero.

— Eu também — disse Streeter, e então, com os olhos fixos em Vênus, ele pediu mais.

UM BOM CASAMENTO

1

A única coisa que ninguém perguntava em uma conversa casual, pensou Darcy dias após ter encontrado o que encontrou na garagem, era: *Como vai o casamento?* As pessoas perguntavam *Como foi o fim de semana?*, *Como foi a viagem para a Flórida?*, *Como vai a saúde?* e *Como vão as crianças?*. E até mesmo: *Como vai a vida, querida?* Mas ninguém perguntava: *Como vai o casamento?*

Vai bem, responderia ela antes daquela noite. *Está tudo bem.*

Ela nascera Darcellen Madsen (Darcellen, um nome que apenas pais inebriados por um recém-comprado livro de nomes de bebês poderiam amar), em 1960, ano em que John F. Kennedy se elegeu presidente. Foi criada em Freeport, no Maine, na época em que era uma cidade e não um anexo da L.L. Bean — a primeira loja de departamento do país — e de meia dúzia de outros grandes varejos do gênero, chamados de "outlets" (como se fossem bueiros, e não lojas). Estudou na Freeport High School e depois foi para a Faculdade de Administração de Addison, onde aprendeu o ofício de secretária. Foi contratada pela Joe Ransome Chevrolet que, em 1984, quando Darcy saiu da empresa, era a maior concessionária de automóveis de Portland. Tinha uma beleza comum, mas com a ajuda de duas amigas um pouco mais sofisticadas aprendeu o bastante sobre maquiagem para ficar bonita nos dias de trabalho e muito atraente nas noites de sexta e sábado, quando as garotas gostavam de sair para tomar margaritas em um lugar chamado O Farol, ou no Mexican Mike's (onde havia música ao vivo).

Em 1982, Joe Ransome contratou uma firma de contabilidade de Portland para ajudá-lo a entender melhor sua situação fiscal, que tinha ficado complicada ("O tipo de problema que você quer ter", Darcy o ouviu dizer a um dos vendedores mais antigos). Apareceram dois homens com maletas nas mãos, um velho e um jovem. Ambos usavam óculos e ternos conservadores, os cabelos curtos impecavelmente penteados para trás de uma maneira que fez Darcy pensar nas fotografias do anuário de formatura de sua mãe — ÁLBUM DE MEMÓRIAS DE 1954 —, aquele com a foto de um líder de torcida segurando um megafone junto à boca, estampada na capa de couro sintético.

O contador jovem era Bob Anderson. Ela puxou conversa com ele no segundo dia em que os dois foram à concessionária e, a certa altura, perguntou se ele tinha algum hobby. Sim, respondeu, era numismata.

Bob começou a lhe explicar o que a palavra significava, mas ela o interrompeu:

— Eu sei. Meu pai coleciona moedas de dez centavos com a Estátua da Liberdade e de cinco centavos com um búfalo. Ele diz que são suas paixões numismáticas. Você tem uma paixão numismática, sr. Anderson?

Ele tinha: moedas de um centavo com desenhos de trigo. Sua maior esperança era algum dia encontrar uma de 1955 com a data duplicada, que era...

Mas ela também já sabia disso. A de 1955 com a data duplicada era assim por causa de um erro na cunhagem. Um erro *valioso*.

O jovem sr. Anderson, aquele do cabelo castanho cheio e cuidadosamente penteado, ficou maravilhado com a resposta. E pediu que Darcy o chamasse de Bob. Mais tarde, durante o almoço — em um banquinho à luz do sol, atrás da concessionária, atum no pão de centeio para ele, salada grega em um potinho para ela —, Bob perguntou se ela gostaria de acompanhá-lo no sábado a uma feira de rua em Castle Rock. Disse que havia acabado de alugar um novo apartamento e estava procurando uma poltrona. E também uma TV, se alguém estivesse vendendo algo bom por um preço justo. *Algo bom por um preço justo* era uma frase com a qual ela se familiarizaria nos anos seguintes.

Ele era comum como ela, apenas outro cara qualquer, e nunca teria a maquiagem para ficar mais bonito... Com exceção daquele dia no banquinho, quando ele realmente pareceu mais bonito. Suas bochechas coraram quando ele a chamou para sair, apenas o bastante para iluminá-lo e lhe dar um pouco de brilho.

— Nenhuma coleção de moedas? — provocou ela.

Ele sorriu, revelando dentes alinhados. Dentes pequenos, brancos e bem-cuidados. Nunca ocorreu a Darcy que pensar neles pudesse lhe causar calafrios — e por que teria ocorrido?

— Se eu encontrasse uma bela coleção de moedas, é claro que daria uma olhada — disse ele.

— Principalmente moedas de um centavo com desenhos de trigo, certo? — provocou ela, mas só um pouco.

— Principalmente essas. Poderia me dar o prazer da sua companhia nesse passeio, Darcy?

Ela satisfez aquele desejo dele. E também satisfez o próprio desejo na noite de núpcias. Não com muita frequência depois disso, mas de vez em quando. O bastante para se considerar normal e realizada.

Em 1986, Bob foi promovido. E também (com a ajuda e o encorajamento de Darcy) montou uma pequena empresa de encomendas de moedas americanas colecionáveis. Foi um sucesso desde o começo, e, em 1990, ele acrescentou figurinhas de beisebol e suvenires de filmes antigos. Bob não mantinha um estoque de folhetos, cartazes e displays, mas, quando as pessoas pediam essas coisas, quase sempre as conseguia. Na verdade, era Darcy quem as encontrava, usando seu fichário de mesa, lotado naqueles tempos pré-computador, para ligar para os colecionadores espalhados por todo o país. O negócio nunca ficou grande demais para ocupá-los em tempo integral, e isso era bom. Nenhum dos dois queria isso. Eles concordavam nessa questão, assim como concordaram com a casa que acabaram comprando em Pownal e sobre os filhos quando acharam que já havia chegado a hora de tê-los. Eles concordavam. Quando não concordavam, chegavam a um acordo. Mas, na maioria das vezes, concordavam. Eles se entendiam.

Como vai o casamento?

Ia bem. Um bom casamento. Donnie nasceu em 1986 — Darcy largou o emprego para ter o bebê e, depois de ajudar na Moedas & Colecionáveis Anderson, nunca arranjou outro trabalho —, e Petra, em 1988. Nessa época, o cabelo castanho e cheio de Bob Anderson começou a ficar ralo no alto da cabeça e, em 2002, o ano em que o computador Macintosh de Darcy finalmente substituiu seu fichário de mesa, ele já tinha uma grande careca brilhante. Bob experimentou vários penteados com os fios que sobraram, o que só destacava ainda mais o pedaço sem cabelo, na opinião dela. E ele a irritou ao testar duas das fórmulas mágicas de crescimento que eram vendidas por trambiqueiros desonestos na TV a cabo de madrugada (Bob Anderson foi criando hábitos noturnos à medida que avançava para a meia-idade). Ele não lhe falava sobre essas compras, mas os dois dividiam um quarto e, embora Darcy não fosse alta o bastante para alcançar a última prateleira do armário sem ajuda, ela às vezes usava um banquinho para separar as "roupas de sábado", as camisas que ele usava para cuidar do jardim. E foi lá que ela os encontrou: um frasco cheio de algum líquido, no outono de 2004, e outro com pequenas cápsulas verdes em gel, um ano depois. Ela pesquisou os nomes na internet e viu que não eram baratos. *É claro, a mágica nunca é*, lembrou-se ela de ter pensado.

De qualquer forma, irritada ou não, Darcy não tinha comentado nada sobre as poções mágicas, e também não comentara sobre o Chevrolet Suburban usado que Bob, por alguma razão, havia insistido em comprar no mesmo ano em que o preço da gasolina começara a subir de verdade. Assim como ele também não falara nada, acreditava Darcy (*sabia*, na verdade), quando ela insistira em mandar os filhos para colônias de férias boas, em dar uma guitarra para Donnie (ele tocara por dois anos, tempo o bastante para ficar surpreendentemente bom, e então simplesmente parara) e em alugar cavalos para Petra. Um casamento de sucesso era uma questão de equilíbrio — isso era uma coisa que todo mundo sabia. Um casamento de sucesso também necessitava de muita paciência — isso era uma coisa que *Darcy* sabia. Como a canção de Stevie Winwood dizia, você tinha que deixar rolar, baby.

Ela deixou rolar. E ele também.

Em 2004, Donnie foi para uma faculdade na Pensilvânia. Em 2006, Petra foi para a Colby, em Waterville, a apenas alguns quilômetros de distância. Na época, Darcy Madsen Anderson tinha 46 anos. Bob tinha 49 e ainda fazia parte do grupo de escoteiros junto com Stan Morin, um empreiteiro que morava 800 metros estrada abaixo. Darcy achava que o marido meio careca ficava bem engraçado de bermuda cáqui e com as longas meias marrons que ele usava nas caminhadas mensais pela natureza, mas nunca disse nada. A careca dele havia se ampliado, os óculos tinham se tornado bifocais e o peso, aumentado de 80 para 100

UM BOM CASAMENTO

quilos. Ele se tornara sócio na firma de contadores — Benson & Bacon, que agora era Benson, Bacon & Anderson. E os dois haviam trocado a primeira casa em Pownal por uma maior em Yarmouth. Os seios de Darcy, antes pequenos, firmes e empinados (ela sempre os considerara seu melhor atributo físico; nunca quisera parecer uma garçonete do Hooters), estavam grandes, não tão firmes e, é claro, caíam quando ela tirava o sutiã à noite — o que mais uma mulher pode esperar quando está quase atingindo a marca de meio século? Mas, de vez em quando, Bob ainda vinha por trás dela e os agarrava. De vez em quando, desfrutavam o prazeroso interlúdio em seu quarto no andar de cima, que tinha vista para seus tranquilos 2 acres de terra, e, se ele era um pouco rápido demais no gatilho e às vezes a deixava insatisfeita, às vezes não significava sempre. A satisfação de abraçá-lo, sentindo seu corpo quente e viril enquanto ele adormecia ao seu lado... essa satisfação nunca falhava. Era a satisfação de saber que eles ainda estavam juntos quando tantos outros não estavam, pensava ela. A satisfação em saber que, enquanto se aproximavam das bodas de prata, eles seguiam firmes em seu curso.

Em 2009, 25 anos depois do "aceito" em uma pequena igreja Batista que nem existia mais (agora havia um estacionamento no lugar), Donnie e Petra fizeram uma festa surpresa para os pais no The Birches, em Castle View: mais de cinquenta convidados, champanhe (do bom), filé e um bolo de quatro camadas. Os homenageados dançaram ao som de "Footloose", de Kenny Loggins, como haviam feito no casamento. Os convidados aplaudiram os passos coreografados de Bob, que Darcy tinha esquecido até vê-los de novo, e a execução ainda graciosa a emocionou. Com razão: ele cultivara uma pancinha para acompanhar a careca constrangedora (constrangedora para ele, pelo menos), mas, para um contador, até que ainda era bem ágil com os pés.

Mas tudo isso eram apenas histórias, material para obituário, e eles ainda eram jovens demais para pensar nisso. Histórias que não revelavam as minúcias do casamento, e ela acreditava (*firmemente*) que os pequenos detalhes do dia a dia eram o que validavam uma relação. Como a vez em que ela comera um camarão estragado e vomitara a noite toda, sentada na beirada da cama com o cabelo molhado de suor grudado na nuca, lágrimas rolando pelas bochechas avermelhadas, e Bob ficara a seu lado, segurando pacientemente a bacia, que levava para o banheiro, esvaziava e lavava após cada golfada — para que o cheiro não a deixasse ainda mais enjoada, dissera ele. Bob esquentara o carro para levá-la à emergência, às seis da manhã seguinte, quando a terrível náusea finalmente começara a diminuir. Então ligara para a B, B & A para dizer que estava doente e cancelara uma viagem para White River para ficar com ela, caso o mal-estar voltasse.

Esse tipo de coisa funcionava nos dois sentidos: o que um fazia, o outro fazia também. Ela havia ficado ao lado do marido na sala de espera do hospital St. Stephen — em 1994 ou 1995 — esperando pelos resultados da biópsia depois que ele havia descoberto (no chuveiro) um caroço suspeito na axila esquerda. O resultado da biópsia fora negativo; o diagnóstico: um gânglio linfático infeccionado. O caroço ainda ficou lá por mais ou menos um mês e então sumiu sozinho.

O vislumbre de uma revista de palavras cruzadas no colo de Bob pela porta entreaberta do banheiro enquanto ele estava na privada. O cheiro de colônia no rosto dele, o que significava que o Suburban ficaria fora da garagem por um dia ou dois, e seu lado da cama vazio por uma noite ou duas porque ele tinha que organizar a contabilidade de alguém em outra cidade (B, B & A tinha clientes em todos os estados do norte da Nova Inglaterra). Às vezes, o cheiro significava uma viagem para dar uma olhada em uma coleção de moedas em leilão, já que nem todas as compras e vendas numismáticas realizadas naquele negócio paralelo podiam ser realizadas por computador, os dois sabiam disso. Ver a velha mala preta de Bob, aquela que ele nunca jogava fora, não importava quanto ela reclamasse, no hall de entrada. Os chinelos ao pé da cama, um sempre enfiado no outro. O copo de água na mesa de cabeceira e um comprimido de vitamina C ao lado, em cima da edição daquele mês da *Colecionando Moedas*. Ou como ele sempre dizia: "Melhor para fora do que para dentro", depois de arrotar, e "Cuidado, gás tóxico!", depois de peidar. O casaco dele no primeiro gancho do hall. O reflexo da escova de dentes dele no espelho (Darcy achava que ele ainda usaria a mesma escova de quando haviam se casado se ela não a substituísse de tempos em tempos). A maneira como ele tocava os lábios com o guardanapo a cada duas ou três garfadas. Como preparava com cuidado os artigos de acampamento (sempre incluindo uma bússola extra) antes de partir com Stan e outro grupo de garotos de 9 anos para percorrer a Trilha do Morto — uma caminhada perigosa e assustadora que os levava pelo bosque atrás do Shopping Golden Grove e saía no Mundo dos Carros Usados do Weinberg. A aparência de suas unhas, sempre curtas e limpas. O gosto de chiclete em seu hálito quando se beijavam. Essas e milhares de outras pequenezas compunham a história íntima do casamento.

Darcy sabia que Bob devia ter sua própria história sobre ela, tudo desde o hidratante labial sabor canela que ela usava durante o inverno até o cheiro do xampu que ele sentia quando fungava em sua nuca (o que já não acontecia mais com tanta frequência, mas acontecia), e inclusive ao clique das teclas de seu computador às duas da manhã naquelas duas ou três noites por mês em que o sono, por alguma razão, lhe escapava.

Já estavam juntos havia 27 anos, ou — ela se divertira com isso um dia, usando a calculadora do computador — 9.855 dias. Quase um quarto de 1 milhão de horas, e mais de 14 milhões de minutos. É claro que ele estivera fora durante parte desse tempo, trabalhando, e ela mesma fizera algumas viagens (a mais triste delas para estar com seus pais em Minneapolis, quando sua irmã mais nova, Brandolyn, morrera em um acidente bizarro), mas eles estiveram juntos a maior parte desse tempo.

Ela sabia tudo sobre ele? É claro que não. Assim como Bob também não sabia tudo sobre Darcy — que ela às vezes (principalmente em dias chuvosos ou naquelas noites em que ficava com insônia) devorava chocolates e mais chocolates, mesmo quando já estava enjoada. Ou que ela achava o novo carteiro bonitinho. Não existia isso de saber tudo sobre o outro, mas ela sentia que, após 27 anos, eles sabiam todas as coisas importantes. Era um bom casamento, um dos cerca de cinquenta por cento que continuavam sólidos depois de tanto tempo. Ela acreditava nisso com a mesma determinação que sabia que a gravidade a prenderia ao chão quando ela andasse pela calçada.

Até aquela noite na garagem.

2

O controle da TV parou de funcionar e não havia pilhas AA no armário da cozinha à esquerda da pia. Darcy encontrou pilhas D e C, e até mesmo um pacote fechado de pilhas palito AAA, mas nenhuma maldita AA. Então foi à garagem porque sabia que Bob mantinha um estoque de pilhas Duracell por ali, e foi o suficiente para mudar sua vida. Era como se todo mundo estivesse no ar, *bem alto* no ar. Um passinho em falso na direção errada e você cairia.

A cozinha e a garagem eram ligadas por uma passagem coberta. Darcy a atravessou depressa, ajustando o roupão no corpo para se proteger — dois dias antes, a onda de calor excepcionalmente forte havia terminado, e agora parecia que o inverno tinha chegado mais cedo. O vento congelava seus calcanhares. Ela deveria ter colocado meias e uma calça, mas *Two and a Half Men* iria começar em menos de cinco minutos, e a maldita TV estava presa na CNN. Se Bob estivesse lá, ela teria pedido a ele para trocar de canal — havia botões para isso em algum lugar do aparelho, provavelmente na parte de trás, onde só um homem conseguiria encontrá-los — e depois pegar as pilhas. Afinal, a garagem era praticamente seu domínio. Ela só ia até lá para tirar seu carro, e apenas nos dias de chuva ou neve, caso contrário estacionava na entrada da garagem. Mas Bob estava em Montpelier, avaliando uma coleção de moedas de aço da Segunda Guerra Mundial, e ela era, pelo menos temporariamente, a única encarregada *de la casa* dos Anderson.

Tateou às cegas pelo trio de interruptores ao lado da porta e os acionou com a base da mão. As lâmpadas fluorescentes do teto se acenderam. A garagem era espaçosa e organizada, as ferramentas estavam penduradas em um quadro na parede e a bancada de Bob estava em ordem. O chão era feito de concreto e pintado de cinza. Não havia manchas de óleo. Bob dizia que manchas de óleo no chão de uma garagem mostravam que os donos tinham uma lata-velha ou não faziam uma manutenção cuidadosa. O Prius, que ele comprara havia um ano e usava para suas viagens diárias a Portland, estava lá. Bob havia levado sua SUV jurássica com milhares de quilômetros rodados para Vermont. O Volvo de Darcy estava estacionado do lado de fora.

— Guardar o carro é tão fácil quanto parar aí fora — dissera ele em mais de uma ocasião (quando se está casado há 27 anos, comentários originais são bem raros). — É só usar o controle do portão que fica no para-sol.

UM BOM CASAMENTO

— Gosto de deixá-lo onde eu possa ver — costumava responder Darcy, embora a verdadeira razão fosse seu medo de bater no portão da garagem quando saísse de ré. Ela detestava dar ré.

E Darcy achava que ele sabia disso... assim como ela sabia que Bob tinha a mania peculiar de guardar as cédulas na carteira com a figura virada para a frente, e nunca deixava um livro aberto e virado para baixo quando parava de ler por algum tempo (porque, segundo ele, isso estragava a lombada).

Pelo menos a garagem estava aquecida; grandes canos prateados (provavelmente deviam se chamar dutos, mas Darcy não tinha certeza) passavam pelo teto. Ela andou até a bancada, onde havia várias latas quadradas enfileiradas, todas devidamente rotuladas: PARAFUSOS, DOBRADIÇAS & BRAÇADEIRAS EM L, CANOS e — ela achou isso bem simpático — MIUDEZAS. Havia um calendário da *Sports Illustrated* na parede, mostrando uma garota de maiô que parecia deprimentemente jovem e sensual; à esquerda, duas fotografias presas com tachinhas. Uma era uma foto instantânea antiga de Donnie e Petra no campo da Liga Júnior de Yarmouth, vestidos com o uniforme do Boston Red Sox. Na parte de baixo, Bob escrevera com marcador preto: O TIME DA CASA, 1999. A outra foto, bem mais recente, mostrava Petra já adulta e Michael, seu noivo, abraçados em frente a um restaurante de mariscos em Old Orchard Beach. Nessa a legenda dizia: O CASAL FELIZ!

O armário em que as pilhas eram guardadas ficava à esquerda das fotos, com uma etiqueta em que se lia: MATERIAL ELÉTRICO. Darcy andou até lá sem olhar para onde ia — confiando na organização quase maníaca de Bob — e tropeçou em uma caixa de papelão que não havia sido completamente empurrada para baixo da bancada. Cambaleou e conseguiu se agarrar à bancada no último segundo. Quebrou uma unha — o que era doloroso e irritante —, mas se salvou de uma queda potencialmente feia, o que era bom. *Muito* bom, considerando que não havia ninguém em casa para chamar uma ambulância se ela quebrasse a cabeça no chão (sem graxa e limpo, mas muito duro).

Darcy podia apenas ter empurrado a caixa de volta com a lateral do pé — mais tarde perceberia isso e pensaria a respeito, como um matemático resolvendo uma equação difícil e complicada. Afinal, estava com pressa. Mas viu um catálogo de tricô da Patternworks na caixa e se

ESCURIDÃO TOTAL SEM ESTRELAS

ajoelhou para pegá-lo e levá-lo para a sala junto com as pilhas. E, quando o tirou da caixa, deparou-se com um catálogo da Brookstone que achava ter perdido. E, por baixo dele, o da Paula Young... Talbots... Forzieri... Bloomingdale's...

— Bob! — berrou ela, mas a palavra saiu em duas sílabas exasperadas (como acontecia quando ele sujava o chão de lama ou deixava a toalha encharcada no chão do banheiro, como se eles estivessem em um hotel chique com serviço de camareira): não *Bob*, mas *BO-ob*!

Porque, sério, Darcy o conhecia muito bem. Bob achava que ela encomendava coisas demais por catálogo, e uma vez chegara ao ponto de acusá-la de ser compulsiva (o que era ridículo, já que sua compulsão era por doces). Aquela sutil análise psicológica fez com que ela fosse fria com ele por dois dias. Mas Bob sabia como a mente da esposa funcionava: exceto com coisas absolutamente vitais, Darcy era a legítima garota "o que os olhos não veem o coração não sente". Então ele recolhera os catálogos dela, o malandro, e guardara tudo ali. Provavelmente a próxima parada teria sido a lixeira de reciclagem.

Danskin... Express... Computer Outlet... *Macworld*... Monkey Ward... Layla Grace...

Quanto mais fundo na caixa ela ia, mais irritada ficava. Se alguém visse aquilo, poderia até pensar que eles estavam à beira da falência em razão de seu comportamento perdulário, o que era uma grande besteira. Darcy já havia se esquecido completamente de *Two and a Half Men*. Estava pensando na bronca que daria em Bob quando ele ligasse de Montpelier (ele sempre ligava quando voltava ao hotel, depois de jantar). Mas primeiro ela pretendia levar aqueles catálogos de volta para dentro da maldita casa, o que levaria três ou até quatro viagens, porque a pilha tinha pelo menos uns 60 centímetros, e aqueles catálogos de capa brilhante eram *pesados*. Não era de admirar que ela tivesse tropeçado na caixa.

Morte por catálogos, pensou. *Esse teria sido um jeito irônico de m...*

O pensamento se partiu como um galho seco. Darcy ia examinando os catálogos enquanto pensava e, já quase no fundo da caixa, embaixo de Gooseberry Patch (decoração country), achou uma coisa que não era um catálogo. Não, não era um catálogo mesmo. Era uma revista de sadomasoquismo chamada *Bondage Bitches*. Darcy quase não a tirou

312

de lá, e talvez não tivesse tirado se a revista estivesse dentro de uma das gavetas de Bob ou naquela prateleira alta com os produtos mágicos para crescimento capilar. Mas encontrá-la ali, enfiada em uma pilha de cerca de duzentos catálogos... catálogos *dela*... Havia alguma coisa naquilo que ia além do constrangimento que um homem poderia sentir em relação a uma tara sexual.

A mulher na capa estava amarrada a uma cadeira e estaria nua se não fosse por um capuz preto, mas este cobria apenas parte de seu rosto, e dava para ver que ela estava gritando. As cordas que a prendiam eram grossas e apertavam seus seios e a barriga. Havia sangue falso no queixo, no pescoço e nos braços. Na base da página, em uma fonte amarelo--berrante, havia esta chamada desagradável: A VADIA DA BRENDA PEDIU POR ISSO, E VAI RECEBER NA PÁGINA 49!

Darcy não tinha intenção de ir até a página 49, nem a qualquer outra página. Já justificava para si mesma o que era aquilo: *curiosidade masculina*. Ela havia lido sobre curiosidade masculina em um artigo da *Cosmopolitan*, no consultório do dentista. Uma mulher havia escrito para um dos vários conselheiros da revista (naquele caso, a psiquiatra da equipe que se dizia especializada no tão misterioso sexo masculino) dizendo ter encontrado algumas revistas gays na pasta do marido. Coisa muito explícita, dissera a autora da carta, e explicara que andava preocupada de que seu marido pudesse ser gay. No entanto, se fosse, ele disfarçava muito bem na cama, dizia a moça.

Ela não precisava se preocupar, dissera a conselheira. Homens eram ousados por natureza, e muitos gostavam de saber mais sobre comportamentos sexuais alternativos — sexo gay era o número um da lista, seguido de perto pelo sexo grupal — ou fetichistas: urofilia, travestis, sexo em lugares públicos, látex. E, é claro, sadomasoquismo. Ela acrescentara que algumas mulheres também eram fascinadas pelo sadomasoquismo, o que deixara Darcy perplexa, mas ela teria sido a primeira a admitir que não sabia de tudo.

Curiosidade masculina, era só isso. Ele devia ter visto a revista em alguma banca de jornal (embora Darcy não conseguisse imaginar aquela capa em particular exposta em uma banca de jornal) e havia ficado curioso. Ou talvez ele tivesse encontrado aquele exemplar em uma lata de lixo de uma loja de conveniências. Então o levara para casa, dera uma olhada

ESCURIDÃO TOTAL SEM ESTRELAS

ali na garagem, ficara tão chocado quanto ela (o sangue na modelo da capa obviamente era falso, mas o grito parecia bem real) e a enfiara naquela caixa cheia de catálogos que mandaria para reciclagem, para que Darcy não topasse com a revista e pegasse no pé dele. Era só isso, um caso isolado. Se ela continuasse olhando a pilha de catálogos, não encontraria mais nada parecido. Talvez algumas *Penthouses* e revistas de lingerie — ela sabia que a maioria dos homens gostava de seda e renda, e Bob não era uma exceção —, mas nada mais do gênero de *Bondage Bitches*.

Darcy olhou para a capa novamente e notou uma coisa estranha: não havia preço. Nem código de barras. Examinou o verso, curiosa para saber quanto uma revista como aquela deveria custar, e se assustou com a foto que encontrou lá: uma loura nua, presa ao que parecia uma mesa de aço de uma sala de cirurgia. Mas a expressão de pavor no rosto dela parecia tão real quanto uma nota de três dólares, o que era um pouco reconfortante. E o homem corpulento ao lado segurando uma faca Ginsu estava simplesmente ridículo de braceletes e cueca de couro. Parecia mais um contador do que alguém prestes a dilacerar a vagabunda masoquista do dia.

Bob é contador, pensou Darcy.

Um pensamento estúpido concebido na imensa Zona de Estupidez em seu cérebro. Darcy procurou afastá-lo e largou aquela revista desagradável, devolvendo-a à pilha de catálogos, depois de se certificar de que não havia preço no verso nem código de barras. Enquanto empurrava a caixa de papelão para baixo da bancada — ela desistira de levar os catálogos para dentro de casa —, a resposta para o mistério da falta de preço e código de barras lhe ocorreu. Devia ser uma daquelas revistas vendidas em uma embalagem plástica, com todas as partes impróprias cobertas. O preço e o código deviam estar na embalagem, é claro que era isso, o que mais poderia ser? Bob devia ter comprado aquele troço em algum lugar, se é que não o tirou mesmo de algum lixo.

Talvez ele tenha comprado a revista pela internet. Provavelmente há sites especializados nesse tipo de coisa. Sem falar em jovens vestidas para parecer ter 12 anos.

— Deixe pra lá — disse Darcy em voz alta, balançando a cabeça de leve. Aquilo já estava feito, era uma carta extraviada, uma discussão encerrada.

Se ela mencionasse o episódio quando Bob ligasse ou quando voltasse para casa, ele ficaria envergonhado e na defensiva. Provavelmente diria que Darcy era muito ingênua em relação a sexo, o que ela também achava, e a acusaria de exagerar, que isso ela estava determinada a não fazer. O que Darcy estava determinada *a fazer* era deixar rolar, baby. Um casamento era como uma casa em constante construção: a cada ano havia mais e mais cômodos. Um casamento de um ano era como uma cabana; um que já durava 27 anos era uma mansão imensa e complexa. Com certeza haveria rachaduras e alguns lugares para guardar coisas, a maioria deles empoeirada e abandonada, alguns contendo lembranças desagradáveis que você preferiria não ter encontrado. Mas isso não era nada de mais. Ou você jogava essas lembranças fora ou doava para a caridade.

Ela gostou tanto desse raciocínio (pois lhe passava uma sensação conclusiva) que disse em voz alta:

— Não é nada de mais.

Para provar, empurrou a caixa de papelão com as mãos, pressionando-a junto da parede.

Então ouviu um baque surdo. O que era?

Eu não quero saber, disse a si mesma, e tinha certeza absoluta de que aquele pensamento não viera da Zona de Estupidez, mas da parte inteligente. Estava muito escuro embaixo da bancada, e poderia haver ratos. Mesmo uma garagem bem-cuidada como aquela poderia ter ratos, principalmente quando fazia frio, e um rato assustado poderia morder.

Darcy se levantou, limpou o roupão e saiu da garagem. Na metade da passagem que ligava a garagem à cozinha, ouviu o telefone tocar.

3

Ela já estava de volta à cozinha antes que a secretária eletrônica atendesse, mas esperou. Se fosse Bob, Darcy ignoraria a chamada. Não queria falar com ele naquele momento. Ele poderia perceber alguma diferença em sua voz. Bob pensaria que ela havia ido à loja da esquina, ou até a

Video Village, e ligaria de novo em uma hora. Até lá, ela teria tempo de absorver sua descoberta desagradável, estaria bem, e os dois poderiam conversar normalmente.

Mas não era Bob, era Donnie.

— Ah, droga, eu queria muito falar com vocês.

Darcy pegou o telefone, apoiou-se no balcão e disse:

— Então fale. Eu estava voltando da garagem.

Donnie tinha um monte de novidades. Ele se mudara para Cleveland, Ohio, e após dois anos de trabalho ingrato em um cargo iniciante na maior empresa de publicidade da cidade, ele e um amigo haviam decidido abrir o próprio negócio. Bob tinha se mostrado veementemente contra e disse a Donnie que ele e seu sócio nunca conseguiriam o empréstimo inicial de que precisavam para bancar o primeiro ano de uma nova empresa.

"Vê se acorda", dissera ele quando Darcy lhe passara o telefone. Isso havia acontecido no começo da primavera, com os últimos vestígios de neve ainda visíveis sob as árvores e os arbustos do quintal. "Você tem 24 anos, Donnie, e seu amigo Ken também. Vocês não vão conseguir nem renovar o seguro do carro por mais um ano. Nenhum banco vai financiar setenta mil dólares para vocês abrirem um negócio, principalmente com a economia do jeito que está".

Mas eles *tinham* conseguido o empréstimo e, depois, dois grandes clientes, ambos no mesmo dia. Um era uma concessionária de automóveis em busca de uma abordagem mais jovem que atrairia clientes de 30 e poucos anos. O outro era o próprio banco que concedera a Anderson & Hayward o empréstimo inicial. Darcy gritou de alegria, e Donnie gritou em resposta. Eles conversaram por cerca de vinte minutos. Durante a conversa, foram interrompidos pelo bipe duplo de uma chamada em espera.

— Você vai atender? — perguntou Donnie.

— Não, é só seu pai, que está em Montpelier, avaliando uma coleção de moedas de aço. Ele vai ligar de novo antes de ir dormir.

— Como ele está?

Bem, pensou ela, *mostrando interesse por coisas novas.*

— Firme e respirando — respondeu Darcy. Essa era uma das frases favoritas de Bob, e fazia Donnie rir. Ela adorava ouvi-lo rir.

— E Pets?

UM BOM CASAMENTO

— Ligue para ela e descubra, Donald.

— Eu vou, eu vou. Eu sempre ligo. Enquanto não faço isso, resuma para mim.

— Ela está ótima. Cheia de planos para o casamento.

— Quem vê pensa que o casamento é na semana que vem e não em junho.

— Donnie, se você não fizer um esforço para entender as mulheres, nunca vai se casar.

— Não estou com pressa, tenho me divertido muito.

— Desde que tome cuidado...

— Eu sou muito cuidadoso e muito educado. Tenho que ir agora, mãe. Vou sair com o Ken para beber em meia hora. Vamos começar a pensar em algo para apresentar à concessionária.

Darcy quase lhe disse para não beber demais, mas se controlou. O filho ainda podia parecer um adolescente e, na lembrança mais clara da mãe, Donnie era um garotinho de 5 anos, com um macacão vermelho de veludo, incansável no patinete que conduzia para cima e para baixo pelos caminhos de concreto do parque Joshua Chamberlain, em Pownal. Mas ele já não era mais nenhum desses meninos. Era um homem e também, por mais improvável que parecesse, um jovem empresário começando a subir na vida.

— Está bem — disse ela. — Obrigada por ligar, Donnie. Adorei falar com você.

— Eu também. Manda um oi para o velho quando ele ligar, e diga que eu o amo.

— Vou dizer.

— Firme e respirando — comentou Donnie, rindo. — Para quantos grupos de escoteiros ele ensinou essa?

— Para todos. — Darcy abriu a geladeira para ver se, por acaso, havia algum chocolate lá, geladinho e esperando por sua atenção. Não.

— É assustador.

— Te amo, mãe.

— Também te amo.

Ela desligou, sentindo-se bem de novo. Sorrindo. Mas pouco depois, enquanto ainda estava parada ali, encostada no balcão, seu sorriso desapareceu.

317

Um baque surdo.

Darcy havia escutado um baque surdo quando empurrara a caixa de catálogos para baixo da bancada. Não um tinido, como se ela tivesse batido em alguma ferramenta caída, mas um *baque surdo*. Um som oco.

Não me importo.

Infelizmente, não era verdade. O ruído lhe deixara com a sensação de que faltava algo ali. A caixa também. Será que *havia* outras revistas como a *Bondage Bitches* lá dentro?

Eu não quero saber.

Certo, certo, mas talvez ela devesse descobrir ainda assim. Porque, se houvesse apenas uma revista, Darcy estaria certa sobre aquilo ser apenas uma curiosidade sexual já satisfeita com uma única espiada em um mundo repulsivo (*e desequilibrado*, acrescentou para si mesma). Se houvesse mais exemplares, ainda assim poderia estar tudo bem — afinal, ele estava jogando tudo fora —, mas talvez ela devesse saber.

Principalmente... o que era aquele baque surdo que aturdia mais sua mente do que a questão das revistas.

Darcy pegou uma lanterna na despensa e voltou para a garagem. Na mesma hora, fechou bem o roupão e desejou ter colocado uma jaqueta. Estava mesmo ficando muito frio.

4

Ela se ajoelhou, empurrou a caixa de catálogos para o lado e iluminou a área sob a bancada. Por um instante, não entendeu o que via: duas linhas escuras interrompiam o rodapé lisinho, uma delas um pouco mais grossa do que a outra. Então sentiu um frio de inquietação que se estendia do peito até a boca do estômago. Era um esconderijo.

Deixe isso pra lá, Darcy. É assunto dele e, pela sua própria paz de espírito, você deveria deixar as coisas como estão.

Belo conselho, mas ela já havia ido longe demais. Engatinhou sob a bancada com a lanterna na mão, preparando-se para a floresta de teias de aranhas, mas não havia nenhuma. Se ela era a legítima garota "o que os olhos não veem o coração não sente", então seu marido careca, colecionador de moedas e líder dos escoteiros era o legítimo garoto "tudo limpinho e arrumado".

Além disso, ele mesmo já se enfiou aqui embaixo, então não tem como teias de aranhas terem se formado.

Isso era verdade? Ela não sabia, não é?

Mas achava que sim.

As fendas estavam a uma distância de 20 centímetros uma da outra, em um pedaço de rodapé que parecia ter uma cavilha no meio, ou algo assim, para poder girá-lo. Ela havia batido a caixa ali com força suficiente para abrir uma fresta, mas isso não explicava o baque surdo. Empurrou um lado do rodapé. Ele girou, revelando um buraco de 20 centímetros de extensão, 30 de altura e talvez 50 de profundidade. Darcy pensou que poderia descobrir mais revistas, provavelmente enroladas, mas não encontrou nenhuma. Havia apenas uma pequena caixa de madeira, uma que ela reconheceu. A caixa é que produzira o som oco. Estava na ponta, e o rodapé bateu nela quando se moveu.

Darcy estendeu o braço, pegou a caixa e — sentindo um receio tão forte que parecia palpável — a puxou. Era a pequena caixa de carvalho que ela dera ao marido no Natal, cinco anos antes, talvez mais. Ou no aniversário dele? Disso ela não lembrava, só que fora uma ótima barganha em uma loja de artesanato em Castle Rock. Havia o desenho de uma corrente entalhado à mão no topo. Logo abaixo da corrente, também havia sido entalhada a finalidade da caixa: ABOTOADURAS. Bob tinha várias abotoaduras e, embora preferisse usar camisas de botão para trabalhar, algumas de suas joias de punho eram muito bonitas. Ela se lembrou de pensar que a caixa o ajudaria a mantê-las organizadas. Darcy sabia que a tinha visto em cima da cômoda no lado dele do quarto por um tempo depois que o presente havia sido desembrulhado e elogiado, mas não conseguia se lembrar de tê-la visto depois. É claro que não. Estava ali na garagem, no esconderijo embaixo da bancada dele, e Darcy poderia apostar o terreno e a casa (outra frase favorita de Bob) que, se a abrisse, não encontraria abotoaduras lá dentro.

Então não abra.

Outro bom conselho, mas agora ela havia ido *muito mais longe* para segui-lo. Sentindo-se como uma mulher que entrou em um cassino e, por alguma razão louca, apostou todas as economias de sua vida em uma única jogada, ela abriu a caixa.

Que a caixa esteja vazia. Por favor, Deus, se você me ama, faça com que esteja vazia.

Mas não estava. Dentro dela havia três retângulos de plástico, unidos por um elástico. Darcy os pegou com a ponta dos dedos — como uma mulher segura um trapo velho temendo que possa ter germes e sujeira. Tirou o elástico.

Não eram cartões de crédito, o que havia imaginado a princípio. O de cima era um cartão de doador de sangue da Cruz Vermelha que pertencia a uma mulher chamada Marjorie Duvall. Seu tipo sanguíneo era A positivo; sua região, a Nova Inglaterra. Darcy virou o cartão e viu que Marjorie — quem quer que ela fosse — havia doado sangue pela última vez no dia 16 de agosto de 2010. Três meses antes.

Mas quem diabos era Marjorie Duvall? Como Bob a conhecia? E por que o nome lhe parecia familiar?

O próximo era um cartão da Biblioteca de North Conway com o nome da mesma mulher, e tinha um endereço: Honey Lane, 17, South Gansett, New Hampshire.

O último item era a carteira de motorista de Marjorie Duvall, de New Hampshire. Ela parecia uma mulher comum de uns 30 e poucos anos, não muito bonita (embora ninguém saísse muito bem na foto da habilitação), mas apresentável. Cabelo louro-escuro, preso em um coque ou rabo de cavalo, na foto não dava para ver. Data de nascimento: 6 de janeiro de 1974. O endereço era o mesmo do cartão da biblioteca.

Darcy percebeu que estava deixando escapar lamentos desolados. Era horrível ouvir um som como aquele sair da própria garganta, mas ela não conseguia evitar. Seu estômago se transformara em uma bola de chumbo, que parecia puxar todas as suas entranhas para baixo, esticando-as e fazendo-as adquirir novas formas desagradáveis. Ela havia visto o rosto de Marjorie Duvall no jornal. E também no noticiário das seis.

Com as mãos dormentes, prendeu o elástico de volta nos cartões, guardou-os na caixa e então a pôs outra vez no esconderijo. E já se preparava para tampá-lo quando se ouviu dizer:

— Não, não, não, isso não está certo. Não pode ser.

Seria essa a voz da Darcy Esperta ou da Darcy Estúpida? Era difícil saber. Mas tinha uma certeza: a Darcy Estúpida abrira a caixa. E, graças à Darcy Estúpida, ela estava se abaixando de novo.

UM BOM CASAMENTO

E pegando a caixa de volta. Pensando: *É um engano, tem que ser, estamos casados por mais da metade de nossa vida, eu saberia, eu saberia.* Abrindo a caixa. Pensando: *E existe quem conheça outra pessoa de verdade?*

Antes daquela noite, ela, com certeza, diria que sim.

A carteira de motorista de Marjorie Duvall estava agora no alto da pilha. Antes, estava por baixo. Darcy a colocou no lugar certo. Mas qual dos outros dois cartões era o primeiro, o da Cruz Vermelha ou o da biblioteca? Era fácil, *tinha* que ser fácil quando só havia duas opções, mas ela estava nervosa demais para se lembrar. Colocou o cartão da biblioteca no alto e logo percebeu que estava errada, porque a primeira coisa que tinha visto quando abrira a caixa havia sido um reflexo vermelho, vermelho como sangue. É claro que um cartão de doador de sangue seria vermelho, e era ele que estava no topo antes.

Ela o colocou lá, e, enquanto prendia o elástico outra vez, o telefone na casa começou a tocar. Era ele. Era Bob, ligando de Vermont, e Darcy, se estivesse na cozinha para atender, ouviria sua voz alegre (que ela conhecia tão bem quanto a própria voz) perguntando: *Ei, querida, como vai?*

Darcy contraiu os dedos, de repente, e o elástico arrebentou, voando para longe. Ela então soltou um grito: se de frustração ou medo, não sabia. Mas, sério, por que ter medo? Em 27 anos de casados ele nunca havia encostado a mão nela, a não ser para fazer carinho. E só levantara a voz algumas vezes.

O telefone tocou de novo... e de novo... e então parou no meio de um toque. Ele deixaria uma mensagem. *Não achei você de novo! Droga! Me ligue para eu não ficar preocupado, ok? O número é...*

Ele também diria o número do quarto. Não arriscava nada, não dava chance para o azar.

O que ela estava pensando não podia ser verdade. Era como um daqueles delírios horripilantes que, às vezes, surgem da lama no fundo da mente, cintilando sua horrível plausibilidade: que a azia era o princípio de um infarto; a dor de cabeça, um tumor cerebral; e que o fato de Petra não ter ligado domingo à noite significava que sofrera um acidente de carro e agora estava em coma em algum hospital. Mas esses delírios em geral aconteciam às quatro da manhã, quando a insônia a dominava. Não às oito da noite... e onde fora parar aquele maldito elástico?

ESCURIDÃO TOTAL SEM ESTRELAS

Ela o achou, por fim, caído atrás da caixa de catálogos que nunca mais queria examinar. Guardou-o no bolso, começou a se levantar para procurar outro, sem lembrar onde estava, e bateu a cabeça na bancada. Darcy começou a chorar.

Não havia elásticos em nenhuma das gavetas da bancada, e isso a fez chorar ainda mais. Ela voltou para casa com os terríveis e inexplicáveis documentos no bolso do roupão e pegou um elástico da gaveta da cozinha onde guardava todo o tipo de quinquilharia que poderia ser útil: clipes de papel, arames para fechar sacos, ímãs de geladeira que haviam perdido boa parte do magnetismo. Um desses dizia DARCY É DEZ, e havia sido um presente de Bob.

No balcão, a luz do telefone piscava sem parar, dizendo *mensagem, mensagem, mensagem.*

Ela voltou correndo para a garagem, dessa vez sem segurar o roupão fechado. Já não sentia mais o frio do lado de fora, porque o gelo em seu interior estava bem pior. E ainda havia a bola de chumbo puxando suas entranhas para baixo. Alongando-as. Darcy tinha a ligeira sensação de que precisava — e muito — ir ao banheiro.

Esqueça. Segure a vontade. Finja que você está na estrada e que a próxima parada fica a 30 quilômetros. Termine o que tem que fazer. Ponha tudo de volta no lugar do jeito que estava. Então você poderá...

Então ela poderia o quê? Esquecer?

Até parece.

Darcy prendeu os cartões com o elástico, percebeu que a carteira de motorista havia, de algum jeito, voltado para o topo, e chamou a si mesma de vadia estúpida... Um xingamento que teria feito Bob levar um tapa, se ele algum dia tivesse tentado chamá-la assim. Não que ele tivesse.

— Uma vadia estúpida, mas não uma vagabunda masoquista — murmurou Darcy, e sentiu uma súbita pontada de cólica na barriga.

Ela caiu de joelhos e ficou paralisada no chão, esperando que passasse. Se houvesse um banheiro ali, ela teria corrido para lá, mas não havia. Quando a cólica passou — embora não completamente —, Darcy rearrumou os cartões no que achava que era a ordem certa (doador de sangue, biblioteca, carteira de motorista), então os colocou de volta na caixinha de ABOTOADURAS. E a caixinha, no buraco. Pôs o pedaço de rodapé no lugar e a caixa dos catálogos exatamente onde estava antes de tropeçar nela: um pouco para fora da bancada. Ele nunca notaria a diferença.

Mas Darcy tinha certeza disso? Se Bob fosse o que estava pensando — era terrível até mesmo ter essa possibilidade em sua mente, quando tudo o que queria, meia hora antes, eram pilhas novas para o maldito controle remoto —, se *fosse*, então era cuidadoso havia muito tempo. E ele *era* cuidadoso, organizado, o legítimo garoto "tudo limpinho e arrumado". No entanto, se ele fosse também o que aqueles malditos cartões de plástico (malditos não, *fodidos*) pareciam sugerir, então Bob devia ser *sobrenaturalmente* cuidadoso. Sobrenaturalmente atento. Ardiloso.

Era uma palavra que ela nunca havia atribuído a Bob até aquela noite.

— Não — disse em voz alta para a garagem. Ela estava suando, o cabelo grudado no rosto em cachos esquisitos, sentia cólica e suas mãos tremiam como as de pessoas com mal de Parkinson, mas sua voz passava uma tranquilidade anormal, uma serenidade estranha. — Não, ele não é assim. É um engano. *Meu marido não é Beadie.*

Ela voltou para dentro da casa.

5

Darcy decidiu fazer chá. Chá acalmava. Estava enchendo a chaleira quando o telefone tocou de novo. Ela deixou a chaleira cair na pia — o barulho a fez dar um gritinho —, então foi até o telefone, enxugando as mãos no roupão.

Calma, calma, disse a si mesma. *Se ele pode guardar um segredo, então eu também consigo. Lembre-se de que há uma explicação racional para tudo isso...*

Ah, é mesmo?

... e eu apenas não sei qual é. Preciso de tempo para pensar, só isso. Então: calma.

Ela pegou o telefone e disse, animada:

— Se for você, bonitão, já pode vir. Meu marido está fora da cidade.

ESCURIDÃO TOTAL SEM ESTRELAS

Bob riu.

— Ei, querida, como vai?

— Firme e respirando. E você?

Houve um longo silêncio. Pareceu longo, pelo menos, embora não pudesse ter durado mais do que alguns segundos. Durante esse tempo, Darcy ouviu um zumbido terrível vindo da geladeira, água pingando na chaleira que havia deixado cair na pia, as batidas do próprio coração — que pareciam vir da garganta e dos ouvidos em vez de seu peito. Estavam casados havia tanto tempo que tinham uma sintonia quase perfeita um com o outro. Era assim em todo casamento? Ela não sabia. Só conhecia o seu. Mas agora começava a duvidar até mesmo disso.

— Você está soando engraçada — disse Bob. — A voz meio rouca. Está tudo bem, amor?

Darcy deveria ter ficado comovida. Em vez disso, estava apavorada. Marjorie Duvall: o nome não estava simplesmente pendurado em frente aos seus olhos, mas também piscava como o letreiro em neon de um bar. Por um momento, ela ficou sem reação, e, para seu espanto, a cozinha que conhecia tão bem oscilava à medida que mais lágrimas brotavam em seus olhos. Aquela cólica pesada também estava de volta às suas entranhas. Marjorie Duvall. A positivo. Honey Lane, 17. Como se dissesse: *Ei, querida, como vai a vida, você está firme e respirando?*

— Eu estava pensando em Brandolyn.

— Ah, querida — disse Bob.

A solidariedade em sua voz era bem típica dele. Darcy a conhecia bem. Não vinha contando com ela, dia após dia, desde 1984? Ou até mesmo antes, enquanto ainda estavam namorando, quando ela percebeu que ele era o cara certo? Com certeza havia contado. Assim como ele tinha contado com ela. A ideia de que tal solidariedade não seria nada além de cobertura açucarada em um bolo envenenado era loucura. O fato de ela estar mentindo para ele naquele momento era ainda mais insano. Isso, é claro, se houvesse graus de insanidade. Ou talvez a loucura fosse única, e não houvesse forma comparativa ou superlativa. E por que ela estava pensando nisso? Meu Deus, por quê?

Mas Bob estava falando, e ela não tinha ideia do que ele acabara de dizer.

— Você pode repetir? Eu estava pegando o chá.

324

UM BOM CASAMENTO

Outra mentira, suas mãos tremiam demais para conseguir pegar qualquer coisa, mas era uma mentira pequena e plausível. E sua voz não tremia. Pelo menos ela achava que não.

— Perguntei por que você se lembrou dela.

— Donnie ligou e perguntou pela irmã. E isso me fez pensar na minha. Saí para dar uma volta. Fiquei fungando, embora boa parte tenha sido só por causa do frio. Você provavelmente percebeu isso na minha voz.

— Sim, na hora. Ouça, acho melhor desistir de Burlington e voltar logo para casa.

Ela quase gritou *Não!*, mas essa seria exatamente a coisa errada a fazer. Isso o faria pegar a estrada de manhã bem cedo, todo preocupado.

— Faça isso e vou socá-lo — disse Darcy, e ficou aliviada quando ele riu. — Charlie Frady disse que essa feira em Burlington valia a pena, e os contatos dele são bons. Seus instintos também. Você vive falando isso.

— É, mas não gosto de ouvir você assim triste.

O fato de ele ter percebido (na hora! na *hora!*) que havia algo de errado com ela era ruim. Depois ela precisou mentir sobre qual era o problema — ah, isso foi pior. Darcy fechou os olhos, viu Brenda, a vagabunda masoquista, gritando com seu capuz negro, e então os reabriu.

— Eu fiquei triste, mas agora estou melhor — afirmou ela. — Foi só uma fuga momentânea. Ela era minha irmã, e eu vi meu pai a trazendo para casa. Às vezes penso nisso, é só.

— Eu sei — disse ele.

E sabia mesmo. A morte da irmã de Darcy não tinha sido a razão pela qual ela se apaixonara por Bob Anderson, mas a forma como ele compreendeu seu pesar estreitou aquela ligação.

Brandolyn Madsen, enquanto fazia esqui cross-country, fora atropelada e morta por um cara bêbado dirigindo uma moto de neve. Ele fugira, abandonando o corpo dela no bosque a uns 800 metros da casa dos Madsen. Quando Brandi não voltou às oito da noite, dois policiais de Freeport e a Patrulha do Bairro organizaram grupos de busca. O pai de Darcy achara o corpo e o levara para casa, carregando-a por quase 1 quilômetro por um bosque de pinheiros. Darcy — que esperava na sala de estar, vigiando o telefone e tentando manter a mãe calma — havia sido a primeira a vê-lo. Seu pai viera andando pelo jardim sob a luz forte

ESCURIDÃO TOTAL SEM ESTRELAS

de uma lua cheia de inverno, com pequenas nuvens brancas de condensação saindo pela boca. A primeira coisa em que Darcy pensara (isso ainda a horrorizava) fora naqueles antigos filmes bregas de amor em preto e branco que às vezes passavam no canal TCM, em que os caras carregam suas noivas pela soleira de seu lindo chalé de lua de mel, enquanto cinquenta violinos compõem a trilha sonora melosa.

Darcy havia descoberto que Bob Anderson a compreendia de uma maneira que a maioria das pessoas não conseguia. Ele não havia perdido um irmão ou uma irmã, mas o melhor amigo. O garoto havia atravessado a estrada para tentar pegar um arremesso que tinha ido parar longe durante um jogo improvisado de beisebol (a bola não havia sido arremessada por Bob, pelo menos; ele não gostava de beisebol e tinha ido nadar naquele dia) e fora atropelado por um caminhão de entregas e morrido no hospital, pouco tempo depois. Essa coincidência de dores antigas não era a única coisa que fazia a relação do casal parecer especial, mas era a que a tornava, de certo modo, mística — não uma coincidência, mas um destino.

— Fique em Vermont, Bobby. Vá para a feira. Adoro saber que você se preocupa, mas, se voltar correndo para casa, vou me sentir uma criança. E aí vou ficar chateada.

— Está bem. Mas ligo para você amanhã às sete e meia. Esteja avisada.

Ela riu, e ficou aliviada ao perceber que era uma risada sincera... ou tão perto disso que não fazia diferença. E por que ela não poderia rir de verdade? Por que não? Ela o amava, e lhe daria o benefício da dúvida. De *qualquer* dúvida. Não era uma escolha. Não se podia simplesmente desligar o amor — mesmo aquele amor que já fazia quase parte da rotina e não era mais questionado, após 27 anos de casados — do mesmo modo que se desligava uma torneira. O amor vinha do coração, e o coração tinha as próprias vontades.

— Bobby, você sempre liga às sete e meia.

— É verdade. Ligue mais tarde se você...

— ... precisar de alguma coisa, não importa a hora — completou Darcy. Agora ela já quase se sentia normal de novo. Era realmente incrível como a mente podia se recuperar depois de tantos golpes. — Eu ligo.

— Eu te amo, querida. — A conclusão de tantas conversas ao longo dos anos.

— Também te amo — disse ela, sorrindo.

Então desligou, apoiou a testa na parede, fechou os olhos e começou a chorar antes mesmo que o sorriso deixasse seu rosto.

6

O computador de Darcy, um iMac, velho o bastante para parecer retrô, ficava no quarto de costura. Ela raramente o usava para outra coisa além de checar os e-mails e navegar pelo eBay, mas daquela vez entrou no Google e digitou o nome de Marjorie Duvall. Hesitou antes de acrescentar *Beadie* à busca, mas não por muito tempo. Para que prolongar a agonia? Ela estava certa de que o nome iria aparecer, de qualquer forma. Apertou Enter e, enquanto via o pequeno círculo de espera girar e girar no alto da tela, as cólicas voltaram. Darcy correu para o banheiro, se sentou no vaso e fez o serviço com as mãos no rosto. Havia um espelho na parte de trás da porta, e ela não queria se ver. Por que aquele espelho estava ali mesmo? Por que ela havia *permitido* que ficasse lá? Quem iria querer ver o próprio reflexo sentado na privada? Até mesmo no melhor dos casos, o que aquele certamente não era.

Ela demorou a voltar ao computador, arrastando os pés como uma criança que sabe que será castigada por aprontar o que a mãe de Darcy chamava de *coisa muito feia.* Viu que o Google encontrara mais de cinco milhões de resultados para sua pesquisa: ó onipotente Google, tão generoso e tão terrível. Mas o primeiro link, na verdade, a fez rir. Era um convite para seguir Marjorie Duvall Beadie no Twitter. Darcy achou que poderia ignorar esse. A não ser que estivesse errada (e isso a deixaria bastante grata), a Marjorie que estava procurando fizera seu último tweet havia um bom tempo.

O segundo resultado veio do *Portland Press Herald,* e, quando Darcy clicou no link, a fotografia que a recebeu (como um tapa) foi a que se lembrava de ter visto na TV e provavelmente naquele mesmo artigo, já que o *Press Herald* era o jornal que liam naquela casa. A notícia havia sido publicada dez dias antes, e estava na primeira página. MU-

ESCURIDÃO TOTAL SEM ESTRELAS

LHER DE NEW HAMPSHIRE PODE TER SIDO A 11ª VÍTIMA DE "BEA-
DIE", dizia a manchete em letras garrafais. E logo abaixo: *Fonte policial
afirma: "Nós temos noventa por cento de certeza".*

Marjorie Duvall parecia muito mais bonita no jornal, uma foto de
estúdio em uma pose clássica, usando um vestido preto rodado. O cabelo estava solto e parecia bem mais claro naquela foto. Darcy se perguntou se havia sido o marido de Marjorie quem mandara a foto para o
jornal. Acreditava que sim. A imagem devia ficar sobre a lareira da casa
deles na Honey Lane, 17, ou talvez pendurada no hall. A bela anfitriã
dando boas-vindas aos convidados com seu eterno sorriso.

*Os homens preferem as louras porque só uma mulher burra ficaria com
um cara feio.*

Era uma das frases que Bob adorava dizer. Darcy nunca havia gostado muito dessa, e odiava ter pensado nela.

Marjorie Duvall tinha sido encontrada em uma ravina, a 10 quilômetros de sua casa em South Gansett, perto dos limites de North
Conway. O xerife especulou que a provável causa da morte era estrangu-
lamento, mas não podia afirmar com certeza; isso era trabalho do legista.
Ele se recusou a especular mais, ou a responder qualquer outra pergunta,
mas a fonte não identificada do repórter (cuja informação havia sido
pelo menos em parte validada por ser alguém "próximo à investigação")
disse que Duvall havia sido mordida e sexualmente molestada "de uma
maneira consistente com os outros assassinatos de Beadie".

E, com isso, a matéria passava para uma recapitulação completa dos
assassinatos anteriores. O primeiro tinha ocorrido em 1977. Depois acon-
teceram dois em 1978, outro em 1980, e então mais dois em 1981. Dois
dos assassinatos ocorreram em New Hampshire, dois em Massachusetts,
o quinto e o sexto em Vermont. Depois disso, houve um hiato de 16 anos.
A polícia concluiu, então, que uma destas três coisas devia ter acontecido:
Beadie havia se mudado para outra parte do país e continuava com seu
passatempo por lá; Beadie tinha sido preso por outro crime sem nenhuma
ligação com aqueles e estava na prisão; ou Beadie se matara. A única coisa
que *não era* provável, de acordo com um psiquiatra que o repórter consul-
tara para a matéria, era que Beadie tivesse simplesmente desistido daquilo.
"Esses caras não se entediam", disse o psiquiatra. "É o esporte deles, uma
compulsão. Mais do que isso, é sua vida secreta."

328

Vida secreta. Como isso era sugestivo.

A sexta vítima de Beadie tinha sido uma mulher de Barre, cujo corpo foi descoberto uma semana antes do Natal por um limpa-neve. *Mas que feriado os parentes dela devem ter passado*, pensou Darcy. Não que o seu Natal tivesse sido muito bom naquele ano. Sentindo-se sozinha longe de casa (algo que não confessaria para a mãe nem sob tortura), trabalhando em um emprego para o qual não tinha certeza de que era qualificada mesmo após 18 meses e um aumento, Darcy não estava nem um pouco no clima natalino. Tinha colegas (as garotas da margarita), mas nenhuma amiga de verdade. Ela não era muito boa em fazer amigos, nunca fora. Tímida era pouco, introvertida definia melhor sua personalidade.

Então Bob Anderson entrara em sua vida com um sorriso no rosto. O mesmo Bob que lhe chamara para sair e não aceitaria *não* como resposta. Isso menos de três meses depois que o limpa-neve encontrara o corpo da última vítima do "primeiro ciclo" de Beadie. Os dois se apaixonaram. E Beadie parara de atacar por 16 anos.

Por causa dela? Porque ele a amava? Porque queria parar de fazer *coisas muito feias*?

Ou era apenas uma coincidência. Podia ser isso.

Bela tentativa, mas os documentos que ela havia encontrado escondidos na garagem faziam qualquer coincidência parecer bem menos provável.

A sétima vítima de Beadie, a primeira do que o jornal chamou de "novo ciclo", tinha sido uma mulher de Waterville, no Maine, chamada Stacey Moore. O marido dela encontrara o corpo no porão, ao voltar de Boston, onde ele e dois amigos haviam ido assistir a alguns jogos do Red Sox. Isso acontecera em agosto de 1997. Sua cabeça tinha sido enfiada em uma tulha do milho-doce que os Moore vendiam em uma barraquinha à beira da rota 106. Ela estava nua, as mãos amarradas nas costas, as nádegas e coxas mordidas em dezenas de lugares.

Dois dias depois, a carteira de motorista e o cartão da Cruz Vermelha de Stacey Moore, presos por um elástico, haviam chegado a Augusta, endereçados em letras garrafais para o PORCURADOR JERAL ESTÚPIDO DO DPTO. DE INVESTIGAÇÃO CRINIMAL. Também havia um bilhete: OLÁ! ESTOU DE VOLTA! BEADIE!

ESCURIDÃO TOTAL SEM ESTRELAS

Os detetives encarregados do caso de Moore reconheceram imediatamente o padrão. Documentos similares — e bilhetinhos alegres similares — haviam sido entregues após cada um dos assassinatos anteriores. Beadie sabia quando suas vítimas estariam sozinhas. Ele as torturava, principalmente com mordidas, estuprava ou molestava sexualmente, então as matava e mandava seus documentos para alguma delegacia de polícia, semanas ou meses depois. Zombando deles.

Para se certificar de que receberia o crédito, pensou Darcy com tristeza.

Beadie fez mais uma vítima em 2004, e a nona e a décima em 2007. Estas últimas foram as piores, porque uma delas era uma criança. O filho de 10 anos da mulher havia sido liberado da escola mais cedo depois de reclamar de dor no estômago e, aparentemente, encontrou Beadie em ação. O corpo do menino fora descoberto com o de sua mãe em um riacho próximo. Quando os documentos da mulher — dois cartões de crédito e a carteira de motorista — chegaram à 7ª Delegacia Policial do Estado de Massachusetts, o bilhete dizia: OLÁ! O MENINO FOI UM ACIDENTE! DESCULPE! MAS FOI RÁPIDO, ELE NÃO "SOFREU"! BEADIE!

Havia muitos outros artigos que ela poderia ter acessado (ó onipotente Google), mas para quê? O doce sonho de mais uma noite comum em uma vida comum se transformara em um pesadelo. E por acaso ler mais sobre Beadie dissiparia o pesadelo? A resposta era óbvia.

Darcy sentiu o estômago embrulhar. Correu para o banheiro — que ainda cheirava mal, apesar do exaustor; geralmente era possível ignorar como a vida fedia, mas nem sempre — e caiu de joelhos em frente à privada, encarando a água azul com a boca aberta. Por um instante, achou que a ânsia de vômito passaria, então pensou em Stacey Moore com seu rosto negro e estrangulado enfiado no milho, as nádegas cobertas de sangue seco da cor de chocolate ao leite. Isso foi a gota d'água, e Darcy vomitou duas vezes, com força suficiente para que um pouco do desinfetante sanitário e de seu próprio eflúvio salpicasse seu rosto.

Então deu descarga, chorando e ainda meio engasgada. Teria que limpar o vaso, mas por ora apenas abaixou a tampa e repousou a bochecha corada no plástico bege e frio.

O que eu vou fazer?

UM BOM CASAMENTO

O passo óbvio seria informar a polícia, mas e se ela fizesse isso e tudo não passasse de um engano? Bob sempre fora o mais generoso e tolerante dos homens — quando ela batera a van antiga deles em uma árvore na saída do estacionamento dos correios e quebrou o para-brisa, a única preocupação do marido fora saber se ela havia cortado o rosto —, mas será que iria perdoá-la se ela o acusasse de 11 casos de tortura e assassinato que ele não havia cometido? O mundo todo também ficaria sabendo. Culpado ou inocente, sua foto estaria no jornal. Na primeira página. E a dela também.

Darcy se levantou com dificuldade, pegou a escova sanitária no armário do banheiro e limpou aquela sujeira. Fez tudo devagar. Suas costas doíam. Tinha vomitado com tanta força que achou que havia distendido um músculo.

Na metade do trabalho, Darcy se deu conta de mais uma coisa arrasadora. Os dois não seriam os únicos a sofrer com as especulações do jornal e a lavagem de roupa suja nos noticiários da TV a cabo 24 horas por dia. Precisava pensar nos seus filhos. Donnie e Ken tinham acabado de conseguir seus dois primeiros clientes, mas o banco e a concessionária de automóveis em busca de uma abordagem mais jovem desapareceriam três horas depois que toda aquela merda fosse à tona. A Anderson & Hayward, que havia começado a existir de fato naquele dia, estaria morta na manhã seguinte. Darcy não sabia quanto Ken Hayward investira, mas Donnie tinha apostado tudo. E não apenas dinheiro, mas as outras coisas que investimos quando decidimos seguir nosso próprio caminho: o coração, a mente, a autoestima.

E também havia Petra e Michael, que provavelmente naquele instante estavam fazendo mais planos para o casamento, sem saberem que um cofre de duas toneladas pendia sobre a cabeça dele, por uma corda frágil. Pets sempre idolatrara o pai. Como ela reagiria se descobrisse que as mãos que um dia a haviam empurrado no balanço do quintal eram as mesmas que tinham estrangulado 11 mulheres? Que os lábios que a haviam beijado para desejar boa noite escondiam dentes que tinham mordido 11 mulheres, em alguns casos até o osso?

Sentada na frente do computador de novo, uma terrível manchete de jornal surgiu na mente de Darcy, acompanhada por uma fotografia de Bob com seu lenço no pescoço, a bermuda cáqui ridícula e as meias longas. Era tão evidente que parecia já ter sido publicada:

ASSASSINO EM SÉRIE "BEADIE"
LIDEROU ESCOTEIROS POR 17 ANOS

Darcy levou uma das mãos à boca. Sentia os olhos pulsando nas órbitas. A ideia de se suicidar brotou em sua mente e, por alguns instantes (bem longos), aquilo lhe pareceu completamente racional, a única solução razoável. Ela poderia deixar um bilhete dizendo que havia feito isso porque temia estar com câncer. Ou por ter notado um princípio precoce de Alzheimer, isso era ainda melhor. Mas o suicídio também projetava uma sombra de tristeza sobre a família. E se ela estivesse errada? E se Bob tivesse apenas encontrado aqueles documentos à beira da estrada, ou coisa assim?

Você sabe como isso é improvável?, zombou a Darcy Esperta.

Tudo bem, mas improvável não era o mesmo que impossível, certo? Havia outra coisa também, algo que tornava a prisão em que se encontrava à prova de fuga: e se ela estivesse certa? Sua morte não permitiria que Bob matasse mais, já que ele não precisaria se preocupar tanto com sua vida dupla? Darcy não tinha certeza de que acreditava em uma existência consciente após a morte, mas e se houvesse uma? E se na pós-vida ela fosse obrigada a existir não em jardins verdes paradisíacos cercados por rios de fartura, mas em meio a um comitê de recepção horripilante formado por mulheres estranguladas e marcadas pelos dentes de seu marido, todas acusando Darcy de ser a causadora de suas mortes por optar pela saída mais fácil? E se ignorasse o que havia descoberto (se é que tal coisa fosse mesmo possível, o que ela não acreditava nem por um minuto), a acusação não seria verdadeira? Ela realmente acreditava que poderia condenar mais mulheres a mortes horríveis para que sua filha pudesse ter um casamento dos sonhos?

Darcy pensou: *Eu queria estar morta.*

Mas não estava.

Pela primeira vez em anos, Darcy Madsen Anderson se levantou da cadeira e se pôs de joelhos para suplicar. Não adiantou. Exceto por ela, a casa estava vazia.

UM BOM CASAMENTO

7

Darcy nunca havia mantido diários, mas tinha agendas de dez anos antes guardadas no fundo de seu espaçoso baú de costura. E décadas de registros das viagens de Bob enfurnados em uma das gavetas de arquivo no armário do escritório. Como contador (e com seu próprio negócio paralelo para cuidar), ele era meticuloso quando se tratava de manter registros, anotando cada dedução, crédito fiscal e centavo de desvalorização do carro que podia.

Darcy empilhou as pastas dele ao lado do computador, junto com suas agendas. Abriu o Google e se obrigou a fazer a busca que precisava, anotando os nomes e as datas das mortes (algumas aproximadas) das vítimas de Beadie. Então, quando o relógio digital na barra de ferramentas do computador começou a se afastar silenciosamente das dez da noite, ela começou o cansativo trabalho de cruzar as informações.

Ela teria dado 12 anos de sua vida para achar alguma coisa que pudesse eliminar incontestavelmente a chance de ele ter cometido pelo menos um dos assassinatos, mas as agendas só pioraram as coisas. Kellie Gervais, de Keene, New Hampshire, havia sido encontrada no bosque atrás do aterro sanitário local no dia 15 de março de 2004. De acordo com o legista, ela já estava morta havia uns três, ou talvez cinco, dias. Darcy viu uma anotação rabiscada em sua agenda de 2004, do dia 10 até 12 de março, dizendo: *Bob foi ver Fitzwilliam, Brat*. George Fitzwilliam era um cliente rico da Benson, Bacon & Anderson. *Brat* era a abreviação de Brattleboro, onde Fitzwilliam morava. Uma viagem rápida para quem vinha de Keene, New Hampshire.

Helen Shaverstone e seu filho Robert haviam sido encontrados no riacho Newrie, na cidade de Amesbury, no dia 11 de novembro de 2007. Eles moravam em Tassel Village, a uns 20 quilômetros de distância. Na página de novembro da agenda de 2007, Darcy havia desenhado uma linha cruzando do dia 8 até o dia 9 e anotado *Bob em Saugus, 2 feiras + leilão de moedas em Boston*. E, por acaso, ela se lembrava de ter ligado para o hotel dele em Saugus em uma dessas noites e não ter sido atendida. E de ter achado que ele estava fora até tarde com algum vendedor de moedas, em busca de potenciais clientes, ou talvez no chuveiro. Ela *parecia* se lembrar disso. Se fosse o caso, será que, na verdade,

ESCURIDÃO TOTAL SEM ESTRELAS

Bob estivera na estrada naquele dia? Talvez voltando de algum compromisso (uma pequena entrega) na cidade de Amesbury? Ou, se ele *estivesse* no chuveiro, o que diabos estava limpando?

Darcy, então, começou a examinar os registros de viagem e comprovantes de despesa de Bob enquanto o relógio na barra de ferramentas passava pelas 11 e começava a seguir em direção à meia-noite, a hora das bruxas, quando alguns dizem que os cemitérios despertam. Trabalhou com cuidado e parou várias vezes para conferir os dados novamente. Não havia muito material útil sobre o final dos anos 1970 — Bob não viajava tanto naquela época —, mas tudo dos anos 1980 estava lá, e as correlações que ela encontrou com os assassinatos de Beadie em 1980 e 1981 eram claras e inegáveis. Ele estava viajando nas épocas certas e pelas áreas certas. E, como insistia a Darcy Esperta, quando alguém encontra muito pelo de gato na casa de uma pessoa, pode ter certeza de que há um felino se escondendo em algum lugar.

Então o que eu faço agora?

A resposta parecia ser levar sua cabeça confusa e assustada para o quarto. Ela duvidava que conseguisse dormir, mas pelo menos poderia tomar um banho quente e deitar um pouco. Estava exausta, suas costas doíam por causa do vômito, e ela fedia a suor.

Desligou o computador e subiu para o segundo andar, arrastando os pés. O chuveiro aliviou um pouco a dor nas costas e uns dois comprimidos de Tylenol aliviariam mais, mas só lá pelas duas da manhã. Tinha certeza de que estaria acordada para descobrir. Quando guardou o Tylenol de volta no armário, pegou um frasco de remédio para insônia, segurou-o por quase um minuto inteiro, então o guardou também. Ele não a faria dormir, apenas a deixaria grogue e — talvez — mais paranoica do que já estava.

Darcy se deitou e olhou para a mesa de cabeceira do outro lado da cama. O relógio de Bob. Os óculos de leitura extras de Bob. Um exemplar de um livro chamado *A cabana. Você deveria ler isso, Darcy, vai mudar sua vida*, dissera ele duas ou três noites antes dessa última viagem.

Darcy desligou a luz do abajur, viu Stacey Moore enfiada na tulha de milho e o acendeu de novo. Na maioria das noites, a escuridão era sua amiga — o gentil arauto do sono —, mas não naquela. Naquela noite, a escuridão era habitada pelo harém de Bob.

UM BOM CASAMENTO

Você não tem certeza disso. Lembre-se de que você não tem certeza absoluta disso.

Mas quando alguém encontra muito pelo de gato...

Já chega dessa história de pelos de gato também.

Darcy ficou lá deitada, bem mais acordada do que temera, a mente dando voltas e mais voltas, ora pensando nas vítimas, ora pensando em seus filhos, ora em si mesma, e até em uma história da Bíblia havia muito esquecida sobre Jesus rezando no Jardim de Getsêmani. Ela olhou para o relógio de Bob depois do que parecia ter sido uma hora inteira vivenciando aquele círculo terrível de preocupação e viu que só haviam se passado 12 minutos. Então se apoiou em um cotovelo e virou o relógio para a janela.

Ele só estará em casa amanhã às seis da noite, pensou ela... Embora, como era 0h15, Darcy achasse que, tecnicamente, ele estaria em casa naquela noite. Ainda assim, isso lhe dava dezoito horas. Com certeza bastante tempo para tomar alguma decisão. Ajudaria se ela conseguisse dormir, mesmo que fosse pouco — o sono tinha um jeito de renovar a mente —, mas isso estava fora de questão. Ela cochilaria por alguns minutos, mas acabaria pensando em *Marjorie Duvall,* ou *Stacey Moore,* ou (e este era o pior) *Robert Shaverstone, de 10 anos de idade.* ELE NÃO "SOFREU"! E então qualquer possibilidade de sono iria embora outra vez. A ideia de que nunca mais conseguiria dormir de novo passou pela sua mente. Isso era impossível, é claro, mas deitada ali, com o gosto do vômito ainda na boca, apesar do antisséptico bucal que havia usado, parecia completamente plausível.

A certa altura, Darcy se pegou pensando no ano em que, durante a infância, ela andava pela casa se olhando nos espelhos. Ficava parada na frente deles com as mãos envolvendo as laterais do rosto e o nariz tocando o vidro, mas prendendo a respiração para não embaçar a superfície.

Quando sua mãe a flagrava, lhe dava um safanão para ela sair dali. *Isso deixa manchas, e eu que tenho que limpar. E, de qualquer forma, por que está tão interessada em si mesma? Você nunca vai ser conhecida por sua beleza. E por que está tão perto? Não dá para ver nada olhando a essa distância.*

Quantos anos tinha na época? Quatro? Cinco? Jovem demais para explicar que não era em seu reflexo que estava interessada — ou não principalmente. Darcy acreditava que os espelhos eram portais para outro mundo, e que o que via refletido não era a sala de estar ou o banheiro *deles*, mas a sala de estar ou o banheiro de outra família. Os Matson em vez dos Madsen, talvez. Porque a imagem do outro lado do espelho era *parecida*, mas não *idêntica*, e, se Darcy olhasse bastante, conseguia notar algumas diferenças: um tapete que parecia ser oval lá e não redondo como ali, uma porta que parecia ter um trinco, em vez de um ferrolho, um interruptor que estava do lado errado da porta. A menininha também não era a mesma. Ela estava certa de que eram parentes — irmãs de espelho? —, mas não, não a mesma. Em vez de Darcellen Madsen, aquela garotinha podia se chamar Jane, Sandra ou até mesmo Eleanor Rigby, que, por alguma razão (alguma razão *assustadora*), catava o arroz das igrejas onde aconteciam casamentos.

Deitada sob a luz do abajur apoiado na mesa de cabeceira, cochilando sem perceber, Darcy pensou que se *tivesse* conseguido contar à mãe o que procurava, se houvesse explicado sobre a Garota Sombria que não era bem ela, talvez tivesse feito algumas visitas a um psiquiatra infantil. Mas não era a garota que a interessava, nunca havia sido a garota. O que a interessava era a ideia de que havia um mundo inteiro atrás dos espelhos e, se conseguisse passar para aquela outra casa (a Casa Sombria) e sair pela porta, o restante daquele mundo estaria à espera dela.

É claro que Darcy esquecera essa ideia e, auxiliada por uma nova boneca (que ela chamara de sra. Butterworth, em homenagem à sua calda de panqueca favorita) e uma nova casa de bonecas, ela havia passado a ter fantasias mais aceitáveis de menininha: cozinhar, limpar, fazer compras, chamar a atenção do bebê, se arrumar para jantar. Agora, após todos esses anos, ela finalmente havia encontrado o caminho através do espelho. Só que não havia nenhuma garotinha esperando na Casa Sombria. Em vez disso, havia um Marido Sombrio, alguém que estivera vivendo atrás do espelho o tempo todo, e fazendo coisas terríveis por lá.

Algo bom por um preço justo, Bob gostava de dizer — o lema perfeito para um contador.

Firme e respirando — uma resposta para a pergunta *como vai* que cada criança em cada turma de escoteiros que ele já havia levado pela Trilha do Morto conhecia bem. Uma resposta que, sem dúvida, alguns daqueles garotos ainda repetiam na idade adulta.

Os homens preferem as louras, não se esqueça disso. Porque só uma mulher burra...

Mas então o sono embalou Darcy e, embora esse enfermeiro gentil não pudesse carregá-la para longe, as rugas em sua testa e nos cantos de seus olhos vermelhos e inchados suavizaram um pouco. Ela estava próxima o bastante da consciência para se agitar na cama quando o marido estacionou na entrada da garagem, mas não o bastante para despertar. Poderia até ter acordado se os faróis do Suburban tivessem iluminado o teto, mas Bob desligara o farol no fim do quarteirão para não acordá-la.

8

Um gato acariciava sua bochecha com uma pata aveludada. Bem leve, mas com insistência.

Darcy tentou afastá-lo, mas sua mão parecia pesar uns 500 quilos. E era um sonho, de qualquer forma — tinha que ser. Eles não tinham gato. *Mas quando alguém encontra muito pelo de gato pela casa, deve haver um escondido em algum lugar*, disse sua mente, que lutava para acordar, de maneira bastante lógica.

Agora a pata acariciava sua franja e sua testa, e não podia ser um gato, porque gatos não falam.

— Acorde, Darce. Acorde, querida. Precisamos conversar.

A voz, tão suave e reconfortante quanto o toque. A voz de Bob. E não era uma pata de gato, mas a mão dele. A mão de Bob. Só que não podia ser, porque ele estava em Montp...

Seus olhos se abriram, e lá estava ele, sentado a seu lado na cama, acariciando seu rosto e seu cabelo como às vezes fazia quando ela estava se sentindo indisposta. O marido estava usando um terno de três peças da Jos. A. Bank (loja onde comprava todos os ternos e cujo apelido — outra de suas gracinhas — era "Joss-Bank"), mas o colete estava desabotoado e o colarinho, aberto. Ela via a ponta de sua gravata saindo do bolso do paletó como uma língua vermelha. A barriga dele pendia sobre o cinto, e o primeiro pensamento coerente de Darcy foi: *Você realmente precisa fazer alguma coisa com relação ao seu peso, Bobby, isso não é bom para seu coração.*

ESCURIDÃO TOTAL SEM ESTRELAS

— O qu... — O som saiu de sua boca como um grasnado quase incompreensível.

Ele sorriu e continuou a acariciar seu cabelo, sua bochecha, sua nuca. Ela limpou a garganta e tentou de novo.

— O que você está fazendo aqui, Bobby? Devem ser...

Ela levantou a cabeça para olhar para o relógio, o que, é claro, não adiantou nada. O relógio estava virado para a parede.

Bob olhou para o relógio de pulso. Abriu um sorriso quando a acordou com carícias, e ainda estava sorrindo.

— Quinze para as três. Fiquei sentado na droga do meu quarto de hotel velho por quase duas horas depois que conversamos, tentando me convencer de que o que eu estava pensando não poderia ser verdade. Só que não cheguei aonde estou fugindo da verdade. Então entrei no 'Burban e peguei a estrada. Não havia muito trânsito. Não sei por que não viajo mais de madrugada. Talvez eu passe a fazer mais isso. Se eu não for para Shawshank, é claro. Ou para a Prisão Estadual de New Hampshire, em Concord. Mas isso só depende de você, não é?

A mão dele, acariciando o rosto de Darcy. A sensação era familiar, até o cheiro era familiar, e ela sempre adorou isso. Mas não mais, e a razão não era só a descoberta terrível daquela noite. Como ela nunca percebera como aquele carinho era condescendente e possessivo? *Você é uma cadela velha, mas é a* minha *cadela velha*, parecia dizer aquele toque agora. *Só que você mijou no chão enquanto eu estava fora, e isso é uma coisa feia. Na verdade, é uma coisa muito feia.*

Ela empurrou a mão dele e se sentou.

— Do que em nome de Deus você está falando? Você chega de fininho, me acorda...

— Sim, você estava dormindo com a luz acesa... vi assim que virei na entrada da garagem.

Não havia culpa em seu sorriso. Nada sinistro também. Era o mesmo sorriso doce de Bob Anderson que ela amara quase desde a primeira vez que o vira. Por um instante, Darcy se lembrou de como ele fora gentil na noite de núpcias, sem apressá-la. Dando-lhe tempo para se acostumar com a novidade.

Que é o que ele vai fazer agora, pensou ela.

— Você nunca dorme com a luz acesa, Darce. E, embora esteja de camisola, ainda está de sutiã, o que também nunca faz. Você simplesmente se esqueceu de tirá-lo, não foi? Pobre querida. Pobrezinha, tão cansada.

Por um momento, ele tocou seus seios, e então, felizmente, tirou a mão.

— Além disso, você virou meu relógio para não precisar ver as horas. Estava nervosa, e eu sou o culpado. Sinto muito, Darce. Do fundo do meu coração.

— Eu comi alguma coisa que me fez mal. — Foi tudo em que ela conseguiu pensar.

Ele sorriu pacientemente.

— Você encontrou o meu esconderijo especial na garagem.

— Não sei do que você está falando.

— Ah, você fez um bom trabalho colocando tudo de volta no lugar em que encontrou, mas sou muito cuidadoso com essas coisas, e o pedaço de fita adesiva que eu havia colado sobre aquele trecho do rodapé estava rasgado. Você não percebeu isso, não é? E por que perceberia? É o tipo de fita que fica quase invisível quando grudada. Além disso, a caixa lá dentro estava uns 3 ou 4 centímetros à esquerda de onde eu a havia colocado... de onde sempre a coloco.

Ele estendeu a mão para acariciar o rosto de Darcy de novo, e então a recolheu (aparentemente sem rancor) quando ela virou a cara.

— Bobby, sei que você está cismado com alguma coisa, mas, sinceramente, não sei o que é. Talvez esteja trabalhando demais.

Bob curvou a boca e fez um *beicinho*, e seus olhos se encheram de lágrimas. Incrível. Ela teve que se controlar para não sentir pena dele. As emoções eram apenas outro costume humano, ao que parecia, tão condicionadas quanto qualquer outro.

— Acho que sempre soube que este dia chegaria.

— Não tenho a mínima ideia do que você está falando.

Ele suspirou.

— Tive uma longa viagem de carro para pensar nisso, querida. E quanto mais eu pensava, quanto mais me concentrava, mais parecia que só havia de fato uma pergunta que precisava de resposta: OQDF.

— Eu não...

— Shh — fez ele, tocando gentilmente os lábios dela com o dedo. Ela sentia o cheiro de sabão. Ele devia ter tomado banho antes de sair do hotel, uma coisa típica de Bob. — Eu vou lhe contar tudo. Vou abrir o jogo. Acho que, lá no fundo, sempre quis que você soubesse.

Ele sempre quisera que ela soubesse? Meu Deus. Coisas piores ainda deviam estar por vir, mas aquela, com certeza, era a mais terrível de todas até o momento.

— Eu *não quero* saber. Seja lá o que você tenha aí na sua cabeça, eu *não quero* saber.

— Eu vejo uma resposta diferente nos seus olhos, querida, e fiquei muito bom em ler os olhos das mulheres. Me tornei um especialista. OQDF quer dizer O Que Darcy Faria. Neste caso, O Que Darcy Faria se encontrasse meu esconderijo especial, e o que há dentro da minha caixa especial. Sempre amei aquela caixa, a propósito, porque foi um presente seu.

Ele se inclinou para a frente e lhe deu um beijo rápido entre as sobrancelhas. Os lábios dele estavam úmidos. Pela primeira vez em sua vida, aquele toque na pele de Darcy lhe causou aversão, e então lhe ocorreu que poderia estar morta antes que o sol nascesse. Porque mulheres mortas não falam. *Embora ele vá garantir que eu não "sofra"*, pensou ela.

— Primeiro, me perguntei se o nome Marjorie Duvall a faria se lembrar de alguma coisa. Eu gostaria de ter respondido a essa questão com um grande não, mas, às vezes, um cara tem que ser realista. Você não é a maior viciada em noticiários do planeta, mas já vivemos juntos tempo o bastante para eu saber que acompanha as notícias principais da TV e do jornal. Imaginei que você se lembraria do nome, ou, se não, que poderia reconhecer a foto na carteira de motorista. Além disso, pensei, ela não ficará curiosa em saber por que estou com esses documentos? As mulheres são sempre curiosas. Veja só Pandora.

Ou a esposa do Barba Azul, pensou Darcy. *A mulher que espiou o quarto trancado e encontrou a cabeça cortada de todas as ex-esposas dele.*

— Bob, juro que não tenho ideia do que você está fal...

— Então a primeira coisa que fiz quando voltei foi ligar seu computador, abrir o Firefox, que é o navegador que você sempre usa, e checar o histórico.

— Checar o quê?

UM BOM CASAMENTO

Ele riu como se ela tivesse dito algo muito espirituoso.

— Você nem mesmo sabe. Achei que não saberia, porque, toda vez que eu olho, está tudo lá. Você *nunca* o limpa!

Bob riu de novo, como faz um homem quando a esposa age de um jeito que ele acha particularmente gracioso.

Darcy sentiu os primeiros sinais de raiva. O que, provavelmente, era algo absurdo, dadas as circunstâncias, mas estava lá.

— Você fica fuxicando meu *computador*? Seu enxerido! Seu enxerido desgraçado!

— É *claro* que sim. Eu tenho um amigo muito mau que faz coisas muito más. Um homem nesse tipo de situação precisa saber o que se passa com as pessoas mais próximas. Desde que as crianças saíram de casa, tem sido você e somente você.

Amigo mau? Um amigo mau que faz coisas más? A cabeça de Darcy girava, mas uma coisa estava bastante clara: continuar a negar seria inútil. Ela sabia, e ele sabia que ela sabia.

— E você não esteve só pesquisando sobre Marjorie Duvall — disse Bob, e Darcy não notou vergonha nem tom defensivo em sua voz. Ele parecia apenas lamentar profundamente que as coisas tivessem acontecido daquela maneira. — Você andou pesquisando sobre todas elas. — Então riu e disse: — Ooops!

Darcy se recostou na cabeceira da cama, o que a afastou um pouco dele. E isso era bom. Manter distância era bom. Durante todos aqueles anos ela havia dormido ao seu lado, quadril com quadril, coxa com coxa, e agora a distância era algo bom.

— Que amigo mau? Do que você está falando?

Ele inclinou a cabeça, o jeito de Bob dizer *acho você burra, mas de uma maneira divertida*.

— Brian.

A princípio, ela não teve ideia de sobre quem ele estava falando e achou que devia ser alguém do trabalho. Talvez um cúmplice? Não parecia muito provável. Darcy sabia que Bob tinha tanta dificuldade para fazer amigos quanto ela, mas homens capazes de fazer aquele tipo de coisa às vezes tinham cúmplices. Afinal, os lobos caçam em bando.

— Brian Delahanty — disse ele. — Não me diga que se esqueceu de Brian. Eu lhe contei tudo sobre ele depois que você me disse o que aconteceu com Brandolyn.

341

O queixo dela caiu.

— Seu amigo da escola? Bob, ele está morto! Ele foi atropelado por um caminhão enquanto corria atrás de uma bola de beisebol, e está *morto*.

— Bem... — Bob abriu um sorriso culpado. — Sim... e não. Eu quase sempre me refiro a ele como Brian quando falo dele com você, mas não era assim que eu o chamava na época da escola, porque ele odiava esse nome. Eu o chamava por suas iniciais. Eu o chamava de BD.

Ela começou a perguntar o que uma coisa tinha a ver com a outra, mas então entendeu. É claro. BD.

Beadie.

9

Bob falou por muito tempo e, quanto mais ele falava, mais horrorizada Darcy ficava. Vivera todos aqueles anos com um louco, mas como poderia saber? A insanidade dele era como um mar subterrâneo: havia uma camada de rocha sobre ela, e uma camada de terra sobre a rocha; e flores cresciam ali. Você poderia passear por aquele lugar sem nunca saber que as águas insanas estavam lá... mas estavam. Sempre estiveram. Bob culpava BD (que se tornara Beadie apenas alguns anos depois, nos bilhetes para a polícia) por tudo, mas Darcy desconfiava que não era bem isso. Culpar Brian Delahanty apenas tornava mais fácil para ele manter suas duas vidas separadas.

Tinha sido ideia de BD, por exemplo, levar armas para a escola e orquestrar uma matança. De acordo com Bob, a inspiração tinha surgido no verão entre o primeiro e o segundo ano deles na Castle Rock High School.

— Em 1971 — disse ele, balançando a cabeça de forma bem-humorada, como um homem que se lembra de alguma travessura inofensiva da infância. — Muito antes de aqueles idiotas de Columbine serem um mero brilho nos olhos de seus pais. Havia umas garotas lá que nos esnobavam. Diane Ramadge, Laurie Swenson, Gloria Haggerty... Tinham algumas outras também, mas não me lembro dos nomes. O plano era pegar um monte de armas e levá-las para a escola. O pai de Brian tinha uns vinte rifles e pistolas no porão, incluindo duas Lugers alemãs da Segunda Guerra Mundial que nos *fascinavam*. Eles não revistavam os alunos nem usavam detectores de metal naquela época, sabe.

"Nós íamos montar uma barricada na ala de ciências. Trancaríamos as portas com correntes, mataríamos algumas pessoas, a maior parte professores, mas também uns caras de quem não gostávamos, e então levaríamos o resto dos alunos para fora pela saída de emergência no fim do corredor. Bem... *a maioria* deles. Nós manteríamos as garotas que esnobavam a gente como reféns. A gente planejou, ou melhor, *BD* planejou fazer tudo isso antes que os tiras chegassem, certo? Ele desenhou mapas e mantinha um esquema do plano que teríamos que seguir no seu caderno de geometria. Acho que devia haver uns vinte passos ao todo, e o primeiro era 'Ativar o alarme de incêndio para criar confusão'." Ele riu. "E depois que tivéssemos trancado o lugar..."

Bob abriu um sorriso um pouco envergonhado, mas Darcy achou que a coisa de que ele mais se envergonhava era ver quanto aquele plano soava idiota.

— Bem, acho que você pode imaginar. Dois adolescentes com tantos hormônios nas ideias que subíamos pelas paredes. Iríamos dizer àquelas garotas que se elas, você sabe, fodessem a gente bem gostoso, nós as deixaríamos ir embora. E que, se não fizessem isso, teríamos que matá-las. E elas abririam as pernas, pode acreditar. — Ele balançou a cabeça devagar, assentindo. — Abririam as pernas para sobreviver. BD estava certo.

Ele estava perdido naquela história. Seus olhos pareciam enevoados de nostalgia (grotesca, porém verdadeira). Pelo quê? Pelos sonhos loucos da juventude? Darcy tinha medo de que, na verdade, pudesse ser exatamente isso.

— Também não planejávamos nos matar como aqueles babacas desgraçados do Colorado. Sem chance. Havia um porão sob a ala de ciências, e Brian disse que tinha um túnel lá embaixo, que ia do almoxarifado até o antigo corpo de bombeiros, do outro lado da rota 119. Brian me contou que, quando a Castle Rock High School era apenas uma escola primária, nos anos 1950, havia um parque por aqueles lados, onde as criancinhas costumavam brincar no recreio. O túnel servia para eles poderem chegar ao parque sem ter que cruzar a estrada.

ESCURIDÃO TOTAL SEM ESTRELAS

Bob riu, fazendo-a pular de susto.

— Eu acreditava em tudo o que ele dizia, mas acabou que BD era um grande mentiroso. Desci lá no outono seguinte para dar uma olhada. O almoxarifado estava lá, cheio de papéis e fedendo a tinta de mimeógrafo, mas, se havia um túnel, eu *nunca* o encontrei, e mesmo naquela época eu era muito meticuloso. Não sei se ele estava mentindo para nós dois ou apenas para si mesmo, só sei que o túnel não existia. Ficaríamos presos lá em cima e, quem sabe, acabaríamos nos matando mesmo. É difícil dizer o que garotos de 14 anos podem fazer, não é? Eles são como bombas prestes a explodir a qualquer segundo.

Mas você já explodiu, pensou Darcy. *Não é, Bob?*

— A gente provavelmente teria se acovardado, de qualquer jeito. Mas talvez não. Talvez tivéssemos tentado levar a cabo os nossos planos. BD me deixou todo animado, falando sobre como nós iríamos tocar as meninas primeiro, e então fazê-las tirarem as roupas umas das outras... — Ele olhou para Darcy com o rosto sério. — Sim, sei que isso soa apenas como fantasias punheteiras de garotos, mas aquelas meninas eram *mesmo* esnobes. Quando tentávamos falar com elas, riam e saíam de perto. Depois se juntavam em um canto do refeitório, olhando para nós e rindo ainda mais. Então você não pode nos culpar de verdade, não é?

Bob olhou para os dedos, que batiam sem parar nas coxas cobertas pela calça social, e depois de volta para Darcy.

— O que você precisa entender, o que realmente tem que perceber, é como Brian era persuasivo. Ele era bem pior do que eu. Era *muito* maluco. E lembre-se de que naquela época o país inteiro estava se rebelando, e isso fez parte da coisa toda também.

Duvido muito, pensou Darcy.

A coisa mais incrível era como Bob fazia aquilo tudo soar quase normal, como se as fantasias sexuais de qualquer adolescente envolvessem estupro e assassinato. Ele provavelmente acreditava nisso, como também acreditara no mítico túnel de fuga de Brian Delahanty. Ou será que não? Como ela poderia saber? Afinal, ela estava ouvindo as lembranças de um lunático. Só era difícil de acreditar (ainda!) que o lunático era Bob. Seu Bob.

— De qualquer forma, isso nunca aconteceu — continuou ele, dando de ombros. — Foi nesse verão que Brian atravessou a estrada e

344

morreu. Houve uma recepção na casa dele depois do funeral, e a mãe dele disse que eu podia subir até o quarto dele e pegar alguma coisa, se eu quisesse. Como uma lembrança, sabe. E eu queria! Pode apostar que sim! Peguei seu caderno de geometria, para que ninguém o folheasse e desse de cara com seus planos para A Grande Festa do Tiroteio e da Putaria de Castle Rock. Era assim que ele o chamava, sabe.

Bob riu com melancolia.

— Se eu fosse uma pessoa religiosa, diria que Deus me salvou de mim mesmo. E, quem sabe, talvez exista Algo... algum Destino... que tem seus próprios planos para nós.

— E seu Destino é torturar e matar mulheres? — perguntou Darcy. Ela não conseguiu se segurar.

Ele olhou para ela com uma expressão reprovadora.

— Elas eram esnobes — disse Bob, e levantou um dedo, como se fosse um professor. — E também não fui eu. Foi Beadie quem fez essas coisas... E eu disse *fez* por uma razão, Darce. Eu disse *fez*, e não *faz*, porque tudo aquilo, para mim, ficou para trás.

— Bob... seu amigo BD está morto. Está morto há quase quarenta anos. Você deve saber disso. Quer dizer, em algum nível você *deve* saber.

Ele colocou as mãos para cima: um gesto bem-humorado de rendição.

— Você quer chamar isso de escapismo? É isso o que um psiquiatra diria, eu suponho, e tudo bem se chamar. Mas, Darcy, ouça! — Ele se curvou para a frente e pôs um dedo na testa dela, entre as sobrancelhas. — Ouça e coloque isso na sua cabeça. *Foi* o Brian. Ele me contaminou com... bem, certas ideias, vamos dizer assim. E quando certas ideias entram na cabeça, é difícil tirá-las. É difícil...

— Colocar a pasta de dente de volta no tubo?

Ele bateu palma, quase a fazendo gritar.

— *Exatamente isso!* É difícil colocar a pasta de dente de volta no tubo. Brian estava morto, mas suas ideias continuaram vivas. Aquelas ideias... pegar algumas mulheres e fazer certas coisas com elas, qualquer que fosse a ideia maluca que passasse pela nossa cabeça.... Aquelas ideias se tornaram o fantasma dele — concluiu Bob, desviando o olhar para algum ponto acima e mais à esquerda.

Darcy havia lido em algum lugar que as pessoas faziam isso quando contavam uma mentira deliberada. Mas importava mesmo se Bob estivesse mentindo? Ou para qual deles estava mentindo? Ela achava que não.

— Não vou entrar em detalhes — disse ele. — Não é coisa para uma mulher amorosa como você ouvir, e, goste ou não, e sei que no momento não, você ainda é o meu amor. Mas você precisa saber que lutei contra isso. Por sete anos, lutei contra isso, mas aquelas ideias, as ideias do *Brian*, continuavam a crescer na minha mente. Até que finalmente eu disse a mim mesmo: "Vou experimentar uma vez, só para tirar isso da cabeça. Para tirar *Brian* da cabeça. Se eu for pego, tudo bem... Pelo menos assim vou parar de pensar nisso. *Refletir* sobre isso. Sobre como seria".

— Você está me dizendo que foi só uma curiosidade masculina — disse Darcy, entorpecida.

— Bem, sim. Acho que se pode dizer isso.

— Ou como experimentar maconha para descobrir por que falam tanto disso.

Ele deu de ombros modestamente, de um jeito meio infantil.

— Tipo isso.

— Não foi uma curiosidade, Bobby. Não foi como experimentar maconha. Você *tirou a vida dessas mulheres*.

Darcy não havia notado nenhuma culpa ou vergonha durante a conversa — o marido parecia incapaz de sentir essas coisas, como se o disjuntor que controlava aqueles sentimentos tivesse queimado, talvez até antes de ele nascer —, mas agora Bob olhava para Darcy com um ar irritado, como se achasse que ela havia sido injusta. Um olhar de você--não-me-entende típico dos adolescentes.

— Darcy, elas eram *esnobes*.

Ela queria um copo d'água, mas estava com medo de se levantar e ir até o banheiro. Tinha medo de que ele tentasse detê-la, e o que aconteceria depois? O quê?

— Além disso, eu não achava que seria pego — continuou ele. — Não se fosse cuidadoso e traçasse um plano. Não era um plano imaturo de um garoto excitado de 14 anos, sabe, mas um realista. E percebi outra coisa também. Não poderia ser eu. Mesmo que não estragasse tudo com o meu nervosismo, a culpa me entregaria. Porque eu era um dos mocinhos. Era assim que eu me via e, acredite ou não, ainda me vejo. E eu tenho provas, não é? Um bom lar, uma boa esposa, dois lindos filhos que já estão crescidos e começando a própria vida. E eu recompenso a comunidade. Foi por isso que trabalhei como Tesoureiro da Cidade por dois anos de graça. É por isso que todo ano ajudo Vinnie Eschler com a campanha de doação de sangue no Dia das Bruxas.

Você deveria ter pedido a Marjorie Duvall para doar, pensou Darcy. *Ela era A positivo.*

Então, estufando um pouco o peito, como se pronto para encerrar seu discurso com um argumento irrefutável, Bob disse:

— É por isso que continuo nos Escoteiros. Você achava que eu iria sair quando Donnie passasse para a turma avançada, sei que sim. Só que eu não saí. Porque não é só por causa dele, nunca foi. É por causa da comunidade. É uma questão de contribuir, dar um pouco de volta.

— Então dê a Marjorie Duvall sua vida de volta. Ou a Stacey Moore. Ou a Robert Shaverstone.

O último nome conseguiu atingi-lo. Bob se encolheu como se Darcy tivesse lhe dado um tapa.

— O garoto foi um acidente. Ele não deveria estar lá.

— Mas você estar lá não foi um acidente?

— Não era *eu* — afirmou ele, e então acrescentou o absurdo surreal definitivo: — Eu não sou adúltero. Foi o BD. É sempre o BD. Foi ele quem colocou aquelas ideias na minha cabeça, em primeiro lugar. Eu nunca teria pensado nelas sozinho. Assinei os meus bilhetes para a polícia com o nome dele só para deixar isso claro. E mudei a grafia, porque eu o chamei de BD algumas vezes quando lhe contei sobre ele pela primeira vez. Você pode até não se lembrar, mas é verdade.

Ela estava impressionada em ver até que ponto ia a obsessão de Bob. Não era à toa que ele não havia sido preso. Se não tivesse batido com o pé naquela maldita caixa...

— Nenhuma delas tinha qualquer relação comigo ou com meus dois negócios. Isso seria muito ruim. Muito perigoso. Mas eu viajo muito, e fico de olho. BD, o BD interior, também. Ficamos procurando as esnobes. Essas são fáceis de reconhecer. Elas usam saias muito curtas e mostram as alças do sutiã de propósito. Elas seduzem os homens. Aquela Stacey Moore, por exemplo. Você leu sobre ela, tenho certeza. Era casada, mas isso não a impediu de esfregar os peitos em mim. Ela trabalhava como garçonete em uma cafeteria, a Sunnyside, em Waterville. Eu ia até lá por causa da loja Moedas do Mickleson, lembra? Você até me acompanhou algumas vezes, quando Pets estava na Colby. Isso foi antes de George Mickleson morrer e o filho vender toda a sua coleção para ir para a Nova Zelândia ou outro lugar qualquer. Aquela mulher estava *sempre dando em cima de mim*, Darce! Sempre me perguntando se eu queria que ela esquentasse o meu café, ou sobre o último jogo do Red Sox, se inclinando, esfregando os peitos no meu ombro, tentando me deixar excitado de qualquer jeito. O que ela conseguiu, devo admitir, eu tenho desejos, e embora você nunca tenha me evitado ou me negado... bem, quase nunca... eu tenho desejos, e sempre tive uma libido forte. Algumas mulheres sentem isso, e gostam de se aproveitar. Isso as deixa malucas.

Bob olhava para o colo, com um ar pensativo. De repente, outra coisa lhe ocorreu e ele levantou a cabeça de supetão. Seu cabelo ralo voou, e então voltou ao lugar.

— Sempre sorrindo! Lábios cobertos de vermelho e sempre sorrindo! Bem, eu reconheço sorrisos como aquele. A maioria dos homens reconhece. "Há-há, eu sei que você me quer, posso sentir isso em você, mas esta esfregadinha é tudo o que vai ganhar, então se conforme!" *Eu* podia! Eu *podia* me conformar! Mas não BD, não ele.

Bob balançou a cabeça devagar.

— Há várias mulheres assim. É fácil descobrir o nome delas. Então é só jogá-los na internet. Há um monte de informação, se você souber como procurar, e contadores sabem. Eu fiz isso... ah, dezenas de vezes. Talvez centenas. É um tipo de passatempo, eu acho. Você poderia dizer que eu coleciono informações, assim como moedas. Normalmente não dá em nada. Mas às vezes BD diz: "Dessa você quer ir atrás, Bobby. Dessa aí. Vamos planejar juntos, e, quando a hora chegar, você me deixa assumir." E é isso o que acontece.

Bob pegou a mão de Darcy e envolveu os dedos débeis e frios dela com os seus.

— Você acha que sou louco. Posso ver nos seus olhos. Mas não sou, querida. BD é louco... ou Beadie, se prefere o nome público. A propósito, se você leu as matérias no jornal, saberá que eu inseri de propósito um monte de erros nos meus bilhetes para a polícia. Até escrevia os endereços errado. Eu guardo uma lista das palavras que já usei na minha carteira, para sempre fazer do mesmo jeito. Isso serve para enganá-los. Quero que eles pensem que Beadie é burro ou, pelo menos, semianalfabeto, e eles acreditam nisso. Porque *eles* são burros. Só fui interrogado uma única vez, anos atrás, e apenas como testemunha, cerca de duas semanas após BD ter matado aquela tal de Moore. O policial era um velhinho manco, perto da aposentadoria. Ele me disse para ligar se eu me lembrasse de alguma coisa. Eu disse que ligaria. Essa foi ótima.

Ele riu sem emitir som, como às vezes fazia enquanto assistiam a *Modern Family* ou *Two and a Half Men*. Era um jeito de rir que, até aquela noite, sempre a fizera achar ainda mais graça.

— Quer saber de uma coisa, Darce? Se eles me pegassem no ato, eu admitiria. Pelo menos acredito que sim, não acho que alguém possa ter cem por cento de certeza do que faria em uma situação dessas. Mas eu nem conseguiria confessar direito. Porque não me lembro muito dos... bem... atos. É Beadie quem faz tudo, e eu meio que... sei lá... fico inconsciente. Tenho amnésia. Alguma coisa assim.

Ah, seu mentiroso. Você se lembra de tudo. Eu vejo isso nos seus olhos, e até mesmo na maneira como sua boca se curva para baixo nos cantos.

— E agora... tudo está nas mãos de Darcellen. — Bob levou uma das mãos dela até os lábios e a beijou, como se para enfatizar o que iria falar. — Sabe quando dizem de brincadeira: "Eu poderia lhe contar, mas teria que matar você"? Isso não se aplica aqui. Eu nunca poderia matar você. Tudo o que eu fiz, tudo o que construí... por mais modesto que possa parecer aos olhos de algumas pessoas... foi por você. Pelas crianças também, é claro, mas principalmente por você. Você entrou na minha vida, e sabe o que aconteceu?

— Você parou — disse ela.

Ele abriu um sorriso radiante.

— Por mais de vinte anos!

Dezesseis, pensou Darcy, mas não disse nada.

— Durante a maior parte desses anos, enquanto nós criávamos as crianças e lutávamos para fazer o negócio de moedas decolar, embora você tenha sido a maior responsável por isso, eu percorria toda a Nova Inglaterra cuidando de impostos e estabelecendo os alicerces...

— Foi você quem fez a coisa toda funcionar — disse Darcy, e ficou um pouco surpresa pelo que ouviu em sua voz: calma e cordialidade. — Você é que era o especialista.

Bob pareceu quase emocionado o bastante para começar a chorar de novo e, quando falou novamente, sua voz soou rouca.

— Obrigado, querida. Significa muito para mim ouvir você dizer isso. Você me salvou, sabe. De mais de uma maneira.

Ele limpou a garganta.

— Durante vários anos, Beadie nunca deu um pio. Eu achei que ele tivesse partido para sempre. Achei mesmo. Mas então ele voltou. Como um fantasma. — Bob pareceu pensar sobre aquilo, então assentiu muito devagar. — É isso o que ele é. Um fantasma, e dos maus. Ele começou a apontar mulheres quando eu viajava. "Olhe aquela lá, ela quer ter certeza de que você consiga ver seus mamilos, mas, se tocá-los, vai chamar a polícia e depois rir com as amigas quando o levarem preso. Veja aquela outra, passando a língua nos lábios, ela sabe que você gostaria que ela enfiasse a língua em sua boca e sabe que você sabe que nunca fará isso. Olhe mais aquela, mostrando a calcinha enquanto sai do carro, e se você acha que não foi proposital, então é um idiota. É apenas mais uma esnobe que acha que nunca vai ter o que merece."

Bob hesitou, os olhos mais uma vez tristes e sombrios. Neles estava o Bobby que conseguira enganá-la por 27 anos. Aquele que estava tentando se fazer passar por um fantasma.

— Quando comecei a sentir os impulsos, lutei contra eles. Existem revistas... certas revistas... Eu as comprei antes de nos casarmos, e achei que se fizesse isso de novo... Ou alguns sites na internet... Achei que poderia... Eu não sei... Substituir a realidade pela fantasia, talvez... Mas, quando já se experimentou a coisa real, a fantasia não serve pra nada.

Bob falava como um homem que havia se apaixonado por uma iguaria cara. Caviar. Trufas. Chocolates belgas, pensou Darcy.

— Mas a questão é que eu parei. Por todos esses anos, eu *parei*. E eu posso parar de novo, Darcy. Desta vez para sempre. Se houver uma chance para nós dois. Se você puder me perdoar e virar a página. — Ele olhou para ela, sério e com os olhos úmidos. — Você poderia fazer isso?

Ela pensou em uma mulher enterrada na neve, suas pernas nuas expostas pela passagem descuidada de um limpa-neve — a filha de alguém, a menina dos olhos de algum pai que dançava desajeitadamente pelo palco da escola primária em um tutu cor-de-rosa. Pensou em uma mãe e seu filho encontrados em um riacho gelado, os cabelos ondulando na água escura. Pensou na mulher com a cabeça enfiada no milho.

— Preciso de um tempo para pensar — disse Darcy com muito cuidado.

Ele a agarrou pelos braços e se inclinou em sua direção. Ela teve que se esforçar para não se esquivar, e olhar nos olhos dele. Eram os olhos dele... E ao mesmo tempo não eram. *Talvez aquela história de fantasma não seja tão falsa assim, afinal*, pensou ela.

— Este não é um daqueles filmes em que o marido psicopata persegue a esposa apavorada pela casa. Se você decidir me entregar à polícia, eu não vou levantar um dedo para impedir. Mas sei que você já pensou no que isso faria às crianças. Você não seria a mulher com quem eu me casei se não tivesse pensado. O que talvez não tenha passado pela sua cabeça é no que isso faria a você. Ninguém acreditaria que foi casada comigo por todos esses anos e nunca soube... ou pelo menos suspeitou. Você teria que se mudar e viver com o que conseguiu economizar, porque eu sempre fui o responsável pelo nosso ganha-pão, e um homem não pode ganhar seu pão na cadeia. Você talvez não possa nem sacar o que temos no banco, por causa dos processos civis. E é claro que as crianças...

— Pare, não fale sobre eles quando tocar nesse assunto, *nunca mais*.

Ele assentiu com modéstia, ainda segurando de leve seus braços.

— Eu venci BD uma vez... Eu o venci por vinte anos...

Dezesseis, pensou ela novamente. *Dezesseis, e você sabe disso.*

— ... E posso vencê-lo de novo. Com a sua ajuda, Darce. Com a sua ajuda, posso fazer qualquer coisa. Mesmo que ele queira voltar daqui a mais vinte anos, e daí? Grande coisa! Eu terei 73. Vai ser difícil caçar mulheres esnobes usando um andador! — Bob riu euforicamente diante desta imagem absurda, então ficou sério de novo. — Agora me escute com atenção: se eu algum dia tiver uma recaída, por menor que seja, vou me matar. As crianças nunca saberiam, elas nunca seriam impactadas por esse... esse, você sabe, *estigma*... porque eu faria parecer um acidente... Mas *você* saberia. E saberia o motivo. Então o que me diz? Podemos deixar isso no passado?

Darcy pareceu pensar no assunto. *Estava* pensando no assunto, na verdade, embora esses encadeamentos mentais (da maneira como ela conseguia reuni-los) provavelmente não seguissem em uma direção que seu marido pudesse entender.

O que ela pensou foi: *É a mesma coisa que os viciados em drogas dizem: "Nunca mais vou usar nada disso. Já parei antes e desta vez vou parar para sempre. Estou falando sério". Mas eles não falam sério, mesmo quando acham que sim, não falam, nem ele.*

O que ela pensou foi: *O que eu vou fazer? Não posso enganá-lo, estamos casados há muito tempo.*

Uma voz fria respondeu àquela pergunta, uma que Darcy nunca suspeitara ter dentro de si, uma que talvez tivesse alguma ligação com a voz de BD que sussurrava para Bob sobre as mulheres esnobes nos restaurantes, nas esquinas, em conversíveis com a capota abaixada, conversando e sorrindo umas para as outras nas varandas dos apartamentos.

Ou talvez fosse a voz da Garota Sombria.

E por que não?, perguntou a voz. *Afinal... ele enganou você.*

E o que ela faria? Darcy não sabia. Só sabia que o agora era agora, e o agora precisava ser encarado de frente.

— Você teria que me prometer que vai parar — disse ela, falando muito devagar e com relutância. — E tem que ser uma promessa séria, do tipo que não se volta atrás.

O rosto dele pareceu tão aliviado — de algum modo muito infantil — que ela ficou emocionada. Eram raras as vezes em que ele se parecia com o menino que fora um dia. É claro que aquele também era o menino que planejara ir à escola armado.

— Eu vou, Darcy. Eu prometo. Prometo *mesmo*. Eu já lhe disse.

— E nunca mais vamos tocar nesse assunto.

— Entendido.

— E você não vai mandar os documentos de Marjorie Duvall para a polícia.

Ela viu a decepção (também estranhamente infantil) que surgiu no rosto dele quando disse isso, mas pretendia seguir em frente. Bob tinha que se sentir punido, nem que fosse apenas um pouco. Só assim ele acreditaria que a havia convencido.

E não convenceu? Ah, Darcellen, será que ele não convenceu?

UM BOM CASAMENTO

— Eu preciso de mais do que promessas, Bobby. Ações falam mais alto do que palavras. Cave um buraco no bosque e enterre os documentos daquela mulher.

— Quando eu fizer isso, a gente...

Ela estendeu o braço e cobriu a boca dele com a mão. E se esforçou para soar severa.

— Shh. Chega.

— Certo. Obrigado, Darcy. Muito obrigado.

— Não sei pelo que você está me agradecendo. — Então, embora pensar em Bob deitado ao seu lado lhe enchesse de repulsa e horror, ela se forçou a continuar: — Agora troque de roupa e venha para cama. Nós dois precisamos dormir um pouco.

10

Bob adormeceu quase no mesmo instante em que apoiou a cabeça no travesseiro, mas, muito tempo depois de ele começar a roncar discretamente, Darcy continuava acordada, pensando que, se cochilasse, poderia acordar com as mãos do marido em seu pescoço. Afinal, estava na cama com um louco. Se ele acrescentasse Darcy à sua lista, teria um total de 12 vítimas.

Mas ele falou sério, pensou ela, quando o céu começou a clarear no leste. *Ele disse que me ama, e está falando sério. E quando eu disse que guardaria o segredo — porque é disso que se trata, guardar seu segredo —, ele acreditou em mim. E por que não acreditaria? Eu mesma quase me convenci disso.*

E se ele conseguisse cumprir sua promessa? Afinal, nem todos os viciados em drogas fracassam na tentativa de se manter limpos. E mesmo que ela não pudesse guardar esse segredo por si mesma, não poderia fazer isso pelas crianças?

Não posso. Não vou. Mas o que posso fazer?

O que posso fazer?

Foi enquanto pensava nessa questão que sua mente confusa e cansada enfim se deu por vencida, e ela adormeceu.

Darcy sonhou que entrava na sala de jantar e encontrava uma mulher presa por correntes à longa mesa da marca Ethan Allen que havia lá. A mulher estaria nua se não fosse um capuz negro de couro que cobria parte de seu rosto. *Eu não conheço essa mulher, essa mulher é uma estranha para mim*, pensou Darcy no sonho, e então a voz de Petra soou sob o capuz:

— Mamãe, é você?

Darcy tentou gritar, mas às vezes os pesadelos não permitem.

11

Quando finalmente acordou — com dor de cabeça, infeliz e sentindo como se estivesse de ressaca —, a outra metade da cama estava vazia. Bob tinha colocado o relógio de volta no lugar, e ela viu que já eram 10h15. Era o mais tarde que Darcy já acordara em anos, mas é claro que ela só tinha adormecido depois que o sol nascera, e seu sono tinha sido repleto de pesadelos.

Darcy foi ao banheiro, usou a privada, pegou seu roupão no gancho atrás da porta e escovou os dentes — sua boca estava com um gosto horrível. *Como o fundo da gaiola de um pássaro*, teria dito Bob nas raras manhãs após ter tomado uma taça extra de vinho no jantar ou uma segunda garrafa de cerveja durante um jogo de beisebol. Ela cuspiu, e já ia devolver a escova ao copo sobre a pia quando se deparou com seu reflexo. Naquela manhã, Darcy viu uma mulher velha, e não de meia-idade: pele pálida, rugas fundas nos cantos da boca, olheiras arroxeadas sob os olhos, o cabelo despenteado de um jeito que só se consegue após uma noite de sono agitado. Mas tudo isso era de interesse apenas passageiro; sua aparência era o que menos a preocupava. Ela espiou por cima do ombro de seu reflexo e através da porta aberta do banheiro para o quarto deles. Só que não era deles, era o Quarto Sombrio. Ver os chinelos de seu marido, só que não eram dele. Eram obviamente grandes demais para serem de Bob, quase os chinelos de um gigante. Eram do Marido Sombrio. E a cama de casal com os lençóis amassados e as cobertas caídas? Aquela era a Cama Sombria. Darcy voltou seu olhar para a mulher de cabelos bagunçados e olhos injetados e assustados: a Esposa Sombria, em toda a sua exaurida glória. Seu primeiro nome era Darcy, mas seu sobrenome não era Anderson. A Esposa Sombria era a sra. Brian Delahanty.

Darcy se inclinou para a frente até seu nariz tocar o vidro. Prendeu a respiração e cobriu a lateral do rosto com as mãos, como fazia quando era uma garotinha com o short sujo de grama e meias brancas que ficavam escorregando. Olhou até não conseguir mais segurar a respiração e então soltou o ar, enevoando o espelho. Limpou-o com uma toalha e então desceu a escada para encarar seu primeiro dia como a esposa do monstro.

Ele havia lhe deixado um bilhete embaixo do açucareiro.

Darce,
Vou me livrar daqueles documentos, como você pediu. Eu te amo, querida.
Bob

Ele havia desenhado um pequeno coração ao redor da assinatura, coisa que não fazia havia anos. Darcy sentiu uma onda de amor por ele, tão forte e nauseante quanto o cheiro de flores apodrecidas. Queria chorar como uma mulher em uma história do Antigo Testamento e abafar o som com um lenço. O motor da geladeira ligou e começou a soar seu zumbido cruel. Dava para ouvir a água pingando na pia, contando os segundos na porcelana. Sua língua era uma esponja amarga comprimida na boca. Darcy sentiu o tempo — todo o tempo que estava por vir como esposa de Bob naquela casa — se fechar ao seu redor como uma camisa de força. Ou um caixão. Aquele era o mundo em que ela acreditava quando criança. Estivera ali o tempo todo. Esperando por ela.

A geladeira zumbia, a água pingava na pia e os segundos se passavam. Aquela era a Vida Sombria, onde a verdade era escrita de trás pra frente.

12

Seu marido havia treinado a Liga Júnior de Beisebol (também com Vinnie Eschler, o rei das piadas de polonês e dos abraços de urso) durante os anos em que Donnie jogara como interbase pelos Cavendish Hardware, e Darcy ainda se lembrava do que Bob dissera aos garotos, muitos

ESCURIDÃO TOTAL SEM ESTRELAS

deles chorando, depois de terem perdido a final do torneio do Distrito 19. Isso ocorrera em 1997, provavelmente cerca de um mês antes de Bob assassinar Stacey Moore e enfiá-la na tulha de milho. A conversa que ele tivera com os meninos — que fungavam, cabisbaixos — fora curta, sábia e (ela pensara assim na época e continuava pensando o mesmo 13 anos depois) incrivelmente gentil.

Sei como vocês estão se sentindo mal, mas o sol ainda vai nascer amanhã. E quando isso acontecer, vocês vão se sentir melhor. Quando o sol nascer depois de amanhã, vão se sentir melhor ainda. Isso aqui é apenas parte de suas vidas, e acabou. Teria sido melhor ganhar, mas, de qualquer maneira, acabou. A vida continua.

Assim como a vida dela continuou, após sua infeliz ida à garagem em busca de pilhas. Quando Bob voltou do trabalho, no fim do primeiro longo dia de Darcy em casa (ela não conseguia nem pensar em sair, temendo que o que sabia pudesse estar estampado na sua cara), ele disse:

— Querida, sobre ontem à noite...

— Nada aconteceu ontem à noite. Você voltou para casa mais cedo, só isso.

Ele abaixou a cabeça daquele jeito infantil, e, quando a levantou de novo, seu rosto estava iluminado por um sorriso largo e agradecido.

— Tudo bem, então — disse ele. — Caso encerrado?

— Viramos a página.

Ele abriu os braços.

— Me dá um beijo, linda.

Ela deu, pensando se ele as havia beijado. Suas vítimas.

Faça um bom trabalho, use essa sua língua experiente direito, e eu não corto você, imaginava-o dizer. *Quero ver você empenhar sua boquinha esnobe nisso.*

Bob a afastou um pouco, as mãos em seus ombros.

— Ainda somos amigos?

— Ainda somos amigos.

— Tem certeza?

— *Sim.* Eu não cozinhei nada, e não quero sair para jantar. Por que não veste roupas mais confortáveis e vai comprar uma pizza?

— Tudo bem.

— E não se esqueça do antiácido.

— Pode deixar — garantiu Bob, sorrindo para ela.

Ela o viu subir as escadas pulando alguns degraus, e pensou em dizer: *Não faça isso, Bob, não teste seu coração dessa maneira.*

Mas não.

Não.

Ele podia testá-lo quanto quisesse.

13

O sol nasceu no dia seguinte. E no seguinte. Uma semana se passou, depois duas, então um mês inteiro. Eles voltaram à velha rotina, os pequenos hábitos de um longo casamento. Darcy escovava os dentes enquanto Bob estava no chuveiro (geralmente cantando algum sucesso dos anos 1980 em uma voz afinada, mas não muito melodiosa), embora ela não ficasse mais nua enquanto esperava para entrar no chuveiro assim que ele terminasse. Ela passou a tomar banho só depois que ele saía para trabalhar na B, B & A. Se Bob havia notado essa pequena mudança em seus hábitos, não mencionara. Darcy voltou ao clube do livro, dizendo às outras senhoras e aos dois cavalheiros aposentados que também participavam das reuniões que andara meio doente e não quisera passar um vírus junto com sua opinião sobre o novo livro de Barbara Kingsolver, e todos riram com educação. Uma semana depois, voltou ao grupo Loucas por Tricô. Às vezes, ela se pegava cantando junto com uma música do rádio quando voltava do correio ou da mercearia. Ela e Bob viam TV à noite — sempre comédias, nunca os seriados de crimes forenses. Ele havia passado a chegar mais cedo do trabalho. Não fizera mais nenhuma viagem desde a de Montpelier. Bob instalou uma coisa chamada Skype no computador, dizendo que poderia ver as coleções de moedas da mesma forma desse jeito e ainda poupar gasolina. Ele não disse que isso também o pouparia da tentação, mas nem precisava. Darcy checava os jornais todos os dias para ver se os documentos de Marjorie Duvall apareceriam, sabendo que, se ele tivesse mentido sobre isso, mentiria sobre qualquer coisa. Mas não apareceram. Uma vez por semana eles saíam para jantar em um dos dois restaurantes baratos de

ESCURIDÃO TOTAL SEM ESTRELAS

Yarmouth. Ele pedia bife, e ela, peixe. Ele bebia chá gelado, e ela, uma batida de oxicoco. Velhos hábitos custam a morrer. Na maioria das vezes, pensou ela, não morrem até nós morrermos.

Durante o dia, enquanto Bob estava fora, Darcy raramente ligava a televisão. Era mais fácil ouvir a geladeira com a TV desligada, além dos rangidos de sua bela casa em Yarmouth enquanto esta se acomodava para passar por mais um inverno do Maine. Era mais fácil pensar. Mais fácil encarar a verdade: ele mataria de novo. Ele se controlaria quanto conseguisse, e ela até podia lhe dar crédito por isso, só que, mais cedo ou mais tarde, Beadie assumiria o controle. Ele não mandaria os documentos da próxima mulher à polícia, achando que isso provavelmente seria o bastante para enganar Darcy, mas também não ligaria se ela descobrisse a verdade, mesmo com a mudança em seu *modus operandi*. *Porque ela faz parte disso agora*, pensaria ele. *Ela teria que admitir que sabia. Os policiais iriam arrancar isso dela, mesmo que tentasse esconder.*

Donnie ligou de Ohio. Seu negócio estava prosperando. Eles tinham conseguido a conta de uma empresa de material de escritório que talvez fosse veiculada em rede nacional. Darcy comemorou (e Bob também, admitindo alegremente que estivera errado sobre as chances de Donnie se sair bem sendo tão jovem). Petra ligou para dizer que estavam pensando em escolher para as madrinhas um modelo de vestido evasê azul com a saia na altura dos joelhos e echarpes de chiffon da mesma cor, e queria saber o que Darcy achava e se essa combinação pareceria um pouco infantil. Darcy disse que ficaria lindo, e as duas passaram a discutir os sapatos — escarpins azuis de salto alto, para ser mais exato. A mãe de Darcy ficou doente em Boca Grande, e talvez precisasse ser internada, mas então começou a tomar uma medicação nova e melhorou. O sol nascia e ia embora. As abóboras de papel nas vitrines das lojas deram lugar aos perus de papel. Então as decorações de Natal surgiram. Os primeiros flocos de neve apareceram, como era esperado.

Em casa, depois que Bob pegava a pasta e saía para trabalhar, Darcy percorria os cômodos, parando para olhar os vários espelhos. Muitas vezes por um longo tempo. E perguntava à mulher dentro daquele outro mundo o que deveria fazer.

E cada vez mais a resposta parecia ser que ela não faria nada.

14

Em um dia quente fora de estação, duas semanas antes do Natal, Bob chegou em casa no meio da tarde, gritando pela esposa. Darcy estava no andar de cima, lendo um livro. Ela o jogou na mesa de cabeceira (ao lado do espelho de mão que desde então ficava sempre lá) e correu pelo corredor até o patamar da escada. Seu primeiro pensamento (horror misturado a alívio) foi de que tudo tinha finalmente acabado. Bob fora descoberto. A polícia estava chegando. Eles o levariam, então voltariam para lhe fazer as duas perguntas de praxe: o que ela sabia, e quando havia descoberto? As vans dos canais de TV estacionariam na rua. Homens e mulheres jovens com penteados bonitos fariam reportagens em frente à sua casa.

Só que não foi medo o que ela ouviu na voz do marido. Ela percebeu isso antes que ele chegasse ao pé da escada e olhasse para ela. Era euforia. Talvez até alegria.

— Bob? O quê...

— Você não vai acreditar!

O paletó dele estava aberto, o rosto, corado até a testa, e o pouco cabelo que lhe sobrara estava todo bagunçado. Era como se ele tivesse dirigido para casa com as janelas do carro abertas. Dada a qualidade primaveril do ar, Darcy imaginou que devia ter sido isso mesmo.

Ela desceu os degraus devagar e parou no primeiro, o que os deixou da mesma altura.

— Me fala.

— A maior sorte do mundo! Sério! Se eu precisasse de um sinal de que estou no caminho certo, de que *nós* estamos... Caramba, seria isto aqui! — Ele estendeu as mãos fechadas com os nós dos dedos para cima. Seus olhos brilhavam. Quase dançavam. — Que mão? Escolha.

— Bob, eu não quero brin...

— Escolha!

Ela apontou para a mão direita, só para acabar logo com aquilo. Ele riu.

— Você leu a minha mente... Mas você sempre soube fazer isso, não é?

Bob virou o punho e abriu a mão. Na palma havia uma única moeda, com o lado da coroa para cima, para que Darcy pudesse ver que era uma moeda de um centavo com desenho de trigo. Não era nova, mas ainda estava em bom estado. Presumindo que não havia arranhões no rosto de Lincoln, ela achou que poderia ser uma BC. Darcy a pegou, e então hesitou. Bob acenou com a cabeça para ela seguir em frente. Ela a virou, certa do que veria. Nada mais poderia explicar toda aquela empolgação. Era o que ela esperava: uma moeda de 1955 com a data duplicada. Ou dupla cunhagem, em termos numismáticos.

— Meu Deus, Bobby! Onde...? Você a comprou?

Uma moeda não circulada de 1955 com dupla cunhagem tinha sido vendida recentemente em um leilão em Miami por mais de oito mil dólares, estabelecendo um novo recorde. Aquela ali não estava em tão bom estado, mas nenhum negociante de moedas com metade do cérebro a teria vendido por menos de 4 mil.

— Meu Deus, não! Alguns colegas me convidaram para almoçar em um restaurante tailandês, o Promessas Orientais, e eu quase fui, mas estava trabalhando naquela maldita conta da Visão Associados... Sabe, aquele banco privado do qual falei para você, lembra? Então dei à Monica 10 pratas para ela me comprar um sanduíche e um suco no Subway. Ela trouxe o troco dentro do saquinho. Dei uma olhada... e lá estava! — Ele tirou a moeda da mão dela e a segurou com a mão para o alto, rindo.

Ela riu com ele, então pensou (como vinha fazendo muito nos últimos dias): ele não "sofreu"!

— Isso não é ótimo, querida?

— Sim — disse ela. — Estou feliz por você.

E, estranhamente ou não (*perversamente* ou não), Darcy estava feliz de verdade. Bob havia intermediado várias vendas ao longo dos anos, e poderia ter comprado uma dessas moedas para ele há muito tempo, mas isso não era o mesmo que encontrar uma. Ele até a proibira de lhe dar uma no Natal ou no seu aniversário. O grande achado acidental era o momento mais feliz na vida de um colecionador, ele lhe dissera isso na primeira conversa que tiveram, e agora ele tinha o que estivera procurando em meio a tantos trocos durante a vida. O tesouro que tanto desejara havia caído de um saquinho branco de lanchonete junto com um *wrap* de bacon e peru.

Bob a abraçou. Ela retribuiu o abraço, então o afastou gentilmente.

— O que vai fazer com ela, Bobby? Colocá-la em um cubo de acrílico?

Era só uma provocação, e ele sabia. Bob simulou uma arma com o indicador e o polegar e fingiu que atirava na cabeça dela. O que não era um problema porque, quando você recebia um tiro de mão, não "sofria".

Darcy continuou a sorrir para o marido, mas o via novamente (após aquele breve lapso de amor) pelo que ele era: o Marido Sombrio. Gollum com seu precioso.

— Engraçadinha. Vou tirar uma foto, pendurá-la na parede e então guardar a moeda no cofre. O que me diz: o estado dela é *BC* ou *MBC*?

Darcy examinou a moeda de novo, então olhou para ele com um sorriso pesaroso.

— Eu adoraria dizer MBC, mas...

— É, eu sei, eu sei... e eu não deveria ligar. A cavalo dado não se olham os dentes, mas é difícil resistir. Mas é melhor do que G, certo? Pode ser sincera, Darce.

Para ser sincera, acho que você vai atacar de novo.

— Melhor do que G, sem dúvida.

O sorriso sumiu do rosto dele. Por um instante, Darcy teve certeza de que Bob sabia o que ela havia pensado, mas não devia ter se preocupado: daquele lado do espelho, ela também podia guardar segredos.

— Mas, de qualquer forma, a questão não é a qualidade, e o achado. O fato de eu não tê-la comprado de um negociante ou de um catálogo, mas realmente tê-la encontrado quando menos esperava.

— Eu sei. — Darcy sorriu. — Se meu pai estivesse aqui agora, estaria abrindo uma garrafa de champanhe.

— Cuidarei deste detalhe no jantar — disse Bob. — E não vai ser em Yarmouth. Vamos para Portland. Pérola do Litoral. O que me diz?

— Ah, querido, eu não sei...

Ele segurou seus ombros com delicadeza, como sempre fazia quando queria que ela entendesse que falava sério sobre alguma coisa.

— Ora, vamos... Vai estar quente o bastante esta noite para você usar seu vestido de verão mais bonito. Ouvi isso na previsão do tempo no caminho para cá. E vou comprar todo o champanhe que você puder beber. Como você vai recusar uma oferta como essa?

— Bem... — Ela pensou. Então sorriu. — Acho que não posso.

15

Eles não tomaram só uma garrafa cara de Moët & Chandon, mas duas, e Bob bebeu a maior parte. Por isso, foi Darcy quem dirigiu o silencioso Prius dele, enquanto o marido vinha no banco do passageiro cantando "Pennies from Heaven" com a voz afinada, mas não muito melodiosa. Dava para perceber que ele estava bêbado. Não apenas alegrinho, mas bêbado de verdade. Era a primeira vez que Darcy o via assim em dez anos. Ele controlava sua ingestão de bebida alcoólica e, às vezes, quando alguém lhe perguntava em uma festa por que ele não estava bebendo, citava uma fala de *Bravura indômita*: "E eu lá tenho cara de quem ia enfiar um ladrão na boca para me roubar o Juízo?". Naquela noite, na euforia de ter encontrado a moeda com a data duplicada, Bob permitira que sua mente fosse roubada, e Darcy sabia o que precisava fazer no momento em que ele pediu a segunda garrafa de espumante. No restaurante, ela ainda não tinha certeza de que poderia levar seu plano adiante, mas, enquanto ouvia Bob cantar a caminho de casa, ela teve. É claro que poderia. Ela era a Esposa Sombria, e a Esposa Sombria sabia que o que o marido acreditava ser sorte dele era, na verdade, dela.

16

Já em casa, Bob pendurou o blazer no cabideiro perto da porta, puxou Darcy para os seus braços e lhe deu um longo beijo. Ela sentia o champanhe e o doce *crème brûlée* em seu hálito. Não era uma combinação ruim, embora Darcy soubesse que, se as coisas acontecessem como esperava, ela nunca mais experimentaria nenhum dos dois. A mão dele desceu para seu seio. Darcy deixou que ela continuasse ali por um tempo, sentindo-o contra ela, e então o afastou. Ele pareceu frustrado, mas ficou feliz quando ela sorriu.

— Vou subir e tirar este vestido — disse ela. — Tem uma garrafa de Perrier na geladeira. Se me trouxer uma taça, com uma rodela de limão, pode ser que tenha sorte, meu caro.

Ele abriu um sorriso ao ouvir isso — seu velho e adorado sorriso. Porque havia um antigo hábito do casamento que eles não tinham retomado desde a noite em que Bob farejara a descoberta da esposa (sim, farejara, como um velho lobo fareja uma isca envenenada) e voltara correndo de Montpelier. Dia após dia, os dois isolavam atrás de uma parede o que Bob era — sim, com tanta determinação quanto Montresor emparedara seu velho amigo Fortunato —, e sexo na cama conjugal seria o último tijolo.

Bob bateu os calcanhares e cumprimentou Darcy com uma saudação britânica, dedos colados na testa, a palma da mão aberta.

— Sim, madame.

— Não demore — disse ela de maneira agradável. — Não vá me fazer esperar.

Enquanto subia as escadas, Darcy pensou: *Isso nunca vai dar certo. A única coisa que vou conseguir é ser morta. Ele pode achar que não é capaz de fazer isso, mas eu acho que é.*

Mas talvez isso fosse bom. Quer dizer, se ele não a machucasse antes, como fizera com aquelas outras mulheres. Talvez qualquer desfecho fosse bom. Ela não podia passar o resto da vida observando os espelhos. Já não era mais criança, e aquilo não era uma loucura infantil.

Darcy foi para o quarto, mas só para jogar a bolsa ao lado do espelho de mão na mesa de cabeceira. Então saiu de novo e gritou:

— Você vem, Bobby? Estou ansiosa por essas bolhinhas!

— Já vou, só estou colocando um pouco de gelo!

E lá vinha ele, saindo da sala de estar em direção ao hall, segurando uma de suas taças de cristal na altura dos olhos como um garçom em uma opereta, trocando um pouco as pernas enquanto andava até o pé da escada. Começou a subir os degraus, ainda segurando a taça no alto, a rodela de limão balançando na borda. A mão livre passava levemente pelo corrimão, e o rosto radiante brilhava de felicidade. Por um instante, Darcy quase desistiu, mas então a imagem de Helen e Robert Shaverstone veio à sua mente, de maneira abominavelmente clara: o filho e a mãe mutilada e molestada flutuando juntos em um riacho de Massachusetts cujas margens já começavam a acumular gelo.

— Uma taça de Perrier para a dama chegan...

Darcy viu nos olhos de Bob que ele percebeu no último segundo o que ela planejara, e notou neles um brilho velho, amarelado e antigo. Era mais do que surpresa; era uma fúria chocada. Naquele momento,

ESCURIDÃO TOTAL SEM ESTRELAS

ela entendeu tudo sobre ele. Seu marido não amava nada, muito menos a ela. A gentileza, o carinho, o sorriso infantil e os gestos atenciosos: tudo não passava de camuflagem. Ele era uma concha. E não havia nada lá dentro a não ser um imenso vazio.

Ela o empurrou.

Foi um empurrão forte, e Bob voou para trás antes de cair na escada, primeiro com os joelhos, depois com o braço e então de cara. Ela ouviu o braço dele quebrar. A taça pesada se espatifou em um dos degraus sem tapete. Bob continuou rolando, e Darcy ouviu algo dentro dele estalar. Ele gritou de dor e deu uma última cambalhota antes de aterrissar de qualquer jeito no piso de madeira do hall. O braço quebrado (não em apenas um lugar, mas em vários) se dobrou para trás acima da cabeça dele em um ângulo impossível. Sua cabeça estava torcida, uma bochecha colada no chão.

Darcy desceu correndo. A certa altura, pisou em um cubo de gelo, escorregou e teve que se agarrar ao corrimão para não cair. Lá embaixo, ela viu uma grande saliência na pele da nuca dele, ficou pálida e disse:

— Não se mexa, Bob, acho que seu pescoço está quebrado.

Ele voltou os olhos na direção de Darcy. Ela via sangue pingando do nariz dele — que também parecia quebrado —, e muito mais saía da boca, quase jorrando.

— Você me empurrou — disse ele. — Ah, Darcy, por que você me empurrou?

— Eu não sei — respondeu ela, pensando *nós dois sabemos por quê*. E começou a chorar. O choro veio naturalmente. Ele era seu marido e estava gravemente ferido. — Ah, Deus, eu não sei. Algo baixou em mim. Eu sinto muito. Não se mexa, vou ligar para a emergência e pedir para eles mandarem uma ambulância.

O pé dele se mexeu no chão.

— Não estou paralisado — disse ele. — Graças a Deus. Mas como *dói*.

— Eu sei, querido.

— Chame a ambulância! Rápido!

Ela foi para a cozinha, deu uma rápida olhada no telefone, então abriu o armário embaixo da pia.

364

UM BOM CASAMENTO

— Alô? Alô? É da emergência? — Ela pegou uma caixa cheia de sacos plásticos, daqueles que usava para colocar as sobras de frango ou rosbife, e tirou um de lá. — Aqui é Darcellen Anderson, estou ligando da Sugar Mill Lane, 24, em Yarmouth! Você entendeu?

De outra gaveta, ela pegou um pano de prato do alto da pilha. Ainda estava chorando. *O nariz parecendo um chafariz*, como diziam quando era criança. Chorar era bom. Ela precisava chorar, e não apenas porque pareceria melhor para ela mais tarde. Bob era seu marido, estava machucado, e ela precisava chorar. Ela se lembrou de quando ele ainda tinha a cabeça cheia de cabelo. Lembrou-se de seus passos ousados quando dançaram "Footloose". Ele sempre lhe dava rosas em seu aniversário. Nunca se esquecia. Eles tinham ido às ilhas Bermudas, onde andavam de bicicleta pela manhã e faziam amor à tarde. Tinham construído uma vida juntos, e agora aquela vida tinha acabado, então Darcy precisava chorar. Então enrolou o pano de prato na mão e a enfiou no saco plástico.

— Eu preciso de uma ambulância, meu marido caiu da escada. Acho que o pescoço dele pode estar quebrado. Sim! Sim! Depressa!

Darcy voltou para o hall com a mão direita escondida atrás das costas. Viu que Bob havia se arrastado um pouco para longe da escada, e parecia que tinha tentado se virar, mas não conseguira. Ela se ajoelhou ao seu lado.

— Eu não caí — disse ele. — Você me empurrou. Por que você me empurrou?

— Acho que foi por causa de Robert Shaverstone — respondeu Darcy.

Então ela mostrou a mão direita. Chorava mais do que nunca. Bob viu o saco plástico. Viu a mão de Darcy lá dentro agarrando o pano. Ele entendeu o que ela pretendia fazer. Talvez já tivesse feito algo assim. Era provável.

Ele começou a gritar... só que não pareciam exatamente gritos. Sua boca estava cheia de sangue, algo havia quebrado em seu pescoço, e os sons que emitia eram mais rosnados guturais do que gritos. Darcy enfiou o saco plástico entre os lábios dele, e bem fundo na boca. Ele havia quebrado alguns dentes na queda, e dava para sentir as pontas irregulares. Se rasgassem sua pele, ela teria muito o que explicar.

ESCURIDÃO TOTAL SEM ESTRELAS

Darcy puxou a mão antes que ele pudesse morder, deixando o saco plástico e o pano de prato lá dentro. Então agarrou a mandíbula e o queixo de Bob. E apoiou a outra mão no alto da careca dele. A pele ali estava muito quente. Darcy a sentia pulsando com o sangue. Ela fechou a boca de Bob, comprimindo o plástico e o pano. Ele tentou se livrar, mas só tinha um braço livre, o que havia quebrado na queda. O outro estava preso embaixo dele. Seus pés se agitavam convulsivamente para a frente e para trás no piso de madeira. Um dos sapatos saiu voando. Ele estava gorgolejando. Darcy puxou o vestido até a cintura, libertando as pernas, e então se jogou para a frente, tentando sentar-se sobre Bob e imobilizá-lo. Se fizesse isso, talvez conseguisse tapar suas narinas.

Mas, antes que pudesse tentar, o peito dele começou a subir e a descer depressa, e os gorgolejos se transformaram em um grunhido profundo na garganta. Isso fez Darcy se lembrar de quando estava aprendendo a dirigir e às vezes arranhava a marcha, tentando encontrar a segunda, o que era difícil no velho Chevrolet de seu pai. O corpo de Bob se sacudiu em um espasmo, o único olho que ela podia ver saltado na órbita. O rosto do marido, que antes estava bem avermelhado, começava a ficar roxo. Então ele parou de lutar. Ela esperou, ofegante, o rosto coberto de lágrimas e do que escorria de seu nariz. O olho dele já não se revirava, e não brilhava mais de pânico. Ela pensou que ele estava m...

Bob deu um último espasmo titânico e a empurrou. Então se sentou, e Darcy viu que a metade superior de seu corpo já não parecia se encaixar direito com a inferior. Ao que parecia, ele também havia quebrado as costas. A boca forrada de plástico se abriu. Seus olhos encontraram os de Darcy de um jeito que ela soube que jamais esqueceria... mas com o qual poderia viver, se ela sobrevivesse àquilo.

— *Dah! Arrrrrr!*

Ele caiu para trás. Sua cabeça fez um som parecido com o de um ovo rachando ao bater no chão. Darcy engatinhou para perto dele, mas não o suficiente para tocar na sujeira. Ela estava coberta de sangue, é claro, mas não havia problema — havia tentado ajudá-lo, era natural —, mas isso não significava que queria se banhar nele. Ela se sentou, apoiada em uma das mãos, e o observou enquanto recuperava o fôlego. Esperou um pouco para ver se Bob iria se mexer. Mas não. Quando cinco minutos se passaram de acordo com o pequeno relógio incrustado na

UM BOM CASAMENTO

pulseira em seu pulso — aquele que ela usava quando saíam —, Darcy estendeu uma das mãos até o pescoço dele e procurou a pulsação. Manteve os dedos na pele do marido enquanto contava até trinta, e não sentiu nada. Aproximou o ouvido do peito dele, achando que aquele seria o momento em que ele voltaria à vida e a agarraria. Mas Bob não voltou à vida, porque não havia mais vida nele: o coração não batia, os pulmões não respiravam. Estava acabado. Darcy não sentiu satisfação (muito menos júbilo), e sim vontade de acabar logo com aquilo, e da maneira certa. Em parte por si mesma, mas principalmente por Donnie e Pets.

Foi até a cozinha. Eles teriam que saber que ela havia ligado o mais depressa possível. Se notassem que houvera uma demora (se o sangue dele coagulasse demais, por exemplo), Darcy poderia precisar responder perguntas complicadas. *Vou dizer que desmaiei, se for necessário*, pensou ela. *Eles vão acreditar nisso e, mesmo que não acreditem, não podem provar. É o que eu acho, pelo menos.*

Ela pegou a lanterna na despensa, como tinha feito na noite em que literalmente tropeçara no segredo de Bob. Voltou para onde ele estava deitado, encarando o teto com os olhos vidrados. Tirou o saco de sua boca e o examinou com cuidado. Se estivesse rasgado, poderia haver problemas... E estava, em dois lugares. Ela mirou a lanterna na boca dele e viu um pequeno pedaço de plástico na língua. Então o pegou com a ponta dos dedos e o jogou dentro do saco.

Basta, já basta, Darcellen.

Mas não bastava. Darcy empurrou as bochechas dele com os dedos, primeiro a direita, depois a esquerda. E no lado esquerdo encontrou outro pequeno pedaço de plástico, preso à gengiva. Ela tirou esse também e o colocou no saco com o outro. Será que havia mais pedaços? Ele os teria engolido? Se sim, estavam fora de seu alcance, e tudo o que podia fazer era rezar para que não fossem encontrados se alguém — ela não sabia quem — desconfiasse daquela morte a ponto de pedir uma autópsia.

Enquanto isso, o tempo corria.

Darcy passou apressada pela passagem coberta e entrou na garagem. Engatinhou embaixo da bancada, abriu o esconderijo especial de Bob e guardou ali o plástico ensanguentado com o pano de prato dentro. Fechou o buraco, colocou a caixa de catálogos velhos na frente, voltou para dentro da casa e guardou a lanterna. Pegou o telefone, mas percebeu que havia parado de chorar e o colocou de volta no gancho. Foi até a sala de estar e olhou para Bob. Pensou nas rosas, mas isso não funcionou. *São as rosas, não o patriotismo, o último refúgio dos canalhas*, pensou ela, e ficou chocada ao se ouvir rindo. Então pensou em Donnie e Petra, que idolatravam o pai, e isso funcionou. Voltou chorando à cozinha e ligou para a emergência.

— Alô? Meu nome é Darcellen Anderson, e eu preciso de uma ambulância na...

— Fale um pouco mais devagar, senhora — disse a atendente. — Não estou conseguindo entendê-la bem.

Ótimo, pensou Darcy.

Ela limpou a garganta.

— Está melhor assim? Consegue me entender?

— Sim, senhora, estou entendendo. Apenas fique calma. Você disse que precisa de uma ambulância?

— Sim, na Sugar Mill Lane, 24.

— Está ferida, sra. Anderson?

— Não sou eu, é o meu marido. Ele caiu da escada. Talvez esteja apenas inconsciente, mas acho que está morto.

A atendente disse que mandaria uma ambulância imediatamente. Darcy achou que ela enviaria também uma viatura policial de Yarmouth. Além de um carro da polícia estadual, se houvesse algum na área. Torceu para que não houvesse. Então voltou para o hall e se sentou no banco, mas não por muito tempo. Não podia ficar encarando os olhos de Bob olhando para ela. Acusando-a.

Pegou o blazer dele, colocou-o sobre os ombros e saiu de casa para esperar a ambulância.

17

Quem tomou o depoimento de Darcy foi Harold Shrewsbury, um policial local. Darcy não o conhecia, mas por acaso conhecia sua esposa; Arlene Shrewsbury era uma Louca por Tricô. Eles conversaram na cozinha enquanto os paramédicos examinavam o corpo de Bob e depois o levavam embora, sem saberem que havia outro cadáver dentro dele. Um homem que fora muito mais perigoso do que Robert Anderson, contador público certificado.

— Gostaria de uma xícara de café, policial Shrewsbury? Não será incômodo.

Ele olhou para as mãos trêmulas de Darcy e disse que ficaria muito feliz em fazer café para os dois.

— Sou muito habilidoso na cozinha.

— Arlene nunca mencionou isso — disse Darcy enquanto ele se levantava.

O policial deixou o caderninho aberto na mesa da cozinha. Até aquele momento ele não havia escrito nada além do nome dela, o de Bob, o endereço e o número de telefone. Darcy encarou isso como um bom sinal.

— Não, ela gosta de esconder os meus talentos — disse ele. — Sra. Anderson, Darcy, sinto muito por sua perda, e tenho certeza de que Arlene diria o mesmo.

Darcy começou a chorar de novo. O policial Shrewsbury arrancou um pedaço de papel toalha do rolo e ofereceu a ela.

— Melhor do que aqueles lencinhos de papel.

— Você tem experiência com isso — comentou Darcy.

Ele checou a cafeteira, viu que já estava pronta para ligar e apertou o botão.

— Mais do que eu gostaria. — Ele voltou e se sentou. — Pode me dizer o que aconteceu? Acha que consegue?

Ela lhe contou sobre Bob ter encontrado a moeda com a data duplicada no troco do lanche, e como ficara eufórico. Falou sobre o jantar de comemoração no Pérola do Litoral, e que ele havia bebido demais. Que ficara fazendo palhaçada (Darcy mencionou a cômica saudação britânica que Bob fizera quando ela pedira uma taça de Perrier com limão). Que ele subira a escada segurando a taça no alto, como um garçom, e que estava quase no patamar quando escorregou. Ela até contou como quase também escorregara em um dos cubos de gelo, enquanto corria para socorrê-lo.

O policial Shrewsbury anotou alguma coisa no caderninho, fechou-o e olhou nos olhos de Darcy.

— Certo. Quero que você venha comigo. Pegue seu casaco.

— O quê? Para onde?

Para a prisão, é claro. Não passe pelo Ponto de Partida, não receba duzentos dólares e vá direto para a Prisão. Bob havia conseguido cometer quase uma dúzia de assassinatos sem ser pego, e Darcy não conseguira escapar de nem ao menos um (é claro que ele havia planejado os seus, e com a atenção de um contador aos detalhes). Ela não sabia qual havia sido o seu deslize, mas sem dúvida devia ser algo bem óbvio. O policial Shrewsbury lhe diria a caminho da delegacia. Seria como o último capítulo de um livro de Elizabeth George.

— Para a minha casa — disse o policial. — Você vai ficar comigo e com Arlene esta noite.

Darcy ficou boquiaberta.

— Eu não... não posso...

— Você pode — disse ele, com uma voz de quem não aceitava discussão. — Ela me mataria se eu deixasse você aqui sozinha. Quer ser responsável pelo meu assassinato?

Darcy enxugou as lágrimas e deu um sorriso lânguido.

— Não, acho que não. Mas... Policial Shrewsbury...

— Harry.

— Preciso fazer algumas ligações. Meus filhos... eles ainda não sabem.

Pensar nisso a fez voltar a chorar, e ela pegou o último pedaço de papel toalha para enxugar os olhos. Quem diria que uma pessoa pudesse ter tantas lágrimas? Darcy não havia tocado no café, e então bebeu metade dele em três grandes goles, embora ainda estivesse quente.

— Acho que podemos bancar algumas chamadas interurbanas — disse Harry Shrewsbury. — E escute. Tem alguma coisa que você possa tomar? Alguma coisa de... hum, você sabe, natureza calmante?

— Nada assim — sussurrou ela. — Só remédio para insônia.

— Então Arlene pode lhe dar um Valium — disse o policial. — Você deveria tomar um pelo menos meia hora antes de começar a fazer ligações estressantes. Enquanto isso, vou avisá-la de que estamos indo.

— Você é muito gentil.

Ele abriu uma gaveta da cozinha, depois outra, então uma terceira. Darcy sentiu o coração acelerar quando ele abriu a quarta. O policial Shrewsbury pegou um pano de prato e lhe entregou.

— Melhor do que papel toalha.

— Muito obrigada — disse ela. — Mesmo.

UM BOM CASAMENTO

— Por quanto tempo esteve casada, sra. Anderson?

— Vinte e sete anos.

— Vinte e sete — comentou ele, admirado. — Deus. Eu sinto muito.

— Eu também — respondeu Darcy, e encostou o rosto no pano.

18

Robert Emory Anderson foi enterrado no Cemitério da Paz de Yarmouth dois dias depois. Donnie e Petra não saíram do lado da mãe enquanto o pastor falava sobre quanto a vida era curta. O tempo ficara frio e nublado, um vento gelado balançava os galhos sem folhas. B, B & A havia fechado por um dia, e todos tinham aparecido no sepultamento. Os contadores em seus paletós negros, aglomerados como corvos. Não havia mulheres entre eles. Darcy nunca havia notado isso antes.

Seus olhos transbordavam, e ela os enxugava toda hora com o lenço que carregava em uma das mãos calçadas com luvas negras. Petra chorava em silêncio e sem parar, e Donnie estava abatido e com os olhos vermelhos. Era um jovem bonito, mas seu cabelo já começava a ficar ralo, como o do pai naquela idade. *Desde que ele não engorde como Bob*, pensou Darcy. *E não mate mulheres, é claro*. Mas com certeza esse tipo de coisa não era hereditário. Ou era?

Em breve aquilo tudo acabaria. Donnie ficaria com a mãe por dois dias — era todo o tempo que podia ficar longe da empresa naquele momento, disse ele. Esperava que ela entendesse, e Darcy disse que era claro que entendia. Petra ficaria por uma semana, e disse que poderia ficar mais se ela precisasse. Darcy agradeceu a gentileza, desejando no fundo que a filha fosse embora após uns cinco dias. Ela precisava ficar sozinha. Precisava... não exatamente pensar, mas se encontrar de novo. Ir para o lado certo do espelho.

Não que algo tivesse dado errado, longe disso. Darcy achava que as coisas não poderiam ter dado mais certo nem se tivesse planejado o assassinato do marido por meses. Se tivesse feito isso, provavelmente estragaria tudo ao complicar demais as coisas. Diferente de Bob, planejar não era seu forte.

Também não precisara responder a nenhuma pergunta difícil. Sua história era simples, verossímil e quase verdadeira. A parte mais importante era a base sólida que havia por baixo: eles tinham um casamento que se estendia por quase três décadas, um bom casamento, sem nenhuma discussão recente para deteriorá-lo. Sério, o que havia para perguntar?

O pastor pediu que a família se aproximasse. E os três foram.

— Descanse em paz, pai — disse Donnie, e jogou um punhado de terra no túmulo, que caiu na superfície brilhante do caixão. Darcy achou que aquilo parecia cocô de cachorro.

— Papai, sinto muito a sua falta — disse Petra, e jogou seu próprio punhado de terra.

Darcy foi a última. Ela se curvou, pegou um punhado com sua luva negra e deixou a terra cair. Não disse nada.

O pastor pediu a todos que fizessem uma prece silenciosa. Os presentes abaixaram a cabeça. O vento balançou os galhos. Não muito distante dali, o tráfego corria pela I-295. Darcy pensou: *Deus, se Você estiver aí, permita que isso seja o fim.*

19

Não foi.

Cerca de sete semanas após o funeral — era um novo ano agora, e o tempo estava claro, frio e severo —, a campainha da casa na Sugar Mill Lane tocou. Quando Darcy a abriu, viu um cavalheiro idoso usando um sobretudo negro e um cachecol vermelho. Nas mãos enluvadas havia um clássico chapéu de feltro. Seu rosto tinha marcas profundas (tanto pela dor quanto pela idade, pensou Darcy) e o que ainda restava de seu cabelo grisalho estava cortado bem curto.

— Sim? — disse ela.

Ele remexeu o bolso e deixou cair o chapéu. Darcy se abaixou para pegá-lo. Quando se levantou, viu que o velho cavalheiro segurava um porta-documento de couro. Nele havia um distintivo dourado e uma foto de seu visitante (parecendo bem mais jovem) em um cartão de plástico.

— Sou Holt Ramsey — cumprimentou o homem, em um tom de quem se desculpa. — Do gabinete do procurador-geral do Estado. Sinto muito mesmo perturbá-la, sra. Anderson. Posso entrar? A senhora vai congelar aqui fora nesse vestido.

— Por favor — disse ela, dando um passo para o lado.

Darcy observou que ele mancava e levava a mão direita, sem notar, ao quadril (como se para segurá-lo no lugar), e então uma lembrança clara lhe veio à mente: Bob sentado ao seu lado na cama, os dedos dela, gelados, presos nos dedos quentes dele. Bob falando. Vangloriando-se, na verdade. *Quero que eles pensem que Beadie é burro, e eles acreditam nisso. Porque eles são burros. Só fui interrogado uma única vez, e apenas como testemunha, cerca de duas semanas após BD ter matado aquela tal de Moore. O policial era um velhinho manco, perto da aposentadoria.* E ali estava o tal velhinho, parado a menos de seis passos de onde Bob havia morrido. De onde ela o havia matado. Holt Ramsey parecia estar doente e com dor, mas seus olhos eram astutos. Moviam-se rapidamente de um lado para outro, registrando tudo antes de se concentrarem nela.

Tenha cuidado, disse Darcy a si mesma. *Ah, tenha muito cuidado com esse aí, Darcellen.*

— Como posso ajudá-lo, sr. Ramsey?

— Bem, primeiro, se não for pedir muito, eu gostaria de uma xícara de café. Estou morrendo de frio. Vim no carro oficial, e o aquecedor não funciona direito. É claro que se for muito trabalho...

— Não mesmo. Mas... posso ver seus documentos novamente?

Ele lhe entregou o porta-documento de boa vontade e pendurou o chapéu no cabideiro enquanto Darcy o examinava.

— Esta inscrição abaixo da insígnia... quer dizer que o senhor está aposentado?

— Sim e não. — Os lábios dele se abriram em um sorriso que revelaram dentes perfeitos demais para ser outra coisa que não uma dentadura. — Tive que me aposentar, pelo menos oficialmente, quando fiz 68 anos, mas passei a vida inteira na Polícia Estadual ou no gabinete do procurador-geral do Estado, e agora sou como um cavalo velho dos bombeiros com um lugar de honra no estábulo. Tipo um mascote, sabe.

Acho que você é muito mais do que isso.

— Deixe-me guardar seu casaco.

— Não precisa, acho que vou continuar com ele. Não vou me demorar. Eu o penduraria se estivesse nevando lá fora, para não pingar no seu chão, mas não está. Só está terrivelmente frio, sabe. Frio demais para nevar, meu pai teria dito, e na minha idade sofro muito mais com o frio do que cinquenta anos atrás. Ou mesmo há 25.

Darcy, então, o levou para a cozinha, andando devagar para que Ramsey pudesse acompanhá-la, e perguntou a idade dele.

— Faço 78 anos em maio — respondeu ele com orgulho evidente. — Se eu chegar até lá. Sempre falo isso para dar sorte. Funcionou até agora. Que bela cozinha a senhora tem, sra. Anderson: um lugar para cada coisa, e cada coisa em seu lugar. Minha esposa teria gostado. Ela faleceu há quatro anos. Ataque do coração, muito repentino. Como sinto falta dela... Assim como você deve sentir falta do seu marido, imagino.

Os olhos brilhantes dele — jovens e alertas no rosto enrugado e assombrado pela dor — examinaram o rosto de Darcy.

Ele sabe. Não sei como, mas sabe.

Ela checou a cafeteira e ligou a máquina. Enquanto pegava xícaras no armário, perguntou:

— Como posso ajudá-lo hoje, sr. Ramsey? Ou seria detetive Ramsey?

Ele riu, e a risada se transformou em uma tosse.

— Ah, faz muito tempo que ninguém me chama de detetive. Nem pense em me chamar de Ramsey também, prefiro que diga logo Holt. Eu queria mesmo era falar com seu marido, sabe, mas, é claro, ele faleceu... Mais uma vez eu sinto muito... E então isso está fora de questão. Sim, completamente fora de questão. — Ele balançou a cabeça e se sentou em um dos banquinhos em torno da bancada de cortar carne. Seu sobretudo farfalhou. Em algum lugar daquele corpo magro, um osso estalou. — Mas lhe digo uma coisa: um velho que vive em um quarto alugado, como é meu caso, embora seja um bom lugar, às vezes fica entediado tendo apenas a TV como companhia. Então eu pensei, mas que diabos, vou até Yarmouth fazer minhas perguntinhas do mesmo jeito. Talvez ela não possa responder muitas delas, talvez *nenhuma*, mas por que não ir assim mesmo? Você precisa sair antes que crie raízes, falei a mim mesmo.

— Em um dia em que a temperatura máxima vai ser de menos 12 graus — comentou Darcy. — E em um carro com o aquecedor ruim.

— Sim, mas por baixo estou usando roupas térmicas — disse o policial, com modéstia.

UM BOM CASAMENTO

— Você não tem carro próprio, sr. Ramsey?

— Tenho, tenho sim — disse ele, como se isso nunca tivesse lhe ocorrido até agora. — Venha se sentar, sra. Anderson. Não precisa ficar à espreita aí no canto. Estou velho demais para morder.

— Não, o café vai ficar pronto em um minuto — disse ela. Estava mesmo com medo daquele senhor. Bob deve ter ficado com medo dele também, mas é claro que não precisava se preocupar com isso. — Enquanto isso, talvez você possa me dizer o que queria falar com o meu marido.

— Bem, você não vai acreditar nisso, sra. Anderson...

— Pode me chamar de Darcy.

— Darcy! — Ele parecia encantado. — Ora, se não é o nome antigo mais bonito que existe!

— Obrigada. Vai querer creme?

— Puro, preto como o meu chapéu, é assim que eu tomo. Só que, na verdade, eu gosto de pensar em mim como um dos caras de chapéu branco, um mocinho, sabe? Bem, e eu sou mesmo, não é? Caçando criminosos e tudo o mais. Foi assim que fiquei com a perna ruim. Uma perseguição de carro em alta velocidade, lá em 1989. O cara matou a esposa e os dois filhos. Esse tipo de crime costuma ser passional, cometido por um homem que está bêbado, drogado ou não muito bem da cabeça. — Ramsey tocou o cabelo com um dedo torto pela artrite. — Mas não esse cara. Ele fez pelo seguro. Tentou fazer com que parecesse, como se diz, invasão a domicílio. Não vou entrar em detalhes, mas farejei por todo lado. Por três anos, eu farejei. E finalmente achei que tinha o bastante para prendê-lo. Provavelmente não o suficiente para condená-lo, mas não havia necessidade de contar isso para *ele*, havia?

— Acho que não — respondeu Darcy.

O café estava quente, e ela o serviu. Decidiu tomar o seu puro também. E bebê-lo o mais rápido possível. Assim, a cafeína poderia deixá-la logo mais atenta.

— Obrigado — disse o velho quando Darcy levou o café para a mesa. — Muito obrigado. Você é muito gentil. Café quente em um dia frio... O que poderia ser melhor? Talvez sidra quente, não consigo pensar em mais nada. De qualquer modo, onde eu estava? Ah, lembrei. Dwight Cheminoux. Isso aconteceu lá para os lados do condado. Ao sul de Hainesville Woods.

375

Darcy estava concentrada no café. Ela olhou para Ramsey por cima da borda de sua xícara e, de repente, era como se estivesse casada de novo. Um longo casamento, um bom casamento sob vários aspectos (mas não todos), daqueles que eram como uma piada: ela sabia que ele sabia, e ele sabia que ela sabia que ele sabia. Esse tipo de relacionamento era como olhar no espelho e ver outro espelho, um corredor deles se repetindo até o infinito. A única questão de verdade era o que ele iria fazer a respeito do que sabia. O que *poderia* fazer.

— Bem... — começou Ramsey, pousando a xícara e, sem perceber, começando a esfregar sua perna dolorida. — O fato é que eu queria provocar o homem. Quer dizer, ele tinha o sangue da esposa e de duas criancinhas nas mãos, então não me importei de jogar um pouco sujo. E funcionou. Ele fugiu, e eu o persegui por Hainesville Woods, onde a canção diz que há uma lápide a cada milha. E nós dois batemos na Curva Wickett: ele, em uma árvore, e eu, nele. E foi assim que consegui esta perna, sem falar da placa de metal no pescoço.

— Sinto muito. E o homem que você perseguia? O que aconteceu com ele?

Os lábios ressecados de Ramsey se curvaram para cima nos cantos em um sorriso de frieza peculiar. Seus olhos jovens brilharam.

— Ele morreu, Darcy. Poupou o estado de quarenta ou cinquenta anos de pensão completa em Shawshank.

— Você é como o cão de caça do céu, não é, sr. Ramsey?

Em vez de parecer confuso, ele colocou as mãos deformadas ao lado do rosto, as palmas para fora, e recitou com uma voz monótona de garoto de escola:

— "Dele fugi, noites e dias adentro; Dele fugi, pelos arcos dos anos; Dele fugi, pelos caminhos dos labirintos..." E por aí vai.

— Aprendeu o poema na escola?

— Não, senhora, na Juventude Metodista. Há muitos anos. Ganhei uma Bíblia, que perdi em um acampamento de verão um ano depois. Só que eu não perdi, foi roubada. Consegue imaginar alguém tão mesquinho a ponto de roubar uma Bíblia?

— Consigo — respondeu Darcy.

Ele riu.

— Darcy, quero que me chame de Holt. Por favor. Todos os meus amigos me chamam assim.

Você é meu amigo agora?

Darcy não sabia, mas de uma coisa estava certa: ele não teria sido amigo de Bob.

— Esse é o único poema que você sabe de cor, Holt?

— Bem, sabia "The Death of the Hired Man", de Robert Frost. Mas agora só me lembro da parte que fala que o lar é um lugar em que, quando você chega, eles têm que deixá-lo entrar. É verdade, não é?

— Com certeza.

Os olhos dele — castanho-claros — procuraram os dela. A intimidade daquele olhar era indecente, como se ele a visse nua. E prazerosa, talvez pelo mesmo motivo.

— O que você queria perguntar ao meu marido, Holt?

— Bem, já falei com ele uma vez, sabe, embora eu não tenha certeza de que ele se lembraria, se estivesse vivo. Foi há muito tempo. Nós éramos muito mais jovens, e você devia ser uma criança, tendo em vista como é jovem e bonita.

Darcy o encarou com um olhar gelado de "me poupe", então se levantou para pegar mais café. A primeira xícara já tinha acabado.

— Você provavelmente já ouviu falar sobre os assassinatos de Beadie — disse ele.

— O homem que mata mulheres e manda os documentos delas para a polícia? — Darcy voltou para a mesa com a xícara de café bem firme na mão. — Os jornais deitaram e rolaram com essa história.

Ele apontou o indicador para ela — a mesma pistola de mão de Bob — e deu uma piscadinha.

— Isso mesmo. Sim, senhora. "Onde há sangue, há reportagem", esse é o lema deles. Por acaso trabalhei um pouco no caso. Não estava aposentado na época, mas perto disso. Eu era conhecido como uma pessoa que descobre as coisas farejando por aí... seguindo meus, como se diz mesmo...

— Instintos?

Mais uma vez o gesto da pistola. Mais uma vez a piscadinha. Como se houvesse um segredo do qual ambos partilhassem.

— Enfim, eles me pediram para trabalhar sozinho, sabe... O velho e manco Holt mostra suas fotos por aí, faz perguntas e meio que...

ESCURIDÃO TOTAL SEM ESTRELAS

sabe... *fareja*. Porque eu sempre tive um nariz bom para esse tipo de trabalho, Darcy, e nunca deixei de ter. Isso foi no outono de 1997, não muito depois de uma mulher chamada Stacey Moore ser morta. Reconhece o nome?

— Acho que não — disse Darcy.

— Você lembraria se tivesse visto as fotos da cena do crime. Um assassinato terrível. Como aquela mulher deve ter sofrido... Mas, claro, esse cara que se chamava de Beadie tinha parado por um longo tempo, mais de 15 anos, e devia ter um monte de vapor na caldeira, só esperando para explodir. E foi ela quem se escaldou. Enfim... O procurador da época me colocou no caso. "Vamos ver se o velho Holt descobre alguma coisa", disse ele. "Ele não está fazendo nada de mais mesmo, e isso vai mantê-lo fora do caminho." Eles me chamavam de velho Holt já naquela época. Por causa da perna, eu acho. Falei com os amigos da moça, os parentes, os vizinhos na rota 106 e as pessoas com quem ela trabalhava em Waterville. Ah, falei com muitas pessoas. Ela era garçonete de uma cafeteria chamada Sunnyside. Várias pessoas passavam por lá, porque a rodovia é um pouco mais à frente na estrada, mas eu estava interessado em seus clientes regulares. Seus clientes *homens* regulares.

— É claro — murmurou Darcy.

— Um deles era um homem apresentável e bem-vestido, na casa dos 40 anos. Ia à lanchonete a cada três ou quatro semanas e sempre se sentava em uma das mesas que Stacey atendia. Agora, eu provavelmente não deveria contar isso, já que esse homem era seu falecido marido... Não se deve falar mal dos mortos, mas já que *os dois* estão mortos, acho que essa regra não é mais válida, se entende o que quero dizer... — Ramsey parou, parecendo confuso.

— Você está se enrolando — comentou Darcy, achando graça, apesar de tudo. Talvez ele *quisesse* que ela achasse graça. Não tinha como saber. — Faça um favor a si mesmo e vá direto ao ponto. Já sou bem grandinha. Ela dava em cima dele? Era isso? Ela não seria a primeira garçonete a dar em cima de um homem na estrada, mesmo que esse homem usasse uma aliança no dedo.

— Não, não é bem isso. De acordo com os outros funcionários, e claro, você tem que dar um desconto porque eles gostavam de Stacey, era *seu marido* quem dava em cima *dela*. E, segundo eles, Stacey não gostava nem um pouco disso. Dizia que o cara lhe dava arrepios.

— Isso não soa como meu marido.

Não tinha nada a ver com o que Bob havia lhe contado.

— Não, mas provavelmente era. Seu marido, quer dizer. E uma esposa nem sempre sabe o que o companheiro faz na estrada, embora possa achar que sim. Enfim, uma das garçonetes disse que esse homem dirigia um Toyota 4Runner. Ela sabia porque tinha um carro igualzinho. E sabe de uma coisa? Alguns vizinhos de Stacey afirmaram ter visto um 4Runner como aquele perto da área em que a família morava e tinha seu negócio, dias antes de a mulher ser assassinada. E uma vez na véspera do assassinato.

— Mas não *no* dia.

— Não, mas é claro que um homem tão meticuloso como Beadie tomaria cuidado com esse tipo de coisa. Não é?

— Acho que sim.

— Bem, eu tinha uma descrição e investiguei a área ao redor do restaurante. Não tinha nada melhor para fazer, de qualquer forma. Por uma semana, tudo o que eu ganhei foram algumas bolhas e uns copos de café por piedade... Mas nenhum tão bom quanto o seu! Estava prestes a desistir. Então acabei parando em um lugar no centro da cidade. Moedas do Mickleson. *Desse* nome você se lembra?

— É claro. Meu marido era numismata, e a loja do Mickleson era um dos três ou quatro melhores pontos de compra e venda do estado. Mas não existe mais. O velho sr. Mickleson morreu, e o filho fechou o negócio.

— Sim. Bem, você sabe como é, o tempo leva tudo: seus olhos, sua disposição e até mesmo sua maldita força, desculpe meu linguajar. Mas George Mickleson estava vivo na época...

— Firme e respirando — murmurou Darcy.

Holt Ramsey sorriu.

— Exatamente. Bem, ele reconheceu a descrição. "Ora, parece o Bob Anderson", disse ele. E adivinhe? Bob dirigia um Toyota 4Runner.

— Ah, mas ele trocou esse carro há muito tempo — disse Darcy. — Por um...

— Chevrolet Suburban, não foi? — Só que Ramsey pronunciou *Chevolei*.

— Sim. — Darcy uniu as mãos e olhou tranquilamente para Ramsey. Eles estavam quase chegando lá. A única questão era em qual

ESCURIDÃO TOTAL SEM ESTRELAS

membro do casamento dissolvido dos Anderson aquele velho de olhos astutos estava mais interessado.

— Imagino que você não tenha mais o Suburban, não é?

— Não. Eu o vendi cerca de um mês depois que meu marido morreu. Coloquei um anúncio nos classificados, e alguém comprou logo. Achei que teria problemas em vendê-lo pela alta quilometragem e pelo preço da gasolina hoje em dia, mas não. É claro que não me pagaram muito por ele.

Dois dias antes de o comprador ir buscar o carro, Darcy o examinara com cuidado, de ponta a ponta, sem se esquecer de olhar debaixo do carpete da mala. Ela não encontrou nada, mas ainda assim pagou cinquenta dólares para lavar o carro por fora (que não tinha muita importância) e a vapor por dentro (que tinha bastante importância).

— Ah. Os bons e velhos classificados. Vendi o Ford da minha falecida esposa assim.

— Sr. Ramsey...

— Holt.

— Holt, você conseguiu confirmar que o meu marido era o homem que dava em cima de Stacey Moore?

— Bem, quando falei com o sr. Anderson, ele disse que aparecia no Sunnyside de vez em quando, admitiu de bom grado, mas falou que nunca prestou atenção em nenhuma garçonete em particular. Disse que ficava com a cabeça enterrada na papelada do trabalho. Mas é claro que mostrei a foto do seu marido, da carteira de motorista, sabe, e os funcionários concordaram que era ele.

— Meu marido sabia que você tinha um... interesse especial nele?

— Não. Até onde ele sabia, eu não passava de um velho manco procurando testemunhas que pudessem ter visto alguma coisa. Ninguém tem medo de um velho como eu, sabe.

Eu tenho muito.

— Não é uma base muito sólida para um caso — disse Darcy. — Presumindo que você estivesse tentando montar um.

— Eu não podia provar nada! — Ele riu alegremente, mas seus olhos castanhos pareciam frios. — Se pudesse montar um caso, o sr. Anderson e eu não teríamos conversado no escritório dele, Darcy. Teríamos conversado no *meu* escritório. De onde ninguém sai até que eu permita. Ou até que um advogado o libere, é claro.

UM BOM CASAMENTO

— Talvez seja hora de você parar de dançar, Holt.

— Tudo bem, por que não? — concordou ele. — Afinal, até mesmo uns passinhos simples me fazem sentir uma dor dos diabos ultimamente. Maldito seja aquele Dwight Cheminoux! E não quero tomar a sua manhã inteira, então vamos direto ao ponto. Confirmei a presença de um Toyota 4Runner *na* ou *perto da* cena de dois dos assassinatos anteriores, que chamamos de o primeiro ciclo de Beadie. Não era o mesmo, a cor era diferente. Mas também consegui confirmar que seu marido comprou outro 4Runner nos anos 1970.

— Isso mesmo. Ele gostava do carro, então trocou por outro igual.

— Sim, os homens fazem isso. E o 4Runner é um veículo popular em lugares onde neva por seis meses malditos. Mas, depois do assassinato de Stacey Moore, e depois de eu ter conversado com ele, seu marido o trocou por um Suburban.

— Não de imediato — corrigiu Darcy, com um sorriso. — Ele manteve aquele 4Runner até bem depois da virada do século.

— Eu sei. Ele o trocou em 2004, não muito tempo antes de Andrea Honeycutt ser assassinada perto de Nashua. Um Suburban azul e cinza, fabricado em 2002. Um Suburban como esse e com *essas* cores foi visto com frequência na vizinhança da sra. Honeycutt durante mais ou menos um mês antes de ela ser assassinada. Mas eis uma coisa engraçada. — Holt se inclinou para a frente. — Encontrei uma testemunha que disse que o carro tinha placa de Vermont. Outra, uma dessas senhorinhas que se senta à janela e observa tudo o que acontece na vizinhança, do nascer ao pôr do sol, por não ter nada melhor para fazer, que disse que a placa era de Nova York.

— As placas dele eram do Maine — disse Darcy. — Como você deve saber muito bem.

— Claro, claro, mas placas podem ser roubadas.

— E quanto ao assassinato dos Shaverstone, Holt? Um Suburban azul e cinza foi visto na vizinhança de Helen Shaverstone?

— Vejo que você tem acompanhado o caso Beadie mais atentamente do que a maioria das pessoas. E também com mais interesse do que você deixou transparecer no começo.

— Foi ou não?

— Não — disse Ramsey. — Para falar a verdade, não. Mas um Suburban azul e cinza *foi* visto perto do riacho em Amesbury onde os corpos foram despejados. — Holt sorriu de novo enquanto seus olhos frios estudavam Darcy. — Despejados como lixo.

Ela suspirou.

— Eu sei.

— Ninguém soube me dizer de onde era a placa daquele Suburban, mas, se soubessem, acredito que devia ser de Massachusetts. Ou da Pensilvânia. Ou de qualquer outro lugar que não fosse o Maine.

Holt se inclinou mais para a frente.

— Esse Beadie nos enviava bilhetes com os documentos de suas vítimas. Queria nos provocar, sabe? Queria nos desafiar a pegá-lo. Talvez parte dele *quisesse* ser pego.

— Talvez — concordou Darcy, embora duvidasse muito.

— Os bilhetes eram escritos com letras maiúsculas. As pessoas acreditam que esse tipo de letra não permite identificação, mas na maioria das vezes permite, sim. As semelhanças aparecem. Por acaso você guardou algum dos arquivos do seu marido?

— Aqueles que não voltaram para a firma foram destruídos. Mas acredito que o pessoal de lá deva ter vários. Contadores nunca jogam nada fora.

Holt suspirou.

— Sim, mas eu precisaria de um mandado judicial para investigar uma firma como essa, e para isso eu teria que mostrar uma causa provável. Não tenho como fazer isso. Descobri várias coincidências, embora não sejam coincidências na minha cabeça. Tenho várias... bem... *propinquidades*, acho que pode se dizer assim, mas nada que possa se qualificar como prova circunstancial. Então vim até aqui, Darcy. Achei que você já teria me colocado para fora a essa altura do campeonato, mas foi muito gentil.

Ela não respondeu.

Holt se inclinou para ainda mais perto, ficando quase todo curvado sobre a mesa. Como uma ave de rapina. Mas, por trás da frieza em seus olhos, Darcy achava que havia outra coisa. Bondade, talvez. E rezou para que fosse isso.

— Darcy, seu marido era o Beadie?

Ela sabia que Holt podia estar gravando aquela conversa, com certeza não era impossível. Em vez de falar, ela levantou uma das mãos, mostrando-lhe sua palma rosada. Ele continuou:

— Você não soube por um longo tempo, não é?

Darcy não disse nada. Apenas olhou para ele. Olhou *para dentro* dele, do modo como você olha para as pessoas que conhece bem. Só que era preciso ter cuidado ao fazer isso, porque nem sempre o que se via era a verdade. Ela sabia disso agora.

— E então descobriu? Um dia você descobriu?

— Gostaria de mais uma xícara de café, Holt?

— Meia xícara. — Ele se recostou na cadeira e cruzou os braços sobre o peito magro. — Mais do que isso me daria azia, e eu me esqueci de tomar o remédio hoje de manhã.

— Acho que posso ter algum antiácido lá em cima no armário de remédios — disse Darcy. — Era de Bob. Quer que eu pegue?

— Eu não tomaria nada dele nem que estivesse queimando por dentro.

— Tudo bem — respondeu ela, gentil, e serviu um pouco mais de café para Holt.

— Me desculpe — disse ele. — Às vezes as emoções tomam conta de mim. Aquelas mulheres... todas aquelas mulheres... e o menino, com a vida inteira pela frente. Esse foi o pior de todos.

— Sim — concordou Darcy, entregando-lhe a xícara.

Ela percebeu como a mão dele tremia, e pensou que aquele devia ser seu último rodeio, não importava quão esperto ele fosse... e Holt era assustadoramente esperto.

— Uma mulher que descobre o que seu marido é, a esta altura do campeonato, fica em uma situação difícil — comentou Ramsey.

— Sim, imagino que fique — disse Darcy.

— Quem iria acreditar que ela viveu com um homem por todos esses anos sem saber o que ele era? Ora, ela seria como, como se diz, o pássaro que vive na boca do crocodilo.

— Na história, o crocodilo deixa o pássaro viver em sua boca porque mantém os dentes do crocodilo limpos. Come os restos de comida. — Darcy fez movimentos de bicadas com os dedos da mão direita. — Provavelmente não é verdade... Mas *é* verdade que eu levava Bobby ao dentista. Se dependesse dele, "esqueceria" as consultas. Ele parecia uma criança quando se tratava de sentir dor.

Os olhos de Darcy de repente se encheram de lágrimas. Ela as enxugou com a base das mãos, amaldiçoando-as. Aquele homem não respeitaria lágrimas derramadas por Robert Anderson.

ESCURIDÃO TOTAL SEM ESTRELAS

Ou talvez ela estivesse errada quanto a isso. Holt estava sorrindo e balançando a cabeça.

— E os seus filhos. Eles ficariam arrasados quando o mundo descobrisse que o pai era um assassino em série e torturador de mulheres. Então sofreriam de novo quando o mundo chegasse à conclusão de que a mãe o acobertara. Talvez até tivesse ajudado, como Myra Hindley ajudou Ian Brady. Sabe quem eles foram?

— Não.

— Deixa pra lá, então. Mas pergunte a si mesma: o que uma mulher em uma situação difícil como essa faria?

— O que *você* faria, Holt?

— Eu não sei. Minha situação é um pouco diferente. Posso ser só um velho chato, o cavalo mais velho do estábulo dos bombeiros, mas tenho uma responsabilidade com as famílias daquelas mulheres assassinadas. Elas merecem que esse caso tenha um desfecho.

— Merecem, sem dúvida... mas será que *precisam*?

— O pênis de Robert Shaverstone foi arrancado a dentadas, sabia disso?

Darcy não sabia. É claro que não sabia. Ela fechou os olhos e sentiu lágrimas quentes escapando pelos cílios. *Não "sofreu" uma ova*, pensou, e se Bob aparecesse na frente dela, com as mãos para cima, implorando por misericórdia, ela o mataria novamente.

— O pai dele sabe — disse Ramsey em voz baixa. — E tem que carregar esse fardo todos os dias, saber que isso aconteceu com seu amado filho.

— Eu sinto muito — sussurrou Darcy. — Sinto muito mesmo.

Ela o sentiu pegar sua mão do outro lado da mesa.

— Não quis deixar você chateada.

Darcy puxou a mão.

— É claro que quis! Mas você não acha que eu já estava chateada? Não acha que eu já *estava*, seu... seu velho intrometido?

Ele riu, revelando aquela dentadura brilhante.

— Acho. Acho, sim. Vi isso assim que você abriu a porta. — Holt fez uma pausa, então disse: — Eu vi tudo.

— E o que você vê agora?

UM BOM CASAMENTO

Ele se levantou, cambaleou um pouco e então recuperou o equilíbrio.

— Vejo uma mulher corajosa que deveria ser deixada em paz para cuidar de seus afazeres. Sem falar do resto de sua vida.

Ela também se levantou.

— E as famílias das vítimas? As que merecem um desfecho? — Darcy hesitou, sem querer dizer o resto. Mas tinha que dizer. Aquele senhor enfrentara dores consideráveis, talvez até excruciantes, para ir até ali, e agora estava deixando-a escapar. Pelo menos era o que ela achava. — E o pai de Robert Shaverstone?

— O menino está morto, e seu pai não está muito longe disso. — Ramsey falava em um tom calmo e avaliador que Darcy reconheceu. Era o tom que Bob usava quando sabia que um cliente da firma estava prestes a ser pego pela Receita Federal e que a reunião seria horrível. — Não tira a garrafa de uísque da boca da manhã até a noite. Mudaria isso saber que o assassino do seu filho, o *mutilador* do seu filho, morreu? Acho que não. Traria alguma das vítimas de volta? Não. O assassino está queimando agora no fogo do inferno por seus crimes, sofrendo suas próprias mutilações que sangrarão por toda a eternidade? A Bíblia diz que sim. A parte do Antigo Testamento, pelo menos, e, já que é de lá que as nossas leis vêm, isso é o bastante para mim. Obrigado pelo café. Vou ter que parar em todos os banheiros daqui até Augusta, mas valeu a pena. Você faz um bom café.

Acompanhando-o até a porta, Darcy percebeu que se sentia no lado certo do espelho pela primeira vez desde que tropeçara naquela caixa na garagem. Era bom saber que Bob havia chegado perto de ser preso. Que ele não havia sido tão esperto quanto pensara que era.

— Obrigada pela visita — disse Darcy enquanto Holt colocava o chapéu. Ela abriu a porta, deixando o ar frio entrar. Mas não se importou. A sensação era boa em sua pele. — Vou encontrar o senhor de novo?

— Não. Vou parar na próxima semana. Aposentadoria completa. Vou me mudar para a Flórida. Mas não vou ficar lá por muito tempo, de acordo com meu médico.

— Sinto muito ouvir is...

Então, de repente, ele a puxou para um abraço. Seus braços eram magros, mas vigorosos e surpreendentemente fortes. Darcy ficou espan-

385

tada, mas não assustada. A aba do chapéu de Holt bateu em sua têmpora quando ele sussurrou em seu ouvido:

— Você fez a coisa certa.

E beijou sua bochecha.

20

Holt seguiu até o carro com cuidado, evitando o gelo. O andar de um velho. *Ele devia usar uma bengala*, pensou Darcy. Ramsey estava dando a volta no veículo quando ela chamou seu nome. Ele se virou, erguendo as grossas sobrancelhas.

— Quando meu marido era criança, ele teve um amigo que morreu em um acidente.

— É mesmo? — As palavras saíram em uma nuvem fria de vapor branco.

— Sim — disse Darcy. — Você pode pesquisar sobre o que aconteceu. Foi muito trágico, embora ele não fosse um garoto muito bom, de acordo com meu marido.

— Não era?

— Não. Era o tipo de garoto que alimentava fantasias perigosas. O nome dele era Brian Delahanty, mas, quando eram garotos, Bob o chamava de BD.

Ramsey ficou parado ao lado do carro por vários segundos, processando o que ouvira. Depois assentiu.

— Isso é muito interessante. Talvez eu dê uma pesquisada nessa história no meu computador. Ou talvez não, isso tudo já faz muito tempo. Obrigado pelo café.

— Obrigada pela conversa.

Darcy o viu dirigir pela rua (ele dirigia com a confiança de um homem muito mais jovem, percebeu ela, provavelmente porque seus olhos continuavam aguçados) e então entrou. Ela se sentia mais jovem, mais leve. Foi até o espelho no hall. Não viu nada nele além do próprio reflexo, e isso foi bom.

POSFÁCIO

As histórias neste livro são chocantes. Você pode ter achado difícil lê-las em alguns momentos. Se foi o caso, posso lhe assegurar que também achei difícil escrever as histórias em alguns momentos. Quando as pessoas me perguntam sobre meu trabalho, desenvolvi o hábito de sair pela tangente com piadas e fatos pessoais curiosos (nos quais você não deve confiar totalmente; nunca confie em nada que um escritor de ficção disser sobre si mesmo). É uma forma de fugir do assunto um pouco mais diplomática do que a maneira como meus antepassados ianques poderiam responder a tais questionamentos: *Não é da sua conta, camarada*. Mas, por trás das piadas, eu levo o que faço muito a sério, e isso desde que escrevi meu primeiro romance, *A longa marcha*, aos 18 anos.

Não tenho muita paciência com escritores que *não* levam o trabalho a sério, e nenhuma com aqueles que veem a arte da narrativa de ficção como algo desgastado. Não, ela não está desgastada e não é um jogo literário. É uma das formas vitais pelas quais tentamos compreender nossa vida e o mundo muitas vezes horrível que vemos à nossa volta. É a maneira como respondemos à pergunta: *Como uma coisa dessas pode acontecer?* As histórias sugerem que às vezes — nem sempre, mas às vezes — há um *motivo*.

Desde o início — mesmo antes de um jovem que agora mal reconheço começar a escrever *A longa marcha* no seu alojamento da faculdade — sempre achei que a melhor ficção era tanto propulsora quanto violadora. E acerta você na cara. Às vezes grita na sua cara. Não tenho nenhuma rixa com a ficção literária que fala sobre pessoas incomuns em situações comuns, mas, como leitor e escritor, estou muito mais interessado em pessoas comuns em situações incomuns. Quero provocar uma reação emocional, até mesmo visceral, em meus leitores. Fazê-los pensar *enquanto leem* não é o meu negócio. Deixo isso em itálico porque, se a

ESCURIDÃO TOTAL SEM ESTRELAS

história é boa o bastante e os personagens são vívidos o bastante, o pensamento vai tomar o lugar da emoção quando a história tiver sido contada e o livro for posto de lado (às vezes com alívio). Lembro-me de ler *1984*, de George Orwell, aos 13 anos, mais ou menos, com medo, fúria e horror crescentes, virando as páginas com avidez e devorando a história o mais depressa que podia, e o que há de errado com isso? Principalmente já que continuo a pensar sobre isso até hoje quando algum político (estou pensando em Sarah Palin e em seus comentários imorais sobre o "painel da morte") consegue convencer o público de que o branco na verdade é preto, ou vice-versa.

Eis aqui outra coisa em que acredito: se você vai entrar em um lugar muito escuro e sombrio — como a casa de Wilf James no Nebrasca em "1922" —, então deveria levar uma luz bem forte e iluminar tudo em volta. Se você não quer ver, por que em nome de Deus desafiaria a escuridão? O grande escritor naturalista Frank Norris sempre foi um dos meus ídolos literários, e guardo o que ele disse sobre isso na minha cabeça há mais de quarenta anos: "Nunca agi de maneira subserviente; nunca tirei meu chapéu só para agradar nem o estendi para ganhar alguns trocados. Por Deus, eu lhes disse a verdade".

Você rebate: mas, Steve, você ganhou muito dinheiro ao longo da carreira, e quanto à verdade... Isso não é uma coisa tão certa, não é? Sim, ganhei um bom dinheiro escrevendo minhas histórias, mas o dinheiro foi uma consequência, nunca o objetivo. Escrever ficção por dinheiro é um esforço inútil. E, claro, a verdade está nos olhos de quem vê. Mas, quando se trata de ficção, a única responsabilidade do autor é a de procurar a verdade dentro do próprio coração. Nem sempre será a verdade do leitor ou a verdade do crítico, mas enquanto for a verdade do *autor* — enquanto ele ou ela não agir de maneira subserviente, nem tirar o chapéu só para agradar — estará tudo bem. Por escritores que mentem intencionalmente, por aqueles que substituem o comportamento humano inacreditável pelo modo como as pessoas parecem agir de verdade, só sinto desprezo. Escrever mal é mais do que uma questão de sintaxe de merda e falta de observação; o ato de escrever mal em geral surge de uma recusa teimosa em contar histórias sobre o que as pessoas na verdade fazem — em encarar o fato, vamos dizer assim, de que assassinos às vezes ajudam velhinhas a atravessarem a rua.

POSFÁCIO

Tentei dar o meu melhor em *Escuridão total sem estrelas* para mostrar o que as pessoas poderiam fazer, e como poderiam se comportar, sob certas circunstâncias terríveis. Não falta esperança às pessoas destas histórias, mas elas reconhecem que mesmo as nossas esperanças mais caras (e nossos desejos mais fervorosos em relação às pessoas à nossa volta e à sociedade em que vivemos) às vezes podem ser em vão. Com frequência, até. Mas acho que estas histórias também dizem que a nobreza não reside principalmente no sucesso, mas na tentativa de fazer a coisa certa... e que é quando falhamos, ou nos afastamos deliberadamente do desafio, que o inferno se faz.

"1922" foi inspirado em um livro de não ficção chamado *Wisconsin Death Trip* (1973), de Michael Lesy, que mostrava fotografias tiradas na pequena cidade de Black River Falls, Wisconsin. Fiquei impressionado pelo isolamento rural dessas fotografias e pela severidade e pela privação no rosto das pessoas. Eu queria conseguir passar essa sensação com a minha história.

Em 2007, enquanto viajava pela Interestadual 84 para uma sessão de autógrafos no oeste de Massachusetts, passei por uma dessas paradas de estrada para uma típica *refeição saudável* de Steve King: um refrigerante e uma barra de chocolate. Quando saí da lanchonete, vi uma mulher com o pneu furado tendo uma conversa ávida com um caminhoneiro estacionado na vaga ao lado. Ele sorriu para ela e saiu da cabine.

— Precisa de ajuda? — perguntei.

— Não, não, eu cuido disso — disse o caminhoneiro.

A moça conseguiu que trocassem seu pneu furado, tenho certeza. E eu consegui minha barra de chocolate e a ideia para uma história que acabou se tornando "Gigante do volante".

Em Bangor, onde moro, uma via pública chamada extensão da rua Hammond margeia o aeroporto. Caminho 5 ou 6 quilômetros por dia e, quando estou na cidade, normalmente vou por ali. Há uma área de cascalho ao lado da cerca do aeroporto, na metade da extensão, onde vários vendedores de beira de estrada vêm montando suas barraquinhas ao longo dos anos. O meu vendedor preferido é conhecido por lá como O Cara da Bola de Golfe, e ele sempre aparece na primavera. O Cara da Bola de Golfe vai até o Campo de Golfe Municipal de Bangor quando o tempo esquenta e cata centenas de bolas de golfe usadas que ficaram abandonadas sob a neve. Ele joga fora as que estão muito ruins e vende o restante nessa área próxima à extensão (o para-brisa de seu carro é todo enfeitado com bolas de golfe — uma decoração genial). Um dia, enquanto eu o observava, a ideia de "Extensão justa" veio à minha mente. É claro que a ambientei em Derry, lar do falecido e não lamentado palhaço Pennywise, porque Derry é simplesmente Bangor disfarçada de outro nome.

A última história veio à minha cabeça depois de ler um artigo sobre Dennis Rader, o infame assassino BTK (do inglês *bind, torture and kill*: amarrar, torturar e matar) que tirou a vida de dez pessoas — a maioria mulheres, mas duas eram crianças — em um período de cerca de 16 anos. Em muitos casos, ele enviava documentos de suas vítimas para a polícia. Paula Rader foi casada com esse monstro por 34 anos, e muitas pessoas na área de Wichita, onde Rader cometia seus crimes, se recusavam a acreditar que ela vivia com ele sem saber o que ele fazia. Eu acreditei — e *acredito* — que foi possível, e escrevi essa história para explorar o que poderia acontecer se essa mulher de repente descobrisse o horrível passatempo do marido. Também escrevi para explorar a ideia de que é impossível conhecer alguém completamente, até mesmo aqueles que mais amamos.

Tudo bem, acho que já ficamos aqui embaixo na escuridão por muito tempo. Há todo um outro mundo lá em cima. Pegue minha mão, fiel leitor, e ficarei feliz em levá-lo de volta à luz do sol. Estou feliz em ir para lá, porque acredito que a maioria das pessoas é essencialmente boa. Sei que eu sou.

É quanto a *você* que não tenho tanta certeza.

Bangor, Maine
23 de dezembro de 2009

1ª EDIÇÃO [2015] 18 reimpressões

ESTA OBRA FOI COMPOSTA EM ADOBE GARAMOND PELA ABREU'S SYSTEM
E IMPRESSA EM OFSETE PELA GEOGRÁFICA SOBRE PAPEL PÓLEN DA
SUZANO S.A. PARA A EDITORA SCHWARCZ EM JULHO DE 2024.

A marca FSC® é a garantia de que a madeira utilizada na fabricação do papel deste livro provém de florestas que foram gerenciadas de maneira ambientalmente correta, socialmente justa e economicamente viável, além de outras fontes de origem controlada.